POLITICAMENTE INCORRECTAS 2

EMMA MARS

Políticamente incorrectas 2

Internet:
Facebook: facebook.com/EmmaMarsEscritora
Twitter: @unachicademarte
Blog: unachicamarciana.wordpress.com

"Si la gente pudiera ver que el cambio se produce como resultado de millones
de pequeñas acciones que parecen totalmente insignificantes, entonces
no dudarían en realizar esos pequeños actos".

Howard Zinn

Para Clara, que fue puerto cuando llegaron las olas.

Para Helena, la marea que me enseñó nuestra playa.

CAPITULO

UNO

De un momento a otro puede cambiarle a uno la vida. Es algo que preferimos ignorar, esa idea de que todo lo que nos parece seguro y estable se puede evaporar en un segundo. Uno prefiere creer que la vida es un camino de único sentido, dócil y de trazado amable, que nada ni nadie puede alterar. Pero a veces resulta imposible seguir dando la espalda a la realidad, especialmente cuando tienes un municipio entero que depende de ti.

La alcaldesa Esther Morales entró aquella mañana en el Ayuntamiento de Móstoles con las pestañas pegadas y los ojos ligeramente hinchados. Había puesto mucho afán en maquillarse, y su cara no traslucía mayores signos de somnolencia, pero últimamente todas sus noches eran así, plagadas de sueños y pesadillas imposibles de descifrar, como si cada vez que cerrara los ojos se precipitara por un profundo acantilado del que le costaba salir cuando empezaba un nuevo día. Al pasar de largo la Concejalía de Medio Ambiente, pensó si sería posible cambiar la chillona melodía de su despertador por otra un poco más agradable que no le provocara una arritmia cada vez que se despertaba. Tendría que indagar sobre ese asunto más tarde.

El interior del Ayuntamiento de Móstoles estaba despertando a su trajín diario. Esther solía ser una de las primeras en llegar y de las últimas en salir. Tenía tanto trabajo pendiente que a veces incluso olvidaba saludar a los funcionarios a su entrada, concentrada como estaba en recitar mentalmente su agenda diaria. Este hecho inexcusable le estaba granjeando enemigos sin proponérselo, pero esa mañana recordó que debía ser más empática con sus compañeros de trabajo y despachó un par de sonrisas y saludos mientras se dirigía a las dependencias de Alcaldía.

Carmen, la secretaria, ya estaba en su puesto de trabajo cuando abrió la puerta. Intercambiaron un buenos días de lo más rutinario y Esther advirtió complacida que Carmen ya tenía un café humeante en la mano, negro, como a ella le gustaba, dos terrones de azúcar disolviéndose en su interior. La secretaria le tendió la taza y la alcaldesa la recogió casi al vuelo, taconeando hacia el interior de su despacho.

—¿Qué tenemos para hoy? —le preguntó despistada, mientras metía la mano en el interior de su cartera de documentos y sacaba un grueso fajo que cayó sobre la mesa con un ruido seco.

Esther suspiró con cansancio. La montaña de papeles no disminuía aunque pasaran los días. Esa mañana, si no recordaba mal, tenía una reunión con unos empresarios y una Junta de Gobierno.

—Los de la Asociación de Hosteleros llegarán a las nueve —recitó Carmen casi de memoria, la mirada fija en la agenda que rellenaba meticulosamente con el devenir de los días—. Tu abogado llamó ayer, te habías ido.

—Lo sé, me llamó después al móvil. ¿Algo más?

—Y acaban de llamar del Gabinete de Presidencia.

Esther arqueó una ceja en señal inequívoca de peligro.

—¿De Presidencia? —preguntó, incrédula. Carmen solo asintió, comprendiendo la sorpresa de la alcaldesa—. ¿Y qué querían?

—Invitarte de manera personal a la próxima reunión que hay en la sede provincial del partido. Es por las elecciones municipales. Dicen que como no has ido a las anteriores…

El silencio quedó suspendido en el aire como un incómodo visitante. Esther se mordió el labio inferior inconscientemente. Por supuesto, tras su última reunión con Diego Marín, el presidente del partido y ahora ya de la Comunidad de Madrid, *invitación* no debía ser tomada como tal, sino más bien como *orden*. Pero era cierto que no había acudido a ninguna de las reuniones en la sede provincial para tratar sobre las inminentes elecciones municipales. Eso ya de por sí resultaba inexcusable. Esther sabía que no podía dilatarlo. Tendría que acudir a esta reunión, aunque la idea de hacerlo le provocaba una incómoda sensación de vacío en la boca del estómago.

—¿Era Juan Devesa quien llamó?

—Sí, es un muchacho muy amable.

10

—Sí que lo es —replicó Esther de manera ausente. Había tratado poco con él, pero era el único del Gabinete de Presidencia con quien no le importaba hablar. Si hubiera estado en el despacho, habría atendido la llamada personalmente—. ¿Y cuándo es la reunión?

—La próxima semana, el jueves. Dicen que es importante que vayas.

—Comprendo. Anótalo en la agenda, Carmen, hazme el favor.

Carmen asintió en silencio. Se dio media vuelta comprendiendo que su primera visita del día concluía ahí y ya se estaba dirigiendo a la puerta cuando pareció recordar algo que le hizo girarse de nuevo.

—¿Debería llamar a Lara? —le preguntó entonces, la expectación reflejada en su cara.

Esther no pudo reprimir la tímida sonrisa que empezó a dibujarse en sus labios. Lara… el simple recuerdo de la experiodista de Diego Marín conseguía sonrojarla como una colegiala. No obstante, guardó las formas lo mejor que pudo, carraspeó imperceptiblemente y se plisó la falda que llevaba puesta aquella mañana.

—No te preocupes, de eso me ocupo yo. Gracias —contestó con fingida tranquilidad, sentándose con manifiesto cansancio en el sillón.

Había sabido poco o nada de la periodista en los últimos meses. La relación entre Lara y ella había subsistido a base de un par de llamadas rápidas para cerciorarse de que su acuerdo seguía en pie, de que trabajarían de nuevo juntas llegadas las elecciones municipales, y otros tantos mensajes en los que debatieron algunas cuestiones espinosas sobre la rutina municipal en Móstoles. Pero eso era todo.

Esther tenía la certeza de que Lara la evitaba, como si no deseara ahondar en la relación que mantenían, y no la culpaba por ello. Cada vez que recordaba la última noche que estuvieron juntas en su casa, sentía que se ruborizaba, y rápidamente se obligaba a apartar de su mente los recuerdos de aquellos besos urgentes.

Suponía que a Lara le sucedía exactamente lo mismo. Tal vez por ello, solo sabía de la periodista a través de Carmen, que sin proponérselo se había convertido en una suerte de correveidile que la informaba puntualmente de la relación que Lara mantenía con su sobrina María.

11

Cuando le contaba historias banales como la vez que habían ido al cine las tres juntas, o esa otra en la que la pareja cenó en su casa, Esther se limitaba a escucharla atentamente, fingiendo una calma que no sentía, cuidándose de emitir cualquier juicio de valor al respecto. Asentía, sonreía y hacía comentarios superfluos pero positivos, nada más. Lo último que deseaba era que Carmen empezara a dudar sobre la naturaleza y motivación de su relación con la periodista.

Mentiría si dijera que no ardía en deseos de saber más de Lara, pero, por el momento, esta era la realidad que ambas se habían impuesto, una relación que se ceñía a lo estrictamente profesional. Tenía pocas noticias sobre a qué se dedicaba Lara esos días, si estaba bien con María o si afrontaba problemas para pagar su abultada hipoteca. En una ocasión se sintió tentada de llamarla para ofrecerle un puesto temporal en el Ayuntamiento, tal vez como jefa de prensa, para ir preparando el terreno de cara a las elecciones, pero incluso entonces comprendió que eso habría sido tensar demasiado la cuerda. Tal vez Lara ya tenía un trabajo que la mantuviera ocupada y un sueldo decente. Quizá si la llamaba lo interpretaría como limosna por su parte, una suerte de pago en compensación por los problemas que le había causado durante su periplo en Móstoles, cuando perdió su empleo como jefa del gabinete de prensa de Diego Marín prácticamente por su culpa. Así que Esther tomó la determinación de dejar que fuera Lara quien la contactara cuando estuviera preparada, algo que, para su decepción, no había sucedido realmente, al menos no como le hubiera gustado.

Había intentado posponer el momento de contactar con ella tanto como le había sido posible. No obstante, aquella mañana comprendió que ya no podía dilatarlo más. Se sintió repentinamente nerviosa ante la perspectiva de llamarla. Tendría que decirle que el partido requería su presencia. Tendría que recordarle que su acuerdo seguía en pie, que las elecciones municipales estaban a la vuelta de la esquina y necesitaba su ayuda.

Esther se revolvió con inquietud en su sillón de la Alcaldía. Se trataba de un asiento cómodo, un poco gastado en los bordes, seguramente por la cantidad de traseros municipales que previamente lo habían ocupado, y aunque al principio se sintió absurda allí sentada, como si aquel lugar no le correspondiera realmente, estaba empezando a acostumbrarse. Tamborileó los dedos de uñas perfectamente pintadas contra la mesa de madera, dejándose llevar por su corriente de pensamientos. Cuánto habían cambiado las cosas en los últimos meses. Cada vez que recapacitaba sobre ello, tenía problemas para creer los giros que había dado su propia vida.

La última noche, aquella en la que decidió dejar para siempre a su marido y pedirle el divorcio, Esther salió de su casa como un ladrón, en silencio y arropada por la oscuridad de la noche. Se llevó solo lo imprescindible. Un par de maletas que ya tenía metidas en el coche cuando Quique llegó a casa, maquillaje, el secador y poco más. Cuanto más ligero fuera el equipaje, antes conseguiría dejar atrás todos los pesos que lastraban su vida. O, al menos, así es como lo percibió Esther en aquel momento.

Llevaba unos meses residiendo en un coqueto aunque pequeño apartamento que había alquilado en el centro de Móstoles. Era más que suficiente para una sola persona. Tenía una habitación de invitados, por aquella absurda pero previsora idea de que a lo mejor algún día sus hijos se quedarían en ella. No se trataba de gran cosa, pero estaba limpio y los muebles eran nuevos, a Esther le bastaba con eso.

No obstante, por razones que no acababa de comprender, todavía le costaba hacerse a la idea de que aquella era ahora su casa. A veces incluso se encontraba a sí misma con la mirada perdida en ningún punto concreto como haría quien cree haber percibido una presencia extraña. Miraba a su alrededor y lo veía entonces todo ordenado. No había cajas ni maletas, nada que le pudiera sugerir la engañosa certidumbre de que se trataba de un arreglo temporal. Cierto era que había dejado a Quique sin vuelta atrás. Sin ningún atisbo de remordimiento. Y por supuesto, sin ceder un solo milímetro a las protestas de aquellos que no estaban de acuerdo con su decisión. Pero estaba demasiado acostumbrada a los lujos de su chalet de urbanización privada. A despertarse con el canto de los vencejos que revoloteaban en torno a los árboles del jardín. A la voz en grito de sus hijos, Patricia y Luis, las veces que regresaban a casa de su estadía en universidades extranjeras, e incluso al sonido de la aspiradora cuando la muchacha la pasaba con brío por encima de alfombras, escaleras y tarima flotante.

En esas ocasiones en las que la inquietud la embargaba se repetía a sí misma, como un mantra, mensajes del tipo: <<Fueron doce años residiendo en esa casa, ¿qué esperabas?>> o <<Y casi veinte de

matrimonio>>, y de este modo lograba calmarse, razonar, volver a centrarse en lo verdaderamente importante. Pero habían pasado ya varios meses y todavía le costaba creer que esa mujer a la que veía todas las mañanas frente al espejo fuera la misma que había tomado la decisión de trastocar su vida por completo.

Esther había pasado de tener una existencia cómoda, casi perenne, en un chalet de los aledaños de Móstoles, a verse a sí misma en un pequeño apartamento de soltero, sin compañía ni ayuda de nadie. A menudo se olvidaba de ir al supermercado y sobrevivía con los pocos víveres que conseguía encontrar en las desnudas alacenas de su cocina. También había perdido bastante peso en los últimos meses, al menos el suficiente para lucir ahora una cara más afilada, carente de la lozanía que la caracterizaba, y verse además en la obligación de ir de tiendas para no dar una imagen pésima en el Ayuntamiento. A las faldas empezaban a sobrarle dedos y los pantalones ya no los llevaba tan ceñidos como solía. Hasta los zapatos parecían quedarle más anchos de un tiempo a esta parte. Un cambio de vestuario resultaba imperativo y, sin embargo, las horas del día parecían encogerse de manera irremediable. Ahora Esther fregaba, cocinaba y ordenaba su casa sola. Ni siquiera había tenido tiempo de contratar a una muchacha que la ayudara con las tareas domésticas. Tareas que, además, compaginaba con sus múltiples obligaciones y quehaceres.

Por un lado, tenía a su abogado, un profesional de gran reputación que la llamaba de manera continuada para comunicarle los pasos a seguir durante la demanda de divorcio. Quique y ella nunca habían hecho separación de bienes y esto resultaba un problema añadido. Como si se tratara de una calculada represalia, su exmarido no parecía dispuesto a ceder ni un ápice del patrimonio acumulado mano a mano durante veinte años. Le reclamaba la casa, los terrenos, las tarjetas de crédito, los ahorros, los coches y, a poco que se despistara, en su demencia particular llegaría a reclamar la custodia de unos hijos ya mayores de edad.

Había, además, otros asuntos personales que la inquietaban y demandaban su permanente atención. Sin ir más lejos, la insistencia de su madre, que se empeñaba en hacerle la vida un poco más difícil si acaso. Tenía dos llamadas perdidas suyas. La noche anterior se había negado a atenderlas. Su madre, la misma que durante más de cuarenta años apenas se preocupó de escuchar los deseos reales de su hija, ahora se había autoproclamado como mentora y psicóloga, un papel que Esther se negaba a darle. Llamaba con insistencia para recordarle que estaba cometiendo un tremendo error, que Quique era un buen partido, que todos los matrimonios atravesaban malos momentos. Ella, sin ir más lejos, había tenido sus rifirrafes con su padre cuando él se "confundió" (así lo dijo) con una de sus compañeras de trabajo. A Esther nada de esto le importaba realmente. Prefería pasar por alto sus llamadas y derretirse el cerebro con cualquier reality show que pusieran en la televisión. Estaba cansada de escuchar la misma cantinela. Su madre no quería entender que la decisión estaba tomada. No se trataba de un capricho ni de una ocurrencia, y le importaba bien poco la opinión que tuvieran compañeros de partido o vecinos acerca de su divorcio.

En lo relativo a este tema, lo único que realmente le preocupaba era la opinión de sus hijos. Había intentado posponer la charla con ellos tanto como le había sido posible. Luis y Patricia estaban en la universidad, y le resultaba descorazonador, falto de tacto incluso, llamarles por teléfono para decirles que su padre y ella habían decidido tomar caminos separados. Pero al final no fue posible mantener un encuentro cara a cara.

—¿Qué está pasando, mamá? Llamo a casa y nadie responde. O solo responde papá. ¿Va todo bien? —le dijo Luis a los pocos días de su separación. Esther se había ido de casa y su hijo insistía en llamar al teléfono fijo, algo que ella, por las prisas, no había previsto.

La alcaldesa atendió la llamada a su móvil desde la habitación de hotel en el que residía entonces. Bajó el volumen del televisor y suspiró imperceptiblemente, con el fatigoso convencimiento de que había llegado la hora de sincerarse con su primogénito. Qué difícil le resultaba.

—No ocurre nada, cariño —le mintió, mordiéndose el labio inferior con nerviosismo, aferrada a la esperanza de que Luis no percibiera el leve temblor de su voz. Pero su hijo resultó ser un muchacho muy perspicaz.

—Mamá, por favor. Sé que está ocurriendo algo. Lo sé, no me mientas.

Esther cerró los ojos con fuerza y apretó el auricular de su móvil contra la oreja. Desde hacía algunos días sentía una especie de peso que comprimía su pecho cada vez que hablaba con sus hijos. ¿Culpa, tal vez? No, más bien se trataba de puro miedo, un terror que la desnudaba metafóricamente cada vez que contestaba a sus llamadas e intentaba fingir una normalidad inexistente.

—De acuerdo, tienes razón —afirmó rindiéndose. Abrió los ojos y perdió la mirada en la pantalla del televisor en donde un famoso de medio pelo estaba explicando las maravillas de un producto publicitario—. Sí que está ocurriendo algo. Tu padre y yo vamos a divorciarnos, pero no quería decírtelo por teléfono. Lo entiendes, ¿verdad?

Luis guardó silencio al otro lado de la línea. Casi pudo imaginárselo. Su pelo, un poco largo, cubriéndole parte de los ojos. Luis siempre lo llevaba despeinado, hecho que le daba un aire de rebeldía universitaria que probablemente perdería al cabo de los años. No era ya un niño, pero tampoco un hombre y, sin embargo, tenía ya la mesura necesaria para tratar temas delicados. Tal vez a esto atendiera su repentino silencio.

—Comprendo —dijo entonces su primogénito, sin rodeos o protestas. Con toda probabilidad, Luis ya había advertido la tensión que existía entre sus padres—. ¿Estás bien? ¿Quieres que vaya?

—Estoy bien. —Esther suspiró con alivio. No había sido tan difícil, después de todo, aunque la buena reacción de su hijo no consiguió acabar con su desazón—. Tu padre se va a quedar en casa por el momento, por eso no has podido encontrarme allí.

—¿Y tú dónde vas a vivir?

—Ando buscando algo para alquilar. Por ahora estoy en un hotel.

—Joder, vaya mierda —exclamó Luis—. Puedo ir la semana que viene, si quieres. No me importa perder clases.

—No —replicó Esther, tajante. Lo primero eran los estudios de sus hijos y una visita no iba a cambiar la situación entre Quique y ella—. Tú tienes que estar centrado ahora en tu carrera. Ya hablaremos más adelante, cuando tengas vacaciones, a ver cómo lo hacemos.

—Como quieras, aunque yo creo que debería ir. Me quedo preocupado.

—Pues no lo estés, no hay ningún motivo. Es una decisión meditada, y tu padre y yo estamos bien —afirmó, aun a sabiendas de que no tenía ni

16

idea de cómo se encontraba Quique. En aquel momento charlaban por mediación de sus abogados y de notas que se dejaban sobre la encimera de la cocina siempre que Esther iba a recoger algo a la casa.

—¿Lo sabe ya Patri?

—Tu hermana todavía no sabe nada. Supongo que se lo diré ahora que lo he hablado contigo.

—Déjame que se lo cuente yo primero —propuso Luis con afán conciliador. Ambos sabían que Patricia era quien peor encajaría la noticia. Siempre había tenido una imagen excesivamente romántica de las relaciones maritales y tal vez ayudaría que su hermano fuera preparando el terreno—. Yo sé cómo hablarle.

—Vale, como quieras. Pero no olvides avisarme cuando se lo cuentes.

Ni siquiera hizo falta que Luis la llamara para anunciárselo. Patricia no tardó en ponerse en contacto con ella inmediatamente después. Su hija estaba afectada. Le notó la voz temblorosa, como si hubiese estado llorando minutos antes o tuviera unas ganas irrefrenables de hacerlo. No obstante, su reacción no fue tan deprimente como Esther previó. Patricia se limitó a decirle que estaba consternada, triste, decepcionada, pero que podía entender sus motivos. Ella también los había visto mal las últimas veces que había estado en casa.

—Quiero que estés bien y te voy a apoyar en todo lo que necesites. Te quiero, mamá —le dijo con tal ternura que Esther no pudo contener las lágrimas agolpándose contra sus párpados.

Anheló en su fuero interno que esa frase fuera cierta, que la afirmación se aplicara a todos los ámbitos, incluso al más espinoso de todos, cuando sus hijos descubrieran que a partir de entonces, si su madre volvía a compartir su vida con alguien, sería irremediablemente con una mujer.

Pero ese sobresalto podía esperar. Allí y ahora a Esther solo le preocupaba que los cereales que masticaba con hastío cada mañana no estaban en su mejor estado. Y que sus obligaciones como alcaldesa del Ayuntamiento de Móstoles se amontonaran día tras día en forma de papeleo sobre la mesa en la que tenía apoyados los codos.

Dio un sorbo despistado a su café recordando todos los plenos a los que debía asistir, las actas por firmar, los acuerdos por sellar y las calles por inaugurar. Por supuesto, a todo esto había que sumarle el manifiesto nerviosismo que flotaba en su entorno de trabajo y que le resultaba imposible ignorar. Sus concejales estaban inquietos, preocupados por los datos que arrojaban las encuestas de intención de voto. Las elecciones municipales cada vez estaban más cerca. Esther sentía escalofríos al ver los días pasar, acercándose con temeraria celeridad a la fecha señalada.

Tras su enfrentamiento con Diego Marín, eran muy pocos los que apostaban por ella para revalidar su cargo de alcaldesa en los comicios venideros. Ahora Esther Morales era una suerte de proscrita, alguien indeseable para el Partido Liberal por haberle echado un pulso a su presidente. Todos esperaban verla caer de manera estrepitosa y tal vez obtendrían su deseo, ya que el electorado no parecía haber olvidado los desmanes de su antecesor, Francisco Carreño, y la intención de voto fluctuaba peligrosamente hacia otras opciones políticas.

Pensar en todo ello resultaba agotador y estaba agotada, pero por alguna razón Esther se sentía más viva que nunca. Libre. Suya como nunca lo había sido. A veces se descubría a sí misma tarareando alegremente alguna vieja melodía mientras removía los espaguetis de la cena. O sonriendo sin motivo alguno, incluso cuando se quedaba varada en un atasco a la entrada de Móstoles. Ni las preocupaciones ni el cansancio habían conseguido mermar sus ansias de libertad, ese momento perfecto en el que se descubría con todo el tiempo del mundo para ella, con la potestad de tomar las decisiones que quisiera, fueran correctas o erróneas. Se sentía libre por primera vez en la vida y era un sentimiento verdaderamente maravilloso, suficiente para lidiar con las pesadillas nocturnas, la delgadez y las preocupaciones anexas a la situación inestable por la que atravesaba.

Hoy sin falta llamaría a un servicio de limpiadoras para que le enviaran a alguien, decidió mientras daba el último sorbo a su café. Y después llamaría a Lara, porque ya no *podía* posponerlo más, porque no *quería* posponerlo más.

Posó la taza sobre el escritorio y extendió el brazo para pulsar el botón del intercomunicador.

—Carmen.

—Sí —respondió solícita la secretaria.

—Búscame el número de un servicio de limpiezas, por favor. Necesito ayuda en mi casa.

—Claro, ahora mismo te lo paso. Tengo una amiga que gestiona uno en el centro. ¿Te vale con ese?

—Alguien de confianza sería perfecto —replicó Esther, mordiendo con nerviosismo el final del bolígrafo que sostenía.

—No hay problema. Me pongo enseguida a ello.

—No, espera. —Esther sonrió. Acababa de cambiar de idea. O al menos, del orden de las tareas que se había propuesto acometer ese día—. Pásame con el servicio de limpieza después. Ponme antes con Lara Badía, por favor.

—Claro. Ahora mismo.

La voz de la secretaria se evaporó del intercomunicador. Esther se reclinó sobre el respaldo del sillón, concediéndose el primer momento de paz del día. Esperó unos segundos con una sonrisa pintada en los labios, tranquila, relajada, deseando tener otro café bien cargado entre las manos. Casi estuvo tentada de levantarse y servirse otro, pero no lo hizo. Esperó pacientemente hasta que la luz del intercomunicador se encendió de nuevo para comunicarle que tenía una llamada. Con una sonrisa todavía más amplia que la anterior, descolgó el teléfono y escuchó la voz que tanto había anhelado oír:

—Lara Badía, ¿dígame?

CAPITULO
DOS

—¿La has encontrado? Venga, date prisa, vamos a llegar tarde.

—Ya voy, espera, tiene que estar por aquí.

Lara Badía había ocupado la última media hora en intentar encontrar la tarjeta gráfica de su cámara de fotos. Hacía tanto tiempo que no la usaba que ya no recordaba dónde la había dejado. Si su memoria no le fallaba, la última vez que sacó una fotografía había sido durante la campaña de Diego Marín, cuando juntos recorrieron la Comunidad de Madrid buscando arañar votos para las elecciones autonómicas. De eso hacía menos de un año, pero cuando estos recuerdos se colaban en su mente, le parecía una etapa lejana, casi como esas estampas de la infancia que el tiempo acaba desdibujando.

Lara apenas se permitía pensar en ello. En cierta manera, se negaba a hacerlo. Consideraba importante enterrar cuanto antes este tramo de su pasado, imponiéndose una especie de terapia de choque que le impidiera quedarse anclada, aunque en determinados momentos le resultara imposible. Allá donde mirara, siempre había retazos de su etapa junto a Diego Marín. A veces eran pequeños objetos como mecheros con el logotipo del partido que encontraba en el cajón de la cubertería, mezclados sin lógica entre cucharas y cuchillos. En otras ocasiones se topaba con fotografías que debería haber guardado en algún altillo, pero que seguían en el fondo de los cajones de su escritorio. Rebuscó entre las estanterías, pero solo consiguió que de las páginas de un libro cayeran un par de papeletas de la última campaña.

Lara suspiró con cansancio. Si la búsqueda de la tarjeta gráfica iba a implicar encontrar indiscriminados despojos de su pasado, prefería comprar una nueva. Le diría a María que se adelantara mientras ella iba a cualquier tienda.

—¡Lara! ¡Que vamos a llegar tarde! —insistió María desde el otro extremo de su apartamento.

Joder, qué impaciencia.

—¡Que ya voy! ¡Espera un momento! —contestó de malas maneras.

Probó por última vez en el bolsillo de la funda de la cámara, pero tal y como había ocurrido antes, la tarjeta no estaba. Lo único que encontró fue un banderín con el emblema del partido, de los que se repartían en

20

los mítines para que simpatizantes y afiliados agitaran con entusiasmo. Lara lo estrujó y lo arrojó al suelo con enfado.

Le irritaba comprobar esta omnipresencia de Diego en todos los rincones de su vida. El presidente parecía haberlo inundado todo. Estaba en su pasado y en su presente, oculto en los cajones de su casa, inevitable en las noticias y los periódicos. Bastaba con que removiera un pequeño espacio para que siempre reapareciera, pero Lara no conseguía ubicar el momento exacto en el que permitió que él ocupara un lugar tan determinante. Cuándo, exactamente, consintió que Diego, su candidatura, su futuro, lo inundaran absolutamente todo como una gigantesca ola que se hubiera llevado por delante sus propios deseos y necesidades.

Cada vez que meditaba sobre ello la rabia hacía que le temblaran imperceptiblemente las manos. *Todos los políticos son iguales*, se dijo a sí misma enfadada, consciente de que se había sumado a la opinión general, algo que en otro momento creyó imposible que le ocurriera.

Se consoló pensando que todavía estaba a tiempo de reconducir su vida. María la estaba esperando. Iban a llegar tarde. Así que se puso en pie, dispuesta a seguir con el día como si no hubiera tropezado con sus recuerdos más dolorosos. Aquella mañana tenía previsto asistir a la presentación del último libro del autor favorito de su novia. Ella estaba tan ilusionada con la invitación que solo quería llegar con tiempo suficiente para conseguir buenos asientos.

—¿Estás?

Lara miró por encima de su hombro y vio a María. La esperaba con impaciencia bajo el dintel.

—No soy capaz de encontrarla. Lo siento.

—Vale, no pasa nada, podemos sacar un par de fotografías con el móvil. Pero mejor vámonos o llegaremos tarde.

María tenía puesto ya el abrigo, una prenda gruesa. Faltaban todavía varias semanas para que la primavera enviara los primeros rayos a combatir el invierno madrileño.

—Puedo ir un momento a comprar una, de camino hacia allí —propuso en un último intento por llevar la cámara.

—Ni hablar, tardaríamos demasiado —repuso María—. Venga, déjalo estar. Nos vamos.

Lara obedeció sus órdenes sin rechistar. Fue hasta el ropero que tenía en el vestíbulo de entrada para ponerse el abrigo, pero al abrir las puertas del pequeño armario advirtió con sorpresa que María había dejado allí un par de prendas de su propiedad. Lara no supo si alegrarse o preocuparse por ello. Se quedó mirando las chaquetas unos segundos y recordó las otras veces que había ocurrido algo similar.

En los últimos meses María había iniciado su particular conquista de su apartamento con un sigilo típico en ella. Su novia empezó llevándose un cepillo de dientes, <<uno de sobra>>, le explicó, <<para las noches que me quede aquí contigo>>. El número de veladas en las que María se quedaba a dormir se habían incrementado con el paso del tiempo y del cepillo transitaron hacia la ropa interior en el primer cajón de la cómoda, porque <<siempre es bueno tener una muda>>. También a los calcetines <<por si acaso>>, y al pijama que se encontró un buen día debajo de la almohada <<porque a veces se me olvida>>.

María justificaba estos hallazgos sin que Lara le pidiera justificación alguna, si bien es cierto que la aparición de estos objetos en su entorno personal avivó en su interior una sensación familiar. De un tiempo a esta parte tenía la impresión de que todo lo que acontecía en su vida sucedía por expreso deseo de otras personas. Diego, Esther, María, Tomás... todos ellos habían dejado una huella indeleble sin que les hubiera dado permiso para hacerlo, como si tuvieran derecho a tomar decisiones en su nombre.

De todos modos, aquel no era lugar ni momento para detenerse a pensar en ello. Ya tendría tiempo después, cuando consiguiera serenarse. Cerró el armario fingiendo no haber visto las dos chaquetas que María había colocado allí. Cogió las llaves, el Red-Bull que previamente había sacado de la nevera y en menos de cinco minutos se encontraban ya en la entrada de la boca del metro, camino de la presentación.

—¿No estás emocionada? A mí es que me encanta —le confesó María cuando estaban validando sus abonos transporte en los tornos de entrada.

Lara se encogió de hombros con indiferencia, antes de dar un sorbo a su bebida. Por fin estaba empezando a espabilarse.

—Escribe bien —respondió de manera desapasionada—, pero no sé, a mí no me dice mucho.

El autor en cuestión dominaba la lengua española, pero los libros que escribía no eran de su agrado. Lara acostumbraba a leer novela negra o de tinte político, y las obras románticas que escribía aquel autor le resultaban indiferentes; este género ocupaba un puesto muy bajo en su lista.

—Si te leyeras su último libro, no dirías eso. Es maravilloso —afirmó María con los ojos llenos de ilusión, como los de una niña a punto de cruzar las puertas de un parque temático.

Lara le sonrió con simpatía, enternecida por su entusiasmo. Esta era una de sus cualidades que más le gustaba, esa capacidad suya para convertir lo cotidiano en algo extraordinario. En cierta manera, alguien como Lara estaba necesitado de tal ilusión, aunque, a veces, le resultara agotador vivir permanentemente inmersa en un parque de atracciones.

El viaje en metro se hizo corto, unas pocas paradas las separaban de su destino y no tenían que hacer trasbordo alguno. Para su tranquilidad, el local en donde iba a tener lugar la presentación estaba prácticamente vacío cuando llegaron. Aun así, Lara advirtió que ya había un par de periodistas en la sala. Estaban acompañados de sus fotógrafos, los cuales esperaban pacientemente con la cámara colgada del hombro, observando el salón para medir la luz y buscar los ángulos. También había un pequeño grupo de fans, casi todas mujeres. Se habían arremolinado en torno a las primeras filas para no perder detalle de la presentación.

A Lara le pareció increíble que alguien tuviera ánimo y espíritu para despertarse tan temprano con el objeto de asistir a la presentación de una novela. Este tipo de actos solía celebrarse a última hora de la tarde para garantizar la presencia de un nutrido grupo de asistentes. Pero si por la razón que fuera los medios de comunicación tenían que cubrir demasiados actos ese día, los organizadores preferían sacrificar la presencia de público con tal de que los medios pudieran asistir. Con toda seguridad eso era lo que había ocurrido, pensó la periodista.

—¿Dónde quieres sentarte?

—¡Cerca! Cuanto más cerca, mejor.

Lara echó un vistazo a la sala y sugirió un par de asientos en la segunda fila. —¿Qué te parecen esos? —dijo, señalándolos.

—¿Veremos bien desde allí?

—Perfectamente, solo una de esas señoras es cabezona —bromeó, ganándose un golpe en su brazo a modo de regañina.

—Eres incorregible —protestó María.

Lara le dedicó una sonrisa. —Escucha, ve yendo hacia allí para que nadie nos los quite. Yo voy a saludar a alguien.

—Vale. No tardes.

Se dirigió entonces a uno de los periodistas que estaban rondando con aburrimiento el salón de presentaciones. Se trataba de un chico más joven que ella, de corta estatura y gafas de pasta negra que le daban un estudiado aire de intelectual torturado. Tenía la mirada perdida en una de las lámparas de araña que colgaban del techo. Lara hundió dos dedos en su hombro para que advirtiera su presencia.

Héctor se colocó las gafas sobre el puente de la nariz y frunció el ceño con preocupación.

—Lara, ¿has venido a cubrir el acto? Porque ayer me dijeron que viniera yo.

—No, hoy estoy aquí de público.

—Ah, vale, por un momento pensé que…

—Pensaste que me había mandado Tino —concluyó la frase por él.

Tino, su exjefe de uno de los periódicos más reputados de Madrid, le había hecho el gran favor de darle un trabajo en calidad de *freelance* mientras Lara se encontraba en tierra de nadie, tratando de decidir qué rumbo darle a su carrera profesional.

A Lara le sorprendió que Tino le hubiese hecho esta propuesta laboral después del encontronazo que había tenido con él cuando trabajaba para Esther Morales. Pensó, de veras, que aquella discusión había supuesto un punto y final a su buena relación, pero descubrió muy pronto que los mentideros de los periodistas gozaban de buena salud. Tino la llamó tan pronto escuchó los rumores sobre el desplante que le había hecho al presidente. Quería ofrecerle un empleo.

—¿Por qué haces esto? —le preguntó al recibir esa llamada—. Me paso meses sin saber nada de ti y ahora me llamas para ofrecerme trabajo. No necesito limosna, Tino, sé arreglármelas sola, y si lo haces para que te cuente trapos sucios del partido, deberías recordar con quién estás hablando.

—Qué jodida eres, Lara —replicó Tino, riéndose—. Siempre lo has sido. Pero no te pases de lista, no lo hago por pena ni para obtener información. Lo hago porque me caes bastante mejor que el capullo de tu exjefe.

Lara sonrió. De todas las respuestas posibles, Tino había sabido dar con la correcta y acabó aceptando el empleo. No obstante, ese día no estaba allí para trabajar, y así se lo hizo saber a Héctor, el joven periodista enviado para cubrir el acto:

—No te preocupes, es todo tuyo. En realidad solo quería pedirte si podías hacerme un favor.

—Tú dirás.

—¿Va a venir el fotógrafo? Porque me gustaría que me enviaras después un par de fotos de la presentación. A mi novia le encanta este escritor y quiero que tenga unas cuantas de recuerdo.

Héctor sonrió afablemente. —Eso está hecho. ¿Te las envío a la cuenta que usas para el periódico?

—A esa misma me vale. Gracias, Héctor.

—A mandar.

Lara se dirigió entonces hacia los asientos que estaba reservando María. El acto estaba a punto de empezar. Una señora de grandes gafas estaba comprobando el funcionamiento del micrófono. Lara la observó con tanta atención que acabó topándose de bruces con alguien.

—Lo siento muchísimo —se disculpó al ver que acababa de chocarse con una mujer.

La susodicha miró el suelo y luego revisó su cuerpo como si quisiera asegurarse de que todos sus miembros estaban en su sitio. Cuando levantó la cabeza y sus ojos se encontraron, su cara le resultó familiar. Se conocían de algo. ¿Pero de qué?

—¿Estás bien?

—Sí, ha sido un golpe muy tonto. Estaba distraída y no me he dado cuenta —replicó la mujer.

—Yo también, perdóname. Casi te tiro todo el café encima.

La mujer miró su taza de papel. Por fortuna, estaba intacta. El choque había llamado la atención de varios de los asistentes, entre los que se encontraba María, que las observó atentamente, aunque Lara prefirió ignorarla.

—¿Nos conocemos de algo? —le preguntó entonces a la extraña con la que se acababa de tropezar—. Perdona, es que tu cara me resulta familiar, pero no soy capaz de recordar de qué.

—Tú eres Lara —le dijo la mujer dedicándole otra sonrisa. Extendió la mano para estrechársela—. Soy Claudia. Nos conocimos en una cena que organizó Marisa, no sé si lo recuerdas.

—¡Claudia! ¡Pues claro! —Apenas podía creer que no la hubiera reconocido. Una cara como la suya no se olvidaba de la noche a la mañana—. Perdóname, a veces soy un desastre para las caras.

—No pasa nada —replicó la agente literaria—, a mí también me ocurre. Además, creo que esa noche ni tú ni Esther estabais en vuestra mejor versión, ¿me equivoco? Desaparecisteis de repente.

Lara no reparó en este detalle hasta ese momento, pero las palabras de Claudia le hicieron recordar los acontecimientos de aquella noche. Su salida precipitada del restaurante, su rápido caminar para tratar de dar alcance a Esther, la conducción furiosa de la alcaldesa hasta que llegaron a su casa y todo lo que ocurrió después. Por supuesto, Claudia desconocía todos estos hechos, pero lo cierto es que ambas habían desaparecido del restaurante y nunca se habían molestado en llamar para excusarse. Marisa había tratado de dar con Lara en un par de ocasiones, pero nunca le devolvió la llamada; simplemente no estaba de humor para bailarle el agua o siquiera para disculparse. Ahora se arrepintió de no haberlo hecho. Podía imaginar la pésima opinión que tendrían de ella Claudia y su pareja. *¿Olivia, se llamaba?*

—Sobre esa noche… —carraspeó Lara con incomodidad—, creo que te debo una disculpa. A ti y a Olivia. Tu pareja se llama así, ¿verdad?

—Sí, se llama Olivia —le confirmó Claudia—. Y no tienes que disculparte. A Oli y a mí nos hacen mucha gracia este tipo de situaciones. Ella y yo también solíamos discutir mucho antes de ser pareja. Solo espero que hayáis podido superar vuestras diferencias. ¿Esther y tú estáis mejor?

Lara notó que la sangre abandonaba sus mejillas con rapidez. *No estaría pensando que… seguro no creía que…*

—Creo que te has confundido: Esther y yo no somos pareja —se apresuró a explicarle—. Mi novia está ahí, ¿ves? —Señaló el punto en el que se encontraba María, que le hizo gestos desesperados para que se acercara. La señora que antes había estado revisando el micrófono acababa de empezar a hablar. Lara ignoró sus súplicas, aunque bajó la voz para retomar su conversación con Claudia—. Esther y yo solo trabajamos juntas durante un tiempo.

Para Lara esta puntualización dejaba clara la naturaleza de su relación con la alcaldesa, no obstante, Claudia no pareció considerarlo así. La agente literaria la miró durante unos segundos con expresión divertida, pero en ningún momento la hizo partícipe de lo que estaba pensando. Solo le dedicó una sonrisa misteriosa. Después le informó de que estaba allí porque recientemente ella y su pareja se habían convertido en agentes del escritor.

—¿Y Olivia no ha venido?

Claudia negó con la cabeza. —Tenía asuntos que resolver en la oficina. Cuando hay este tipo de presentaciones, solemos turnarnos.

—Comprendo. —María la miró entonces con genuino enfado—. Bueno, Claudia, ha sido un verdadero placer encontrarme de nuevo contigo. A ver si tomamos un café algún día o vamos de cena. Esta vez prometo quedarme a los postres.

—Pues ahora que lo dices, me parece muy buena idea lo de quedar. Podíamos organizar una cena, esta vez de verdad —bromeó—. Esther y tú estáis invitadas a nuestra casa cuando queráis.

—En realidad estoy con Marí…

—Toma nota de mi número —le indicó Claudia.

—Sí, dime. Te hago una llamada perdida para que te quedes con el mío —replicó Lara, dándose por vencida. Si Claudia quería pensar que Esther y ella eran pareja, que así fuera. De todos modos, no acostumbraba a dar explicaciones sobre su vida privada y esta no iba a ser la primera vez. Así que intercambiaron teléfonos y acordaron verse en otro momento.

Lara siguió caminando por el salón de presentaciones, pero la mención de Esther le había provocado cierta inquietud. Hacía tiempo que sus caminos se habían separado, pero, por supuesto, seguía acordándose de la alcaldesa más a menudo de lo que deseaba. A veces se colaban en su mente recuerdos como la noche que habían pasado juntas en su casa, los nervios que sintió en su pleno de investidura, o el orgullo que la invadió cuando Esther tomó por fin las riendas de su vida para acabar con un matrimonio estéril, y para ponerle, también, vallas a su relación con Diego Marín.

Lara recordaba con claridad los buenos ratos al lado de la alcaldesa, porque habían sido muchos, a pesar de su breve periplo en Móstoles. Sin embargo, estos gratos recuerdos casi siempre quedaban empañados por una nueva sensación que había germinado recientemente en su interior. Y es que Esther Morales no dejaba de ser una política, una de ellos, una de tantos, y a Lara le resultaba difícil compaginar los buenos momentos con la impresión que ahora tenía sobre los políticos. Lo último que deseaba era volver a cegarse como lo había hecho con Diego Marín. Él había conseguido engañarla, le había hecho creer en su lealtad, y finalmente todo había resultado ser una gran mentira. ¿Podía decir lo mismo de Esther Morales? ¿La usaría también como la había usado Diego? Por más que lo meditaba, era incapaz de responder a esta compleja pregunta.

Las elecciones municipales estaban cada vez más cerca. Lara era muy consciente de ello, pero unos pocos meses le habían bastado para acostumbrarse a su nuevo estilo de vida. Ahora disfrutaba de nimiedades como qué película iba a ver esa noche con María, o qué comida se le antojaba preparar para la cena. Incluso había reanudado aficiones que en el pasado le había sido imposible realizar por falta de tiempo. Se trataba de pequeñas cosas, menudencias, incluso miserias cotidianas que cualquier humano ejecuta sin prestarles demasiada atención, pero Lara estaba disfrutando de esta nueva existencia sencilla. Quizá no estuviera cambiando el mundo con ella, tal vez no realizara ya sugerencias que podían trastocar el futuro de la ciudadanía, pero se trataba de un ejercicio sano y terapéutico que le permitía reconectar con la verdadera Lara Badía, aquella que algún día llegó a sepultar bajo una gran sobrecarga de trabajo.

Eso no significaba que a veces no se acordara de Esther. En varias ocasiones incluso barajó la posibilidad de llamarla o mandarle un mensaje. Las nuevas tecnologías resultaban una gran tentación, y en infinidad de ocasiones estuvo a punto de contactarla cuando veía que estaba conectada a una de las redes de mensajería instantánea. Esther le importaba lo suficiente para desear saber cómo se encontraba, si se sentía sola o liberada, si necesitaba apoyo ahora que por fin había conseguido reconocer en voz alta su verdadera naturaleza. Lara podía intuir lo sola que debía de sentirse en el proceso de reconstruir su vida. Esther Morales lo había perdido prácticamente todo en poco tiempo. Su matrimonio estaba roto, sus hijos fuera del país y el partido por el que se había desvivido le había dado la espalda.

Juan Devesa, su antiguo compañero del Gabinete de Prensa del presidente, la informaba puntualmente de los rumores que circulaban en el partido. Aunque poca gente conocía los detalles reales del enfrentamiento entre Esther y el presidente, ya era un secreto a voces que Diego Marín había puesto una cruz sobre el nombre de la alcaldesa, y Lara estaba preocupada. No obstante, creyó más oportuno mantenerse al margen. Le daba miedo implicarse demasiado, y en cualquier caso, las elecciones municipales volverían a reunirlas. Cuando menos se lo esperara, recibiría una llamada de Esther. Tenían un trato, y pretendía cumplir con su palabra.

Seguía con estas ideas danzando en círculos en su cabeza cuando por fin llegó al asiento que María tenía reservado para ella. La presentadora del evento estaba concluyendo la introducción del mismo. El escritor tomaría la palabra ahora.

—¿Quién era la mujer con la que estabas hablando? —le preguntó María queriendo disfrazar los celos de genuino interés.

Lara sonrió. Claudia era una mujer muy atractiva.

—Una agente literaria a la que conocí a través de Marisa. Tiene una pequeña agencia con su novia y ahora están representando a tu chico.

—Vaya, qué interesante. Jamás hubiera imaginado que se dedicara a eso.

—¿Por qué no?

María hizo un mohín con la boca. —No lo sé, no lo parece.

—¿Porque es guapa? —inquirió Lara sin rodeos.

—Sí, a lo mejor es por eso.

—Mira, ya va a hablar. —Lara señaló al escritor, feliz de poder dar esta conversación por zanjada. Las inseguridades de María a veces eran un foco de discusión entre ellas y no tenía ánimo para lidiar con nimiedades en ese momento.

María se olvidó entonces de Claudia y de sus tribulaciones de novia insegura. Se centró de nuevo en lo que las ocupaba y tenía ya el gesto perfectamente relajado cuando el teléfono de Lara empezó a sonar con estrépito en medio de la presentación.

—Por favor, tengan la amabilidad de apagar sus móviles —rogó malhumorada la mujer que había hecho la introducción.

Lara sacó apresuradamente el aparato de su bolsillo, le hizo un gesto rápido a María y salió disparada de la sala, tal y como había hecho antaño, cuando Diego esperaba de ella que respondiera ipso facto. Ni siquiera se le pasó por la cabeza la posibilidad de devolver la llamada en otro momento.

Comprobó enseguida que la llamada procedía del Ayuntamiento de Móstoles. Pensó que se trataría de Carmen. La secretaria a veces la contactaba cuando María no respondía al teléfono.

—¿Sí? ¿Carmen? —contestó en un susurro. Las puertas del salón donde tenía lugar la presentación todavía se encontraban abiertas.

—Lara, hija, menos mal que tú siempre contestas al teléfono, no como mi sobrina.

Lara sonrió, aunque la idea de que otros la percibieran como alguien drogodependiente de su móvil no le hiciera demasiada gracia.

—¿Quieres hablar con ella? Estamos en la presentación de un libro.

—No, no. Esta vez no tiene nada que ver con eso —especificó Carmen—. En realidad te llamo porque Esther quiere hablar contigo.

Lara palideció al escuchar estas palabras. Su cuerpo se tensó de inmediato. Después de todo, el momento había llegado. La campaña llamaba a su puerta. Bajó la mirada, sin saber cómo sentirse al respecto. Lo único que supo fue que no estaba preparada; todavía no.

—De acuerdo —dijo, no obstante—, pásamela.

—¿Es un buen momento? ¿Quieres que le diga que te llame más tarde? —sugirió Carmen, preocupada de haber interrumpido.

—Ahora está bien, Carmen, no te preocupes. Pásamela.

—De acuerdo.

Lara cerró los ojos y de manera involuntaria empezó a imaginarse a Esther. La alcaldesa se encontraría en su despacho, sentada en la gran butaca que presidía su escritorio. Estaría vestida con un traje de chaqueta oscuro, perfectamente planchado. Maquillaje. Uñas. Melena. Todo perfecto, estudiado. Sonreiría ligeramente antes de empezar a hablar, de lado, una media sonrisa complacida, y cuando por fin dijera algo lo haría con la seguridad que la caracterizaba, y esa actitud suya de tenerlo absolutamente todo bajo control. Estaría medio adormilada porque todavía era temprano y tendía a tener la tensión baja, pero lo contrarrestaría con un café bien cargado, el segundo de la mañana. Y sí, se sentiría un poco nerviosa, tal vez incluso tímida, porque a ella no podía engañarla: Esther Morales era una mujer de carácter, con una seguridad en sí misma apabullante, pero con Lara podía tornarse insegura y vulnerable, sobre todo cuando algo la acongojaba, como seguramente sería el caso.

—Lara Badía, ¿dígame? —contestó utilizando una formalidad que solo usaba en las ocasiones importantes.

Se hizo un breve silencio al otro lado de la línea hasta que Esther por fin se decidió a hablar:

—Lara, ¿cómo has estado?

—Hola, Esther. Bien, no me puedo quejar —dijo, escuchando los muelles del sillón de la Alcaldía. Había pasado tantas horas allí que sabía incluso el ruido que hacía el sillón cuando la alcaldesa se recostaba—. Supongo que no tengo que preguntarte para qué me llamas. Sería estúpido por mi parte.

—Bueno, ya sabes que no me ando con rodeos —replicó la alcaldesa.

—Me hago cargo. Nunca te he tenido por el tipo de mujer que llama para hablar de pequeñeces.

Esther rio con franqueza, contagiándole una sonrisa. —Has acertado. No lo soy.

—Me llamas por lo de las elecciones —afirmó Lara, dispuesta a ponerle las cosas fáciles. No le encontraba ningún sentido a dar rodeos estériles para alargar la conversación.

—Vuelves a acertar. He intentado posponerlo todo lo que he podido, no quería molestarte y no sabía si estarías ocupada en otras cosas, pero hoy he recibido una llamada del Gabinete de Presidencia. Querían recordarme que hay reunión la semana que viene en la sede del partido.

Lara silbó con sorpresa. Si el gabinete había llamado, la situación era seria.

—¿Te ha llamado Tomás? —preguntó, sintiendo un inmediato rechazo al pronunciar el nombre de quien ahora ocupaba su puesto.

—No, Juan Devesa. Carmen atendió la llamada, pero al parecer le han dicho que es importante que vaya. No he ido a ninguna de las reuniones anteriores y esperaba que a esta pudieras acompañarme.

Lara recapacitó unos segundos. En realidad no era necesario que acompañara a Esther. Por experiencia sabía que a este tipo de reuniones solían asistir única y exclusivamente los candidatos a las alcaldías. Muy pocos concurrían con sus jefes de prensa, pero podía entender por qué Esther no deseaba ir sola. Haría bien en rodearse de personas que la apreciaban, ahora que las cosas se le complicaban con sus compañeros de partido.

—¿Qué día es?

—El jueves, en la sede provincial. Todavía no sé la hora.

—Bien, no hay ningún problema. Allí estaré.

—¿Seguro que no te pongo en un aprieto? —se interesó Esther, con genuina preocupación—. Sé que es un poco precipitado, pero te he llamado tan pronto me he enterado. De todos modos, si tienes algo importante que hacer u otras cosas que atender, yo…

—El jueves está bien, Esther. Dile a Carmen que me informe de la hora de la reunión o llámame tú cuando la sepas y nos vemos allí. ¿De acuerdo?

—De acuerdo. Así lo haré.

—Perfecto. Quedamos así, entonces.

—Sí.

Lara estaba ya a punto de despedirse y colgar el teléfono, pero cuando casi lo había hecho, Esther reclamó de nuevo su atención:

—¿Lara?

—¿Sí?

—Me alegra mucho escucharte. Saber de ti, vaya.

La periodista contuvo la respiración. No sabía cómo lo hacía, pero aquella mujer tenía la capacidad de encender luciérnagas en su interior con algo tan simple como pronunciar su nombre. Sintió un nudo que se tensaba en su garganta y por un momento no supo qué responder, así que simplemente optó por decir la verdad. Desnuda, absurda y peligrosa verdad:

—Sí, a mí también me ha gustado saber de ti. Nos vemos el jueves, ¿de acuerdo?

—De acuerdo. Hasta el jueves.

—Hasta el jueves.

CAPITULO
TRES

A las seis en punto estaba de camino a la sede. A las seis y veinte, se encontró con el atasco típico de la entrada de Madrid. Y eran ya las siete cuando Esther estaba intentando dar con un sitio donde aparcar. Normalmente lo hacía en el aparcamiento situado en la misma manzana que la sede provincial, pero esa tarde no quedaba ni un sitio vacío.

La alcaldesa odiaba con toda su alma llegar tarde a una cita. Le parecía que una impecable carta de presentación era no tener esperando a nadie con quien hubiera quedado. Y hoy había quedado con Lara. Casi seguro la periodista estaría en la entrada, tal y como habían planeado, mirando su reloj con inquietud y preguntándose si había ocurrido algo. Marcó su número de teléfono en el manos libres.

—Esther, ¿va todo bien? La reunión está a punto de empezar.

—Estoy metida en el infierno de Madrid. No encuentro sitio donde aparcar.

—¿Has probado en el aparcamiento?

—Completo. Estoy mirando en la calle de atrás. Tan pronto lo aparque, salgo corriendo para allá. ¡Espera! Parece que sale un coche —dijo, estirando la cabeza. Sí, quedaba una plaza libre—. Ahora te veo.

—Vale, te espero fuera.

Esther se impacientó mientras el conductor del vehículo hacía maniobras para desaparcarlo. Estaba tan inquieta que casi no le dejó espacio para maniobrar, con el consecuente enfado del conductor, que le dedicó una mirada furiosa a través del espejo retrovisor.

Cuando por fin estacionó su coche, en lugar de sentirse más calmada, notó que los nervios que había sido capaz de controlar yendo hacia allí, volvían a hacer acto de presencia, esta vez con mayor virulencia. Respiró hondo y empezó a transitar con brío por la calle que la separaba de la sede.

Tenía el pelo perfectamente peinado, se había comprado un traje nuevo para la ocasión. ¿Los zapatos? De salón, serios pero exquisitos, como siempre. Y se había preocupado de retocarse el maquillaje antes de salir del Ayuntamiento. No obstante, a pesar de estar aparentemente preparada, la procesión de Esther Morales iba por dentro. La seguridad en una misma no residía en unos zapatos caros o en el atuendo perfecto, y la regidora apenas podía controlar los nervios arremolinándose en la boca de su estómago. Su estresante boda de trescientos invitados había sido fácil en comparación. El pleno que la invistió como alcaldesa de Móstoles, también. Incluso la noche de fin de año en la que se adentró en las profundidades de Chueca sin más compañía que aquel oscuro sentimiento de vacío y pérdida, había sido más fácil que plantarse aquel día en la sede de su partido. Después de una década entregada por completo a la política, la alcaldesa se sintió por primera vez ajena, extraña. Sabía que no iba a ser bien recibida por sus compañeros de partido y, a la postre, iba a encontrarse de nuevo con Lara.

Los días previos habían transcurrido teñidos de una engañosa normalidad. Esther acudió al Ayuntamiento, despachó asuntos con sus concejales, llamó a sus hijos, discutió con su abogado, se exasperó con las llamadas de su madre y recibió a la amable joven que a partir de entonces iba a facilitarle la vida encargándose de las tareas domésticas. Nada fuera de lo normal. Había estado tan ocupada sobreviviendo a su propio caos que, antes de que pudiera darse cuenta, el día de la reunión había llegado.

Mientras recorría los últimos metros que la separaban de la sede tuvo la impresión de que no estaba preparada para afrontar todo aquello. Y no se equivocaba demasiado. Lo supo al distinguir la figura de Lara, apostada en la puerta, mirando su teléfono móvil con inquietud, ajena al hecho de que la estaba observando.

A pesar de la distancia que las separaba, no le costó advertir que Lara estaba fantástica. A diferencia de ella, la periodista había ganado un par de kilos, lo que le daba una apariencia más sana, relajada, como si hubiera estado de vacaciones todo ese tiempo. Su rostro también parecía más relajado, sin rastro de las ojeras y signos de preocupación que lo caracterizaban los días que trabajaron juntas. Casi sintió vergüenza de acercarse a ella, desfavorecida como se veía. Le hubiese gustado estar radiante para el reencuentro, pero ahora ya era demasiado tarde para lamentarse; Lara acababa de verla.

La periodista sonrió. Se trataba de una sonrisa sincera, como si de veras la hubiera echado de menos los meses que habían estado separadas. Se encontraron en un punto medio e intercambiaron dos besos, breves pero intensos. A Esther no le hubiese importado dejar sus labios anclados a aquellas mejillas, pero no disponían de tiempo.

—¿Estás lista? Ya han empezado —le informó la periodista sin más preámbulos, los ojos teñidos de excitación.

—Hazme esa pregunta más tarde. Ahora estoy tan nerviosa que no creo que pueda contestarla. ¿Te has encontrado con alguien?

—Solo con Martín, el gerente.

—Eso es que no. Mejor. Así haremos una aparición estelar.

—¿Vamos?

—Vamos —dijo Esther, empujando la puerta.

Unos segundos fueron suficientes para sacudirse los nervios provocados por su encuentro con Lara. Tendría que haberlo imaginado, haber previsto que así era su relación con la periodista, sencilla, cálida, fácil, de manera natural. Entre ellas no había espacio para las tonterías. Eran dos mujeres adultas y de carácter, por lo que no necesitaban grandes preámbulos ni introducciones para centrarse en sus objetivos. Y su objetivo ahora era aparentar serenidad cuando entraran. Querían fingir que ambas seguían en buenos términos con el presidente, aunque nada de esto les impidió enzarzarse en una charla banal:

—Estás fantástica —le dijo Esther mientras llamaban el ascensor—. La vida fuera de la política te sienta bien.

—Gracias. Estaba a punto de decirte lo mismo —apreció Lara. El ascensor ya había llegado—. Aunque te veo más delgada.

—Es por la mala vida que llevo. Pulsa el cuatro, anda.

Lara pulsó el botón del cuarto piso. —¿Va todo bien? —se interesó de manera general, sin entrar en detalles. Todavía era muy pronto para eso.

Esther se encogió de hombros. —Va. Y eso es bastante, teniendo en cuenta la situación. Pero ya lo iremos hablando. Tampoco es cuestión de contarte toda mi vida en la primera cita. Al menos tendrás que invitarme a cenar antes, ¿no crees?

Lara sonrió con esta pequeña broma, y Esther se relajó por completo. Las cosas iban bien, demasiado bien. Tendría que haber sospechado que en algún momento se torcerían.

Saludaron a las tres secretarias que custodiaban la entrada de la sede. Una de ellas les hizo señas para que se dirigieran al salón principal, donde tenían lugar las grandes reuniones del partido. Martín, el gerente, estaba apostado en la puerta. Tenía el mismo gesto de un gorila que vigilara la entrada de un garito de moda. Llegaban tarde y la reunión ya había comenzado, así que ambas se ganaron una mirada de reproche del gerente cuando, alertado por los tacones de Esther, se giró para saber quién venía.

—Llegáis tarde —les reprochó con las mejillas sonrosadas y los ojos brillantes, como si acabara de llegar de una copiosa comida. Acto seguido hizo una seña a alguien que se encontraba en el interior del salón.

Tomás Díez apareció entonces de la nada. Se dirigió a ellas en una exhalación. Tras intercambiar un saludo rápido, tomó a Esther del brazo y les hizo una seña para que lo siguieran.

—Venid por aquí —les ordenó.

Sucedió todo tan rápido que Esther no pudo procesar lo que estaba ocurriendo hasta que fue muy tarde. En cuanto se dieron cuenta, ya estaban sentadas en primera fila, a la vista de todos sus compañeros de partido. Diego Marín se encontraba justo enfrente, presidía una mesa en la que lo acompañaban el presidente de la Diputación de Madrid y el secretario general del Partido Liberal de la Comunidad.

—¿Qué está pasando? ¿Por qué nos han sentado aquí? —inquirió Esther en un susurro.

—Te lo explico después —replicó Lara mientras le apretaba el brazo con cariño para que bajara la voz. Aquel no era un buen momento, las estaban observando detenidamente.

A Esther le costó comprender que Tomás las hubiera sentado en primera fila, pero respiró hondo y consiguió calmarse. El presidente estaba hablando y sentía curiosidad por saber qué decía, aunque la enervara tenerlo justo enfrente, de manera que le resultaba imposible mirar hacia otro lado. Aquel hombre le causaba ahora tanto rechazo que a veces le daba un vuelco el estómago cuando recordaba los besos que habían intercambiado en aquel ascensor.

Diego Marín estaba especialmente inspirado aquel día. Hablaba sin echar mano de discurso alguno, pero las palabras le salían de manera fluida. Les recordó a los presentes lo importantes que eran aquellas elecciones para el futuro del partido. Según el presidente, debían hacer un esfuerzo colectivo porque la consecuencia de perder las elecciones era quedarse sin la Diputación de Madrid, y la Diputación era la vaca que más leche daba. Tal y como les recordó, conservarla significaba seguir teniendo dinero a espuertas, fácil de desviar a cualquier causa que beneficiara al partido. Si la perdían, ese grifo se cerraría.

Marín también les informó de las citas importantes que tendrían lugar las siguientes semanas. La primera sería la foto de posado y presentación de los candidatos a alcaldes. Los representantes de los ciento setenta y nueve municipios de la Comunidad de Madrid se reunirían con el presidente para sacarse una bonita foto de grupo que convenciera a la opinión pública de que los miembros del Partido Liberal eran una piña, un equipo. Después, el propio Marín haría una especie de *tournée* por los municipios para presentar a los nuevos candidatos a los medios de comunicación. A partir de ahí, todo quedaría en manos de cada localidad. De sus equipos dependía que las elecciones fueran un éxito o un fracaso.

—Está mal que yo lo diga —terció Marín cuando llegó a este punto— y esto no puede salir de aquí porque ya sabéis que es ilegal, pero, coño, vosotros sois los que mejor conocéis a vuestros vecinos. Si uno de ellos os dice que tiene una madre enferma, que quiere votar pero no puede asistir al colegio electoral, llevad vosotros a la madre a votar. ¿Entendéis? Un voto puede marcar la diferencia entre obtener la Alcaldía o quedarse sin ella.

—¿Y qué pasa si alguno está cabreado? —Esther y Lara se giraron. Quien hablaba era Demetrio Molina, el alcalde de Alcobendas. Solía hacerlo cada vez que había una reunión. De sobra eran conocidas sus intervenciones, que a menudo no solían tener nada que ver con el tema que se estaba tratando—. Este año se ha destinado muy poco dinero a nuestro municipio. Los vecinos están cabreados.

—Pues si tienes que charlar con ellos personalmente, lo haces, Demetrio, coño. No cuesta nada acercarte a su casa para explicarles lo que hay, yo mismo tuve que hacerlo en varias ocasiones. La crisis nos ha afectado a todos, no solo a Alcobendas, pero no podemos dejar que eso nos hunda —le animó el presidente, zanjando la cuestión con enfado.

Eran muchos los que se quejaban de no haber recibido suficientes fondos para contentar a sus votantes. Marín parecía cansado de escuchar una y otra vez las mismas protestas.

—Y si no, siempre puedes llamarnos, para ver qué se puede hacer desde el partido —intervino el gerente.

Diego Marín asintió con la cabeza, en claro signo de apoyo.

—Exacto —dijo—, si ves que las cosas se complican, llamas aquí y Martín se puede ocupar de enviarte dinero para algo que hayas prometido. Con moderación, claro. No vayáis a llamar todos de golpe, que no hay dinero para tanto.

La audiencia festejó con sonrisas esta broma del presidente. Los allí reunidos, casi todo hombres a excepción de las candidatas de Brea del Tajo, La Hiruela y Esther, que era la única alcaldesa, parecían considerarlo muy divertido. Los murmullos cesaron cuando el presidente habló de nuevo:

—Nadie está diciendo que sea fácil, pero vedlo de esta manera: si no echamos el resto ahora, algunos de vosotros os quedaréis en la calle —les recordó—, y os advierto que estar en la oposición es muy duro. Y si no, que os lo cuente Esther Morales, que tuvo que vivir en la oposición varios años, ¿verdad, Morales?

36

Esther se quedó horrorizada al escuchar su nombre en boca del presidente. El silencio que siguió a sus palabras fue todavía más difícil de sobrellevar. No solo la habían sentado en primera fila, donde todos podían verla, sino que ahora Diego se dirigía a ella como si fueran amigos y, a la postre, la ponía de ejemplo ante todos. ¿Qué estaba ocurriendo?

La alcaldesa se removió en su silla y sonrió con nerviosismo. Sabía que todos estaban esperando que interviniera, así que optó por dar una respuesta poco comprometida.

—Así es, la oposición es muy dura —comentó sin titubeos. No sabía cómo lo lograba, pero cada vez que los nervios estaban a punto de envenenarla, conseguía calmarse justo a tiempo para dar una imagen de seguridad que no se correspondía con su inquietud interior.

—¿Cómo van las cosas por Móstoles? —se interesó el presidente entonces. Se diría que Diego estaba disfrutando de poner a Esther en el ojo del huracán.

—Estamos en ello —replicó ella, sin apartar los ojos él—. Estoy segura de que con un poco de trabajo conseguiremos sacar unos buenos resultados.

Mentira. Esther lo sabía mejor que nadie. Diego Marín, también. La intención de voto caía en picado, y tendrían que dejarse la piel si querían remontar. Pero para eso estaban allí, Lara y ella, un equipo. Lo que pensaran sus compañeros de partido, le daba exactamente igual. Lara hizo un leve gesto de asentimiento con la cabeza. Eso le dio ánimos.

—Estoy segura de que renovaré como alcaldesa después de mayo —puntualizó, y con ello provocó una sonrisa de suficiencia en el presidente. Cuando sus ojos se cruzaron de nuevo, Esther sintió que le ardían las pupilas. Su mirada encerraba tanto odio que supo que esa imagen se le quedaría grabada para siempre.

—Esa es la actitud, Morales. Espero que tus compañeros de partido tomen buena nota —afirmó Marín, antes de pasar a otros temas.

La reunión terminó cinco minutos después, con la promesa de que se les mantendría informados de las fechas de los eventos que estaban por llegar. Muchos de sus compañeros de partido se acercaron para charlar con Marín. Todos querían saludar de manera personal al presidente, seguir cultivando su relación con él para obtener favores. Esther y Lara, en cambio, se retiraron con discreción.

—Nos vamos —le susurró Esther.

—Deberías quedarte y saludar —protestó Lara.

—¿Después de lo que ha ocurrido? Ni hablar. Nos vamos —insistió la alcaldesa, tirando de la manga de su chaqueta para obligarle a que caminara.

Esther sabía que lo inteligente habría sido quedarse, participar en aquella extraña representación teatral, y saludar a algunos compañeros. El *networking* en el corazón del partido resultaba casi tan importante como el apoyo de los ciudadanos. Pero Esther no se encontraba de humor. Quería salir cuanto antes de la sede. Estaban ya casi a las puertas del salón cuando Tomás salió a su encuentro.

—Lara, Esther —las saludó con desparpajo el jefe del Gabinete de Presidencia—. Perdonad si antes no he podido saludaros, pero la reunión ya había empezado.

Lara se tensó al verse obligada a hablar con la persona que había ocupado su antiguo puesto. No obstante, la periodista se repuso con una rapidez que la dejó pasmada:

—Tomás, ¿cómo has estado? ¿Cómo van las cosas por Presidencia?

—Bien, bien —replicó él con una sonrisa—. Aunque tenemos mucho trabajo, como siempre. ¿Qué tal por Móstoles? El otro día Juan y yo estábamos hablando de que no estaría mal organizar algún acto de campaña con el presidente. Ya sabes, un mitin de cierre o algo así.

—Claro, eso sería genial —afirmó Lara—. Te llamaré para cerrar una fecha. Habrá que buscar un local donde hacerlo y todo lo demás.

—Perfecto, así lo espero. Estamos en contacto —se despidió Tomás, antes de salir disparado hacia el presidente para poner un poco de orden entre la gente que esperaba su turno para saludarle.

Esther no dijo nada de inmediato. Tan solo miró a Lara de reojo para asegurarse de que se encontraba bien. Como la vio tranquila, relajada, prefirió seguirla en silencio hasta la salida. Se despidieron de las secretarias y salieron al rellano del ascensor. Solo cuando pulsó el botón de llamada, Lara dejó salir la rabia que la consumía:

—Le odio. A él y a Marín.

Esther sonrió. —Pues ya somos dos. ¿Qué opinas del circo que han montado? —le preguntó. La periodista no parecía sorprendida.

—Que si yo fuera Tomás, habría hecho lo mismo.

Esther frunció el ceño. —¿Lo mismo? ¿A qué te refieres?

—A ver, Esther, tienes que comprender que si te enfrentas al presidente del partido te pueden pasar dos cosas: que nadie se entere de ello o que todo el partido acabe enterándose. Y yo veo muy claro lo que ha ocurrido.

—Y eso, ¿qué es? —preguntó. Tenía su propia teoría sobre lo acontecido, pero quería saber si Lara pensaba lo mismo.

—Pues que, probablemente, todos los que estaban allí habrán oído por un canal u otro que le echaste un pulso a Diego, y que al final te saliste con la tuya —empezó a explicarle—. Da igual si saben la historia completa o solo detalles, para ellos eres una rebelde que consiguió lo que quería, y eso es terrible para la imagen del presidente. Lo que han hecho hoy es exactamente lo que yo le habría sugerido a Diego si hubiese dependido de mí: colocarte en un lugar especial, es decir, en primera fila, donde están los primeros espadas del partido. Y después, ponerte de ejemplo para que todos vean que el presidente es quien tiene el poder. Que todo está bien. Sencillo, pero muy efectivo.

—Ya. Hemos estado lentas por no haberlo previsto —replicó Esther, cabeceando con tristeza.

—Yo sí lo previ.

—¿Ah, sí? ¿Y por qué no me lo dijiste? —protestó la alcaldesa, que se detuvo en medio de la calle.

—Por esto mismo. —Lara la señaló de arriba abajo—. Te conozco. Si te lo hubiese dicho, probablemente habrías mandado a Tomás a la mierda delante de todos. ¿Me equivoco?

Esther se ruborizó. —No, no te equivocas. Es muy posible que lo hubiese hecho.

—Lo sé, y por eso no te lo he dicho, porque tenemos ya suficientes problemas. Te guste o no, en el futuro vamos a necesitar ayuda de la gente del partido. Así que cuanto menos ruido hagamos, mejor. Ya tendremos nuestra oportunidad de dar un golpe en la mesa, no te preocupes.

Esther se tranquilizó al escuchar estas palabras. La periodista nunca dejaba de sorprenderla, por eso se alegraba tanto de tenerla a su lado. Lara era su freno, su brújula cuando perdía el norte. Ella sabía mejor que nadie cómo manejar los tira y aflojas del poder que tanto la ofuscaban. Quiso darle las gracias, pero ya lo había hecho muchas veces antes, y se entendían con una sola mirada. No hizo falta nada más.

Acababan de doblar la esquina y Esther se detuvo en seco, sin saber cómo proceder. El metro estaba a la derecha, pero ella tenía que tomar la dirección opuesta. La regidora sintió tentaciones de vocalizar lo que estaba pensando ("¿Te apetece que nos tomemos algo?"), pero se contuvo por temor a poner a Lara en un aprieto. Entonces Lara consultó su reloj.

—Tengo que irme, he quedado —le informó, señalando la dirección en la que se encontraba el metro. Había algo en su voz, una tristeza, una manera de arrastrar las vocales al final de cada palabra, que le hizo pensar que *tenía* que irse, pero que no *quería* hacerlo. Aun así, prefirió no insistir—. Te llamaré esta semana para organizarlo todo.

—Claro, cuando quieras —dijo Esther, intentando ocultar su decepción.

—Y voy a necesitar un despacho.

—Por supuesto. El cuarto de la limpieza estará listo para cuando vengas —bromeó.

Lara sonrió.

—Más te vale que esta vez me des algo en condiciones o me enfadaré.

—Veré lo que puedo hacer. Creo que estarás muy cómoda en el despacho de Hugo.

—¿Se ha ido? —preguntó Lara con interés. Hasta entonces no habían tocado el tema del jefe de prensa del exalcalde, un chico del que Esther nunca se había fiado.

La alcaldesa asintió con la cabeza. —Pasé tanto de él que al final acabó yéndose por su propio pie. Ni siquiera tuve que echarle —le informó—. Así que, cuando quieras, puedes instalarte en su despacho. Lo mandé limpiar la semana pasada. Carmen te dará las llaves cuando vayas.

—De acuerdo —replicó Lara, complacida con las noticias—, pues me dejaré caer por ahí esta semana. Te llamo, ¿vale?

—Perfecto. Así quedamos.

Esther hizo ademán de inclinarse para darle dos besos de despedida, pero el contacto físico con Lara, aunque placentero, le pareció inconveniente, como si estuviera pisando territorio prohibido o profanando un templo sagrado. Así que corrigió enseguida su postura y optó, en su lugar, por un gesto de despedida con la mano. Lara se despidió de igual manera antes de poner rumbo hacia la boca del metro. Esther permaneció unos segundos con la mirada fija en su espalda, consciente de que aquello no era el final de nada. Sin duda acababan de despedirse, pero en realidad solo era el comienzo de todo.

CAPITULO

CUATRO

María la estaba esperando cuando subió las escaleras de la boca del metro. Por su gesto de fastidio cualquiera habría dicho que llevaba mucho tiempo allí, pero Lara no se estaba retrasando. Lo comprobó al mirar la hora en su reloj de pulsera. El cine no empezaría hasta media hora más tarde. Tenían tiempo de sobra para comprar las entradas y elegir los asientos que a María le gustaran. ¿A qué venía esa cara?, se preguntó al pasar bajo el cartel del metro de Callao, antes de llegar a su lado y saludarla con un beso.

—Llego a tiempo, ¿no? —le dijo, solo por asegurarse—. Habíamos quedado a las nueve.

—Sí, llegas bien.

—Ah, vale, por si acaso.

Lara suspiró con alivio, pero de igual manera tuvo la impresión de que estas escenas de pura incertidumbre se producían demasiado a menudo entre ellas. Le resultaban molestas, aunque en su interior supiera que eran normales, algo típico de los primeros compases de cualquier relación; en esos primeros meses, le parecía lógico dudar sobre sus propios actos, titubear ante nimiedades, preguntarse insignificancias como <<¿Habré hecho algo mal?>> o <<¿Le habrá molestado esto que he dicho?>>. Lara conseguía apartarlas momentáneamente de su mente, pero la duda no se evaporaba del todo hasta que María la despejaba con una sonrisa, un comentario o una caricia, y por eso preguntó:

—¿Estás preocupada por algo? Pareces molesta.

Cruzaron al otro extremo de la calle para dirigirse al cine. Callao, a las nueve de la noche, era un tumulto de personas que entraban y salían de sus portales como hormiguitas transitando hacia su colonia. Lara tuvo que esquivar a un par de transeúntes antes de encontrar una respuesta en los ojos de María.

—Estoy perfectamente. ¿Por qué lo dices?

—No lo sé, me pareció que estabas molesta.

—Para nada, estoy muy bien —insistió María.

El cine estaba a escasos metros de donde se encontraban. María había sugerido una película que no tenía ganas de ver. Se trataba de unos de esos filmes melindrosos, y una simple búsqueda en una web filmográfica le bastó para saber que no sería de su agrado. Pero los gustos de su novia eran muy diferentes a los suyos, y a veces tenía que dar su brazo a torcer para complacerla. De todos modos, el guion de la película parecía tan predecible que se alegró de poder disponer de dos horas de absoluta paz y desconexión. Dos horas en las que no tendría que pensar en Esther Morales o el ambiente hostil que se respiraba en el partido.

Lara se cuidó mucho de comentarlo con la alcaldesa, pero sintió escalofríos al percatarse de la mirada de Diego durante la reunión en la sede. El odio estaba agazapado en sus pupilas, como un animal esperando su oportunidad para abalanzarse sobre su presa. Conocía demasiado bien esa mirada, la había visto muchas veces, durante los años que pasó a la sombra del presidente. Esa mirada significaba peligro. Diego solo se la dedicaba a las personas que, según él, no merecían una segunda oportunidad, a aquellos para quienes tramaba el peor de los desenlaces. Y estaba segura de que el presidente les tenía preparado un final especial, hecho a medida, reservado exclusivamente para ellas.

Un escalofrío recorrió su espina dorsal al recordarlo. Pero no era momento para darle más vueltas. Esa noche solo deseaba ir al cine y dejar que sus neuronas se derritieran con la película elegida por María.

Se acercó a la ventanilla para comprar las entradas. Había sitio suficiente para ponerse exquisitas, y le pidió a la vendedora que les diera los mejores asientos que tuviera. María se empeñó en comprar palomitas. Lara no aprobaba esta costumbre. Le parecía que quienes consumían palomitas o cualquier otro producto en el cine estorbaban a los demás con el ruido de los envoltorios. Ella se decantó por un Red-Bull. Esa noche había descansado poco y se había despertado temprano. Necesitaba una buena dosis de cafeína si no quería dormirse durante la película.

—¿Tienes que pedir eso ahora? —María señaló la lata con desaprobación.

Lara arqueó las cejas en gesto de sorpresa.

—¿Qué tiene de malo?

—Pues que son las nueve de la noche y luego no vas a poder dormir.

—¿Me has visto alguna vez trasnochar por tomarme un Red-Bull? —preguntó sin comprender la hostilidad de su novia—. Estoy acostumbrada, puedo tomármelo *incluso* dormida.

María puso los ojos en blanco. —Solo digo que no es sano —insistió antes de dirigirse hacia el interior del teatro, palomitas, Coca-Cola y una chocolatina en la mano. Esa sería su cena, pensó Lara, el más insalubre de los menús. En cambio, ella tenía que soportar reproches por culpa de una bebida energética.

Este roce les provocó una ligera incomodidad y cuando llegaron a sus asientos parecían dos desconocidas. María sorbió su refresco sin molestarse en mirarla y Lara la imitó, preguntándose, una vez más, a qué respondía su hostilidad. Entonces, una idea cruzó su mente:

—No estarás así porque he quedado con Esther, ¿verdad? —se le ocurrió preguntar—. Porque ya hemos hablado de esto.

—Ya sabes que no. Es tu trabajo.

—Entonces, ¿por qué estás así? Esta mañana estabas tan feliz, y ahora pareces otra. Si me dices que no te ha ocurrido nada, ¿qué puedo pensar?

—Bueno, ya que sacas el tema, te confieso que no me hace mucha gracia que vayas a pasar todas esas horas con otra mujer a partir de ahora. Me da igual si es *hetero*.

Lara se tensó al escuchar su propia mentira en boca de María, si bien tenía un buen motivo para ocultarle la orientación sexual de Esther Morales. Al principio, su novia se había mostrado encantada de que tuviera previsto trabajar a las órdenes de la jefa de su tía. Carmen siempre hablaba maravillas de la alcaldesa. Pero a medida que su relación se fue afianzando, María tomó una postura radicalmente y Lara estaba cansada de intentar razonar con ella. Le hartaba enredarse siempre en las mismas discusiones, los mismos reproches, preguntas en círculo como <<¿y qué se supone que tengo que hacer durante los meses que dure la campaña y tú estés por ahí con ella?>>. Comprendía su preocupación, y tampoco le agradaba la perspectiva de pasar meses enteros alejada de ella, llegando tarde a casa, exhausta, con ganas solo de agarrar la almohada y descansar. Pero ese era su trabajo, a eso se dedicaba, y su novia ya lo sabía cuando se conocieron. Las campañas eran así de absorbentes, cercenaban tu vida personal, la propia María las había vivido de refilón con su tía. ¿A qué se debía, entonces, tanta sorpresa?

—Por no olvidarnos de que es una mujer —le espetó María entonces, furiosa, buscando nuevas formas de oposición a su trabajo.

—¿Y qué?

—Que se está divorciando y está en esa edad en la que todo puede pasar. No me extrañaría que se fijase en ti, aunque solo fuera para explorar nuevas emociones. Muchas mujeres de su edad lo hacen.

—Es mi jefa —puntualizó Lara, removiéndose con incomodidad en la butaca del cine—, y es mi trabajo —repitió con cansancio.

—Ya, bueno, lo único que digo es que no esperes que yo esté feliz con ello. Estoy deseando que acaben ya las elecciones y ni siquiera han empezado.

—En eso ya somos dos.

—Bien. Pues ya está. No se hable más. Ahora quiero ver la película, ya se me pasará.

Lara hundió con cansancio la mejilla en la mano, consciente de que la noche acababa de arruinarse. Ni una película excelente sería capaz de mejorar su mal humor. Dio el último sorbo a su Red-Bull y dejó que sus pensamientos la llevaran muy lejos de allí, a algún lugar en el que no tuviera que soportar los reproches de su novia ni la proyección de una película cursi.

***

Lara tardó menos de lo esperado en personarse en el Ayuntamiento de Móstoles. Tenía un par de asuntos que resolver, todos relacionados con su actual situación laboral, pero los liquidó rápidamente. Llamó a Tino para decirle que a partir de esa semana ya no podría cubrir más actos porque dedicaría su tiempo completo a la campaña de Esther Morales. Su jefe no le puso obstáculo alguno, solo le deseó suerte. <<Vas a necesitarla>>, le dijo con sorna, en alusión a las encuestas de intención de voto. También le informó de que su puesto como *freelance* seguiría esperándola si su futuro profesional no se concretaba después de las elecciones. Lara se mostró agradecida por ello, y colgó el teléfono con alivio, consciente de que podía contar con Tino de manera incondicional. Si necesitaba algún favor, no dudaría en llamarle.

El Ayuntamiento de Móstoles estaba tal y como lo recordaba, porque ningún cambio significativo podía suceder en el transcurso de unos meses. El edificio se alzaba en el mismo lugar de siempre, en la Plaza de España, muy cerca de la salida del metro de Pradillo. Lara atravesó el bulevar de la Avenida del Dos de Mayo y subió la escalinata que llevaba hasta el Consistorio. Algunas personas ya estaban desayunando en la terraza de la única cafetería que había en la plaza. Los vecinos la cruzaban distraídos, centrados en sus próximos destinos, un recado, la llegada al trabajo, o sacar a pasear al perro. La vida en Móstoles seguía igual. Fue ingenuo por su parte esperar que algo hubiera cambiado, como si su repentina ausencia pudiera trastocar la vida de un lugar. Por supuesto que no había sido así, la vida seguía su curso, y no eran los lugares los que cambiaban, sino las personas que los habitaban.

En este sentido, se sintió muy diferente al día en el que entró en aquel edificio por primera vez. Entonces su autoestima se encontraba por las nubes. Lara había llegado al Ayuntamiento resignada, convencida de que estaba allí para hacerle un favor al presidente. Pero ahora la situación era muy distinta. Ella, sus circunstancias, todo había cambiado.

Suspiró hondo cuando por fin se decidió a entrar en el Consistorio. Le había mandado un escueto mensaje a Esther para anunciarle que al día siguiente visitaría a Carmen para recoger las llaves de su despacho. Cuando escribió este mensaje se sintió segura y decidida, pero ahora la embargó un tedio muy parecido al de los soldados que son llamados a filas pocos meses después de haber completado una misión. Lara no tenía ninguna motivación para estar allí. Se encontraba muy cómoda con su nueva existencia carente de problemas, de quebraderos de cabeza inherentes a la profesión política. Mentiría si dijera que a veces no lo echaba de menos, pero cuando lo hacía, era siempre de una manera distante, casi por puro aburrimiento.

Regresar a su pasado como articulista le resultaba poco excitante en comparación con la labor que había desempeñado antes. Con el presidente todo era para ayer, los días se convertían en una carrera contrarreloj, su misión consistía en apagar fuegos, organizar actos, silenciar a periodistas y mantener la imagen intachable que habían construido para Diego. El trabajo que desempeñaba para Tino le resultaba sencillo en comparación. En él no tenía mas que ocuparse de que los textos que escribía fueran amenos, publicables y legibles. Debía llegar a tiempo a las convocatorias, documentarse en determinados casos y entregar sus artículos a la hora prevista, pero eso era todo.

Ahora estaba a un paso de regresar a la primera línea de la política. Al epicentro, la génesis de todas las cosas, el lugar en donde se tomaban las decisiones importantes, y Lara se sintió inquieta, llena de dudas. Se preguntó si aquellos últimos meses habían bastado para crear una fina pátina de óxido en su hasta entonces reluciente armadura. Sin duda, tenía mucho trabajo por delante. Debía empaparse cuanto antes de la vida política en Móstoles, porque si bien la había seguido de cerca durante ese tiempo, lo había hecho de una manera distante, carente de la profundidad y el análisis que su puesto requerían, y no deseaba que esto le pasara factura.

Dio un lento sorbo a su Red-Bull y depositó la lata en una papelera antes de acercarse a la pecera custodiada por un Policía.

—Soy Lara Badía, vengo a ver a Esther Morales —se presentó, posando su documento de identidad sobre la repisa.

El policía revisó la agenda de ese día, una hoja con la lista de las personas que tenían cita en el Ayuntamiento. Sacó un pequeño sobre de una pila y se lo entregó.

—Su tarjeta —le dijo—. Ya ha sido activada. —Lara asintió y se dirigió hacia los tornos de entrada.

Se sabía el camino de memoria. Lo había recorrido muchas veces antes, sola o en compañía de Esther. Podría haber llegado a su despacho con los ojos cerrados. No obstante, advirtió enseguida que algo había cambiado en las entrañas del Ayuntamiento de Móstoles.

Lara recodaba aquel lugar como un avispero de incesante actividad, pero aquel día el Ayuntamiento parecía un lúgubre cementerio. Los pasillos se encontraban vacíos. Había cuchicheos en los despachos, y los empleados, que en otro tiempo hablaban a voz en grito, lo hacían ahora en susurros, como quien intercambia secretos o planea algo maquiavélico. Las pocas personas con las que se cruzó de camino a su despacho, la miraron con desconfianza. Lara intentó ignorarlos, pero no fue capaz. Una energía nueva, tóxica, circulaba en el interior del Ayuntamiento y la periodista lo atribuyó al nerviosismo generalizado por la llegada de las elecciones. Tal vez incluso habían escuchado rumores sobre el enfrentamiento entre Esther y Diego Marín. *¿Cuánto sabía esa gente?*, se preguntó. *¿Y por qué?* Meneó la cabeza, y siguió andando, en dirección a la Alcaldía.

Al pasar junto a la Concejalía de Juventud y Deportes, advirtió que la puerta estaba abierta, aunque no había nadie en su interior. *Casi mejor así*, pensó, recordando la primera vez que vio su nombre en la placa. "Rodrigo Cortés", rezaba. Ese día el nombre del concejal de Juventud le pareció pretencioso, pero le resultó indiferente. Ahora, en cambio, se había convertido en uno de sus primeros escollos a solventar. Debía hablar de este tema con Esther cuanto antes.

Carmen advirtió su presencia tan pronto se acercó a su mesa. La secretaria se levantó y salió a su encuentro.

—¡Qué ganas tenía de que volvieras! —le dijo, estrechándola en un fuerte abrazo—. Ahora sí que empiezo a ver la luz al final del túnel.

—Muchas gracias, Carmen. Yo también tenía ganas de volver —mintió por complacerla—. Venía a ver si podía trabajar un poco.

—Claro que sí. —Carmen fue hasta su escritorio, abrió el primer cajón y extrajo unas llaves—. Aquí tienes. ¿Sabes dónde está la oficina de prensa o quieres que te acompañe?

—Sé dónde está, no te preocupes. ¿Y Esther? ¿Está por aquí? —preguntó, señalando la puerta que daba acceso al despacho del alcalde.

—Está reunida. Pero si quieres la aviso de que estás aquí.

—No es necesario, solo dile que he llegado. Luego me paso, cuando esté libre.

—Como quieras, yo se lo digo. Te iba a proponer que comiéramos juntas, pero seguramente tienes planes.

46

—Si no te importa, pensaba comer algo rápido. El tiempo apremia.

—Claro, no te preocupes, ya comeremos otro día. ¡Ahora nos vamos a ver mucho! —exclamó la secretaria con entusiasmo.

Así es, pensó Lara mientras se dirigía a la oficina de prensa. A partir de entonces vería a Carmen casi más que a su propia novia, se dijo a sí misma con pesadumbre, recordando su accidentada noche de cine. De eso hacía ya tres días, pero ninguna de las dos se había recuperado de la última discusión. María no volvió a pisar su casa, y Lara tenía la sensación de haberle fallado. No conseguía sacudirse la impresión de que aquella noche, cuando se despidieron en la boca del metro tras la película, no solo sus trenes partieron en direcciones diferentes, sino que a lo mejor incluso su vida lo haría a partir de entonces.

Pero ahora tenía otras cuestiones que atender. Entró por fin en su despacho, se quitó la mochila que siempre llevaba al hombro y giró en redondo para inspeccionar el lugar. Desde luego, era mucho mejor que el cuartucho que le habían asignado antes. La oficina de prensa no tenía nada especial, pero al menos disponía de ventanas. Se trataba de un despacho como otro cualquiera, en el que predominaba el color blanco y un anodino pero funcional mobiliario de oficina. A diferencia del cuarto de la limpieza, olía bien, y la luz entraba a raudales por la ventana.

Gruesas carpetas cuyo contenido desconocía se apilaban en una enorme estantería. Lara se acercó y leyó las etiquetas. *Basura*, pensó, basura del pasado de Francisco Carreño que no tendría ninguna utilidad para ella. Pero eran desechos a conservar. Le servirían de documentación en caso de necesitarla. El hecho de que Esther fuera ahora alcaldesa no la desvinculaba de lo que ocurrido en Móstoles bajo los designios del exalcalde.

Había dos ordenadores, uno más separado del otro, cerca de la ventana. Lara decidió que ese sería el suyo. Dejó la mochila sobre el escritorio y se sentó, complacida al comprobar la comodidad de la silla. Cuando extendió la mano para sacar su ordenador del interior de la mochila, notó que una de las ruedas de la silla había topado con algo. Lara se agachó y vio con sorpresa que alguien había dejado una nevera pequeña a los pies de su escritorio. Tenía una nota atrapada en la puerta. "Ábreme", decía. Lara acató la orden y abrió la neverita. En su interior se encontró con varias latas de su bebida favorita y otra nota en la que reconoció enseguida la caligrafía de Esther Morales:

He pensado que te gustaría tener la nevera que pusimos en su día en tu "despacho". Ya ves que está bien aprovisionada. Espero que te encuentres a gusto en esta nueva ubicación. Siéntete como en casa. ESTÁS en tu casa.

Nos vemos en un rato,
Esther

Lara sonrió. Aquella mujer era imprevisible. Tozuda, impaciente, de mal carácter a veces, autoritaria y pertinaz. A Esther se le podían atribuir muchos adjetivos peyorativos, pero también infinidad de calificativos positivos. <<Maravillosa>> fue el primero que le vino a la cabeza. Porque lo era. Esther Morales, a veces, podía ser simplemente maravillosa.

CAPITULO

CINCO

Hacía ya un buen rato que Esther se encontraba a muchos kilómetros imaginarios de su despacho. Seguía allí, al menos en presencia física, pero su cerebro no estaba prestando atención a las palabras de aquel empresario de la construcción. En algún momento, cuando él repitió por enésima vez las palabras dinero, acuerdo y concurso público, su mente se desconectó y viajó a algún lugar remoto, aunque esperaba que él no lo notara.

Esther estaba acostumbrada a aparentar que prestaba atención cuando en realidad no lo hacía. Tenía muy estudiado un gesto de concentración que le permitía quedar bien con su interlocutor, mientras ella se sumergía en sus propios pensamientos. *¿Dónde estaría Lara? ¿Habría llegado ya?* Unos minutos antes le pareció escuchar su voz al otro lado de la puerta. Tal vez estaba tan deseosa de verla que su mente lo imaginó.

El empresario siguió hablando de un concurso público que estaba a punto de publicarse. Esta vez sí lo escucho. Le pedía <<colaboración>>, que, traducido, significaba amañar el concurso para beneficiar a su empresa.

—Son tiempos duros para todos —le dijo, ajustándose el cinturón. Su prominente barriga sobresalía de los pantalones—, y tú, que has sido concejala de Urbanismo, lo sabes mejor que nadie.

—Así es —replicó Esther, esta vez centrada en la conversación—, y mientras yo era concejala, las normas estaban claras.

Al empresario no pareció gustarle su respuesta. Le dio igual. Si pretendía que ella cediera a un amaño, se estaba equivocando de persona. Eso lo hacía Carreño a espaldas de todos, pero Esther se negaba a mancharse las manos. Si su empresa quería ganar el concurso, tendría que hacerlo de manera limpia.

El hombre se ajustó el nudo de la corbata. Se le notaba incómodo con la reunión. Esther creyó que había dejado clara su postura, pero él insistió:

—Las elecciones están a la vuelta de la esquina —le recordó entonces— y mi empresa ha invertido mucho dinero para apoyar a tu partido.

Esther frunció el ceño. —¿Debo interpretar esto como una *amenaza*? —le preguntó sin rodeos.

—No, Morales, deberías interpretarlo como una *advertencia* — puntualizó él—. ¿Sabes? Paco era mucho más hábil que tú. Sabía perfectamente con quién no podía ponerse a malas y nunca tuve que explicarle las cosas.

Esther posó las manos en su escritorio y se levantó, dando así la reunión por finalizada. —Paco está metido en un grave proceso judicial — le recordó de mal humor—, y tendrá suerte si no acaba entre rejas para lo que le resta de vida.

—Como quieras —dijo el empresario con una sonrisa. Metió sus documentos en el maletín que llevaba—. Pero sé que necesitas el dinero para la campaña. Veremos cómo te las apañas sin él.

—Sabré arreglármelas —afirmó Esther—. Ha sido un placer charlar contigo, Jiménez. —Extendió la mano para despedirse—. Si tienes dudas sobre los términos legales del concurso, no dudes en contactar conmigo. Que pases un buen día.

Increíble, pensó la alcaldesa cuando el empresario cerró la puerta a sus espaldas y salió de su despacho. Aquel hombre tenía la desfachatez de sugerirle que amañara un concurso público y después la amenazaba por negarse a hacerlo.

Para su desgracia, Esther estaba acostumbrada a este tipo de encuentros. Los había sufrido antes, en su etapa de concejala de Urbanismo, y ahora, como alcaldesa, no iba a ser menos. Las presiones y amenazas se habían multiplicado desde que ocupaba el sillón de la Alcaldía.

En el pasado sus decisiones debían ser ratificadas por el alcalde, y a veces ni siquiera ella se enteraba de cuál había sido la resolución final. Pero ahora Esther era la única responsable, y en más de una ocasión había recibido una llamada nada amigable del tesorero del partido para pedirle explicaciones.

—¿Por qué coño me dice Ernesto que nos va a cortar los fondos el próximo mes? —le gritó un día en el que Esther no estaba de humor para explicarle lo sucedido.

El tal Ernesto le había pedido sin ambages que *enchufara* a su hija en el Ayuntamiento. Esther no tenía ningún puesto vacante, y aunque lo hubiese tenido, se habría negado en rotundo.

—Pepe, no me grites, no estoy sorda —le dijo.

—¡Cojones, Esther! Te grito porque ya van tres empresarios que nos retiran la subvención este mes. Y los tres de Móstoles. Quiero una explicación, quiero saber por qué con Carreño recibíamos más aportaciones que nunca y contigo las estamos perdiendo.

¿Una explicación? La sabía de sobra, no hacía falta que Esther se lo contara. Aun así, lo hizo. José Mata, el tesorero, la había encontrado ese día con las defensas bajadas.

—Vamos a ver, Morales, a ver si nos entendemos tú y yo —le dijo él, moderando el volumen de su voz—. Entiendo lo que quieres hacer para limpiar la imagen del Ayuntamiento. Y entiendo que Carreño la cagó a lo grande. Pero una cosa es que des imagen de seriedad a los ciudadanos, y otra muy diferente que cabrees a todos nuestros colaboradores. Los ciudadanos no se van a enterar si contratas a la hija de uno o despides a la de otro. ¿Me entiendes?

—Sí, entiendo —replicó, tratando de controlar su mal humor.

—Bien, entonces, dale un jodido trabajo a la niña esa. Dáselo o perderemos trescientos mil euros anuales, Morales. Y no están las cosas para perder ese dinero.

Esther apretó los dientes con fuerza. Colgó el teléfono de un golpe seco y miró por la ventana, intentando reprimir las ganas que sintió de dejarlo todo. A veces odiaba su trabajo, lo hacía con toda su alma, sobre todo en estas ocasiones en las que el partido, su propio partido, le pedía que hiciera algo ilegal. Pero no le quedaba más remedio que hacerlo. Así que se recompuso lo mejor que pudo y pulsó el botón del intercomunicador para pedirle a Carmen que llamara al banquero. La niña tendría un puesto, aunque tuvieran que inventárselo.

La sensación de impotencia que sintió tras esta llamada del tesorero se parecía mucho a la que sintió en esos momentos. De nuevo aquel nudo en el estómago, la certeza de que el constructor acabaría llamando al tesorero y esto desembocaría en una discusión similar. Las presiones eran constantes, y empezaba a estar harta de que otros tomaran decisiones por ella. Se suponía que era la alcaldesa. Ella, no el Partido Liberal. Ella, no el tesorero. Y sin embargo, el partido tomaba infinidad de decisiones en su nombre, bajo pena de defenestrarla por completo o crearle un verdadero problema. *Pero no más*, se dijo a sí misma. A partir de ahora podían llamarla todas las veces que quisieran, pero Esther Morales no iba a dar de nuevo su brazo a torcer. Se negaba a seguir los pasos de su antecesor o a acatar las órdenes del partido. Si querían dinero, que lo consiguieran de otro modo, que no contaran con ella para amañar concursos o hacer favores.

Más calmada y resuelta, salió de su despacho con una sonrisa en los labios que Carmen advirtió de inmediato.

51

—¿Ha ido bien la reunión? —le preguntó la secretaria.

—Estupendamente —dijo, tamborileando los dedos contra la mesa de Carmen—. ¿Ha venido ya Lara?

—Hace un rato, le he dado las llaves del despacho.

—Bien, me voy a acercar un momento a saludarla. Si llaman, di que he salido.

—Así será.

Esther cruzó con prisas los pocos metros que separaban la Alcaldía de la oficina de prensa. En el pasado no le gustaba toparse a menudo con Hugo. Sus despachos estaban tan cerca que tenía que soportar los continuos asedios del periodista de Carreño, el cual solía hacerse el encontradizo en el pasillo para recordarle que no le estaba dando trabajo, para pedirle que colaborara con él. A Esther estos encuentros casuales o premeditados le resultaban incómodos, pero ahora anhelaba que se produjeran. A Lara siempre tenía ganas de verla.

La puerta de la oficina de prensa se encontraba abierta cuando se asomó. Lara estaba tan concentrada leyendo los periódicos que no advirtió su presencia. Al observarla, la alcaldesa se sintió reconfortada por la seguridad que Lara le transmitía cuando estaba cerca, como si su presencia pudiera evitarle cualquier mal. Llamó con los nudillos a la puerta para sacarla de su ensimismamiento.

—Toc, toc —dijo Esther.

Lara levantó la cabeza en su dirección. Sonrió. —¿Ya has acabado la reunión? —preguntó, cerrando el periódico. Le señaló la silla que había frente a su escritorio—: Ven, charlemos un rato.

Esther se dejó caer sobre la silla y suspiró. *Por fin paz*, pensó, *que no acabe nunca.*

—¿Con quién era la reunión?

—¿Con quién? —preguntó retóricamente Esther, jugando ahora con uno de los bolígrafos que había sobre la mesa—. Pues ya que quieres saberlo, con un hijo de la gran puta. Un constructor. Quería que amañara un concurso para que su empresa haga la remodelación de los bulevares de la calle Perseo. Un infierno. Se ha ido hecho una furia cuando me he negado.

—Y te habrá amenazado con algo, seguro.

Esther se encogió de hombros. —Todos lo hacen, ¿no? Cuando no consiguen lo que quieren, enseguida se les llena la boca de amenazas e insultos.

—Lo sé. Con Diego era terrible. Le pedían de todo. Es lo de siempre. Corren malos tiempos para ser honesto en la política —se lamentó Lara—. Demasiadas presiones.

Lara tenía razón. Las dos sabían que, aunque quisiera, aunque lo intentara con toda su alma, le resultaría imposible hacer una gestión cien por cien limpia. El partido tenía tentáculos e intereses por todas partes.

—Bueno, eso ya lo debatiremos en otro momento —dijo Esther, resuelta a cambiar de tema de conversación. Estaba deseando ponerse manos a la obra—. Ahora quiero saber cómo vamos a abordar el tema de la campaña. Tenemos que ponernos las pilas, no queda nada.

Lara sonrió como si le enterneciera su entusiasmo. O a lo mejor era solo una sonrisa tibia, de transición, para rebajar la tensión del momento. Tenían que ponerse a ello; cuanto antes, mejor. No obstante, la periodista no parecía pensar lo mismo. Acto seguido le preguntó:

—Antes de nada, quiero saber cómo estás. La verdad, no lo que me cuenta Carmen.

Esther no se esperaba esta pregunta. Se tensó sin proponérselo. —¿Carmen te ha contado algo?

—No mucho, pero estos meses he sabido de ti por ella. Y ahora quiero saber de ti por ti. ¿Cómo van las cosas? Creo que si vamos a trabajar juntas, debería estar informada.

Esther no tenía mayores problemas en sincerarse con Lara. Contarle que su vida estaba vuelta del revés, que a veces se sentía sola y desearía poder coger un avión para ir a ver a sus hijos, que las llamadas de su abogado siempre traían malas noticias, que su madre no le dejaba ni a sol ni a sombra, que se había volcado en su trabajo porque no le quedaba más remedio, aunque le hubiese encantado poder equilibrarlo con una vida personal rica y excitante, y que a veces le parecía que todo había sido un error, un gran error que ya no podía deshacer aunque quisiera. Quería decírselo, pero consideró que era demasiado pronto, y que aquellos asuntos tan personales no se debatían en un frío despacho del Ayuntamiento. Al menos, con Lara preferiría no tener que hacerlo así.

—¿No podemos hablar de esto más adelante? Acabas de llegar, y ya me estás haciendo preguntas personales. Tengo un raro sentimiento de *déjà vu*.

Lara intentó defenderse. No le gustaba que la acusaran injustamente. —Sabes que necesito estos datos para hacer bien mi trabajo —le recordó—. No tengo ninguna intención de inmiscuirme en tu vida personal. De hecho, preferiría evitarlo si fuera posible. Así que, por favor, no me lo pongas difícil. Dime, ¿cómo van las cosas? ¿Tu divorcio?

—Mi divorcio es un infierno —accedió a hablar Esther—. Quique está decidido a quitármelo todo y creo que no parará hasta conseguirlo. ¿Por qué lo preguntas? ¿Crees que van a dejar de votarme por estar divorciada?

—No debería ser así —le explicó Lara—, eres un miembro del Partido Liberal y la gente se divorcia a todas horas. Pero si las cosas se ponen feas con Quique, no quiero que la oposición lo utilice como arma arrojadiza. Te pueden acusar de no estar centrada en lo que tienes que estar.

—Bueno, no estarían muy desencaminados. A veces me cuesta concentrarme.

—Ya, pero de cara a la opinión pública tenemos que dar otra imagen —apreció Lara—. ¿Dónde te estás quedando? Carmen me dijo que tienes alquilado un apartamento.

—Sí, está muy cerca de aquí, a dos manzanas, pero casi ni lo piso. No tengo tiempo para nada.

—¿Tiene habitaciones para tus hijos?

—¡Pues claro! ¿Por quién me has tomado? Mis hijos son lo primero —se ofendió Esther, malinterpretando por completo el objetivo de la pregunta.

—Solo lo pregunto como dato adicional. Tampoco queremos que te vean como una mujer soltera y emancipada. Tu imagen tirando a tradicional es uno de tus puntos fuertes. Te hace parecer neutral, atrae al electorado liberal pero conservador.

—De acuerdo. Entiendo. ¿Qué más?

En este punto Lara hizo una pausa y Esther comprendió de inmediato el motivo de la misma. Ni siquiera necesitó escuchar la pregunta que ya se estaba formando en sus labios para saber que había llegado el momento más incómodo.

—¿Y Marisa? —le preguntó finalmente, constatando sus peores sospechas—. ¿Has vuelto a ponerte en contacto con ella?

—No he visto a Marisa ni a nadie de ese círculo —replicó Esther de manera tajante.

—¿Nada? ¿Ni una fiesta? ¿Alguien nuevo en tu vida?

—Ya te lo he dicho: no tengo tiempo ni para ir de compras. ¿Cómo iba a haber alguien nuevo en mi vida? —y por "alguien nuevo", Esther sabía a lo que se referían; hablaban de una compañera sentimental, no de una amiga—. Además, si alguna vez decido compartir de nuevo mi vida con alguien, te aseguro que no será con la primera que pase.

—Entonces, ¿ya has decidido que será con una mujer?

Esther no pudo evitar ruborizarse. Había dicho de más, se sentía a veces tan cómoda con Lara que ella sola se metía en atolladeros de los que luego no sabía salir.

—Lo pregunto porque la última vez que hablamos, me dijiste, ya sabes, que habías comprendido que eres lesbiana —le explicó Lara.

La palabra "lesbiana" seguía provocándole tal inquietud que Esther se tensó. No deseaba escucharla. No quería invertir ahora su tiempo en debatir si le gustaban las mujeres o los orangutanes de los documentales de La 2. Lo había dicho, eso era cierto, pero después no había tenido ni un solo minuto para meditar las consecuencias que esta confesión suscitaba. Y no iba a ser ahora cuando lo hiciera.

—Bueno, eso ya se verá —contestó, dándole largas—. Estoy tan ocupada en este momento que la posibilidad de tener un romance queda totalmente descartada. Así que por eso no debes preocuparte. Para ti y para los medios de comunicación, será como si fuera una viuda llorando la ausencia de su marido.

—De acuerdo —asintió Lara, entrelazando los dedos—, pero avísame si hay cualquier cambio al respecto. Me interesa saberlo.

Esther no supo muy bien cómo interpretar estas palabras. *¿Le interesaba como profesional de la información o a título personal?* Quiso preguntárselo, pero no encontró el modo de hacerlo sin que sonara desesperado. Así que volvió a incidir en que ese no era un tema que debiera preocuparle en esos momentos, y pasaron a debatir sobre la organización de la campaña.

La campaña electoral, la oficial, no empezaría hasta dos semanas antes de las elecciones. Estaba estrictamente prohibido utilizar cualquier tipo de propaganda hasta los plazos que marcaba la ley. Pero eso no impedía que pudieran hacer otra serie de actividades, como planificar reuniones con las asociaciones de vecinos, mantener encuentros con los colectivos de Móstoles, visitar asilos, comedores sociales, reunirse con empresarios y profesionales de otros gremios, y después vender todas estas apariciones públicas a los medios de comunicación. Solo de pensarlo, Esther se sentía agotada. Había hecho muchas campañas antes, sabía lo cansadas que eran, el tiempo y esfuerzo que implicaban, y tenía dudas de que sirvieran realmente de algo. Su experiencia era que la vida seguía su curso y que la mayoría de los ciudadanos, a quienes tendrían que estar dirigidos sus mensajes, vivían ajenos a ellos.

La campaña consistía, entonces, en ponerse en contacto con los poderes fácticos del municipio, visitar la Asociación de Hosteleros para prometerles que si la votaban tendrían más ayudas públicas. Convencer a los taxistas de que el Ayuntamiento no les subiría los impuestos. Decirle a los constructores que iban a poder concursar a muchos proyectos públicos. E interesarse, en general, por las penurias y dificultades por las que atravesaba cada gremio.

Para una mujer como Esther, poco dada a las promesas vacías, a regalar los oídos de su interlocutor con programas que luego no podría cumplir, la perspectiva de sentarse con esta gente solo para decirles lo que deseaban escuchar, le resultaba engorrosa y artificial. Ella era más dada a charlar de tú a tú con quien deseara escucharla. Los derroteros que habían tomado las campañas modernas, enfocadas a reunirse con los poderosos, le hacían sentir vacía. Pero tenía que hacerlo, no le quedaba más remedio, aunque deseó que Lara tuviera una propuesta intermedia cuyo objetivo fuera acercarla a los ciudadanos.

—Siempre puedes contratar unas carpas e instalarlas en plazas públicas —le sugirió—. Así los vecinos podrán acercarse a ti en la calle.

—Eso ya lo hicimos en la última campaña —le informó Esther—, y a mí me pareció una pérdida de tiempo. Los ciudadanos nos miraban con odio.

—Bueno, es lógico. Ya sabes la opinión que suscitan los políticos —intentó hacerle comprender Lara—. En general, no sois muy bien queridos. Nosotros, los periodistas, tampoco.

—Ya, pero yo quería hacer algo diferente, algo que me permita acercarme más a ellos. Odio que todo esté dirigido a banqueros y empresarios.

—¿Y qué tal las redes sociales? Están muy de moda ahora.

—Tonterías. Tú y yo sabemos que unas elecciones no se ganan en las redes sociales —repuso la alcaldesa.

—Depende. Mira lo que hizo Obama.

—Ya, pero yo no soy Obama, y Móstoles no es Estados Unidos. A ver cómo le dices tú a los viejos que se metan a ver un vídeo en YouTube—. Lara rio ante este comentario de Esther—. No, quiero algo distinto, algo más cercano.

—Pues como no cojas un cajón y te subas a dar un discurso en medio de una plaza... no veo qué más podemos hacer.

—Pues a lo mejor lo hago —la retó Esther, cruzando las piernas con determinación. Ni siquiera ella misma se creía que fuera a hacer algo así, pero le pareció mucho más honesta la idea del cajón que las reuniones con los gremios de Móstoles.

Lara siguió hablando, sin tomarse en serio sus palabras:

—Antes de que vayas a por el cajón al supermercado, voy a necesitar un par de datos importantes o no podré trabajar. Lo primero es que me des una lista de las asociaciones y colectivos que soléis visitar en precampaña. Quiero hacerte un calendario de visitas. Habrá que empezar a llamarles.

—De eso se ocupa normalmente el comité local del partido. Te puedo poner en contacto con la secretaria. Está un poco loca, pero colaborará.

—Vale, hazlo. Y también necesito tu programa electoral. ¿Has pensado en él?

Esther negó con la cabeza. —De nuevo: no he tenido tiempo. Pensé que podríamos sentarnos tú y yo a hacerlo.

—Claro, eso haremos. Intenta liberar un poco tu agenda como alcaldesa y nos ponemos a ello cuando quieras —replicó Lara—. Y también voy a necesitar saber la lista cuanto antes. ¿La tienes ya?

La lista de las personas que la acompañarían en su candidatura a la Alcaldía era el mayor de sus quebraderos de cabeza. A su elaboración le había concedido más tiempo, porque Esther sabía que necesitaba empezar a hablar con sus compañeros de partido. A algunos debía comunicarles que no seguirían con ella, porque eran un legado de Carreño, y no gozaban de su confianza. A otros debía llamarles para pedirles que se quedaran a su lado. Se trataba de una decisión complicada, que no le dejaba dormir por las noches, los nombres bailando en su cabeza. Apuntaba uno en un puesto, e inmediatamente después lo cambiaba al recordar su lealtad en algún asunto o su oposición en otro. Sabía que la lista iba a darle problemas, que muchos no se lo tomarían bien al encontrarse fuera, y por un instante deseó que las listas fueran abiertas para no tener que tomar aquella decisión.

—Si te soy sincera, me está dando muchos problemas. He intentado hacerla, pero todavía no tengo las cosas claras.

—Eso me recuerda algo —dijo Lara con cara de expectación, como si acabara de reparar en un dato importante—: ¿Qué ha pasado con Cortés? No me has contado nada de él.

El concejal de Juventud, su bestia negra, era el más peligroso de sus colaboradores. Rodrigo Cortés había estado extrañamente callado todos esos meses. Asistía a las Juntas de Gobierno con una actitud muy diferente a la que acostumbraba. Se sentaba en un extremo de la mesa, no hablaba, no preguntaba, no ponía ningún reparo a las decisiones que se tomaban, y Esther sabía que tramaba algo. ¿El qué? Lo desconocía. Si hubiera tenido manera de descubrirlo, lo habría hecho, pero Cortés se había guardado bien las espaldas esta vez, y nadie sabía qué estaba tramando. Esther no lo quería en su equipo. Deseaba sacarle de la lista y dejarle en la estacada. Ya se ocuparía el partido de él, si así lo decidían, si volvía a amenazarles con destapar algún trapo sucio, pero ella no deseaba tener en su equipo a gente insidiosa como Cortés.

El problema era que temía su reacción. Sabía que la oveja que era ahora acabaría mutando y se convertiría en lobo, y Esther ya tenía demasiados lobos a su alrededor para enfrentarse a otro más. Así se lo explicó a Lara, que la escuchó con atención, mientras dibujaba cuadrados superpuestos en los márgenes del folio que tenía delante.

—Mucho cuidado con Cortés, no me fío un pelo —replicó la periodista cuando Esther terminó de contarle su actitud de esos meses.

—Lo sé, se dedica a intoxicar a la gente y sé que está tramando algo, pero no tengo ni idea de qué. Lo quiero fuera. Muy lejos.

—Y harás bien en apartarlo —la apoyó Lara—, pero ya estudiaremos la manera de hacerlo. Por ahora, no le digas nada, deja que siga pensando que cuentas con él.

Esther asintió, intentando convencerse a sí misma de que el tema estaba bajo control. Cortés no era tonto, podía imaginar que no le incluiría en la lista, pero a pesar de las palabras de tranquilidad de Lara, no fue capaz de quitarse la idea de la cabeza.

Rodrigo Cortés tramaba algo y tenía la sensación de que no tardarían demasiado en descubrir de qué se trataba.

CAPITULO
SEIS

La secretaria general, persona al mando del Partido Liberal en Móstoles, era una persona difícil de localizar. Tenía tantos eventos en su agenda que Lara tuvo que llamarla varias veces para fijar una cita con ella. Por fortuna, Belén le puso las cosas fáciles y al día siguiente estaba sentada en su deportivo, camino de uno de los cafés favoritos de Belén, en donde, según ella, podrían charlar sin que nadie las interrumpiera.

Hacía frío ese día, pero Belén decidió bajar la capota del coche, confirmándole que la secretaria del Partido Liberal en Móstoles era una de esas personas snobs, extravagante, capaz de conducir descapotada bajo los endebles rayos de sol de enero. Por algún motivo, cuando Esther le advirtió de que estaba "loca", se la imaginó como una mujer de mediana edad, curvilínea, tinte dorado de peluquería. El tipo de señoras obsesionadas con ponerse pesados pendientes que penden de los castigados lóbulos de sus orejas. A su parecer, Belén llevaría inmensas gafas de sol, y desconocería los límites en la aplicación de penetrantes perfumes con olores madera. Cuando hablara, se esperaba que utilizara exceso de adjetivos como cariño, preciosa, reina y querida, al igual que hacía Marisa, y también adornaría todas estas palabras con un molesto y agudo timbre de voz.

No obstante, Belén no resultó ser así en absoluto.

La secretaria del partido era una persona relativamente joven, apenas sobrepasaba los cuarenta y pocos años, de rostro dulce y sonriente. Tenía un impecable sentido de la moda, y Lara, vestida con sus sempiternos pantalones de pinza y camisa, se sintió fuera de lugar sentada a su lado en aquel descapotable.

Belén era también una amante de la velocidad. Conducía tan rápido que tenía que hablar a voz en grito para que la escuchara mientras quemaba rueda al tomar las curvas de los interminables caminos del municipio.

—¿Y cómo es que te han liado para hacer esto? —le preguntó, gritando.

La música que despedía el altavoz situado al lado del asiento del copiloto hacía todavía más difícil escucharla.

—¿Qué dices?

—¿Que quién te engañó para que te dedicaras a esto? ¡Nena, te van a exprimir hasta que no quede nada de ti! Lo sabes, ¿no?

Lara sonrió para sus adentros. "Exprimir" era una buena manera de resumir lo que le había ocurrido durante sus andanzas en la política. Le extrañó, no obstante, que Belén se dirigiera a ella como si fuera una novata recién llegada. Tal vez desconociera su pasado junto a Diego.

—Estuve muchos años trabajando para Diego Marín, el presidente.

—¡Eso ya lo sé! —puntualizó Belén a voz en grito—. ¡Eso lo sabe todo el mundo! ¡Pero alguien tuvo que engañarte antes para que te metieras en esto!

Lara se remontó en el tiempo. Nunca se había detenido a pensarlo. ¿La habían engañado? No, la verdad es que no. Cuando decidió meterse en política, tenía muy claro que eso era lo que deseaba hacer. Y la ocasión le surgió de forma inesperada, durante una entrevista que le hizo al entonces presidente del partido. Congeniaron casi de manera inmediata. A él Lara le pareció una periodista lúcida, incisiva y con claras inclinaciones políticas. A ella le dio la sensación de que se trataba de un hombre carismático, junto al cual podría hacer grandes cosas. A los pocos días contactó con ella por si quería sumarse a su equipo de prensa. El sueldo era bueno, y el tema le interesaba, así que Lara no se lo pensó dos veces. Al cabo de unos meses, le presentaron a Diego, el nuevo candidato y futuro presidente del partido, que necesitaba una jefa de prensa para gestionar su imagen en los medios de comunicación. Así empezó todo, de una manera natural y sencilla, sin engaños de por medio. Si ella se había metido en la cueva del lobo, fue en plena posesión de sus facultades. Pero Belén no tenía por qué saberlo. Se trataba de una parte de su vida que no le apetecía compartir en ese momento.

Belén detuvo entonces el coche en seco, librándole de tener que dar una respuesta. Lara sintió el tirón del cinturón tras el frenazo. Al despegar los ojos del salpicadero, advirtió que se habían detenido a escasos metros de un complejo hostelero.

—Venga, ya hemos llegado —le anunció la secretaria.

Belén saludó a los camareros tan pronto entraron en el restaurante. Era temprano y apenas había clientes. Tan solo un par de lugareños que leían el periódico en la barra. La secretaria escogió una mesa apartada, cerca de la terraza, que se encontraba todavía cerrada.

—¿Fumas? —le preguntó, sacando el paquete de cigarrillos de su bolso.

—No.

—¿Y te importa si lo hago?

Lara echó un vistazo alrededor, preguntándose si allí estaría permitido. La ley prohibía fumar en espacios cerrados.

—Oh, no te preocupes por ellos. Son amigos —afirmó Belén, restándole importancia con un gesto de la mano. Encendió el cigarrillo y siguió hablando, sin reparar en lo que pudieran opinar los otros clientes—. Esther me ha dicho que te ayude con la agenda de visitas de cara a la campaña.

—Eso esperaba, que me pudieras echar una mano —respondió Lara de manera lacónica. Belén tenía algo que le hacía sentir inquieta, pero no sabía si era por su arrolladora personalidad o por su comportamiento, como si todo le diera igual.

La secretaria hizo una redonda voluta de humo que ascendió por encima de su cabeza.

—Bien, porque me vendrá genial un poco de ayuda. El comité local —hizo una pausa—, no está estos días muy dispuesto a colaborar. Digamos que el partido se encuentra un poco desmembrado desde que Carreño se fue.

—Eso me temía —le confirmó Lara, a quien estas noticias no le cogían en absoluto por sorpresa. Siempre que un líder se iba, las facciones se dividían en dos: los dispuestos a apoyar al nuevo, y quienes se negaban. Era ley de vida—. Ya que estamos hablando de eso, cuéntame, ¿cómo están las cosas?

—Pues mal, fatal. —El camarero se acercó en ese momento para tomar nota de su pedido—. Juan, a mí ponme un Pacharán. ¿Qué tomas?

—Un Red-Bull, por favor.

—Red-Bull no tenemos. ¿Le vale con Burn?

Lara meneó la cabeza. Se negaba a beber otro tipo de bebida energética. —Entonces una Coca-Cola. —El camarero se fue y la periodista tenía prisa por reanudar la conversación—: Me estabas contando cómo están las cosas en el comité local.

—Ah, sí, pues eso, que están muy mal —dijo Belén, dando otra calada a su cigarrillo, de nuevo la voluta de humo ascendiendo en espiral hacia el techo—. Yo estoy intentando que colaboren, porque Esther me cae bien, la aprecio, llevamos muchos años juntas en esto. Pero, como te he dicho, el partido está dividido. Actualmente no tengo ni idea de quiénes van a colaborar en la campaña de Esther, pero sé que serán pocos, muy pocos. Rodrigo Cortés ha sembrado mucho odio.

Cortés... ¿Por qué no le sorprendía tampoco este dato?

—Le sentó muy mal lo que ocurrió hace unos meses, ¿sabes? —siguió diciéndole Belén—. Bueno, esto no te puede pillar de nuevas, tú mejor que nadie sabe lo mal que le sentó.

—Sí, estoy informada de que no encajó bien que Esther no le pusiera al frente de la Concejalía de Urbanismo. Lo que no sé es qué ha estado haciendo estos meses —le confesó Lara.

—¿Pues qué va a ser? —replicó retóricamente Belén—. El tío llevaba meses sin dejarse caer por la sede del partido, pero ahora le tenemos allí casi a diario, y te aseguro que lo que va contando no tiene demasiado que ver con la realidad.

—¿Qué es? —quiso saber Lara.

—¡Sandeces! ¡Basura! —exclamó Belén—. Básicamente, les ha dicho a todos que Esther es peligrosa, les ha hecho creer que el partido no la apoya y que harán bien si le hacen boicot porque Marín no la va a apoyar. Dice que están buscando otro candidato para sustituirla.

—¿Y tú crees que es verdad? —En ese momento Lara se sintió muy frustrada de no poder contar con sus antiguos contactos. En el pasado, una sola llamada le habría bastado para descubrir la verdad, para saber exactamente si el partido estaba haciendo maniobras para sustituir a Esther como candidata en el último momento. Dudaba mucho de que así fuera, seguía teniendo en su posesión documentos que comprometerían demasiado a Diego Marín, y el presidente lo sabía, pero la duda estaba ahí, palpitando con fuerza.

Lara se frotó las manos para quitarse el sudor que empezaba a perlar su palma. Belén le respondió con la misma franqueza con la que lo había hecho hasta entonces:

—No, creo que se lo está inventando para dejar a Esther sola, sin apoyos —le informó—. Pero se olvida de que todavía hay gente que cree en ella, gente como yo.

—¿Cuántos son? ¿Podemos contar con ellos para la campaña?

—Pues, veamos, ahora mismo tenemos el apoyo de cuatro, que yo sepa. Pero hay unos cuantos indecisos.

—Son muy pocos —se lamentó Lara. La campaña se veía muy deslucida si solo cuatro personas las acompañaban a todos los actos. Por mucho que invitaran a sus allegados, no serían suficientes para dar la imagen de fortaleza que Esther Morales necesitaba.

El camarero llegó entonces con sus bebidas.

—Gracias, Juan —dijo Belén—. Ya, pero no te olvides de los jóvenes —le recordó, dando el primer sorbo a su pacharán—. Esos son más y son muy fans de Esther. Odiaban a Carreño, de todos modos. Los jóvenes siempre valoran que haya candidatos jóvenes y dinámicos como Esther.

Bueno, al menos no eran malas noticias. Las facciones jóvenes de los partidos eran las que hacían el trabajo pesado de la campaña. Repartían papeletas, colgaban carteles, aparecían sonrientes y entusiasmados en las fotografías aunque solo estuvieran allí como decorado, y se podía contar con ellos para lo que fuese. Si estaban de su parte, tenían mucho ganado.

—Bueno, yo te he traído esto —le dijo Belén, extrayendo unos folios de una carpeta—. Por si te sirve de ayuda.

—¿Qué es?

—Son los actos que organizamos en la campaña anterior. Claro, habrá que hacer algunos cambios, pero te he puesto el teléfono de las asociaciones y demás en los márgenes, por si quieres empezar a llamarlas.

—Gracias, esto me va a ser de mucha ayuda —replicó Lara, revisando la documentación. Había tanto por hacer, tantos sitios a los que llamar, que se sintió cansada solo al tomar aquellos folios en su mano.

—Y si necesitas ayuda, puedes contar conmigo. Soy difícil de localizar, pero siempre estoy disponible para el partido.

—Lo tendré en cuenta —dijo Lara, aunque en el fondo supiera lo que esas palabras significaban. Belén le estaba ofreciendo su apoyo, pero al mismo tiempo acababa de desentenderse de toda responsabilidad.

El comité local se encargaba de organizar estas visitas a los diferentes colectivos. Después elaboraba un calendario con las mismas, que en última instancia era aprobada por la candidata. Pero esta vez no sería así. Ante la escasez de apoyo, Belén acababa de pasarle a Lara todo el trabajo, aunque se ofreciera para colaborar puntualmente. Las tareas de la periodista se acababan de triplicar y en ese momento pensó que no tenía ni idea de cómo iba a poder abarcar todo ella sola. Sintió deseos de tomar el teléfono, llamar a Esther y decirle <<ahí te quedas, esto es demasiado>>, pero lo que hizo, en cambio, fue llamar a su hermana. Necesitaba un hombro sobre el que llorar. O al menos, un lugar en el que recuperar las fuerzas que el pesimismo le estaba robando.

Mabel ya tenía la mesa preparada cuando llegó a su casa. Su marido no estaba, ese día comía fuera, pero su sobrina sí que se encontraba allí y lo primero que hizo Mabel fue ponerla en su regazo nada más abrió la puerta.

—Sosténmela mientras yo acabo el refrito —le dijo, antes de adentrarse de nuevo en la cocina.

Lara fue hasta allí con la niña en brazos. Había crecido tanto en los últimos meses que tuvo que reajustarla para que no le doliera la espalda.

—Entonces, me estabas contando —dijo Mabel, reanudando la conversación que habían mantenido por teléfono.

—No hay mucho más que contar. Es lo que te he dicho: las cosas están muy duras en Móstoles. Creo que necesitaremos un milagro para ganar.

—¿Pero por qué? ¿La candidata esa no era buena? —preguntó Mabel, sin comprender. Casi se le había quemado el refrito, así que bajó el fuego al mínimo.

—Y es buena. Yo creo que es lo mejor que le ha pasado a Móstoles en años —replicó Lara, sorprendida de sus propias palabras. A veces le ocurría esto, que se veía hablando de Esther sin guardarle absolutamente ningún rencor por lo ocurrido. En esos momentos olvidaba que la alcaldesa formaba parte del gremio de la política y que, como tal, debería haberle tenido inquina—. Ella está haciendo las cosas bien, de manera limpia, eso me consta, pero ya sabes cómo funciona esto de la política.

—Ya… Es que yo no sé cómo lo aguantas. Si yo fuera tú, no pegaría ojo por las noches.

Esa fase de sentirse culpable cada vez que mentía por Diego, o cuando tenía que amenazar a un periodista por lo que había publicado, la había superado hace años. En algún momento, Lara no recordaba cuándo, todas aquellas tropelías habían empezado a formar parte de su rutina diaria, como si fuera una mercenaria, insensible ya ante los cadáveres que iba añadiendo a su listado. Pero era difícil de explicar para alguien que nunca había estado en contacto con su profesión. Mabel no lo entendería, al igual que no lo hacían buena parte de sus conocidos y amigos.

—El problema es que está muy sola. Se ha quedado sin apoyos. Hoy me ha dicho la secretaria del partido local que, a ojo de buen cubero, son cuatro o cinco las personas dispuestas a hacer campaña con ella. Así es imposible.

—¿A qué te refieres, exactamente? ¿En qué tienen que apoyarla? —dudó su hermana, para quien la política era tan familiar como un manual de física cuántica.

—Pues es muy fácil. Cuando haces campaña, tienes que visitar asociaciones, hacer fotos de la candidata, dar mítines, etcétera. Y si nadie va a esos actos, si Esther y yo nos quedamos solas con cuatro personas más, ¿qué imagen crees que vamos a dar? Casi es mejor ni avisar a los periodistas, si eso va a ser así —se lamentó Lara, mientras acunaba a su sobrina, que acababa de quedarse dormida en su regazo.

—La peque te quiere —le dijo Mabel, sirviendo el guiso que acababa de hacer en una bandeja—. Esto ya está listo. ¿Te parece si comemos?

Las dos hermanas dejaron a la niña durmiendo apaciblemente y se sentaron a la mesa a disfrutar de la buena cocina de Mabel. Su hermana tenía turno de tarde ese día, y Lara se alegraba de poder pasar un buen rato con ella, alejada de Móstoles, María, y de cualquier asunto que le levantara dolor de cabeza. Estaban ya a medio almuerzo, cuando consideró conveniente interesarse por el estado de sus progenitores. Llevaba semanas sin verlos.

—¿Qué tal están papá y mamá?

Mabel se encogió de hombros. —Como siempre. Papá anda liado pintando las paredes de la casa, se ha vuelto loco. Y mamá dice que prefiere irse cuando se pone a hacer esas cosas, así que se pasa la vida tomando café con sus amigas. Son un show.

—Bueno, me alegro de que estén bien.

—¿Sabes? No te mataría hacerles una visita de vez en cuando. Te echan de menos. Mamá siempre me pregunta por ti.

Lara no quería entrar en ese tema. No le molestaba interesarse por su bienestar y tener noticias de ellos, aunque fuera por terceros, pero se negaba a debatir de nuevo sus motivos para permanecer alejada o llamarles solo de vez en cuando.

—Prefiero no hablar de eso, si no te importa —replicó de malas maneras.

—Vale, pero solo digo que te lo pienses. Aunque sea después de las elecciones, tienes tiempo para hacerlo —dijo Mabel, rebañando la salsa del plato con un trozo de pan—. ¿Quieres postre?

—No, estoy llena. Gracias.

Mabel se levantó para recoger los platos y Lara la imitó. Empezaron a limpiar los restos de comida y a meterlos en el lavavajillas, cuando su hermana se interesó por su situación sentimental:

—¿Y las cosas con María? ¿Cómo van? Ya sabes que, cuando quieras, podemos tomar un café y me la presentas.

—Bien —respondió escuetamente Lara—. A veces tenemos nuestros desencuentros, pero por el momento van bien.

—¿Desencuentros? ¿En qué sentido? —se interesó Mabel, apretando el botón del lavavajillas.

—No lo sé. A ella no le hace mucha gracia que trabaje de nuevo para Esther. Dice que no va a poder verme y que, bueno, que Esther podría confundirse conmigo. Chorradas.

—Ah, qué tontería —replicó Mabel de forma distraída—, vale que tú te hayas podido sentir atraída por ella en algún momento, la alcaldesa es guapa, eso está claro, pero Esther es *hetero*, ¿no?

65

Lara quiso responder. Quiso hacerlo rápido, para que su hermana no advirtiera sus dudas, pero la lengua se le enredó, tal vez porque no deseaba mentirle, a su hermana no.

—¿No es *hetero*? —preguntó entonces desconcertada ante el silencio de Lara.

—No, exactamente. Ha estado casada, pero con el género incorrecto.

—Oh, Dios, esto sí que no me lo esperaba. ¿Y a ti te gusta?

Lara no supo qué responder. ¿Le gustaba Esther?

—Joder… —volvió a repetir Mabel. Su hermana no era dada a las palabras malsonantes, solo cuando algo le impactaba—. Lara…

—No es que me guste, ¿vale? No es eso —intentó defenderse ella sin levantar demasiado la voz. La niña estaba durmiendo—. Lo que pasa es que tenemos una atracción extraña, eso no voy a negártelo, y así es difícil trabajar con ella.

—Lara, yo no me quiero meter en donde no me llaman, pero tienes que andar con mucho cuidado. Por lo que me has contado, esa gente del partido está muy cabreada contigo —le recordó su hermana, aunque a Lara no le hiciera falta que nadie se lo recordara—, y no sé, pero me parece que serían capaces de utilizar cualquier cosa para machacarte.

—No ha pasado nada, Mabe, en serio, tampoco es cuestión de dramatizar —protestó Lara, que intentaba creerse sus propias palabras—. Te lo aseguro, no va a pasar nada con Esther, entre otras cosas porque yo estoy con María y no me gusta.

—Vale, te creo, pero ándate con cuidado, ¿me harás ese favor?

—Sí, descuida.

—Perfecto. A mi hermanita no la toca ni Dios —le dijo, dándole un beso en la frente y revolviendo su pelo con cariño—. ¿Me oyes? Ni Dios.

Lara bajó la cabeza y enmudeció. Tal vez Diego Marín no fuera Dios, pero estaba empezando a pensar que era lo que más se le parecía.

CAPITULO

SIETE

Esther se encontraba calentando una lasaña descongelada cuando su teléfono empezó a sonar al otro lado de la casa. Sus dotes culinarias estaban tan oxidadas que le dio igual si su cena de esa noche se quemaba. La chica que le limpiaba la casa solía dejarle algo preparado, pero ese día había tenido que acabar su jornada de trabajo antes de lo previsto por una cita médica, y Esther ni tenía apetito ni ganas de preparar nada que no estuviera ya precocinado.

Se limpió las manos en el pantalón del pijama que llevaba puesto. Apretó el botón verde y contestó en una exhalación, agitada por la carrera que se había dado.

—¿Te pasa algo? Suenas muy agitada.

—¡Lara! Eres tú.

—¿Estás bien? ¿Te pillo ocupada?

—No, solo estaba quemando mi cena, pero no es una pérdida muy grave. Lasaña congelada.

—Bien, a mí hoy me toca pizza congelada.

—¿No está María contigo? —preguntó Esther sin meditarlo previamente. Si lo hubiera hecho, tal vez se hubiera ahorrado esta pregunta personal. Se arrepintió de inmediato—. Tengo entendido que es buena cocinera, por eso lo digo —se apresuró a añadir.

—María tenía hoy una cena. Imagino que vendrá después —le informó Lara, sin aportar más detalles que un incómodo carraspeo.

—Bueno, ¿y qué me cuentas? Ya sé que hoy has estado con Belén. Me ha mandado antes un mensaje para decírmelo, pero no sé más.

Esther había estado parte del día preguntándose dónde estaría Lara. Sabía que la periodista había quedado con Belén por la mañana, pero esperaba verla por la tarde, y asistió decepcionada al paso de las horas sin noticias de Lara. Esperaba que todo hubiera ido bien.

—Es una mujer un poco peculiar, pero bien. Me ha dicho que Cortés ha estado metiendo miedo a los miembros del partido.

—Eso me dijo a mí también —replicó Esther, que recordó entonces que tenía la lasaña en el horno. Caminó con el móvil hasta la cocina para comprobar si se había quemado. Estaba todavía poco hecha—. Belén ha sido de mucha ayuda. Ha intentado hablar con varios miembros del partido, pero sin demasiado éxito.

—De todos modos, si no contamos con ellos, ya se nos ocurrirá algo —intentó calmarla Lara, siempre positiva, siempre dispuesta—. Por el momento ya he llamado a varias asociaciones y he contactado con los medios. Mañana saldrá publicada tu primera nota de prensa.

Esther frunció el ceño, sin comprender. —¿Nota de prensa?

—Sí, he escrito una para anunciar oficialmente tu candidatura. No quería arriesgarme a que Diego cambie de opinión.

—Ah, bien. —Esther sonrió divertida—. ¿Y qué digo en ella? Al menos debería saberlo, ¿no?

—Te he mandado una copia por correo —le informó Lara—. Dices generalidades, es solo un comunicado para que empiece a rodar la cosa, para que sepan que estamos aquí. Y le he dicho a Belén que reúna a los miembros del partido local. Quiero que mantengas una reunión con ellos.

—Bueno, como veo que lo tienes todo controlado, mejor ni me preocupo. Además, te comunico que mi cena ya está lista —dijo Esther, pinchando la lasaña con un tenedor. Olía bien, pero nada que ver con la que ella hacía.

—Sí, la mía también. Mi pizza ultracongelada ya es solo congelada. Tendré suerte si no me rompo un diente con esto.

Esther se rio. Tenía ganas de seguir charlando con ella, como siempre. Era un sentimiento que la acompañaba a menudo, cada vez que hablaba con Lara y deseaba que el tiempo no pasara. Le hubiese gustado preguntarle por María, qué era aquello de que tenía una cena, por qué la había dejado sola un miércoles cualquiera por la noche. Pero en lugar de hacerlo, se le ocurrió abordar el tema con una pregunta menos comprometida:

—Oye, ¿estás bien? Quiero decir, suenas un poco decaída.

—Estoy… bien. Las cosas con María no van como yo quisiera, pero eso es cosa mía, Esther, no te preocupes.

—Como quieras, pero que sepas que me tienes aquí si me necesitas.

—Lo tengo presente —terció Lara, en lo que le pareció que era un suspiro—. ¿Tú estás bien?

—Bueno, tengo una casa minúscula que me parece un castillo, pero creo que es por culpa de las noches. Odio cuando llegan —confesó Esther—. Pero sí, estoy bien. Mucho mejor de lo que estaba hace meses, si es lo que quieres saber.

—Me alegro. Y, oye.

—Dime.

68

—No te preocupes por la campaña. Estemos solas o acompañadas, te prometo que saldrá bien.

Esther suspiró. Eso esperaba. —Eso espero, Lara.

—Te lo prometo —le dijo la periodista, antes de despedirse, desearle buenas noches y colgar.

Tal y como lo veía Esther, tanto Lara como ella eran dos mujeres solas, sentadas frente a su cena congelada, repletas de una soledad que despreciaban. Pensó esto al encender la tele y darse cuenta de que ni todos los reality show del mundo podían sustituir la calidez y presencia de otra persona. Pero no era Quique a quien extrañaba, al menos, no al Quique que la acompañó los últimos diez años, esa persona hostil y huraña, que prefería cualquier partido de fútbol a su compañía, que casi ni le hablaba, con quien había perdido la química y la confianza en algún lugar del largo recorrido que fue su matrimonio. Lo que echaba de menos Esther era la compañía de alguien que le llenara la casa de sonrisas, bromas, voces altas desde el otro extremo del pasillo para pedirle que le pasara la toalla, el olor de una cena caliente que se está preparando, el volumen del televisor que se bajaba para recibirla cuando llegara a casa por las noches. Para Esther eso era la felicidad. Sus hijos conseguían dársela, llenaban la casa siempre que estaban de visita, pero incluso ellos estaban lejos, y no regresarían hasta que acabaran los exámenes. Para entonces a saber en qué estado se encontraría ella. Tal vez se hubiera convertido ya en una suerte de ermitaña que no necesitaba a nadie, o en una mujer con múltiples gatos que sustituyeran el cariño y la presencia de un humano. A saber. Dado su estado actual, todo podía pasar, pero allí y ahora, la única persona con la que deseó estar fue Lara, y no de un modo sentimental o pasional, nada más alejado de la realidad. Esther quería estar con la Lara compañera, con la mujer que esa noche se comería su cena en igual soledad que la suya. Dio su primer mordisco a la lasaña que acababa de cocinarse y se sintió indispuesta. *Qué cosa más mala*, pensó, dejándola casi intacta sobre el plato. Leche, galletas y cama. Mucho mejor.

CAPITULO

OCHO

Lara quiso aprovechar que la precampaña estaba solo empezando a andar para invitar a María a cenar. Era su manera de congraciarse con su novia, un modo fácil de pedirle disculpas por sus largas ausencias y su escasa disponibilidad. El restaurante elegido fue uno de los favoritos de María, un italiano sin pretensiones, no demasiado caro, pero en el que se comía de maravilla.

María acudió, como siempre, puntual a la cita. Había escogido un vestido de color azul eléctrico que resaltaba sus facciones e iluminaba sus ojos de color miel. Lara, por su parte, también se vistió para la ocasión. Estaba demasiado cansada para poner mucho empeño en su atuendo, pero hizo el esfuerzo que la cita requería. No deseaba que María tuviera nada más que echarle en cara y deseaba enterrar el hacha de guerra en esa cena.

La conversación entre ellas fue fluida al principio. Lara estaba encantada de haber reconectado de nuevo con su novia, llegó a pensar incluso que nada las devolvería a las peleas del pasado. Aquella era una hoja nueva, en blanco, todavía por escribir, y deseaba que a partir de esa noche formaran un equipo indestructible que nada ni nadie, tampoco las elecciones o la campaña, pudiera destruir.

Se encontraban ya a mitad del primer plato cuando María empezó a quejarse del ambiente y de la gente que lo conformaba. Según ella, los homosexuales tenían poco o nada de respeto por las parejas consolidadas. María era una persona de la vieja escuela. Huía como alma que lleva el diablo de las aplicaciones móviles para citas, los bares de ambiente de Chueca le interesaban solo en ocasiones puntuales, y la mayoría de sus amigas estaban muy escogidas. No era, desde luego, gente que pudiera interferir en su relación con Lara, y se mostraba muy orgullosa de ello. Si algo odiaba con toda su alma era la falta de seriedad que, según ella, demostraban tener algunas mujeres.

—No estoy diciendo que todas sean malas —se explicó, en medio de un sorbo a su copa de vino. María se limpió la boca con una servilleta antes de seguir hablando—. Lo que quiero decir es que hay demasiado...

¿Cómo decirlo? Cachondeo, supongo que es la palabra. No va para nada conmigo eso de tener una colección de exes que de pronto se convierten en tus mejores amigas. Mi experiencia es que, al final, alguna de ellas siempre acaba haciendo un comentario inapropiado, ¿no crees?

Lara se encogió de hombros. No tenía experiencia suficiente para opinar sobre estos temas. Desde muy joven había estado demasiado ocupada para plantearse una relación estable con alguien. Su trabajo había sido su prioridad absoluta y desconocía la dinámica que existía en las relaciones entre mujeres.

—No podría decirte —aseguró entonces—, no tengo demasiada experiencia.

—Ya, pero, por ejemplo, tú has estado en esas fiestas de la tal Marisa. ¿Así se llamaba?

Lara asintió con la cabeza. María siguió hablando:

—¿Y qué es lo que viste allí? Me apuesto lo que quieras a que muchas de las chicas de esas fiestas tenían pareja, y que, aun así, estaban flirteando allí con cualquiera.

Lara se tomó su tiempo para meditar acerca de esta cuestión. María tenía parte de razón. La propia Marisa le había confesado en la última fiesta que, aunque llevaba años con su pareja, ella no le hacía ningún asco a la posibilidad de tener una aventura extramarital. No obstante, Lara se negaba a pensar que todo el mundo fuera así. Su manera de verlo no se centraba tanto en etiquetas generalistas sino en maneras de ser. Incluso en el mundo heterosexual la promiscuidad e infidelidad eran asuntos a la orden del día. Para Lara se trataba de un problema generacional, no del colectivo.

—Entiendo lo que quieres decir, ¿pero no crees que eso es algo que va con la persona? Es decir, el que quiere ser infiel, será infiel, da igual si es *hetero* o no.

María arrugó el ceño. —Ya, pero no estoy hablando tanto de infidelidad como del flirteo constante que hay en el ambiente. Tú por ejemplo, ¿qué hacías en esas fiestas?

—Beber, básicamente —replicó con una sonrisa—. No solía interactuar con la gente.

—Eso no es posible —negó María con la cabeza—. Hablarías con alguien, digo yo.

Lara no fue consciente de lo que estaba a punto de decir. Visto en retrospectiva, culpaba a la peleona botella de vino que les habían servido en el italiano, porque ella nunca, jamás, había tenido un resbalón como el de esa noche. Guardaba con celo asuntos políticos muy peliagudos, y siempre tenía los reflejos bien engrasados para no decir algo de lo que llegara a arrepentirse. No obstante, cuando María hizo esta apreciación, lo que salió de sus labios fue:

—Bueno, si había alguien conocido, pues sí que hablaba con ella —le explicó—, como la noche que fuimos de cena con Esther.

El horror se plasmó en su cara tan pronto estas palabras salieron de sus labios. Lara quiso extender los brazos y atraparlas, devolverlas de nuevo al gran agujero negro en el que se acababa de convertir su boca. Pero no pudo. Por mucho que deseara retirar esas palabras, ya no podía hacerlo. Una gota de sudor empezó a perlar el comienzo de su frente. Observó a María, que al principio la miró sin comprender, hasta que la realización empezó a posarse en su interior. María abrió entonces los ojos con auténtica sorpresa, su tenedor se detuvo a medio camino de su boca, un espagueti colgando indolente de él.

—¿Esther?

—Bueno, sí, ella… —Lara trató de buscar una explicación con rapidez, pero se sintió bloqueada. Acababa de meterse en un embrollo y no había manera posible de salir de allí—. María, por favor, no puedes comentar a nadie que te he dicho esto.

—Vamos a ver, que yo lo entienda, ¿me estás diciendo que Esther Morales es lesbiana?

Lara miró a ambos lados, aterrorizada. —Baja la voz, por favor.

—No voy a bajar la voz —se exasperó María—, me da igual lo que piensen. ¡Me has mentido!

—¿Yo? ¿En qué te he mentido?

—¡En todo! Me hiciste creer que Esther era *hetero*.

—Y así es. Era —se corrigió Lara de inmediato. Extendió las manos para coger las de María entre las suyas, pero ella no se lo permitió—. Escucha —dijo, inclinando su torso hacia el centro de la mesa—, tienes que entender que hay partes de mi trabajo que no puedo contar, ni siquiera a ti.

—¿Y esta es una de ellas?

—¡Sí! —replicó Lara—. Esta es una de ellas. No lo sabe nadie, María, ni siquiera sus hijos. ¿Tú sabes lo que podría pasar si la gente se entera?

—¡Lara, que estamos en el siglo veintiuno! —protestó María con furia, poniéndose la servilleta sobre el regazo. Sus mejillas estaban coloradas por culpa del enfado. Lara habría pagado por saber lo que pensaba en ese momento, pero podía imaginárselo. Para ella, Esther Morales siempre había sido una amenaza, incluso cuando pensaba que solo le interesaban los hombres. Ahora que sabía la verdad, la amenaza era doble.

—Esto es política, María —intentó hacerle razonar—, y en política todo vale para desacreditar a un contrario.

—Oh, por favor, déjate de discursos baratos de asesora política —protestó su novia—. No me lo has contado antes porque tenías miedo de lo que yo pensaría si pasabas tanto tiempo a solas con ella. ¿Te gusta? ¿Es eso?

Lara tuvo problemas para tragar saliva. Entre todas las personas del mundo, María era la última que se esperaba que le hiciera esta pregunta.

—No —le respondió sin convencimiento—. No me gusta Esther.

—Pues es una mujer muy atractiva, ¿no crees?

—Sí, es una mujer atractiva —admitió Lara, que se agarró a este resquicio de franqueza como a un clavo ardiendo.

María parecía haberse calmado. Dio un sorbo a su copa de vino, y lo hizo de manera lenta, pausada, como si estuviera procesando los pensamientos que asolaban su mente. Lara tenía claro que María no la creía, pero prefirió no insistir. Era momento de callar y escuchar, dejar que su novia se desahogara.

—Por mí no tienes que preocuparte —le dijo entonces, posando con tranquilidad su copa sobre el mantel—. No pienso decirle nada a nadie, ni siquiera a mi tía.

—Bien.

—Pero tampoco esperes que acepte tu relación con esa mujer. Y menos ahora que sé lo que le interesa.

—Bien, no tienes por qué aceptarla —intervino Lara—. Con que la veas como mi jefa, me vale. Porque eso es lo que es, mi jefa.

—Sí, vale. Eso ya lo veremos —afirmó María con recelo—. El tiempo dirá —replicó sin convencimiento alguno.

Lara acató esta sentencia con aparente serenidad, aunque en su interior sabía que su novia no se encontraba muy desencaminada. Por mucho que se negara a aceptarlo, la realidad era que a su historia con Esther Morales le faltaba un final, y no estaba segura de querer seguir leyendo las páginas de aquel libro para descubrir su desenlace.

Apartó la botella de vino de manera disimulada, enfadada consigo misma. Ya había bebido suficiente por lo que le restaba de vida.

CAPITULO
NUEVE

Esther recibió a los pocos días noticias de la sede provincial del partido. Martín, el gerente, la llamó de manera personal para comentarle que la fotografía de grupo con los candidatos tendría lugar a la semana siguiente, que por favor fuera puntual. <<Allí estaré>>, le aseguró de manera apresurada. Tenía una reunión con sus concejales, y eso era todo lo que le preocupaba en aquellos momentos.

La alcaldesa era consciente de que su mandato había sido breve, demasiado fugaz. Tenía muchos proyectos en mente, pero casi ninguno de ellos se había llevado a cabo porque había tenido que lidiar con el legado de su antecesor. Así pues, su mandado al frente de Móstoles se resumía a un lavado de cara de la corporación municipal, y a un par de proyectos menores que sí había podido realizar, pero que no lucirían mucho de cara a los electores. La oposición le recriminaba a menudo <<falta de talante>>. Se escudaban en el argumento de que su Alcaldía era solamente una continuidad de la de Carreño, <<un tipo con las manos manchadas, un imputado>>, y por tanto, Móstoles debía optar por el cambio.

No es que les faltara razón, la propia Esther estaba de acuerdo con ellos en cuanto a que no había hecho demasiados proyectos. Pero había carecido de tiempo o dinero para hacer algo más que parchear el agujero dejado por Carreño. Esto, por supuesto, la oposición lo sabía de sobra, pero lo utilizaban como arma arrojadiza para desacreditarla frente a sus conciudadanos. Tristemente, su estrategia estaba funcionando, y los concejales se habían contagiado de un pesimismo crónico, que empezaba a mermar las fuerzas de la alcaldesa.

—Tú no te preocupes ahora por eso —le dijo Lara. Esther tenía una taza de café negro en sus manos—. Cambiaremos esa percepción a medida que vaya pasando el tiempo.

—Supongo que tienes razón, debería centrarme ahora en otros asuntos.

—Exactamente.

—Bueno, ¿nos vamos? —Esther consultó su reloj. La reunión estaba a punto de empezar. Posó la taza de café en su escritorio y recogió la carpeta de documentos que había dejado sobre ella.

Caminaron juntas hacia la reunión con los concejales. Esther era consciente de que Lara había adoptado una actitud mucho más optimista desde la publicación de su nota de prensa. Gracias a ella Esther era ya la candidata oficial, al menos de cara a la galería. Si Marín y el partido habían barajado la posibilidad de reemplazarla, lo tendrían difícil ahora que todos los medios de comunicación habían divulgado la noticia.

—No te voy a negar que estoy preocupada —le comentó Esther, de camino a la reunión. Aquel día estaba de muy mal humor. Ni ella misma se aguantaba. La culpa, en parte, la tenían los pantalones que acababa de comprarse. Ahora que estaba en plena fluctuación de peso, no acertaba con las tallas, y aquella prenda llevaba todo el día incomodándola—. Si mis concejales no están centrados, si no se convencen de que podemos ganar, no veo de qué manera vamos a poder plantar cara a Ballesteros. Ellos son una piña —comentó, en alusión al líder de la oposición, el cual no parecía tener demasiados problemas internos en su partido.

—Vale —admitió Lara—, pero son la piña de la oposición, y tú eres la alcaldesa. Ser alcaldesa siempre da cierta ventaja. —Se detuvieron a la entrada del salón en el que solía reunirse la corporación local—. ¿Qué cenaste ayer?

—Pizza, ¿por qué? —Esther frunció el ceño, sorprendida por la extraña pregunta.

—Yo también —le informó Lara—. Y la pregunta es porque o empezamos a alimentarnos bien, o seguiremos teniendo este humor de perros.

—Te aseguro que el humor de perros no se debe a la dieta que llevo —le rebatió Esther—. ¿Cómo estoy? ¿Estoy bien? —Esther se miró las piernas. No estaba contenta con el atuendo que había elegido. Supo que se trataba de un arranque de vanidad, pero la apariencia era importante en ocasiones como aquella. Lo último que deseaba era dar una imagen desaliñada o derrotista.

—Guapa y arrebatadora, como siempre —bromeó Lara.

—Lo pregunto en serio. Estos pantalones me están matando.

—Esther, puedes creerme: no vas a ganar las elecciones por llevar unos pantalones u otros —le aseguró Lara, haciéndole entrar en razón—. Y te lo he dicho en serio: estás muy guapa. Ahora, ¿me puedes hacer un favor?

—Sí, ¿cuál?

—Respira. Respira hondo.

La alcaldesa sonrió, y tomó buena nota del consejo. Dio una gran bocanada de aire antes de abrir las puertas del salón y hacer su entrada.

Se alegró al comprobar que todos los concejales ya estaban allí, esperándola. Nunca le gustaba ser la primera en llegar. Tejero, el de Hacienda, la saludó risueño. Rojas, la concejala de Familia y Bienestar, la observó con preocupación, como tenía por costumbre. A Pablo López, el nuevo miembro del equipo, que entró en la corporación local a la salida de Carreño, siempre se le iluminaban los ojos al verla. Y Cortés estaba al fondo, taciturno y con la vista fija en sus papeles; hacía cualquier cosa con tal de que sus miradas no se cruzaran. Todo seguía, por tanto, igual que siempre, y Esther se alegró en cierta manera de que así fuera. Tomó asiento para que diera comienzo la reunión.

—Gracias a todos por haber asistido. Bueno, creo que todos conocéis ya a Lara y que no hacen falta las presentaciones —dijo Esther, señalándola. Se había sentado en un lugar apartado, su cuaderno sobre las rodillas—. La periodista ha tenido la amabilidad de volver a Móstoles para ayudarnos con las elecciones, así que si tenéis alguna duda en temas de prensa, a partir de hoy podéis dirigiros a ella.

Los concejales asintieron. Rodrigo Cortés seguía con la mirada fija en sus papeles, aunque Esther advirtió que una sonrisa socarrona empezaba a dibujarse en sus labios. Decidió ignorarla.

—Hoy voy a ser muy breve, aunque me gustaría dejar las próximas fechas bien atadas. Ya sabéis todos que tenemos un pleno pendiente antes de las elecciones, y mi intención era dejarlo más o menos perfilado hoy, para que luego no haya sorpresas —les explicó, con la punta del bolígrafo señalando el calendario de su agenda—. Bueno, en realidad tenemos dos plenos, pero el último de ellos se limita a la celebración del sorteo para la formación de las mesas electorales y a la aprobación de la cuenta ordinaria de gestión recaudatoria correspondiente a este ejercicio, así que no me preocupa.

Este último se trataba de un pleno repleto de temas aburridos, pero formaba parte de su responsabilidad, y Esther no quería pasarlo por alto. El otro, en cambio, resultaba mucho más interesante. Les daba la oportunidad de presentar y aprobar mociones de última hora que se habían quedado en el tintero, de modo que los concejales empezaron una especie de guerra para que los proyectos de sus concejalías fueran los elegidos. Todos hicieron propuestas; todos, menos Cortés.

—¿Qué me dices tú, Cortés? ¿No tienes ninguna moción de última hora que quieras presentar? —se interesó Esther al cabo de un rato, dirigiéndose directamente a él.

Rodrigo Cortés la miró por primera vez. Esther no advirtió ningún gesto de inquietud en el concejal. Solo se percató del incómodo silencio que reinó en la sala cuando se dirigió a él.

—Ninguna de ellas es de extremada urgencia —replicó Cortés encogiéndose de hombros—. Podemos dejarlas estar.

—Bien —afirmó Esther, sin atisbo de culpa. Le había dado su oportunidad. Al menos ahora no podría echarle en cara falta de interés. O quizá sí, en realidad a Esther ya le daba igual—. Pasemos entonces a otros temas. Antes de la próxima semana necesitaría que todos hicierais un balance de lo que habéis hecho en vuestras concejalías y se lo entregarais a Lara. A lo mejor damos una rueda de prensa para exponer lo que hemos hecho estos cuatro años. ¿Alguna aportación sobre este tema? O, bueno, de cualquier otro tema.

Tejero, el de Hacienda, levantó entonces la mano. Esther le hizo un gesto para que tomara la palabra.

—Yo lo siento si me tomo la libertad de cambiar de tercio, pero me interesaría saber cuándo vas a comunicarnos la lista —le pidió el viejo concejal, ajustándose las gafas de culo de vaso—. A mí personalmente no me corre prisa, pero algunos aquí —afirmó, señalando el lugar donde se sentaba Cortés—, parecen... *inquietos* y cuanto antes lo sepamos, antes tendremos claro el lugar que nos corresponde, ¿no te parece?

Tejero no solía ser así. No acostumbraba en ponerla en estos aprietos, de los que a Esther le resultaba difícil salir. Y sin embargo, entendió por qué lo había hecho. Era su manera de advertirle sobre los movimientos que estaba haciendo Cortés, que se tensó visiblemente, molesto por las acusaciones veladas de su compañero.

Esther no supo qué decir. La lista era uno de sus caballos de batalla. La estaba elaborando, pero quedaban algunos cabos sueltos, y se negaba a tomar una decisión precipitada en una cuestión tan importante. A fin de cuentas, si conseguía ganar las elecciones, de esa lista dependía quién gobernaría a su lado, quiénes serían sus concejales, no los de Carreño.

—El resultado de la lista se os comunicará tan pronto esté elaborada —replicó de manera vaga. La alcaldesa se había convertido en el foco de atención. Incluso Lara la miró con interés—. Pero os prometo que seréis los primeros en saberla. Me encargaré de comunicárosla de manera personal.

Tejero le guiñó entonces un ojo con complicidad. —Bien, pues ya lo sabéis: aquí la que manda es ella —dijo el viejo concejal—. Ajo y agua.

Esta tensa cuestión dio la sesión por finalizada. Esther empezaba a tener claro con quién podía contar y a quién debía descartar de plano. Tejero y Pablo López parecían, por lo pronto, apuestas seguras, personas con las que podía contar de cara al futuro. Se lo estaba comentando a Lara cuando entraron en las dependencias de Alcaldía y se toparon de bruces con una visita inesperada.

Esther frunció el ceño nada más verla. Miró a la periodista, en busca de una explicación, pero al advertir su súbita palidez comprendió que Lara estaba igual de sorprendida con la visita. En ese momento Carmen, la secretaria, se levantó y fue a su encuentro.

—Oh, qué bien, llegáis justo a tiempo —afirmó entusiasmada, señalando a la persona que estaba a su lado—. María ha venido a recogerme y estábamos a punto de ir a tomar algo. Os apuntáis, ¿no?

Lara se quedó paralizada. Incluso cuando María se acercó para darle un suave beso en los labios, no fue capaz de reaccionar.

—No me habías dicho que ibas a venir —le dijo a María en un aparte que fue audible para todas.

—Quería darte una sorpresa. Trabajas tanto que pensé que te alegrarías de verme.

—Y me alegro, claro —replicó Lara sin demasiado convencimiento.

—Entonces, está hecho —intervino Carmen—. Cerramos el chiringuito, que ya vale de trabajo por hoy, y nos vamos a tomar algo.

Esta era la segunda vez que Esther se veía en una situación parecida por intermediación de Carmen. La adorable secretaria tenía un don para elegir el momento menos adecuado, pero sería injusto reprochárselo. A fin de cuentas, ella solo pretendía ser amable e incluirla en los pocos eventos sociales que planeaba. Carmen no era consciente de que lo último que deseaba era expandir sus relaciones con Lara y su pareja. Así que, resignada, cogió el bolso y la chaqueta y se fue en pos de ellas, sin excusas para negarse, y con la horrible sensación de que aquella velada iba a dejarle el mismo poso agridulce que la anterior.

CAPITULO
DIEZ

El local escogido para tomar un aperitivo se encontraba muy cerca del apartamento de Esther. Algunos políticos del Ayuntamiento solían ir a un bar cercano cuando acababan su jornada laboral, pero como ninguna quería encontrarse con ellos, eligieron otro lugar para evitar encuentros no deseados.

Lara y María se adelantaron, seguidas a escasos metros de Carmen y Esther. La periodista podía escuchar palabras sueltas de la conversación entre la secretaria y la alcaldesa, pero nunca frases enteras. Todavía no había sido capaz de reponerse de la sorpresa y, en consecuencia, se encontraba ajena a la compañía de María, pendiente de la conversación que mantenían las otras dos mujeres.

Miró entonces a su novia y le dedicó una sonrisa tibia en un intento desesperado de alejar sus propios fantasmas. Lara sabía que no tenía derecho a estar enfadada. María era su pareja, después de todo, no tenían nada que esconder ni se escondían, pero le desagradaba pensar que su visita llevaba implícitos motivos muy diferentes al mero placer de disfrutar de su compañía.

María estaba allí para controlar.

María estaba allí para asegurarse de que no le había mentido.

María estaba allí porque no confiaba en ella.

—Estás muy callada, ¿te pasa algo?

Lara perdió la mirada en el otro extremo de la calle. Algunos vecinos estaban paseando a sus perros. Nunca había barajado la posibilidad de tener un compañero canino, pero tampoco le desagradaba. Si tras las elecciones conseguía reducir la velocidad de sus días, tal vez se planteara adoptar uno.

—No, va todo bien, ¿por qué lo preguntas? —contestó, con la mirada todavía perdida en dos perros que jugaban en una zona ajardinada.

—Estás enfadada porque he venido sin avisar, ¿es eso?

Lara inspiró aire profundamente. La franqueza siempre había sido uno de sus mayores defectos. Incluso de niña tenía problemas para esquivar o posponer una pregunta comprometida. Fernando, su mejor amigo, siempre le decía que era una suicida de los sentimientos, que haría bien en contar hasta diez antes de pronunciarlos en voz alta. Porque Lara era demasiado sincera, peligrosamente directa. Si alguien le hacía una pregunta, evitaba andarse por las ramas. La verdad quemaba en su interior como agua caliente a punto de alcanzar su punto de ebullición. Aquella era una de esas situaciones en las que habría preferido callarse y dejar la conversación para más adelante, pero, una vez más, no fue capaz de controlarse:

—Creo que no deberías haberte presentado así en mi lugar de trabajo, y menos después de la conversación que mantuvimos el otro día —afirmó.

—¿Lo dices por mi tía? No le he dicho nada, si es eso lo que te preocupa —se defendió María.

—Lo digo por mí. Las dos sabemos por qué estás aquí, ¿me equivoco? No me gustan los perros policía, María.

Lara se arrepintió enseguida de haber sido tan cruda. Acababa de ofenderla de manera gratuita. Su novia se detuvo en seco en medio de la acera.

—Te has pasado.

—Sí, es verdad, me he pasado. Lo siento. —Miró por encima de su hombro y vio que Esther las estaba observando—. ¿Pero podemos hablar de esto más tarde, por favor? No quiero armar una escena en medio de la calle.

María, que tampoco era dada a discutir en público, siguió andando, pero no le dirigió la palabra el resto del trayecto. Lara habría dado cualquier cosa por que este fuera el punto y final de su desencuentro, pero sabía que se trataba de una tregua momentánea. Cuando la velada acabara, tendrían que hablar del tema, y más le valía tener preparada su disculpa, aunque en ese momento no podía pensar en ninguna.

Incluso si María estaba allí para vigilarla, tenía que reconocer que no le faltaban motivos para desconfiar. Su novia era una mujer muy intuitiva. Con toda seguridad se había percatado de la química que existía entre ella y Esther. Estaba allí, a la vista de todos. Flotaba en el aire cuando intercambiaban una mirada, una sonrisa cómplice, una caricia inocente en un brazo. Se agazapaba en sus conversaciones e incluso en las palabras que empleaban. La química lo inundaba todo, y Lara no podía esconderla, ni meterla debajo de una alfombra o en un jarrón. Tarde o temprano su novia comprendería que su relación con la alcaldesa traspasaba las líneas de lo profesional, y cuando lo hiciera, no estaba segura de cuál iba a ser su reacción. ¿Qué haría ella? ¿Qué le diría María?

Lara sintió el pánico girando en círculos en su interior al comprender que, si ese momento llegaba, sería como llevar orejeras y tener un espejo enfrente. Ya no podría apartar la mirada. Ya no podría esquivar su propio reflejo. Se vería obligada a mirar a los ojos a esa mujer, la que seguía albergando sentimientos por Esther Morales, sin escapatoria posible, sin excusas esta vez.

Solo de pensarlo, sintió que le flaqueaban las piernas. Deseó poder ingeniar una excusa para salir huyendo, pero lo único que consiguió fue quedarse embobada, con la mirada perdida en el ventanal de la cafetería. Reconoció la voz de Esther a sus espaldas.

—¿Te encuentras bien? Te has puesto muy pálida.

La alcaldesa le puso una mano en el hombro. Estaba tan cerca que Lara dio un paso inseguro hacia atrás. María estaba dentro, pero tuvo miedo de que las viera. Afortunadamente, su novia estaba eligiendo una mesa para cuatro.

—¿Todo bien, querida? —se interesó Carmen.

—Sí, perdonad. Solo he tenido un bajón de azúcar.

—Mejor vamos dentro. —Carmen la sujetó por el brazo—. Necesitas tomar algo con azúcar.

Consiguió calmarse al poco tiempo. El tono animado en el que charlaban sus tres acompañantes le sirvió para dejar a un lado sus miedos y centrarse en el momento presente. En última instancia, ya vería lo que haría si María le sacaba el tema, pero carecía de sentido preocuparse por algo que todavía no había ocurrido. Se concentró, así, en escuchar lo que estaban diciendo.

María parecía muy interesada en la opinión de Esther sobre los grupos de la oposición, en especial sobre una formación política en concreto, bastante anárquica y surgida de los movimientos sociales que había despertado la crisis, la cual estaba calando con fuerza en el corazón de todos los ciudadanos.

—¿Crees que tienen posibilidades de ganar? —le preguntó su novia. Lara escuchó con atención las valoraciones de la alcaldesa.

—Creo que ahora mismo cualquiera tiene posibilidades de ganar. Los ciudadanos están muy cansados —le respondió—, ven que los políticos nos hemos alejado por completo de ellos y la corrupción ha hecho muchísimo daño. Ya nadie se fía de nosotros, así que cualquier alternativa nueva, especialmente si está fuera del sistema hasta ahora conocido, se percibe de un modo más limpio.

—¿Y eso te sorprende? —preguntó Lara con sorna.

Ella había sido una convencida del partido, dispuesta a lo que fuera con tal de que ganaran los suyos, pero los acontecimientos acaecidos en el seno del Partido Liberal y los últimos meses alejada de la política, le habían servido para abrir los ojos. Ahora mantenía una actitud crítica. Ya ni siquiera estaba segura de querer oponerse a la labor que esos grupos querían acometer. Un cambio, después de todo, no les vendría nada mal.

—No, claro que no me sorprende —afirmó Esther—. No estoy ciega. Comprendo muy bien el hartazgo de los ciudadanos, pero me fastidia que se nos meta a todos en el mismo saco. Todavía existimos los políticos que deseamos hacer un servicio público, que estamos aquí para hacer nuestro trabajo.

Lara sonrió con cinismo y dio un sorbo a su cerveza. Estaba claro que Esther tenía muy bien aprendido el discurso, pero se olvidaba de un dato fundamental, o tal vez solo deseaba pasarlo por alto porque lo desdeñaba tanto como ella.

—¿Por qué te ríes? —la increpó Esther, visiblemente molesta—. Estoy hablando en serio.

—Lo sé, y te entiendo —replicó Lara tras posar su cerveza sobre la mesa. Carmen y María asistían a este intercambio dialéctico con atención—, pero las dos sabemos que por mucho que gente como tú quiera jugar limpio, hay una cosa que se llama partido. Y cuando el partido exige algo, sea justo o no, hay que acatarlo, da igual lo que tú desees. ¿O no es así?

Esther se ruborizó de inmediato. Tal vez no esperaba que fuera tan dura con ella, pero estaba cansada de escuchar discursos parecidos, bienintencionados pero poco prácticos. Incluso Carmen sabía que los políticos eran meras marionetas del partido, que cuando el partido, ese ente desconocido sin rostro ni culpables específicos, demandaba algo, el político de turno tenía que agachar la cabeza y someterse a sus requerimientos.

—Bueno, no tiene por qué ser así —contraatacó Esther, que ya se había repuesto del golpe—. Hay maneras de combatir al partido.

—¿Tú crees? —dijo Lara.

—Sí, por supuesto que las hay.

—Claro, te puedes oponer a lo que te manden, sin duda, pero entonces te expones a que te corten la cabeza. ¿O no? —Esther no respondió, solo bajó los ojos en señal de preocupación—. He visto ya demasiados casos en los que un político se enfrenta al partido y le acaban quitando de en medio, Esther. Esa es la política española, así funciona, y el que diga lo contrario, miente.

—Bueno, y si piensas así, si de veras crees que ya está todo perdido, ¿qué haces aquí? —le preguntó sin disimular su malestar.

—Pues, obviamente, estoy aquí por ti. Solo por ti.

Durante unos segundos, la mesa se quedó completamente en silencio, nadie se atrevió a pronunciar palabra. María abrió un momento la boca, tentada a decir algo, pero inmediatamente la cerró, como si fuera imposible introducir cualquier comentario o como si ya hubiera tenido suficiente. Lara se arrepintió de inmediato de haber dicho eso, pero una vez más no pudo retirar sus palabras. Estaban ahí, flotando en el aire, enrareciéndolo.

Al final fue Carmen la que tomó la palabra para acabar con el incómodo silencio:

—Bueno, bueno, dejemos ahora de hablar tanto de política y hablemos de algo más animado. Esther, ¿qué tal están tus hijos? Hace mucho que no sé nada de ellos.

Esther empezó entonces a contarles acerca de sus hijos, a los cuales esperaba ver cuando acabara la campaña. Decía estar deseosa de que regresaran para poder enseñarles el dormitorio que les había acondicionado. Según les explicó, había conseguido que la de sus hijos fuera la habitación más acogedora de toda la casa, y Lara comprendió lo orgullosa que se sentía de ello. A Esther le brillaban los ojos siempre que hablaba de sus hijos.

Para alivio de Lara, el encuentro se zanjó media hora después sin mayores incomodidades. Esther se despidió de ellas con mucho cariño. Abrazó a María y le dio un sonoro beso en la mejilla. <<Me ha encantado volver a verte>>, le aseguró con una sonrisa sincera, y acto seguido se despidió de todas con la promesa de que el próximo encuentro sería en su casa. <<Haremos una cena cuando acaben las elecciones, sean cuales sean los resultados>>, les prometió.

Estaban ya casi en la boca del metro cuando Lara comprendió que había llegado el momento. Carmen se despidió de ellas como acostumbraba, de manera afectuosa y maternal; la secretaria siempre aseguraba que eran su pareja favorita de todos los tiempos, por encima de sus amados Brad Pitt y Angelina Jolie. A Lara solían divertirle estas tonterías de la secretaria, pero en aquel momento no fue capaz de sonreír. Estaba demasiado centrada en lo que vendría a continuación, cuando irremediablemente, María y ella volverían a hablar del tema que habían estado posponiendo todo ese tiempo. Le debía una disculpa por haber sido tan brusca, y tal vez otra por haberse mostrado tan entusiasta con la campaña de Esther, así que decidió abordarlo cuando se estaban adentrando en las fauces del metro.

—Perdona por lo de antes, he sido un poco grosera —le dijo con todo el cariño del mundo—. Es que no estoy acostumbrada a que mi vida personal se mezcle con mi vida laboral. Me resulta incómodo, pero sé que tú no tienes la culpa.

María la miró con ternura. Se encogió de hombros y apretó su mano con cariño. —Lo entiendo, no pasa nada —le dijo en su tono más dulce.

—Te lo agradezco, pero aun así, lo siento mucho.

Lara trató de darle un beso de reconciliación, pero ella torció en el último momento la cabeza, de manera que sus labios acabaron aterrizando en su mejilla. El gesto le dolió, pero no la culpaba por ello. Estaba molesta y lo comprendía. En el futuro tendría que aprender a ser menos controladora, a dejarse llevar y aceptar las cosas como vinieran, pero eso no iba a cambiar de la noche a la mañana.

—¿Te apetece dormir hoy en mi casa? —le propuso en un último intento por normalizar la situación.

—Mejor otro día —le dijo María—. Creo que antes te voy a dejar tiempo para que te pienses mejor las cosas.

Lara frunció el ceño. *¿Qué cosas?* se preguntó en silencio, aunque algo dentro de ella sabía perfectamente a qué se refería.

—¿Qué cosas? ¿De qué hablas? —preguntó aun así.

—Yo me entiendo —replicó María, dándole un beso en la mejilla—. Lara, quiero que tengas algo muy claro: yo quiero estar contigo, lo deseo muchísimo, pero si vamos a estar juntas tengo que asegurarme de que las dos partimos del mismo punto y de que tú también quieres estar conmigo. Para eso he venido hoy, te lo confieso, para verlo con mis propios ojos, y creo que he hecho bien, creo que nos va a beneficiar a las dos. Así que piénsatelo, ¿vale? Estaré aquí para lo que decidas.

María se fue entonces sin darle opción a réplica. Lara la vio caminar en sentido contrario. Se giró y le dijo adiós con la mano. Lo hizo con tanto cariño que la periodista no fue capaz de mover ni un solo músculo, anonadada como estaba, comprendiendo que a la única que estaba engañando era a sí misma.

María había ido al Ayuntamiento en busca de respuestas y las había encontrado, sin importar los esfuerzos que había hecho para mostrarse distante con la alcaldesa, para no mirarla de una manera especial, no sonreírle ni dirigirse a Esther con el cariño con que solía hacerlo. Había sido incluso ruda con la alcaldesa, pero sus esfuerzos habían sido en vano porque había algo, una fuerza superior, una conexión entre ellas, que por mucho que se empeñaran, eran incapaces de ocultar. Cuando por fin comprendió lo ocurrido, solo pudo murmurar un <<mierda>> que ninguno de los viajeros de metro fue capaz de escuchar, y echó a andar camino de su tren, sintiéndose más perdida de lo que jamás había estado en su vida.

Daba igual lo que hiciera por quitarse de encima sus sentimientos hacia Esther Morales. Cuanto más los alejaba, más evidentes le parecían, regresaban con mayor virulencia; si se descuidaba, estaba segura de que serían capaces de arramplar con aquel muro invisible que tanto se había esforzado en levantar.

CAPITULO
ONCE

La foto de familia con los candidatos llegó antes de lo previsto. Esther había estado tan ocupada devanándose los sesos con la lista, poniendo nombres, tachándolos, estableciendo contacto con potenciales candidatos, que el tiempo se le había echado encima.

Ni siquiera sabía si la periodista estaba dispuesta a acompañarla. Quería pensar que lo haría de buen grado, pero Lara se había pasado los últimos días tan ocupada que apenas se veían. La ausencia de apoyo por parte del partido local había redoblado su trabajo. Lara ejercía de periodista del Partido Liberal de Móstoles, pero también de directora de campaña, y esta sobrecarga de trabajo las estaba distanciando.

Siempre que le hacía visitas a su despacho, se la encontraba colgada al teléfono. Lara le hacía señas para hacerle saber que estaba ocupada. Solía tener el ceño fruncido y las ojeras habían regresado a sus ojos. A veces Esther esperaba a que la llamada finalizara, pero en cuanto abría la boca, el teléfono volvía a sonar y al cabo de unos pocos días se dio por rendida. Resignada, acabó comunicándose con ella por email o mensajes.

Esther era consciente de la carga de trabajo que soportaba la periodista, pero al mismo tiempo no podía evitar preguntarse si su cambio de actitud tenía algo que ver con la tarde en la que María apareció en el Ayuntamiento. Quería pensar que se trataba de una mera casualidad, sin embargo, algo le decía que Lara la estaba evitando.

Había analizado aquel encuentro varias veces en busca de una respuesta. A menudo lo hacía por las noches, cuando ya estaba metida en la cama, intentando leer la última novela que compró en la librería del barrio. En esos momentos su mirada se quedaba perdida en cualquier párrafo del libro, incapaz de comprender ni una sola línea de lo que estaba leyendo. Pero nunca encontraba una respuesta a sus pensamientos. Aquella noche Lara y ella se habían comportado de manera normal, y sin embargo, a partir de ahí su relación había cambiado.

De todos modos, Esther quería preguntarle personalmente si quería acompañarla a la fotografía de los candidatos, así que llamó con los nudillos a la puerta de la oficina de prensa. <<Pase>>, escuchó su voz al otro lado. La alcaldesa abrió convencida de que otra vez se la encontraría ocupada al teléfono, pero se sorprendió al ver que Lara estaba de pie, colgando algo en el corcho que había al lado de su escritorio. La periodista sonrió de oreja a oreja.

—¡Por fin, he acabado! —le dijo con entusiasmo.

Esther frunció el ceño, tardó unos segundos en comprender de qué se trataba. Luego dijo:

—¿Has acabado el calendario de visitas?

—Sí, ya tienes toda la campaña concertada. Incluso he cerrado las entrevistas con los medios de comunicación. Estoy segura de que al final habrá cambios, pero, por ahora, podemos respirar tranquilas.

—Bien, no sabes cuánto me alegro. Empezaba a pensar que te había perdido para siempre.

Lara le hizo un gesto para que tomara asiento. —Querías verme —le dijo.

Esther asintió. —No sé si recuerdas que tenemos la foto con el presidente mañana, a las doce. Me preguntaba si querrías acompañarme.

—Claro, lo tenía anotado en la agenda. No me lo perdería por nada del mundo —replicó la periodista con indisimulado sarcasmo. Resultaba incómodo para ambas reunirse con sus compañeros de partido. Las dos tenían una larga lista de personas a las que no les apetecía ver, empezando por Diego Marín, y continuando con un largo etcétera—. Allí estaré.

—Estupendo. Ahora solo queda un pequeño detalle por decidir y esperaba que pudieras ayudarme.

—¿Qué es?

—No tengo ni idea de qué voy a ponerme. Confiaba en que pudieras recomendarme algo.

—Bueno, tú tienes buen gusto. Seguro que habrás pensado algo.

—Tengo dos o tres modelos en mente, pero me gustaría que los vieras y me dieras el visto bueno. Si no te importa, he pensado que podrías acompañarme a mi casa y echarles un vistazo.

La petición cogió a Lara con las defensas bajadas, Esther lo supo tan pronto vio su gesto de sorpresa. En realidad no lo había planeado. En un principio solo quería recordarle la cita y pedirle que la acompañara. No obstante, ambas sabían lo importante que era la foto con los candidatos. Los ciudadanos verían esa foto, que se publicaría al día siguiente en todos los periódicos, y Esther quería estar a la altura.

Sabía que resultaba extraño pedirle que la acompañara a su casa y se quedara sentada mientras ella le enseñaba los diferentes atuendos que podía ponerse, pero necesitaba contar con su opinión antes de decantarse por una vestimenta.

—Venga, mujer, serán solo unos minutos. Si te hace sentir más cómoda, prometo cambiarme en otro cuarto. Ni siquiera tendrás que verme desnuda, aunque no es como si fuera algo nuevo para ti —bromeó Esther para restarle importancia al asunto.

Lara se ruborizó involuntariamente, y Esther sintió un cosquilleo ante la idea de estar a solas con ella lejos del escrutinio al que se veían sometidas en el Ayuntamiento. Lara empezó a recoger sus cosas, y Esther pestañeó con sorpresa.

—¿Quieres que vayamos ahora? —preguntó confundida.

—¿Tienes algo mejor que hacer?

—Dirigir un Ayuntamiento, por ejemplo —bromeó Esther.

Lara sonrió. —Creo que Móstoles podrá soportar tu ausencia unos minutos. Venga, vamos, después no sé si estaré libre.

Esther dejó recado a Carmen de que iban a ausentarse un rato. Si había llamadas, prefería que no se las pasaran salvo que fuera urgente. La secretaria tomó nota del recado y las dos mujeres se encaminaron a la salida del Ayuntamiento.

Hacía un día radiante, lleno de un sol casi primaveral que animaba sus espíritus. Esther ni siquiera se molestó en abotonarse el abrigo, se trataba de un corto trayecto hasta su casa y no hacía tanto frío como las semanas anteriores.

Se alegró al ver que el apartamento estaba ordenado. Le había pedido a la empleada doméstica que lo limpiara a fondo, y se sintió aliviada de que ya no estuvieran allí ninguno de los platos que la noche anterior había dejado sobre la mesa del salón. Lara entró primero en el coqueto apartamento y Esther cerró la puerta a sus espaldas, sintiendo un sudor frío ante la proximidad de la periodista.

De alguna manera, una acción tan sencilla como cerrar la puerta las dejaba al margen del mundo exterior y Esther tuvo que controlarse para sacudirse las ideas totalmente bizarras que la asaltaron cuando se quedaron solas.

Sin querer, vinieron a su mente los recuerdos de aquella noche que habían pasado en su antigua casa, la noche en la que no habían sabido controlarse y acabaron besándose apasionadamente en el sillón. Se le erizó la piel al recordar las manos de Lara recorriendo su cuerpo, sus suaves labios descendiendo con hambre por su cuello, los gemidos que no pudo controlar cuando sintió su cuerpo cerca del suyo, pieles en contacto, rozándose, llamándose.

Esther cerró los ojos con fuerza sin que Lara lo advirtiera, suspiró para sus adentros, y apartó de golpe todo aquel batiburrillo de recuerdos y sentimientos.

—Ya ves que no es gran cosa, pero resulta acogedor —dijo al advertir que Lara estaba contemplando la casa con curiosidad.

—Es muy bonito, Esther. Has hecho una buena elección. Seguro que cuando tus hijos vuelvan, se sentirán muy a gusto aquí.

—¿Quieres que te enseñe su habitación? Te aseguro que es lo mejor de la casa. Ven, es por aquí.

Esther fue abriendo puertas. La cocina, el pequeño baño, funcional pero escaso, que esperaba que fuera suficiente para sus hijos aunque sabía que Patricia necesitaba un campo de fútbol para meter todos sus enseres de aseo personal, el pasillo, y finalmente la habitación de invitados.

Se sintió feliz al ver la sorpresa de Lara cuando abrió la puerta. Esther se había esmerado en elegir el mobiliario perfecto para sus hijos. Deseaba que se sintieran en casa cuando la visitaran y no escatimó en detalles a la hora de decorar aquella habitación. Había ordenado enmarcar posters de los grupos musicales favoritos de su hijo, para ponerlos sobre su cama, y láminas vintage que tanto adoraba Patricia, para ponerlas sobre la suya. Había un escritorio en el que no faltaba un gran ordenador, un reproductor de música, y la habitación también contaba con una televisión, <<para que tengan su intimidad, qué sé yo, si no quieren estar una noche en el salón conmigo>>, le explicó. Había sacado tiempo de debajo de las piedras para dejar aquella acogedora habitación lista. Todo estaba listo para recibirlos, y ella no podía esperar a que regresaran.

—Me has dejado de piedra —dijo Lara, girando en círculos en el centro de la habitación—. Si ellos no quieren venir, dímelo y vengo yo —bromeó.

Esther se echó a reír. —Me alegro de que te guste. Creo que es importante que se sientan bien cuando regresen, dadas las circunstancias. Ojalá sea así.

—Claro que será así, Esther, estoy convencida de ello. —Lara acarició su antebrazo con dulzura y la alcaldesa se estremeció con el contacto. Retiró el brazo con disimulo, intentando que ella no lo percibiera.

—Bueno, pues esto es todo. Ahora, si quieres, te enseño mi habitación y vemos los modelos que he pensado. Ven, es por aquí.

Hasta ese momento se había sentido un poco incómoda con la presencia de Lara en su nuevo hogar, pero la sensación se multiplicó por cuatro cuando cruzaron el umbral de su dormitorio. Si esas paredes pudieran hablar, le contarían a Lara las veces que Esther había pasado la noche en vela, pensando en ella, en cómo estaría, dónde y con quién, en los momentos que habían pasado juntas, en aquella noche en la que se conocieron de una manera más íntima y en la que estuvieron a punto de repetir la experiencia.

Le contarían, también, las veces que Esther había sentido tentaciones de escurrir su mano entre la calidez de sus muslos mientras imágenes de ellas dos explotaban en su mente como coloridos fuegos artificiales. Sus caricias, anhelo, los ojos de Lara llenos de deseo, pidiéndole que no parara, los suyos ardiendo en sus cuencas, las yemas de los dedos incendiadas por el contacto con su piel. Esther había fantaseado muchas veces con ello, aunque todas ellas se había detenido, llamándose estúpida, sintiéndose absurda. Lara tenía novia y estaba feliz, debía pasar página, centrarse en lo que eran ahora, compañeras de trabajo y nada más. Entonces detenía el movimiento de su mano, respiraba hondo, fijaba la mirada en el techo, apagaba la luz y conseguía calmar el desbocado latido de su corazón.

Sí, estaba segura de que si las paredes pudieran hablar le contarían a Lara todos estos episodios en los que la rabia formó un nudo en su garganta, pero afortunadamente no podían comunicarse con ella y esperaba, de corazón, que su cara tampoco lo reflejara.

—Muy acogedor —le dijo Lara. Parecía impresionada por los cambios que había hecho en la casa—. Tienes muy buen gusto para la decoración.

—Gracias. Pensé que ya que iba a vivir aquí, lo mínimo era darle un toque personal —le explicó, dirigiéndose al armario—. Siéntate en la cama, si quieres, será solo un segundo.

Lara miró la cama con cierta aprensión, como si se sintiera incómoda con la idea de quedarse allí sentada mientras Esther se esmeraba en encontrar las prendas de las que le había hablado.

—O espérame en el salón, si prefieres.

—Si no te importa, creo que mejor te espero allí. —La periodista hundió las manos en los bolsillos de su pantalón. Siempre hacía este gesto cuando se sentía incómoda—. Así te dejo intimidad por si quieres cambiarte.

—Claro, en un segundo estoy contigo.

Esther escuchó entonces el "clic" de la cerradura a sus espaldas. Tenía la nariz hundida en el interior del armario, y suspiró con fuerza.

—¿Qué coño estás haciendo, Esther? —se reprochó a sí misma en voz alta, enfadada consigo misma.

Estaba tan nerviosa que le temblaron las manos al separar las perchas y abrir cajones. Tenía que calmarse. Tenía que volver a ser la alcaldesa de

Móstoles, esa mujer fría, dura e implacable, que no sentía miedo ante nada. Esther era otra cosa. Esther, la persona, se volvía un ser tembloroso cuando Lara estaba en su habitación, cerca de su cama, envuelta en el silencio reinante de aquella casa, donde solo se escuchaba a los vecinos si dejaban una ventana abierta.

A duras penas consiguió serenarse. Puso sobre la cama los tres modelos elegidos y después se los colocó en el regazo para dirigirse al salón. Lara la estaba esperando de pie. Ni siquiera se había atrevido a sentarse en el sofá. Parecía igual de nerviosa que ella.

—Bueno, pues aquí están —comentó Esther, dejándolos sobre la mesa del comedor—. Y me acabo de dar cuenta de que soy una maleducada. No te he ofrecido nada de beber. ¿Quieres algo? Tengo Coca-Cola y agua. Lamentablemente, no tengo Red-Bull.

—Coca-Cola está bien, gracias.

Lara se acercó a las prendas, las tomó entre sus manos, mientras Esther se dirigía a la cocina y vertía un poco de refresco en un vaso.

—Los tres están muy bien —escuchó que le decía desde el salón—, aunque creo que la chaqueta azul con la camisa blanca es el que más me gusta.

Esther salió de la cocina con el vaso en la mano. Se lo tendió, pero Lara tenía las manos ocupadas. —¿Ese es el que más te gusta?

—Creo que sí.

—Espera, me lo pruebo *aquí* para que lo veas.

Esther se avergonzó enseguida de haber dicho eso. Sintió que se le incendiaban las mejillas. Lara carraspeó y miró hacia otro lado.

—Perdona, no sé por qué he dicho eso. Todo esto ha sido mala idea —comentó antes de beberse con nerviosismo la bebida de la periodista de golpe—. Yo... Lara...

—No digas nada. No es necesario —le advirtió ella con el dedo en alto.

—Pero es que ya no sé cómo tratarte. Me refiero a que... no sé, es todo muy complicado. Me gustaría que las cosas fueran más naturales entre nosotras.

—Ya, a mí también. Venga, ve a cambiarte, olvida lo que ha pasado.

—¿Estás segura? No tienes por qué hacerlo si te resulta incómodo. No me gustaría que tuvieras problemas por mi culpa.

Lara pestañeó sin comprender.

—Me refiero a que no sé cómo están las cosas entre tú y María.

—Las cosas entre María y yo no están —le informó Lara—. Nos hemos dado un tiempo, pero eso no tiene por qué preocuparte. Esther, es solo una chaqueta. Tampoco es como si me fueras a hacer un strip-tease aquí mismo. Venga, cámbiate y veamos cómo te queda.

Tomó las prendas entre sus manos y salió disparada hacia su habitación para cambiarse. Las palabras de Lara seguían dando vueltas en su cabeza cuando cerró la puerta a sus espaldas, y agradeció este momento para meditar sobre ellas. *¿Ya no estaban juntas?* se preguntó, sorprendida, mientras con dedos temblorosos se quedaba en ropa interior.

A Esther último que le apeteció en ese momento era probarse ropa y seguir jugando a los políticos. Lo que deseaba era regresar al salón y mantener una charla con Lara sobre su relación con María. Habría sido demasiado pretencioso por su parte pensar que ella tenía algo que ver con la ruptura, pero de igual modo no pudo evitar sentirse feliz. Lara volvía a estar soltera.

Regresó al salón con el primero de los atuendos, y Esther repitió la operación con los otros dos modelos. Al final llegaron a la conclusión de que el que mejor se ajustaba a la ocasión era el favorito de Lara.

—Bien, pues una cosa menos. Y aprovechando que estás aquí, si quieres te enseño la lista para que me des tu opinión sobre ella.

—Claro.

Esther fue hacia la cómoda del salón y extrajo una carpeta del primer cajón.

—¿La tienes en casa?

—Prefiero no llevarla encima, no vaya a ser que la pierda y se filtre a la prensa —le informó, mientras le tendía la hoja que contenía la lista definitiva de personas que la acompañarían en su candidatura.

La periodista empezó a analizarla con atención. Sus ojos fueron bajando por los nombres que contenía hasta que llegó a la quinta posición. Lara levantó la cabeza y la miró asustada:

—¿Me has puesto en la lista?

Esther asintió. —Pretendía tener un momento para hablarlo contigo. Quiero que estés en la candidatura.

—No —replicó Lara, tajante.

—Sabía que dirías que no, pero quiero que te lo pienses. Ni siquiera te he puesto en los primeros puestos.

—Ya lo veo, pero me has colocado muy arriba en la tabla. Solo por el partido con el que te presentas, sabes que vas a sacar más de cinco concejales, y yo no soy política, soy periodista.

—Lo sé, y lo entiendo, pero no sería la primera vez que un periodista del partido está en una candidatura. ¿Qué tiene de malo?

—Supongo que nada, pero como te he dicho, no es mi intención dedicarme a la política —insistió Lara—. Soy feliz estando entre bambalinas.

Esther puso los ojos en blanco. Se esperaba esta respuesta, pero tenía esperanza de que al menos valorara la posibilidad de aceptar su propuesta. —Dime que al menos te lo pensarás.

—No, Esther, no hay nada que pensar. Tienes, perdón, *tenemos*, suficientes problemas sin que ahora me incluyas en la lista para las elecciones. ¿Sabes lo que pasaría si lo hicieras? ¿Sabes la cara que pondría Diego Marín?

—¡Precisamente! —le rebatió, gesticulando con vehemencia—. De todos modos, no vamos a ganar las elecciones, y tanto tú como yo lo sabemos. ¿No te apetece al menos ver la cara que pone cuando vea que te incluyo en mi equipo de gobierno?

Lara se detuvo un momento, como si estuviera valorando la idea. Ninguna de las dos eran mujeres vengativas, pero sí compartían un espíritu de rebeldía que se negaba a hacer siempre lo que el partido consideraba conveniente.

—Sigo pensando que es una mala idea. Además, podrías ganar las elecciones. Eso no se sabe hasta el último día. Las encuestas no siempre aciertan.

—De acuerdo, pero dime que al menos te lo pensarás antes de darme un no definitivo.

—Diego nunca dará su visto bueno a esa lista y lo sabes.

—Tendrá que hacerlo —dijo Esther a modo de desafío—. No es su lista, sino la mía. Pueden llamarme todo lo que quieran, pero no pienso incluir a nadie que me venga impuesto.

—¿Te han llamado? —se sorprendió Lara.

—El otro día me llamó Tomás para "sugerirme" unos cuantos nombres, entre ellos el de Rodrigo Cortés.

Lara bufó con incredulidad.

—¿Y qué te dijo?

—<<Es solo una sugerencia, aunque el presidente apreciaría que la tomaras en consideración>> —recitó Esther de carrerilla, todavía sin creer que, después de todo lo ocurrido, tuvieran la desfachatez de recomendarle que incluyera en su lista al concejal de Juventud—. Ahora que sabes esto, ¿al menos te lo pensarás?

Lara la miró dubitativa.

—Está bien, me lo pensaré —dijo por fin—, pero no esperes que te diga que sí. Me sigue pareciendo una pésima idea.

—No pasa nada, me vale con que te lo pienses.

Las dos mujeres dieron entonces el encuentro por zanjado. Lara se quedó con la lista para estudiarla en profundidad, y acordaron dejarla preparada al día siguiente para mandarla cuanto antes al partido. Una vez entregada, tenían que esperar el visto bueno de Diego, que era quien debía ratificarla. Si todo iba bien, en unos días tendrían la lista completa y podrían hacerla pública.

—Y Lara...

—Dime.

—Sé que soy la última persona con la que quieres hablar de ello, pero sigo estando aquí para lo que necesites. Incluso si lo que necesitas es hablar de María. ¿De acuerdo?

Lara sonrió con afecto. —Vale, lo tendré en cuenta.

—Bien. Te veo mañana, en la presentación. No llegues tarde.

—Nunca lo hago. Hasta mañana, Esther.

—Hasta mañana, Lara.

CAPITULO
DOCE

Lara llegó antes de lo previsto al recinto en el que iba a tener lugar la presentación de los candidatos del Partido Liberal a la alcaldía de la Comunidad de Madrid. La foto de familia se tomaría en las inmediaciones del castillo de Manzanares el Real, un lugar emblemático a pies de la Sierra de Guadarrama, con sus banderas rasgando el cielo azul madrileño.

La periodista ya había estado allí en otras ocasiones, pero nunca dejaba de sorprenderle el ambiente festivalero que se respiraba en estos eventos políticos. Miles de coches estaban llegando como pequeñas hormiguitas en fila siguiendo ciegamente a su reina. Los voluntarios, personas del ala juvenil del partido, se esmeraban en indicarles dónde debían estacionar sus vehículos. Lara siempre era amable con los más jóvenes del partido, le parecía que hacían una labor gratuita y de inestimable valor que casi nunca se veía recompensada por los sénior. Apagó el motor del vehículo y comprobó la hora en el salpicadero. Tenía por costumbre llegar demasiado pronto a sus citas, y esta vez no había sido diferente. Todavía quedaba una larga hora que matar antes de que diera comienzo la presentación. Esther ni siquiera se encontraría todavía por allí, estaba segura de ello.

Había hablado brevemente con la alcaldesa la noche anterior para comentarle su decisión acerca de ser incluida en la lista. Lo hizo tarde, pasaban las once de la noche cuando tomó su teléfono para marcar su número. Afortunadamente, Esther estaba igual que despierta de ella. Las dos se habían quedado embobadas frente al televisor, viendo una película pasada de moda, cansadas de una semana dura de trabajo.

Esther se opuso inicialmente a su negativa, pero acabó comprendiendo sus razones. Lara le dijo que, simplemente, no quería armar más ruido del necesario. Si Esther estaba dispuesta a dejar de lado a Cortés, a pesar de la "sugerencia" de Tomás, harían bien si no le daban a Diego Marín otro motivo de enfado.

—Te agradezco mucho que hayas pensado en mí, y aunque comprendo que quieras libertad para elegir a tu equipo, pienso que es mejor así —le dijo, intentando hacerle comprender.

La alcaldesa arguyó que no era justo y, efectivamente, no lo era, pero en el fondo sabía que tenía razón. Sería muy temerario enfadar más a la cúpula del partido y por ningún motivo del mundo Diego Marín aceptaría que su exjefa de prensa formara parte de una candidatura que él mismo detestaba. Las líneas rojas existían y Lara se negaba a cruzarlas.

—Si lo tienes tan claro, no voy a insistir más —acabó claudicando Esther a regañadientes—. Pero me da pena que las cosas sean así.

—Te entiendo, sé que no es justo, pero sigo pensando lo mismo: es mejor así. Si te parece bien, mandaré la lista esta misma noche. Salvo por Cortés, no veo ningún motivo para que Diego se oponga al resto de los elegidos. Son gente del partido.

—De acuerdo. Haz lo que consideres oportuno, confío en tu criterio.

Lara ya estaba abriendo su correo electrónico cuando la alcaldesa le propuso que fueran juntas en su coche a la presentación de candidatos, pero declinó con elegancia el ofrecimiento. Tras el encuentro en su casa, le parecía que necesitaba espacio para ordenar sus pensamientos y sentimientos, y no lo iba a tener si aceptaba viajar en coche con ella aquella mañana.

Todo estaba sucediendo demasiado rápido para el gusto de Lara. Aunque a regañadientes, entendía que no pudiera controlar todos los acontecimientos de su vida. Las cosas sucedían, sin motivo aparente. Perdías a seres queridos, te despedían, te enfadabas con tu mejor amigo, nadie estaba libre de estas pequeñas miserias. Sin embargo, empezaba a sentir que la suya discurría a velocidades tan rápidas que, cuando se daba cuenta de lo ocurrido, era demasiado tarde incluso para asimilarlo. Unas semanas antes su relación con María se encontraba fuerte y sana. Hacían la vida de una pareja normal en sus comienzos. Iban al cine, se gastaban bromas, quedaban cada vez más a menudo, el sexo entre ellas era satisfactorio. Pero, ahora, en apenas cuestión de semanas, se había transformado en una relación incómoda, suspendida de un frágil hilo, que se limitaba a un par de mensajes diarios para constatar que seguía viva. Desconocía en qué punto se encontraba con María. Ella insistía en que tuviera las cosas muy claras antes de asegurarle que deseaba mantener una relación con ella, pero Lara distaba mucho de tener algo claro ahora que su existencia se tambaleaba como una cabaña de paja en mitad de una tormenta.

Unas semanas antes también tenía muy claro cómo deseaba relacionarse con Esther Morales. Había dispuesto de muchos meses para mentalizarse. Deseaba una relación fría y profesional, cercana pero distante, un trato en el que tocaran solamente los temas personales cuando su trabajo lo demandara. Pero nada estaba surgiendo como lo planeado. Pareciera que cuanto más huía de Esther Morales, más atrapada se sentía en la telaraña invisible de su relación. Había intentado distanciarse de ella después de que María apareciera por sorpresa en el Ayuntamiento, pero el día anterior, durante la visita a su casa, había vuelto a ruborizarse por una auténtica tontería.

El resultado era que ya ni siquiera sabía cómo tratarla. Estaba desorientada, y comprendía que hacía mucho tiempo que había perdido el control de la situación. ¿En qué momento había ocurrido?

Lara encendió la radio por puro aburrimiento. Hacía calor en el interior de su coche, pero no deseaba salir y tener que relacionarse con los afiliados y políticos que ya iban llegando al encuentro. Conocía a muchos de ellos y, si no lo hacía, eran ellos quienes la conocían a ella. Lara sabía que en cuanto saliera de su coche tendría que hacer acopio de la mejor versión de sí misma, repartir saludos y sonrisas, y evitar las preguntas de quienes intentaran sonsacarle los detalles macabros sobre su separación del presidente. No estaba de humor para ninguno de estos encuentros, todavía no, así que simplemente subió el volumen de la radio, confiando en que esos minutos de calma le dieran fuerzas para decidirse a bajar del vehículo.

En la radio estaba sonando uno de los éxitos del verano pasado, un single infernal, lleno de referencias machistas, con ritmos electro latinos que a Lara tanto le desagradaban. Mientras cambiaba la frecuencia para encontrar algo que no destrozara sus oídos, empezó a sonar la sintonía de su teléfono móvil. Lara lo sacó del bolso pensando que sería Esther. Se sorprendió al ver que se trataba de Fernando; su mejor amigo no solía llamarle los sábados por la mañana.

—¿Qué milagro tú llamándome un sábado a estas horas?

—¿Qué pasa? ¿Acaso pensabas que solo tú eras una trabajadora incansable?

—No, solo una pringada incansable. Estoy en un acto del partido.

—Entonces he elegido el momento perfecto para llamarte —replicó Fernando—. Ahora en serio, ¿te llamo más tarde? Seguro que estás ocupada.

—Qué va, todavía no ha empezado —dijo Lara, apagando por completo la radio—. De hecho, me viene genial que me llames, así me entretienes mientras llega Esther.

—Bien, porque así no tendré que esperar para darte las buenas noticias: me trasladan a Madrid. Me lo dijeron ayer por la tarde.

Lara se incorporó de golpe en el asiento. Aquellas eran unas noticias excelentes, Fernando llevaba años intentando que su empresa le permitiera volver a casa.

—¿Va en serio? ¿Vuelves? —preguntó, todavía sin creérselo.

—Va muy en serio. En mayo me vas a tener allí con todas las cajas y espero, señorita, que me ayudes con la mudanza.

—Mierda, no puedo, voy a estar en plena campaña. Hasta finales de mayo no vas a verme la cara.

Fernando guardó unos momentos de silencio, como si la noticia le hubiera decepcionado, pero se recompuso de inmediato:

—Bueno, da igual, creo que podré esperar si eso significa que después les mandarás a tomar por culo a todos.

Lara no pudo reprimir una carcajada. Sabía lo mucho que sufría Fernando por el trabajo que ella desempeñaba en el partido. Su mejor amigo consideraba que la estaban explotando, que no reconocían su dedicación, aunque ella nunca había dado motivos de queja hasta que Diego Marín la apartó de su lado.

—¿Cómo te van las cosas con la alcaldesa? —se interesó él—. ¿Mejor?

Fernando, como siempre, iba directamente al epicentro del problema. A veces sentía que aunque no hablaran durante semanas estaban conectados de tal manera que podían intuir lo que le afligía al otro.

Lara le explicó cómo se habían precipitado las cosas desde la última vez que hablaron. Los miedos de María, su incapacidad para tratar a Esther desde la normalidad, sus propios miedos. Fernando la escuchó con atención, sin juicios precipitados, escuchando cada palabra como siempre hacía antes de darle su parecer.

—Y eso nos lleva a hoy —resumió Lara—, que estoy encerrada en el coche, esperando a que aparezca, y sin tener ni idea de cómo debo tratarla. ¿Qué te parece?

Fernando sonrió, sabía que lo estaba haciendo aunque no fuera capaz de verle, tal era su conocimiento de las reacciones de su mejor amigo.

—Me parece que estás hecha un lío —se mofó él—, y que no eres la única. Ella también parece hecha un lío.

—¿Quién, María?

—No, Esther. Tengo la sensación de que las dos estáis igual, que no sabéis cómo trataros, y me parece absurdo.

—¿Qué tiene de absurdo?

—Lara, sois dos mujeres adultas y solteras. Vale, ella se está divorciando, pero ya no tiene a nadie que le impida ser lo que es. ¿Qué te detiene? Si está claro que las dos sentís lo mismo.

Fue involuntario que su corazón empezara a latir de forma descontrolada. Tal vez porque nunca había escuchado antes en voz alta lo que su subconsciente le susurraba: *¿Qué te detiene? ¿Por qué no?* Parecía empeñada en negarse unos sentimientos que estaban ahí, enquistados, que no se iban a ir por mucho que lo deseara, y menos ahora que Esther estaba libre y ya no mostraba tantos reparos como antes en admitir su orientación sexual. No obstante, seguía habiendo algo que se lo impedía. Lara no sabía qué nombre darle. Orgullo, miedo, tozudez, cansancio, el qué dirán, que Esther fuera su jefa y si ganaban las elecciones quizá seguiría siéndolo, podía ser cualquiera de estos motivos, todos juntos, combinados o por separado. Daba igual. El resultado seguía siendo el mismo, la negación de sus propios sentimientos, la lucha encarnecida consigo misma en una batalla que, objetivamente, estaba perdiendo. Su cerebro tenía que empezar a replegar sus tropas para dejar paso a la invasión de los sentimientos o acabaría enfermando.

—Eo, ¿sigues ahí?

—Sí, estoy aquí, o eso creo —afirmó Lara, agarrada al volante. Desconocía cuánto tiempo llevaba hablando con Fernando, pero el suficiente para que el aparcamiento se encontrara prácticamente lleno. Si se descuidaba, iba a llegar tarde. Seguramente Esther la estaría buscando.

—¿Y bien? ¿Qué opinas?

—Que no sé lo que me detiene, Fer, solo sé que cada vez que lo pienso me siento paralizada. Me da pánico dejarme llevar. Estamos hablando de una mujer que hasta hace poco estaba casada, tiene dos hijos, ni sus padres saben que es lesbiana… Son muchas cosas. No sé si quiero pasar por eso ahora. Además, tampoco sé lo que siente Esther. A lo mejor ya ha pasado página, ¿comprendes?

—Creo que te estás dejando llevar por tus propios miedos, Lara, y que así nunca conseguirás ser feliz. Ni con María ni con nadie. No sé, para mí las cosas son más fáciles: ella te gusta, por lo que me cuentas creo que tú también le gustas y da la casualidad de que ahora las dos sois libres para hacer lo que queráis —razonó su mejor amigo—. En realidad, deberías sentirte afortunada. No todo el mundo tiene en su mano la decisión de ser feliz.

Lara quiso disponer de tiempo para seguir con aquella conversación. Fernando tenía la capacidad de calmarla y abrirle los ojos al mismo tiempo. En ese momento no estaba segura de que su mejor amigo estuviera en lo cierto, pero se prometió seguir meditando al respecto cuando acabara su jornada laboral.

—Ya veremos —le dijo de manera precipitada—, ahora, lo siento, Fer, pero tengo que irme. Se ha hecho tardísimo. ¿Te llamo luego?

—Cuando quieras, ya lo sabes.

—Que conste que aunque no hayamos hablado mucho del tema, estoy feliz de que te vuelvas.

—Ya, claro, ahora disimula.

—¡Lo digo en serio!

Fernando se rio. —Ve a por ellos, tigre. Y no trabajes demasiado. Después hablamos.

—Hasta luego. Un beso.

—Otro para ti.

Nada más colgar, Lara comprobó que tenía dos llamadas perdidas de Esther. La alcaldesa la había llamado mientras estaba ocupada hablando con Fernando. Se llevó una mano a la cara para secarse el sudor que perlaba su frente. Abrió la puerta del coche, sintiendo el asfalto bajo la suela de su zapato. Había llegado el momento de mezclarse con la gente y se alegró de poder hacerlo a última hora, cuando todos estarían demasiado nerviosos por el comienzo del acto que no repararían tanto en su presencia.

—¿Dónde estás? —le preguntó a Esther, tan pronto ella respondió su llamada.

—Eso mismo te iba a preguntar yo a ti. ¡Faltan diez minutos para que empiece el acto! ¿Dónde te habías metido?

—Estoy en el aparcamiento. Dime dónde estás y voy para allí.

Aceleró el paso para llegar cuanto antes a las inmediaciones del castillo. Había calculado mal la distancia. El aparcamiento estaba en un lugar retirado y le iba a llevar tiempo llegar hasta donde estaba Esther. Caminó todavía más deprisa, evitando mirar a las personas que iba dejando atrás. Una señora intentó pararla, Lara pudo reconocer su cara. Se le hacía familiar, aunque en ese momento no supo de qué. La señora agitó los brazos, pero ella se excusó en un murmullo ininteligible y siguió andando. Le quedaban ya pocos metros para llegar a donde estaban los candidatos. Desde aquella distancia parecían un pequeño grupo de insectos hacinados a los pies de un castillo. Intentó distinguir a Esther entre la multitud, pero se le hizo imposible entre tanta chaqueta negra y traje pantalón.

El cerebro de Lara iba registrando caras conocidas. Con algunos de aquellos candidatos había hablado infinidad de veces en el pasado. Otros eran caras completamente nuevas, alcaldables novatos que vivían por primera vez un acto de aquellas características. Sus rostros tenían un gesto muy diferente, no mostraban el cansancio de quienes repiten experiencia por enésimo año consecutivo; al contrario, parecían orgullosos de estar allí, casi como si hubieran sido designados por la voluntad del pueblo para representar a sus vecinos, cuando lo cierto era que el partido les había puesto allí a dedo.

Lara se puso de puntillas para ver si conseguía ver a Esther. Por fin la encontró. Charlaba despreocupadamente con el candidato de La Acebeda, un municipio perdido en la Sierra de Guadarrama, que no llegaba a los cien habitantes, tan pequeño que nadie en el Partido Liberal se preocupaba de él. La Acebeda representaba para el partido una raya en el agua, una nimiedad, y a menudo se veía al candidato deambulando por los actos como un alma perdida. Adolfo Hevia, su alcalde, había conseguido siete mayorías absolutas en los treinta años que llevaba al frente del Consistorio, pero representaba a un municipio tan pequeño que a nadie parecía importarle. Lara siempre había sentido simpatía por aquel hombre bajito y de ojos limpios, y se alegró al ver que Esther empleaba su tiempo en entablar una buena relación con él. Ahora los dos eran unos parias y se hacían compañía.

—¡Esther! —le gritó haciendo aspavientos para indicarle dónde se encontrara. La alcaldesa se giró en su dirección y le sonrió.

—Creía que no ibas a llegar a tiempo. ¿Qué te ha pasado? —le preguntó cuando por fin consiguió acercarse a ellos.

—He tenido un contratiempo en el coche, pero ya está resuelto. Adolfo, hola, cuánto tiempo. —Lara estrechó la mano del veterano regidor, el cual le correspondió con un gesto afable.

—¿Os conocéis? —preguntó Esther.

—Mucho, Lara me ha dado muy buenos consejos a lo largo de estos años —aclaró Hevia con una sonrisa—. Me alegro de que estés bien, hija, por un momento me tenías preocupado —afirmó, esta vez dirigiéndose a Lara.

—Estoy mejor que nunca, ya ves que estoy bien acompañada —replicó la periodista.

Hevia se inclinó entonces un poco, lo suficiente para que nadie más le oyese, y le susurró al oído: —Sin duda, mucho mejor acompañada que antes.

Inmediatamente después se despidió cordialmente de ellas y se fue a ocupar su sitio para la fotografía.

Lara no pudo evitar sonreír con complicidad. Le sorprendía cómo algunos eran capaces de ver en la distancia lo que otros no consiguen ver ni cuando lo tienen delante de los ojos. Su respeto por el veterano regidor acababa de multiplicarse exponencialmente.

—¿Qué te ha dicho? —preguntó Esther con curiosidad, su mirada puesta en las espaldas del alcalde.

—Nada importante. ¿Qué? ¿Preparada? ¿Te has encontrado con algún indeseable?

—Hasta el momento, no. —Esther se encogió de hombros—. Solo Martín, que anda pegando voces a todos.

—Muy en su estilo —afirmó Lara, observando al gerente del partido, que en ese momento le estaba haciendo la vida imposible a una de las secretarias de la sede. A saber qué había hecho mal la pobre mujer, pero tenía el gesto descompuesto. Era una mujer de al menos cincuenta años, pero estaba a punto de echarse a llorar como una colegiala—. Creo que es hora de que ocupes tu puesto, yo voy a estar allí. —Lara señaló la zona en la que se encontraban Tomás y compañía, atendiendo a los periodistas—. Te espero a que acabes, y si no tienes planes, luego a lo mejor podemos comer juntas.

La alcaldesa no disimuló su sorpresa. Si alguien le hubiera dicho que una avioneta estaba escribiendo un insulto en el cielo en ese preciso momento, Esther se habría mostrado menos desconcertada. No obstante, se recompuso en seguida y aceptó encantada la propuesta.

—Ya iba siendo hora de que me lo propusieras —murmuró.

—¿Qué? —Lara fingió no haberla escuchado.

—Nada. Me voy. Pásatelo bien con los periodistas. Luego nos vemos.

—Perfecto, luego nos vemos. Buena suerte.

Tenía todavía una sonrisa dibujada en los labios cuando se acercó al lugar en donde estaban los profesionales de los medios. Decenas de cámaras de televisión y fotográficas se peleaban por tener el mejor de los ángulos. Los plumillas habían optado por sentarse en el suelo para sostener las libretas en su regazo. La convocatoria del partido había tenido éxito, todos los medios querían estar allí para saber qué mensajes mandaría el presidente en contra de los nuevos partidos populistas que se presentaban a las elecciones municipales. Se trataba de una lucha sin cuartel. David contra Golliat, una batalla encarnizada, y los periodistas querían sangre, estaban deseosos de asistir a un nuevo asalto.

Lara advirtió la presencia de Tomás casi de inmediato. El joven estaba intentando poner orden. Se le notaba nervioso, igual que lo había estado ella en este tipo de eventos, cuando la adrenalina se desbordaba en su interior y le obligaba a hacer movimientos amplios y agresivos, siempre alerta, siempre pendiente. Tenía que reconocer que Tomás había crecido mucho en los últimos años. De novato desorientado había pasado a tener una presencia rotunda. Se notaba que los periodistas le respetaban; tal vez no lo hicieran por su labor, sino por puro miedo, pero resultaba igual de efectivo. La imagen de Diego Marín seguía siendo excelente, era el político amado por todos, a pesar de los casos de corrupción que brotaban a diario en el seno de su partido, y eso se debía en parte al buen trabajo de Tomás.

Estaba pensando en ello cuando advirtió que alguien le tapaba los ojos por detrás. Cuando se giró, vio a Juan Devesa; le sonreía.

—Hola, extraña.

Lara se alegró inmensamente de verle. Hasta ese momento no había comprendido lo mucho que había echado de menos a su excompañero de trabajo. Habían intercambiado un par de emails esos meses, pero nada destacable, solo unos cuantos mensajes en los que se ponían al día de nimiedades o cotilleos del partido. Si podía, Juan evitaba hablar con ella de temas políticos, porque ambos sabían que se jugaba su puesto si revelaba algo estrictamente secreto, y ella comprendía que no podía ponerle en ese aprieto, así que aceptaba de buen grado seguir en contacto, aunque fuera de un modo que no les comprometiera. Sabía, en cualquier caso, que podía contar con Juan para lo que necesitara y que si se veía en un aprieto, tendría línea directa con él.

—¿Qué haces tú por aquí? —inquirió, sorprendida de su presencia. Juan y Regina apenas asistían a los actos de partido. Su trabajo era estar en el despacho, atendiendo a los medios de comunicación.

—Voy a acompañar a Tomás durante la campaña. Él solo no puede hacerlo todo.

—Claro, lo comprendo —dijo Lara, observando el gentío con fascinación. En lugar de una presentación de candidatos, aquello parecía un concierto de rock. Entre afiliados, militantes, periodistas, políticos y asesores, podía haber unas mil personas al pie del castillo.

El acto estaba a punto de comenzar. El primero de los ponentes se estaba acercando al micrófono. Las voces de los asistentes empezaron a suavizarse poco a poco hasta que solo quedó un leve murmullo de bisbiseos y toses.

Devesa echó una mirada disimulada hacia ambos lados, como si quisiera asegurarse de que nadie los estaba escuchando. Después se acercó a ella y le susurró:

—¿Cómo van las cosas por Móstoles?

—Bueno, todo está muy revuelto por allí, tú lo sabes mejor que nadie. Ayer te mandé la lista, por cierto, espero que la hayas recibido.

—De eso quería hablarte, pero no sé si es un buen momento. —Devesa parecía inquieto, como un chiquillo a punto de confesar su más oscuro secreto. Buscó a Tomás con la mirada y vio, complacido que estaba lo suficientemente lejos como para no escuchar nada de lo que pudieran hablar.

—Es un buen momento. Si lo hacemos por teléfono, podría ser mucho peor. Ya sabes que siempre hay alguna línea pinchada, así que cuéntame.

Devesa dudó un instante, pero el miedo no le detuvo:

—Hay problemas con la lista. Rodrigo Cortés ya sabe que lo habéis dejado fuera. Llamó a Diego esta mañana. Iba hablando con él cuando veníamos en el coche.

—Qué hijo de puta. ¿Cómo se ha enterado?

—Ni idea. Supongo que Diego se lo habrá dicho a su padre —aventuró Devesa—. Teníamos órdenes de entregarle la lista a Diego tan pronto la mandarais, así que se la envié yo mismo anoche. Imagino que hablaría con él para disculparse de que su hijo no esté en la lista, porque está dispuesto a ratificarla tal cual la ha hecho Esther.

—Entonces, ¿cuál es el problema? Si el presidente le ha dicho que se queda fuera, se queda fuera —razonó Lara.

—No pude escuchar lo que le decía Cortés, pero Diego estaba intentando calmarle. Le prometió compensarle con algo. Dijo que hablarían después del acto.

—¿Compensarle con algo? —se extrañó Lara, alzando demasiado la voz.

—Ssssh, Lara, por favor. Que me estoy jugando el cuello. —Devesa miró por encima de su hombro. Por fortuna, Tomás seguía demasiado lejos para escucharles.

—Perdona. Sigue.

—Eso es todo. No he podido enterarme de más. Pero, por el tono de Diego, creo que no se van a quedar ahí las cosas. Odia a Esther, Lara. Nunca le he visto odiar tanto a nadie. Creo que hará lo que esté en su mano para quitársela de en medio.

A Lara se le erizaron los pelos de la nuca cuando escuchó estas palabras. Conocía el alcance del odio del presidente, sabía que no tenía límites. Cuando alguien se le cruzaba, era capaz de hacer lo que fuera con tal de quitárselo de en medio. En el pasado Lara nunca le había dado importancia a este afán vengativo de Diego. A fin de cuentas, tampoco antes había tenido que enfrentarse a él o padecerlo. Ella siempre había estado de su lado, pero ahora las cosas eran muy diferentes, se encontraban en el otro extremo del ring, librando un asalto contra uno de los pesos pesados de la política. Si salían indemnes de ese encuentro, podían darse por satisfechas. Tendrían suerte de conservar las cabezas sobre los hombros.

—No sabes cómo te agradezco que hagas esto, Juan. Por favor, si te enteras de algo más, dímelo. Cualquier cosa será de ayuda en este momento.

—Descuida, cuenta conmigo. Esther y tú me caéis bien.

—No quiero darte ningún problema…

—No lo harás, sé guardarme las espaldas. Y ahora mejor me voy o empezaremos a levantar sospechas. Cuídate, Lara. Estamos en contacto.

Juan Devesa se fue entonces entre aplausos, los primeros de la jornada política. El ponente había acabado de dar su discurso, aunque Lara no se enteró de una sola palabra. Estaba demasiado preocupada por lo que acababa de oír. ¿Qué tramaba Rodrigo Cortés? Y lo peor de todo: ¿Qué tramaba Diego Marín? En ese momento no tenía ni idea, pero tampoco sintió ganas de descubrirlo. Fuera lo que fuera, estaba convencida de que no le iba a gustar.

CAPITULO

TRECE

Por más veces que mirara el espejo retrovisor, Esther todavía no se creía lo que estaba sucediendo. El coche de Lara la seguía de cerca, siempre pegado al suyo, por las sinuosas carreteras que descendían de Manzanares el Real.

Terminado el evento, decidieron poner tierra de por medio cuanto antes. Lara tenía el rostro desencajado cuando se reunió con ella, pero no fue capaz de sonsacarle ni una sola palabra del motivo de su preocupación. <<Más tarde, primero salgamos de aquí>>, le pidió, y así lo hicieron. Decidieron poner rumbo a otra localidad para no tener que encontrarse con nadie del partido. Así que ahora se dirigían hacia San Lorenzo del Escorial, en donde estaban convencidas de que gozarían del anonimato que necesitaban para charlar tranquilamente.

Quedaba ya poca distancia para llegar al centro del pueblo, pero Esther seguía mirando el espejo retrovisor para asegurarse de que el coche de Lara le iba a la zaga, como si todavía no se creyera que estuviera allí. Resultaba estúpido, pero después de lo ocurrido el día anterior, lo último que esperaba era que Lara le propusiera que almorzaran juntas. Intentaba no hacerse ilusiones, podía ser que la periodista planteara este almuerzo como un encuentro de trabajo, aunque el tono que había empleado para proponérselo había sido muy diferente al de las semanas previas.

Esther tomaba las curvas con el desparpajo de una chiquilla que acabara de sacarse el carnet de conducir. Se sentía tan pletórica con este cambio de actitud que estaba segura de que Lara haría algún comentario jocoso sobre su despistada manera de manejar el vehículo, pero aun así era incapaz de evitarlo. Cuando llegaron a El Escorial estuvo a punto de tener una colisión en la incorporación a una glorieta. Esther frenó con tal intensidad que el coche de Lara casi se estrella contra el suyo. Miró de nuevo por el espejo retrovisor y le sonrió a modo de disculpa.

—¿Siempre conduces así? —le preguntó con sorna la periodista cuando estacionaron sus coches, a la puerta del restaurante. Esther había estado allí en otras ocasiones, se trataba de un discreto mesón con una terraza muy agradable.

—Solo los días en los que estoy excitada por algo. Normalmente, soy menos temeraria. ¿Te parece que nos quedemos en esa? —dijo, señalando una de las mesas de la esquina, situada bajo el árbol que había frente a la entrada—. Hace un poco de frío, pero creo que con la estufa estaremos bien.

Lara asintió con la cabeza. Tomaron asiento y el camarero se personó a los pocos segundos. Cerveza para la periodista, vino para ella. El menú se lo traerían enseguida.

—Bueno, ¿vas a contarme ahora por qué tienes esa cara? —Esther metió la mano en su bolso y extrajo un paquete de cigarrillos.

Fumaba poco, solamente en situaciones sociales como aquella, pero le había tomado gusto desde la noche en la que le pidió el divorcio a Quique. Aquel cigarrillo le había dejado un regusto a victoria que Esther evocaba cada vez que le daba una calada a uno nuevo. Lara la miró con extrañeza.

—¿Ahora fumas? —le espetó sin ocultar su repugnancia.

—Solo de vez en cuando. Tranquila, no me voy a enganchar.

—Eso espero, porque es un hábito asqueroso.

Esther puso los ojos en blanco. —Conduzco fatal, te doy asco porque fumo. ¿Qué más? Hoy estás de lo más agradable. —Dio una calada al cigarrillo y expulsó el humo por encima de su cabeza—. Lo que ha pasado tiene que ser muy grave.

Lara sonrió con cinismo, como si comprendiera que no estaba siendo la mejor de las compañías. —Perdona, no he tenido el mejor día de mi vida. He estado hablando con Juan Devesa, me lo encontré en la zona de periodistas.

Devesa. Sentía aprecio por ese periodista. Había algo en él, no sabía qué, que le resultaba familiar y acogedor. Si Lara había hablado con él y estaba preocupada, tenía que ser porque había ocurrido alguna catástrofe. Esther estiró la espalda en su asiento. De pronto se sintió rígida y a la defensiva, como si su cuerpo se estuviera preparando para recibir las malas noticias.

—Me ha dicho que Cortés ya sabe que no está incluido en la lista.

—¿Cómo? ¿Cómo se ha enterado?

—Tenían órdenes de entregarle la lista a Diego tan pronto la tuvieran. Juan se la envió anoche, en cuanto la recibió, y cree que al ver que Cortés no estaba en la lista, el presidente llamó al padre del concejal. Son todo suposiciones, por supuesto.

En ese momento llegó el camarero con sus consumiciones. El menú se quedó sobre la mesa, ni siquiera lo habían abierto.

—¿Ya saben lo que van a pedir?

Esther lo miró con desconcierto, como si por unos segundos no comprendiera por qué aquel desconocido acabara de interrumpir su charla. Cuando cayó en la cuenta, su gesto torcido mutó en una sonrisa:

—Denos cinco minutos más, por favor. En cuanto lo tengamos, le llamaremos. —El camarero se fue a regañadientes—. Sigue.

—No hay mucho más que contar —se lamentó Lara—. Devesa cree que Diego llamó ayer al padre de Cortés y esta mañana, mientras iban hacia el evento, fue Cortés hijo el que llamó a Diego. Al parecer, estaba muy enfadado.

—¿Cómo puede estar enfadado después de todo lo que ha hecho? ¡Será cabrón! —masculló Esther.

—Alcaldesa, esa boca, se la voy a tener que lavar con jabón.

—Lo siento, pero es que no doy crédito. ¿Qué más? ¿Qué dijo?

—No se sabe. Dice que estuvieron hablando por teléfono y que Diego prometió compensarle con algo. Devesa dice que el presidente está dispuesto a ratificar tu lista, pero que se lo compensará a Cortés con otra cosa. Lo que no sabemos es con qué.

Los dedos de Esther juguetearon con el paquete de cigarrillos. Casi no se había acabado el primero y de pronto estaba tan nerviosa que sintió ganas de encender el segundo. Se contuvo al recordar las palabras de Lara. Además, no quería convertirse en una fumadora activa, así que apagó el que tenía entre manos y dio el primer sorbo a su copa de vino.

Para ser francos, estas noticias no le sorprendían. Por supuesto que Cortés tramaba algo, eso lo sabían todos, hasta Belén, la responsable del partido local, estaba al tanto. Pero Esther seguía sintiendo cierta inquietud al desconocer los detalles. A partir de ahora tendrían que estar con los ojos muy abiertos si no querían tener problemas.

—¿Crees que si Devesa se entera de algo más, te lo dirá?

—Eso me dijo, antes de despedirse. Ahora el caso es que consiga hacerlo a tiempo.

—Bueno, pues mañana sin falta manda la lista a los medios —le pidió Esther—. Hoy por la tarde me dedicaré a llamar a los integrantes para comunicarles su puesto, antes de que se haga pública.

—De acuerdo.

—¿Ya saben lo que van a pedir? —Las dos mujeres levantaron la vista y vieron al camarero, plantado otra vez allí como una estaca, libreta en mano, esperando para tomar la comanda.

—Pidamos y seguimos charlando, ¿te parece? —propuso Esther, incómoda por la insistencia del mesero.

108

Se decantaron finalmente por un almuerzo ligero consistente en ensaladas y algo de picar para acompañarlas. Esther estaba tan nerviosa que, aunque lo intentara, no habría sido capaz de comer nada más consistente.

—Estás demasiado delgada, deberías comer más —le regañó Lara.

—O trabajar menos. Eso también ayudaría. Tú, en cambio, has ganado peso.

—¿Es tu manera de llamarme gorda?

Esther soltó una risotada. —No, idiota, de hecho, creo que así estás mucho más guapa. Cuando te conocí, estabas en los huesos. Tienes mejor cara ahora.

—Vaya, pues muchas gracias.

El tono distendido que había tomado el almuerzo la complacía sumamente. De los asuntos políticos habían pasado a la charla personal, y estaba deseosa de saber más sobre la vida de Lara. Todavía existía esa incomodidad de no saber qué temas estaban vedados y cuáles eran de libre acceso, pero se alegraba de poder hablar con ella de otros asuntos no vinculados a la política. Dio un sorbo a su copa de vino para permitir que fuera Lara quien sacara el siguiente tema de conversación.

—¿Te he contado que hace un tiempo me encontré con Claudia? ¿Te acuerdas de ella?

Esther frunció el ceño, intentando recordar. Enseguida la imagen de una preciosa mujer de ojos negros se materializó en su mente. —¿La editora? —preguntó—. ¿La de la cena con Marisa?

Lara asintió con la cabeza. —Fui a la presentación de un libro y era ella quien estaba a cargo del autor. Fue muy amable conmigo, a pesar del plantón que le dimos.

Esther se rio. Le parecía muy cómica la manera en la que las dos habían salido a la carrera de aquel restaurante. Estaba segura de que las comensales creyeron que habían enloquecido, pero no dejaba de parecerle gracioso que se hubieran ido así.

—¿Y qué te dijo? Seguro que nos odia.

—Para nada. Insistió mucho en que… —Lara dejó la frase a medias—. Nada, es una tontería, no tiene importancia.

—¡No! Dímelo, ¿qué te dijo? Me muero de curiosidad.

—Bueno… —Lara se acomodó la servilleta en su regazo. ¿Podía ser que se hubiera ruborizado? —. Ella y su pareja, Olivia, pensaron que se trató de una pelea de enamoradas. Me dijo que ellas dos solían discutir mucho antes de estar juntas y que les resultó una situación muy cómica.

Esther se quedó pálida durante unos segundos. Entre todas las cosas que Claudia podía haber dicho, esta era la última que se esperaba. Hundió la nariz en su copa de vino para no tener que contestar de inmediato. ¿Qué podía decir, en cualquier caso?

—Qué gracia —comentó finalmente—. Supongo que le aclararías que no somos pareja.

—Lo hice, pero no fui capaz de convencerla. Insistió en que un día teníamos que cenar en su casa. Incluso me dio su teléfono para que lo organizáramos. Me pareció divertido.

En ese momento se hizo un silencio extraño entre las dos mujeres. A Esther le pareció que había tantas cosas por decir que ninguna tenía el coraje necesario para empezar a ponerlas sobre la mesa. Cruzó los cubiertos sobre su plato y optó por la salida más sencilla:

—A Marisa le daría un infarto si nos fuéramos de cena sin ella. Ya sabes que le encanta ser el centro de atención.

—Sí, ya sé —replicó Lara, divertida—. Marisa es casi la madre de todas las lesbianas.

—Mentira. Es la madre de todas las lesbianas poderosas. O, al menos, las que ella considera que son poderosas.

—Me dijiste que no habías vuelto a hablar con ella —se interesó Lara.

—Así es. Cuando pasó todo aquello, lo del divorcio y demás, no me quedaron muchas ganas de socializar. Me encerré un poco en mí misma, supongo que necesitaba poner antes un poco de orden. Ella tampoco me ha llamado en todo este tiempo. Deduzco que está enfadada. Me da igual. —Esther hizo un gesto de desdén con la mano. Realmente le importaba bien poco lo que pensara Marisa. Sabía que le debía una disculpa, pero tenía otros asuntos más importantes entre manos.

—Bueno, si ves que un día te apetece, podemos aceptar la invitación de Claudia. Un poco de vida social no nos vendría mal —terció entonces Lara.

Esta proposición la dejó anonadada. Lara estaba allí, y no la Lara periodista, fría y meticulosa, qué va. Esta era la otra Lara, la que había conocido en la fiesta de Marisa, la persona que le hizo reír y gemir de placer aquella noche. La miró y pestañeó con fuerza, como si no diera crédito. ¿Qué le había hecho cambiar súbitamente de opinión? ¿Por qué ahora se comportaba de una manera tan diferente?

—Dudo mucho que María esté de acuerdo con esa cena, ¿no crees? —le dijo entonces, mientras el camarero se afanaba en recoger los platos. La comida estaba llegando a su fin, pero Esther ya sabía que deseaba postre y café, tal vez incluso un chupito, cualquier cosa con tal de estirar aquel momento todo lo que pudiera—. ¿Cómo te va con ella? Ayer me dejaste preocupada con lo que me dijiste.

Lara se revolvió en su silla. Estaba claro que el tema la incomodaba, pero Esther se había pasado parte de la noche en vela, dándole vueltas a sus palabras. Quería saber en qué estado se encontraba su relación, lo deseaba con todas sus fuerzas, y Lara estaba ahora tan receptiva que no iba a dejar escapar la oportunidad de indagar.

—Es complicado —replicó—. María… ella quiere que esté completamente segura de que deseo una relación con ella. Y la entiendo, tiene sentido lo que me pide, es justo, pero estoy en un momento de mi vida en el que no puedo ofrecerle mucho más.

—Entonces, ¿se ha acabado?

—Supongo que sí, aunque todavía no lo hemos hablado con claridad. Está esperando mi respuesta.

Esther hizo un mohín con los labios. ¿Qué se decía en una situación así? La alcaldesa se debatió entre dar aplausos de alegría u ofrecerle su apoyo. Tal vez podría haber hecho las dos cosas, pero hubiese sido raro, así que se decantó por interpretar el papel de confidente. Extendió una mano por encima de la mesa y tomó la de Lara con ternura. La miró a los ojos y le dijo:

—No seas tan cruel contigo misma, estas cosas pasan.

Lara miró su mano, posada sobre la suya, pero no hizo ningún gesto de desagrado. Solo permaneció con la mirada fija en ellas, aunque parecía cómoda con el contacto.

—Me refiero a que a veces conocemos a personas maravillosas, pero, simplemente, no en el momento adecuado y eso acaba lastrando la relación. María será mucho más feliz si eres sincera con ella. Creo que estás a tiempo.

Lara asintió en silencio. El camarero regresó en ese momento. —¿Postres? —preguntó.

Esther levantó la cabeza y le odió por interrumpirlas de nuevo, pero supo también que el almuerzo acababa de tocar a su fin. Ya tendrían tiempo más adelante de disfrutar de otros encuentros similares.

—No, cuando pueda traiga la cuenta, por favor.

CAPITULO
CATORCE

Lara se sintió repleta de energía aquella mañana. Ahora que acababa de mandar a los medios de comunicación la lista con los integrantes que componían la candidatura, tenía todo el fin de semana por delante, y planeaba utilizarlo bien porque esos serían sus últimos días libres antes de meterse de lleno en las elecciones. A partir del lunes, su jornada laboral sería ininterrumpida, las veinticuatro horas del día, y solo podría detenerla para descansar, seis horas a lo sumo, antes de volver a empezar.

La noche anterior no había podido dormir hasta bien entrada la madrugada. Su cabeza no dejaba de darle vueltas a la conversación que había mantenido con Fernando. Y tampoco podía dejar de pensar en lo a gusto que se había sentido en compañía de Esther, durante la comida que mantuvieron tras la fotografía de los candidatos. Estaba empezando a creer que tal vez Fernando tenía razón. A lo mejor estaba demasiado empeñada en buscar impedimentos para que ella y Esther dieran un paso más en su relación, y aunque todavía no tenía muy claro lo que deseaba hacer al respecto, o siquiera si la alcaldesa estaría de acuerdo con lo que decidiera, sabía que antes de tomar una decisión tenía otro asunto que resolver.

Cogió su teléfono móvil y llamó a María, que le contestó casi al momento. Sonaba triste, como si ya se esperara lo que tenía que decirle. Lara hizo acopio de una valentía que no sentía para proponerle que quedaran a última hora. Le llenaba de tristeza tener que despedirse de ella, pero de camino a la cafetería en donde habían quedado, se repitió varias veces a sí misma que era mejor así. No podía prologar más la situación por mucho que lo quisiera. Era injusto para ella y para María, que siempre había sido amable, y se merecía a una persona a su lado que pudiera entregarse por completo a la relación.

Lara se arrebujó en su abrigo cuando salió de la boca del metro. El tiempo estaba mejorando, pero el invierno seguía repartiendo rachas de aire helado que consiguieron que se estremeciera de frío. El café Bilbao estaba lleno a aquellas horas. A María le encantaba ir a este sitio tan emblemático del centro de Madrid. Durante la universidad se había aficionado a las partidas de ajedrez que se jugaban en el primer piso y

112

como adulta seguía yendo cada vez que la ocasión se lo permitía. Lara entró en el local con la sensación de que estaba a punto de crear un recuerdo imborrable. A pesar de la brevedad, a partir de entonces el café Bilbao se convertiría para ella en el lugar en el que había terminado una de las relaciones más significativas de su vida, y dudaba mucho que ese recuerdo se convirtiera en un acicate para regresar en el futuro.

Se sentó en una de las mesas de superficie de mármol a esperar que María apareciera. Quedaban diez minutos para la hora acordada, por lo que estaría a punto de entrar. Atisbó su melena dorada tan pronto el camarero le trajo su consumición. Lara se levantó para saludarla.

—Cuánto tiempo —le dijo mientras ella se quitaba el abrigo y el pañuelo que rodeaba su cuello.

—Sí, la verdad es que con la tontería hace varias semanas que no nos vemos —replicó María—. ¿Cómo has estado?

—Bien, con mucho trabajo, pero eso ya lo sabes. ¿Tomas algo? —Señaló al camarero, que estaba esperando para anotar la comanda.

—Un té con leche, por favor.

Lara no sabía cómo romper el hielo. De camino hacia allí intentó planear la mejor manera de encauzar la conversación, pero no encontró la fórmula de hacerla menos dolorosa. Si sacaba el tema de manera muy directa, pecaría de brusca e insensible. Si dilatarlo sería absurdo; ambas sabían para qué estaban allí. Así que cuando llegó el momento solo entrelazó los dedos de las manos y se quedó observándola, sin saber muy bien qué decir.

—Y bueno, ¿no vas a decirme nada? —le preguntó María de manera directa—. Por teléfono parecías muy interesada en que quedáramos.

—Sí, bueno, yo… Habíamos quedado en hablar del tema, ¿no? Me refiero a nosotras.

—Sí —le confirmó ella.

—Y me parecía un poco frío hacerlo por teléfono, la verdad —admitió Lara.

—¿El qué? ¿Cortar conmigo o decirme que quieres que sigamos? —El camarero llegó en ese momento con el té. Depositó una inmaculada taza blanca y una pequeña jarra de leche enfrente de ella. Lara se frotó las manos con nerviosismo—. ¿Y bien?

—Supongo que solo pretendía hablar las cosas contigo cara a cara.

—Muy bien, pues aquí estoy —replicó María, virtiendo la leche en su té.

Qué difícil le estaba poniendo las cosas. Lara deseaba que la propia María le allanara el camino para decir lo que tenía en mente, pero no estaba siendo así. Empezó a pensar que aquel encuentro no había sido buena idea, después de todo, porque al parecer ella no estaba dispuesta a facilitarle la tarea, y Lara comprendió que debía hacerlo del mismo modo que se arranca una tirita. Como un tirón fácil y rápido, para que doliera lo menos posible.

—Bien, pues he estado pensando las cosas, tal y como me pediste —empezó a decirle, intentando encontrar las palabras adecuadas—, y la verdad es que creo que tenías razón. De alguna manera, me he dado cuenta de que ahora mismo, con todo lo de las elecciones, no es el mejor momento para establecer una relación.

—De modo que quieres cortar de manera definitiva —la interrumpió María.

—Bueno, creo que es lo mejor para las dos. Tú quieres un tipo de relación que ahora mismo yo no puedo ofrecerte, y no pretendo tenerte esperando.

—Es por ella, ¿verdad? —María la miró fijamente al hacerle esta pregunta. Lara abrió los ojos con sorpresa—. Por Esther.

—¡No! ¡No tiene nada que ver con ella! —mintió Lara.

—Vamos, Lara, se os nota a la legua —protestó María—. ¿Te crees que los demás somos tontos? Hasta mi tía me ha insinuado alguna vez que os lleváis *demasiado* bien.

—¿Demasiado bien? ¿Qué significa eso? —se preocupó Lara, que sintió una punzada de miedo al imaginar que Carmen sospechaba algo.

—Da igual, no es importante. Lo que digo es que te dejes de tonterías y por lo menos tengas la decencia de admitir que es por ella. Creo que es lo mínimo. Me merezco que seas sincera.

Lara dio un largo sorbo a su bebida. La conversación no estaba saliendo en absoluto como ella había planeado. Su intención había sido mantener un encuentro lo más agradable posible, dentro de las circunstancias, y quedar como amigas, pero si seguían por aquellos derroteros no estaba muy segura de que pudieran conseguirlo.

—Siempre le has tenido manía a Esther.

—Porque no estoy ciega —protestó María—. Tú no lo ves, pero desde que empezamos a salir te comportas de una manera diferente cuando ella está presente. Es como si el resto del mundo se desvaneciera. Solo vives para Esther.

—Eso no es verdad —se defendió Lara—, lo que pasa es que tenemos una relación… especial, y entiendo que el resto de la gente no pueda comprenderlo.

—Vale, hagámoslo de otra manera —propuso María—. Mírame a los ojos y dime que no hay nada entre Esther Morales y tú. Hazlo y me lo creeré. Vamos.

Lara sonrió con suficiencia. Sabía de sobra que, aunque lo intentara, no podría salir airosa de una prueba así. Y además, tampoco deseaba mentirle de un modo tan flagrante. Una cosa era ocultarle ciertos detalles para no hacer leña del árbol caído, y otra muy diferente mentirle a la cara.

—¿Te acostaste con ella? —le preguntó entonces María dándole un sorbo distraído a su taza de té—. Puedes contármelo, en realidad ya nada me sorprende.

—¿Por qué lo haces todo tan difícil? —se quejó Lara—. ¿Por qué no podemos dejarlo correr y ya está?

—No te confundas, Lara. No soy yo quien hace las cosas difíciles. —El tono de voz de María empezó a cambiar peligrosamente—. Para empezar, no sé por qué empezaste a salir conmigo si es obvio que sentías algo por otra persona. Y para seguir, me parece muy cobarde por tu parte que ahora intentes echarme a mí toda la mierda encima.

—No estoy intentando echarte mierda encima…

—Porque me gustabas, ¿sabes, Lara? Me gustabas de verdad. Y estaba dispuesta a dejarte espacio para que te pensaras si realmente es eso lo que quieres: una vida plagada de mentiras al lado de Esther. Porque, ¿qué te crees? ¿Que si acabas con ella vas a poder llevar una relación normal? Es una figura pública, Lara. Tendríais que esconderos toda la vida. En realidad, lo único que me das es pena, te lo juro. —María cogió su abrigo del respaldo de la silla y se puso en pie—. Será mejor que me vaya, no me apetece seguir manteniendo esta conversación.

—María, no. No te vayas así.

—Es lo mejor, Lara. Te deseo toda la suerte del mundo con Esther, de verdad. Creo que la vas a necesitar. Y no te preocupes por mí, no se lo voy a contar a nadie —le dijo, antes de inclinarse para darle un beso en la mejilla y caminar hacia la salida del café Bilbao.

Tal y como había supuesto, Lara acababa de crear uno de los recuerdos más tristes de su vida. Se quedó un buen rato con la mirada perdida en el ventanal de la cafetería, viendo a los transeúntes entrar y salir de la boca de metro. Estaba empezando a llover y algunos escapaban corriendo de las gotas de agua, con los abrigos puestos sobre la cabeza. A Lara se le estaba quedando la mano helada de sujetar el vaso de su refresco, pero ya ni siquiera era capaz de sentir dolor alguno. Las palabras de María habían creado una duda en ella, en especial su referencia al tipo de vida que tendría que llevar si su relación con Esther llegaba a fructificar.

Lara nunca antes había tenido que plantearse tener una relación así. Su experiencia no era demasiado amplia, pero eso no le impedía saber que no le agradaba la idea de tener que esconderse. Le gustaba vivir su orientación sexual sin dar explicaciones a nadie. Llevaba haciéndolo desde su adolescencia, cuando se vio obligada a irse de casa de sus padres de malas maneras. Y ahora no estaba dispuesta a dar pasos atrás. Le había costado demasiados disgustos asumir quién era y se negaba a tener que esconderse en su treintena por miedo al qué dirán.

Puede que Esther Morales estuviera en pleno proceso de divorcio, pero lo cierto era que todavía le quedaban muchos pasos que dar en este sentido. Nadie de su entorno conocía la verdadera razón de que hubiera dejado a Quique, y dudaba mucho de que estuviera preparada para que la gente del partido lo supiera. A lo mejor se equivocaba, de eso no estaba segura, ya que Esther podía ser impredecible, pero le costaba imaginarse caminando con ella de la mano por Móstoles o por las calles de Madrid. Para Lara era impensable que la alcaldesa se dejara dar un beso en público o que presentara a una mujer como su pareja. Aunque a lo mejor las cosas habían cambiado tanto en aquellos últimos meses que Esther volvía a sorprenderla.

Llamó al camarero para pagar las consumiciones y se dirigió a la salida. La lluvia era ahora un poco más intensa, pero no tanto como para que resultara incómoda. Lara tomó la decisión de volver a su casa caminando. A veces le gustaba perderse por las calles sin rumbo fijo, solo observando de manera pausada la vida que se desplegaba ante sus ojos. Tenía tan pocas ocasiones de tomarse momentos como aquel que, cuando lo hacía, los disfrutaba con mayor intensidad.

Su abrigo estaba empapado cuando llegó a su casa. Se lo quitó rápido para evitar mojar el suelo. Tenía los huesos tan entumecidos que pensó en darse una ducha para entrar en calor. Estaba ya quitándose el jersey cuando la melodía de su teléfono móvil empezó a sonar. Odiaba tanto ese cacharro que sintió tentaciones de estamparlo contra la pared, pero, en su lugar, contestó la llamada como siempre hacía. Era Esther.

—¿Te pillo en buen momento?

—Más o menos. Acabo de llegar a casa. Estoy empapada.

—¿Está lloviendo? —se extrañó Esther.

—En Madrid, sí. En Móstoles, no sé.

—Espera, voy a mirar. Sí, aquí también. ¿Te puedes creer que ni siquiera me había dado cuenta?

Lara se rio. Si Esther estaba tan relajada como ella ese fin de semana, sí se lo podía creer. Casi se arrepentía de haber tenido que utilizar sus últimos días libres para zanjar aquella espinosa cuestión con María.

—Bueno, ¿y qué me cuentas? ¿Me llamabas por algo?

—En realidad, no, estaba aburrida de leer, y me dije <<vamos a molestarla un rato>> —se burló Esther.

—Pues lo haces muy bien. Te felicito.

—Sabía que te gustarían mis dotes para incordiar. ¿Has mandado la lista?

—Esta mañana —afirmó Lara—. Algunos periódicos ya la han colgado en Internet.

—Eso explica por qué tengo varias llamadas de los que se han quedado fuera.

—¿Has hablado con ellos?

—No, me niego a cogerles el teléfono. Algunos me han mandado mensajes, pero por su tono furioso no creo que me vayan a decir nada bonito —le informó Esther apesadumbrada. La alcaldesa iba a pagar un caro peaje por dejar fuera de la candidatura a muchos de los antiguos concejales de Francisco Carreño. Ninguna de las dos estaba muy segura de qué consecuencias acarrearía esto en los próximos días, pero Lara se sentía orgullosa de Esther. Había hecho el equipo que ella deseaba, aunque eso le reportara dificultades añadidas. Se requería mucho valor no ceder a las presiones impuestas por el partido—. ¿Y tú qué me cuentas? Háblame de algo que no sea política, para que no acabe volviéndome loca —le rogó Esther.

Lara se dejó caer sobre el sillón. Tenía la melena empapada, pero estaba tan agotada que no le importó mojar el cojín que se puso tras la cabeza. —Esther, nos vimos ayer. Nos vemos todos los días. Como comprenderás, no tengo nada nuevo que contar.

—Pues es verdad, y no me extraña. —Esther se rio. Le encantaba escuchar su risa. Era melódica y estruendosa al mismo tiempo, y casi siempre conseguía contagiársela.

Lara subió las rodillas para quitarse los zapatos y se quedó mirando el techo.

—Estaba a punto de ducharme. ¿Tú?

—Iba a llamar a mis hijos, pero poco más —le informó la alcaldesa.

—Estoy empezando a pensar que no se nos da bien tener días libres —bromeó Lara.

—Es cierto. Cualquier otro estaría por ahí, corriendo en pelotas por el Manzanares.

—¿En pelotas? —se extrañó Lara.

—Sí, yo qué sé, haciendo algo extravagante para celebrarlo —se explicó Esther—. ¿Haces algo mañana? Porque mi único plan es seguir aburriéndome.

—Mi hermana insiste en que vaya a comer a casa de mis padres, pero no creo que lo haga. No me apetece nada. ¿Qué habías pensado?

—¿Te apetece ir al cine? Hace mil años que no voy a ver una película —sugirió Esther.

Lara abrió los ojos con entusiasmo. El plan le resultó tentador, aunque entonces recordó la última película que había visto con María, y decidió ser más cauta. —Depende, ¿qué tipo de cine te gusta?

—Cualquier cosa que no sea un bodrio romántico. Si es en versión original, mejor —le informó Esther.

—Entonces tenemos un trato. Con una condición.

—¿Qué?

—Esta vez quedamos en Madrid. Estoy cansada de ir todos los días a Móstoles.

—Trato hecho. Voy a ver la cartelera y te mando un mensaje con las películas.

—Perfecto. Luego lo leo, me voy a la ducha, que me muero de frío.

Lara puso los brazos detrás de la cabeza cuando colgaron. Estaba sonriendo, pero no tenía muy claro por qué. Solo sabía que de pronto la perspectiva de pasar el domingo con Esther, haciendo algo que no tuviera nada que ver con la política, había borrado toda la tristeza que le produjo su conversación con María. Nunca antes había quedado a solas con ella para disfrutar de un momento de ocio, y aunque la idea conseguía inquietarla, prefirió no darle vueltas. Tenía que pensar menos y sentir más, tal y como le recomendaba siempre Fernando. Con este objetivo en mente, se levantó y fue hasta la ducha. Estaba tiritando.

CAPITULO
QUINCE

Esther Morales no recordaba la última vez que había estado en un cine. Durante su juventud había sido muy aficionada al séptimo arte. Le encantaba ver películas de todo tipo, y siempre que tenía oportunidad empleaba parte del dinero que le daban sus padres para escaparse al cine sola o en compañía de sus amigas. Pero su matrimonio y maternidad había supuesto tener que renunciar a muchos placeres de este estilo, y después, cuando sus hijos crecieron, invirtió la mayoría del tiempo en su carrera política, por lo que la última vez que recordaba haber pisado una sala de proyección, estaba casi segura de que todavía se llevaban los cardados en el pelo.

Así que un hecho tan sencillo como atravesar el vestíbulo de aquel cine antiguo le resultaba excitante. Esther miró con fascinación la lámpara de araña que colgaba del techo y se imaginó tiempos mejores, cuando las salas estaban abarrotadas de gente porque todavía no había Internet, y la piratería era un concepto que solo hacía referencia a rufianes en alta mar.

—En serio no puedo creer que haga tanto tiempo que no vas al cine —se burló de ella Lara, mientras hacían cola para validar sus entradas.

—Pues va totalmente en serio. Creo que la última vez fue a finales de los noventa.

—Eso es imposible. ¿Quién no tiene tiempo para ir un fin de semana al cine?

Esther se encogió de hombros. —A Quique le aburría. Se quedaba siempre dormido, daba igual la película, así que supongo que me cansé de ir yo sola.

El revisor rompió en ese momento sus entradas, y se dirigieron hacia el interior de la sala. La película que habían escogido tenía muy buenas críticas, y a Esther le encantaban los protagonistas, por lo que su disfrute estaba casi asegurado. Eso, si conseguía calmar los nervios que llevaban todo el día atenazándole la boca del estómago. La alcaldesa no había sido capaz de probar bocado, inquieta como estaba ante la perspectiva de haber quedado con Lara. Se le hacía extraño encontrarse con la periodista en un ambiente de ocio, alejadas del ruedo político, sin ninguna excusa para quedar, más que el placer de disfrutar de su compañía. Todavía estaba asombrada de que Lara hubiera aceptado su invitación.

Desconocía qué le había hecho cambiar de opinión de una manera tan drástica, pero deseaba que no fuera un espejismo como tantos otros que habían experimentado desde que se conocieron en la fiesta de Marisa.

Con Lara las cosas eran impredecibles. Tenían la capacidad de congeniar a las mil maravillas un día, y estar a la gresca al siguiente. Esther nunca se había sentido en una cuerda así de floja con nadie, y a veces le parecía que tenía que andar con cuidado si no quería despeñarse desde grandes alturas. Pero en ese momento estaba tan encantada con su compañía, que decidió centrarse en el momento presente y olvidarse del futuro.

Las luces se apagaron a los pocos minutos. Esther se sintió momentáneamente incómoda en medio de tanta oscuridad. Podía sentir la presencia del cuerpo de Lara y esto conseguía ponerle nerviosa. Ella estaba distraída mirando la pantalla, pero Esther no podía dejar de pensar que sus antebrazos se tocaban en el reposabrazos. Se trataba de una sensación tan placentera que no quiso moverse demasiado durante la proyección de la película para no perder ese maravilloso contacto.

Durante el transcurso de la misma, apenas hablaron, pero la alcaldesa estaba pendiente de todos los movimientos de Lara. Se reía si la veía reír. Y se preocupaba si la notaba afligida durante los pasajes más tensos de la película. Su mano estaba tan cerca que en varias ocasiones sintió tentaciones de extender el brazo y entrelazar sus dedos con los suyos, pero se contuvo por miedo a que Lara la rechazara. Toda su atención estaba centrada en su acompañante, por lo que apenas prestó atención a la película, pero no le importó en absoluto. Se encontraba feliz y nada de lo que ocurriera en aquella pantalla podía ser más interesante que Lara.

—¿Te está gustando? —le susurró entonces la periodista. Esther pudo sentir su aliento cálido rozando su oreja y no pudo evitar estremecerse.

—Sí —replicó en voz baja—, aunque disfruto más de la compañía —le dijo, aunque no tuvo claro que Lara hubiera escuchado esta última frase porque en ese momento un camión se estrelló en la pantalla, y el sonido fue tan estremecedor que sus palabras apenas fueron audibles.

Ya era tarde cuando terminó la película. Había sido un fin de semana lluvioso, pero la noche estaba despejada. Esther y Lara salieron del cine en silencio, siguiendo la fila de personas que lo abandonaban. Se miraron una a la otra sin saber qué decir, sin saber si allí se acababa el día o preferían alargarlo un poco más.

—¿Te apetece dar un paseo? Se ha quedado buena noche —propuso Esther, en un intento casi desesperado por que la velada no terminara allí.

—Sí, me parece buena idea.

Comenzaron a caminar sin rumbo fijo. Esther había dejado el coche muy cerca de allí, pero no le importaba dejarlo atrás para seguir andando con Lara. Estaba tan contenta que por un momento se olvidó de que al día siguiente tenían que retomar su vida normal, regresar al trabajo, al horror de la campaña, y ahora con mayor intensidad.

—Me acabo de acordar de que mañana tenemos la reunión con el comité local del partido —le recordó Lara, tal vez en un intento de acabar con el silencio que secuestró su conversación desde la salida del cine.

—No hablemos de trabajo hoy, por favor. Estoy saturada. Cuéntame cualquier otra cosa —le pidió Esther, decidida a seguir disfrutando de su día de ocio.

—Muy bien, ¿qué quieres que te cuente? —aceptó la periodista.

Esther la miró con diversión. Una pregunta había estado rondando su mente desde el día anterior, pero no se había atrevido a hacérsela. A lo mejor este era un buen momento:

—¿Puedo hacerte una pregunta?

—Sí, supongo que sí —dijo Lara, encogiéndose de hombros, aunque frunció la frente con preocupación.

—¿Por qué aceptaste venir hoy al cine conmigo? Estas semanas has estado muy distante. Me has dejado sorprendida.

Lara se colocó el pañuelo que llevaba. Un golpe de aire frío acababa de colarse por una bocacalle y revolvió su melena. —Si te digo la verdad, no tengo ni idea. Supongo que la conversación del otro día con Fernando me está afectando.

—¿Quién es Fernando?

—Mi mejor amigo. Vive en Zaragoza, pero se muda a Madrid en mayo.

—¿Y por qué te afectó?

—Me dijo que dejara de pensar tanto las cosas, y me dedicara a vivirlas.

Esther sonrió, sintiéndose súbitamente reflejada en esas palabras. —Es un buen consejo —le dijo.

—Sí, sí que lo es. Fernando siempre da buenos consejos. Además, ayer rompí con María —le informó Lara con timidez, incapaz de mirarle a los ojos.

Esther se detuvo un instante y la observó con fascinación. ¿Por qué no se lo había dicho antes? —Siento que todo haya acabado entre vosotras —le dijo con sinceridad—. ¿Estás bien?

—Estoy bien, aunque ella no se lo tomó con deportividad. Está enfadada conmigo y la entiendo. Me siento un poco culpable. No debería haber empezado algo si no lo podía continuar —se lamentó.

Esther meditó acerca de lo que Lara acababa de decir. Ardía en deseos de preguntarle si esa falta de continuidad tenía relación con el extraño tira y afloja que había entre ellas, pero al mismo tiempo le pareció que no hacían falta explicaciones. Lara estaba allí, después de todo, y aunque ir al cine no se podía considerar exactamente una cita, la alcaldesa supo interpretar el significado velado de sus palabras.

—Lara, sabes que no se me da muy bien andarme por las ramas —admitió Esther, suspirando. Se trataba de uno de esos momentos en los que le habría gustado ser una persona un poco más sutil, aunque sabía que no lo conseguiría por mucho que lo intentara. Se detuvo y le obligó a mirarla a los ojos—. Y además, las dos somos personas adultas, así que, dime, ¿quieres que hablemos o...?

—Quiero estar bien —respondió con simpleza Lara—. Y quiero que estemos bien. Esther, no tengo ni idea de lo que va a pasar en el futuro, pero me gustaría, no sé —titubeó—, ¿tal vez que nos dejásemos llevar?

Esther sonrió. —Me parece bien.

—Genial.

—Pero, ¿y si te digo ahora mismo que me muero por darte un beso?

Lara abrió los ojos con sorpresa. —¿Aquí? —dijo, mirando a su alrededor. Estaban en plena calle.

—Sí, aquí —se rio Esther.

—¿Sabes que estamos en un lugar público, no? Y en plena campaña.

—Lo sé, y no me importa. Quiero que me des un beso.

Lara dudó unos instantes. Miró de nuevo a ambos lados de la calle, pero no había nadie, absolutamente nadie. Era como si Madrid se hubiera tragado de repente a todos sus habitantes, y Esther se sintió morir ante la expectativa de que dijera que sí. Tenía tantas ganas de besarla que en ese momento le hubiese importado bien poco si miles de cámaras las apuntaban con sus objetivos. Aunque solo fuera por una vez en su vida, quería experimentar la sensación de besar a alguien que verdaderamente le gustara sin importarle el qué dirán, y estaba decidida a que esa primera vez fuera con Lara Badía.

Lara se inclinó por fin para robarle ese beso que tanto deseaba. Fue un beso tímido, casi de novata, pero a Esther le pareció el más perfecto del mundo. Dejó que sus manos se perdieran en la nuca de la periodista mientras sus lenguas se acariciaban levemente, y notó la reacción inmediata de su cuerpo al contacto de Lara. La periodista atrapó su labio inferior con los dientes antes de separarse y Esther se quedó unos segundos con los ojos cerrados, disfrutando del sabor que le había dejado en los labios.

—Sabes a Red-Bull —le dijo con diversión tan pronto abrió los ojos—, pero no tengo queja. —Lara pareció respirar aliviada—. ¿Me acompañas al coche?

—Por supuesto —accedió Lara, haciéndole un gesto con la mano para que guiara el camino.

CAPITULO
DIECISEIS

El lunes a primera hora Lara se dirigió al Ayuntamiento de Móstoles sin saber cómo interpretar lo que había sucedido con Esther el día anterior. Se habían besado, eso estaba claro, y además en un lugar público, un hecho inexcusable ahora que estaban en campaña. No obstante, cuando llegaron al coche y la alcaldesa se despidió de ella para regresar a su casa, la embargó la extraña sensación de que no tenía ni idea de cómo debía comportarse a partir de ese momento. ¿Se suponía que eran pareja? ¿Iban a dejarse llevar, tal y como habían dicho?

Estas preguntas no le habían permitido descansar la noche anterior, y seguía haciéndoselas ahora, mientras encendía el ordenador. Por desgracia, Lara sabía que tendría que esperar para dar con la respuesta. Esther tenía varios actos ese día, y no volvería a verla hasta la tarde, cuando tuvieran la reunión con el comité local en la sede del partido. En última instancia, pensó que esto les beneficiaba. Deseaba ir despacio. No quería precipitar demasiado las cosas, y todavía quedaba mucha campaña por delante. Un paso en falso podía hacer que todo se tambaleara, y de todos modos, no estaba segura de que Esther estuviera realmente preparada. Un beso en una calle desierta de Madrid no era equiparable a mantener una relación con una mujer.

Lara se concentró, entonces, en ocupar el resto de su día en cerrar asuntos que tenía pendientes. Comió algo rápido frente a su ordenador, atendió varias llamadas de los medios de comunicación, y escribió una nota de prensa para seguir teniendo presencia en los periódicos del día siguiente. Empezó a sentirse nerviosa en torno a las seis de la tarde. La reunión con el comité local estaba fijada para las siete, pero ella había quedado con Esther un poco antes. Se sentía inquieta ante la perspectiva de volver a verla, pero también por la importancia que entrañaba aquella reunión.

La alcaldesa había dado orden a la secretaria del partido de que la convocara para saber quiénes estaban dispuestos a apoyarla ahora que la lista ya era pública y que muchos se habían quedado fuera de la candidatura. Belén había corrido la voz entre los afiliados, pero nadie sabía a ciencia cierta cuántos se personarían en la sede esa tarde. Si eran tan pocos como Belén decía, estaban totalmente perdidas. Tendrían que hacer solas la campaña, y a Lara le entraban escalofríos solo de pensarlo.

Estaba tan concentrada dándole vueltas al asunto que no vio a Carmen cuando salió de su despacho. La secretaria de Alcaldía le sonrió de manera melancólica, y Lara comprendió enseguida que había estado hablando con María. Se acercó a ella mientras se ponía el abrigo.

—¿Vas a la reunión de la sede? —le preguntó.

—Sí, ¿tú también? —Lara asintió—. Pues voy contigo.

Carmen tuvo la delicadeza de no sacarle el tema hasta que salieron del Ayuntamiento, pero cuando ya se encontraban en la calle no pudo controlar más su impaciencia.

—Ayer me llamó María. Estaba muy afectada.

—Carmen, créame que lo siento —se disculpó Lara, apesadumbrada y un poco atemorizada de que María no hubiera cumplido su palabra. ¿Sabía Carmen el motivo de su ruptura?—. Me hubiese gustado que las cosas acabaran de otra manera.

La secretaria le acarició el hombro de forma maternal. —A mí también me habría gustado que lo vuestro funcionara, ya sabes que erais una de mis parejas favoritas.

—Sí, lo sé —sonrió Lara.

—Pero a veces las cosas no están para uno, y así es la vida. Os irá bien, Lara, las dos sois unas chicas estupendas.

—Eso espero, Carmen. Yo solo deseo que María esté bien, de verdad.

La secretaria asintió, y cambiaron de tema. Lara se alegró de que la tía de su ex fuera una persona respetuosa y discreta. Todavía estaba un poco afectada por el malestar de María, aunque sabía que había tomado la decisión correcta. Ella no se merecía una relación a media asta, y esperaba que con el tiempo pudiera llegar a perdonar el daño que pudiera haberle hecho.

Esther ya se encontraba en la sede cuando las dos llegaron. Estaba charlando con la mujer que se encargaba de abrirla todas las mañanas, de manera que no las vio llegar de inmediato. Cuando por fin lo hizo, le dedicó una sonrisa tan radiante que Lara sintió que todas las preocupaciones que había tenido eso día se desvanecieron con este simple gesto.

—Has llegado pronto —le dijo, acercándose a ella.

—Quería estar aquí antes de que llegue la gente, si es que viene alguien —dudó Esther.

Lara cabeceó con preocupación. Lo que pudiera ocurrir a partir de las siete de la tarde, era un misterio. Por momentos estaba convencida de que nadie asistiría a la reunión. Luego rectificaba y pensaba que no era posible que dejaran completamente sola a Esther. El resultado lo sabrían en breve. Quedaban quince minutos para que dieran las siete, pero, por el momento, allí solo estaban ellas tres.

La mujer encargada de la sede se ofreció a hacerles un café. Lara lo declinó cortésmente, pero Esther aceptó la propuesta.

—¿A las siete de la tarde?

—Esta noche no pegaré ojo, pase lo que pase —le aclaró la alcaldesa.

Cuando dieron las siete menos cinco, Tejero hizo acto de presencia. El concejal las saludó con la amabilidad que lo caracterizaba e intentó animar aquel funeral político charlando de banalidades como la cercanía de la primavera. Para su decepción, solo Carmen le siguió la corriente, ellas dos estaban demasiado preocupadas para charlar de menudencias en ese momento.

Lara empezó a deambular por la sede con nerviosismo, sin despegar los ojos del reloj que pendía de la pared. De vez en cuando intercambiaba miradas con Esther, las cuales solo conseguían avivar su preocupación. La alcaldesa se encontraba pálida. Tenía las manos aferradas a un escritorio como si fuera a desmayarse de un momento a otro. Sintió tentaciones de acercarse para ofrecerle consuelo, pero temía que Carmen y Tejero lo interpretaran como un gesto muy íntimo, por lo que prefirió mantenerse a distancia, aunque se muriera de ganas de tenerla entre sus brazos.

Al cabo de unos minutos, entró por la puerta otro de los concejales, Pablo López, el último que había entrado en la corporación; iba acompañado de Julia Rojas, otra de las concejalas. Lara se alegró de verlos, al menos así ya no se encontraban tan solas.

El siguiente en llegar fue Ramón, un chaval de veinticuatro años que llevaba afiliado al Partido Liberal desde los dieciséis. Tenía los ojos de un azul cristalino, era guapo, y su sonrisa desvelaba inmediatamente una bondad innata que no le haría grandes favores en el futuro. Corría el riesgo de que le tomaran por ingenuo, especialmente si deseaba dedicarse a la política. A Lara le bastó un vistazo para saber que no llegaría muy lejos nadando entre tiburones, pero tal vez por ello el muchacho despertó su simpatía. Ramón iba acompañado de otros dos chicos más de la facción joven del partido. Los tres se sentaron al fondo de la sede, como si estuvieran en el autobús del instituto, y empezaron a cuchichear al ver el resto de las sillas vacías. Lara agradeció su presencia, pero suspiró con cansancio. Sabía que los jóvenes podían ser entusiastas y le encantaba contar con ellos, pero no irían demasiado lejos si solo tenían su apoyo. Cuando ya estaba a punto de tirar la toalla, Belén, la secretaria del partido, entró en la sede como un torbellino.

—¡Pon la radio! ¡Pon la radio! —le gritó a Esther.

Esther miró a Lara sin comprender. Nadie entendía qué era lo que tanto sobresaltaba a Belén. Cuando la secretaria encendió la radio, distinguieron enseguida la voz nasal de Rodrigo Cortés. El exconcejal estaba interviniendo en un programa político de una de las radios locales. Todos escucharon con atención.

—[…] entonces ya es seguro que podemos dar la noticia a todos nuestros oyentes —afirmó en ese momento la periodista.

—Efectivamente, ya es seguro —respondió Cortés.

—Bueno, pues le dejo que se dirija usted a ellos para que lo diga con sus propias palabras.

El aire en la sede estaba tan tenso que podía cortarse con un cuchillo. Rodrigo Cortés carraspeó antes de empezar a hablar. Lara casi se pudo imaginar su cara abotargada, roja, producto sin duda de su ingesta de alcohol. Podría haber sido un hombre apuesto de no ser por su peinado de banquero anclado en la década de los ochenta y sus ademanes soberbios, siempre mirando a la gente por encima de la nariz. Se creía muy listo e importante Rodrigo Cortés, y no era ni lo uno ni lo otro, pues en el fondo no dejaba de ser un gusano endeble, un parásito dispuesto a alimentarse de cualquier ser vivo que le condujera hasta donde él deseaba llegar. Y Cortés deseaba llegar a la Alcaldía. Eso lo descubrieron de modo inmediato, tan pronto dijo sus siguientes palabras:

—Me complace anunciar que recientemente hemos creado el partido Libertad por Móstoles, que concurrirá a las elecciones municipales el próximo diecisiete de mayo.

El estupor se reflejó en la cara de todos los presentes. ¿Un nuevo partido político? Esther abrió los ojos con sorpresa y miró a Lara. Su mirada decía <<¿Qué está ocurriendo? ¿Esto es en serio?>>, al igual que la de todos los demás. Lara estaba segura de que la sorpresa también estaba plasmada en su rostro. Solo Tejero parecía impasible. El concejal sonrió con sorna y se mesó la barba, como si esto no le sorprendiera en absoluto. Uno de los chavales de la agrupación juvenil fue más explícito y entonó un <<¡Hay que joderse!>> que le salió de las profundidades de su alma.

—Una gran sorpresa para todos los ciudadanos, no me cabe duda de ello —dijo la periodista—. ¿Y cómo es que ha surgido la idea de crear un partido nuevo? ¿Qué ideología tendrán? ¿Significa esto que está en malos términos con la alcaldesa Morales?

—Esto solo significa que la alcaldesa Morales ha decidido prescindir de los servicios de algunos de los concejales que más hemos trabajado por Móstoles, y que no estamos de acuerdo con la política destructiva que está llevando a cabo —replicó Cortés.

—¿Está diciendo que la alcaldesa ha dado la espalda a su equipo?

—Así es, y nosotros consideramos que con ello ha dado la espalda a todos los mostoleños —contraatacó Cortés—. La alcaldesa Morales pretende poner a auténticos novatos al frente del Ayuntamiento y esto es muy peligroso, son gente en la que no se puede confiar, la mayoría de ellos no tiene ninguna experiencia de gestión, por lo que será muy difícil que puedan hacer frente a las responsabilidades que exige la vida municipal.

—¿Y qué ideología política tendrá su partido? —se interesó la periodista.

—De izquierdas, por supuesto. Aunque no formemos parte del Partido Liberal, representamos la ideología del *verdadero* Partido Liberal. No sé lo que representa el equipo con el que Morales concurrirá a las elecciones, pero sí sé que ellos no son el espíritu de los fundadores del partido.

—Esas son unas acusaciones muy duras por su parte. ¿Cómo cree que Diego Marín, el presidente, recibirá estas declaraciones suyas?

—Creo que el presidente sabe con quién puede contar y con quién no. Es un hombre inteligente y sabrá distinguir la paja del heno cuando llegue el momento.

—Dice que ustedes son el *verdadero* Partido Liberal, ¿significa eso que concurrirán en su lista algunos de los exconcejales de Móstoles?

—Muchos de ellos, sí. La mayoría no está de acuerdo con los cambios introducidos por la alcaldesa y ha preferido sumarse al proyecto de Libertad por Móstoles.

—¿Ha mantenido ya una conversación al respecto con Esther Morales? ¿Sabe la alcaldesa que ahora tendrá que enfrentarse a un nuevo partido en las próximas elecciones?

—No he tenido todavía ocasión de hablar con ella, pero espero hacerlo en los próximos días para comunicárselo.

—Me parece, señor Cortés, que es muy probable que para entonces ya se haya enterado.

—Es muy posible —afirmó Cortés, riéndose.

—¿Y cómo deja esto el voto de izquierdas? Por un lado, tenemos a los partidos emergentes, y ahora también una nueva opción política con Libertad por Móstoles. ¿No cree que se fragmentará demasiado el voto del electorado de izquierdas?

—Yo creo que nuestro electorado está muy claro —replicó Cortés— y que cuando llegue el momento de ir a las urnas, sabrán que la única opción de tener un gobierno estable es votando a Libertad por Móstoles. Confío en la inteligencia y el buen hacer de los votantes.

—Bueno, pues ahí lo tienen, Rodrigo Cortés, nuevo candidato a la alcaldía por Libertad por Móstoles. Le deseo toda la suerte del mundo en las próximas elecciones.

—Muchas gracias.

—Pasamos ahora al bloque de noticias políticas que nos han dejado los titulares del día de [...]

La secretaria apagó en ese momento la radio. Lo hizo con un leve giro de muñeca del que todos estuvieron pendientes. Por un momento el silencio fue lo único que los acompañó, anonadados como estaban con las noticias que acababan de escuchar.

Rodrigo Cortés y parte de los concejales todavía en activo se presentaban a las elecciones formando un nuevo partido. Eso restaría muchísimos votos a Esther. Si el voto ya estaba fragmentado debido a los partidos emergentes, ahora tendrían que recoger pedacitos aquí y allá para conseguir que Esther obtuviera una representación decente en el Consistorio.

Los allí presentes miraron a la alcaldesa en busca de las respuestas que no encontraban en su interior. Esther se mesó el pelo con una mano, sin ocultar su ofuscación. Estaba a punto de decir algo cuando otras cuatro personas entraron en la sede. Eran integrantes de la lista.

—Llegamos tarde, ¿nos hemos perdido algo? —dijo uno de ellos.

Nadie supo qué responder.

CAPITULO
DIECISIETE

La noticia había dejado hundida a Esther. El hecho de que Cortés hubiera formado ahora su propio partido integrado por muchos de los concejales que no iban en su candidatura eran unas noticias pésimas. Ya no se trataba solo de la fragmentación del voto de izquierdas, sino que ahora tenían que enfrentarse al inconveniente de que al integrar en su partido a los concejales que Esther había dejado fuera, Cortés podía contar con que esos votos fueran a parar a su formación política.

Esther se sentía devastada, pero no estaba dispuesta a dejarse intimidar. Era consciente de que tenía que dar una imagen de fortaleza, al menos frente a las personas que había ahora en la sede, los que estaban dispuestos a trabajar por ella en la campaña. Sacó fuerzas de flaqueza y tomó la decisión de dar un pequeño discurso para motivar a los presentes:

—Bueno, ahora que sabemos que tenemos todo en contra, creo que es el momento de hacer la mejor campaña que se haya diseñado jamás —les alentó—. Sé que estáis desanimados, yo misma estoy desanimada —siguió diciendo—, pero si tiramos la toalla será como darles la razón. No podemos permitir que nos empequeñezcan. Existe una manera mejor de hacer las cosas, existe una manera sana y decente de ejercer la política, y eso es lo que quiero que tengáis presente cada vez que nos ataquen.

Este momento del discurso consiguió arrancar unos aplausos en la última fila, donde se encontraban sentados los jóvenes, que vitorearon con entusiasmo sus palabras. Pero ni siquiera esto consiguió trastocar el ambiente de funeral que se respiraba en la sede.

Lara le hizo una seña mientras se dirigía a ellos. Tenía el teléfono en la mano y Esther estaba segura de que su intención era llamar a Juan Devesa para recabar información. Le hizo un gesto con la cabeza para darle a entender que estaría con ella tan pronto finalizara su intervención.

Esther se mostró conmovida cuando los asistentes se despidieron de ella ofreciéndole todo su apoyo. Le quedó claro que quienes habían asistido a aquella reunión lo habían hecho por voluntad propia, y solo por eso tenía que sentirse satisfecha.

Se encontró con Lara a la salida de la sede y comenzaron a caminar juntas. Se notaba tan nerviosa que tenía ganas de salir de allí cuanto antes, y dejar de fingir que todo estaba bien.

—¿Te apetece una cerveza? —le propuso.

—Hoy más que nunca —replicó Lara en un tono ligeramente derrotista—. Acabo de hablar con Juan Devesa.

—Me lo imaginé cuando te vi salir. ¿Qué te ha dicho?

—Nada de verdadero valor. Por desgracia, Juan no es Tomás y la información le llega siempre tarde, cuando las decisiones ya están tomadas.

—Ya...

—Pero estaba al corriente de lo ocurrido. Me ha dicho que pretendía llamarme esta noche, cuando saliera de trabajar. El pobre ha corrido un riesgo enorme por cogerme el teléfono mientras estaba en el gabinete.

—¿Qué te ha contado? —se interesó la alcaldesa, dirigiéndose de manera inconsciente hacia una de las cafeterías cercanas a la sede. Tenía un ambiente que le agradaba. Se trataba de un lugar tranquilo en donde podrían mantener una charla mientras tomaban un aperitivo.

—Me ha dicho que, al parecer, esa era la compensación que Diego le prometió a Cortés por no ir en la lista.

—Lo siento, Lara, pero creo que no te entiendo.

—Pues que Diego está detrás de todo esto, Esther —se desesperó la periodista—. Lo que ha hecho es animar a Cortés a que monte su propio partido político con los concejales que tú has dejado fuera y le ha prometido que, en el futuro, los reintegrarán en el partido. Es una trampa. De cara a la galería, Diego te apoyará a ti, pero en verdad va a estar apoyando a Cortés para que gane las elecciones. Así te quita de en medio y después puede meterlos en el partido.

—¡Pero no puede hacer eso! —protestó Esther—. ¡La candidata soy yo!

—Puede hacer lo que le venga en gana, Esther. Nadie se va a enterar de esto. ¿Quién se lo va a decir a los ciudadanos? ¿Tú? ¿Yo? ¿Cómo les vas a explicar que te presentas con las siglas de un partido, pero que ese partido no te apoya a ti sino a otro? Es de locos...

Esther acababa de comprenderlo todo. Por supuesto que aquello era una trampa y Diego la había planeado con sumo cuidado. Por fin empezaban a encajarle las piezas de aquel complicado puzle. Comprendió en ese momento por qué Diego Marín había ratificado su lista sin poner pega alguna. El presidente sabía que los concejales que estaba dejando fuera de su candidatura irían a parar al partido de Rodrigo Cortés y con ellos se irían todos los votos que arrastraran.

Tal vez, incluso, Diego Marín ya hubiera trazado un plan mucho antes de que tuviera la lista definitiva en su mano. Esther vio claro que la llamada de Tomás para "sugerirle" que incluyera a Rodrigo Cortés en la lista no se trataba de una casualidad. Todo estaba perfectamente planeado. Diego la conocía lo suficiente para saber que, si le daba una orden, ella haría exactamente lo contrario. Estaba segura de que el presidente le había ordenado a Tomás que hiciera esa llamada para asegurarse de que recibía una orden directa y, en consecuencia, se rebelara en su contra. Diego había querido asegurarse que no existía ninguna posibilidad de que Esther incluyera a Rodrigo Cortés en la lista.

—Pedazo hijo de puta.

—Esther…

—No, no me digas ahora que no puedo blasfemar, porque estoy furiosa, Lara. Es un gran hijo de puta. Reconócelo y ya está.

—Sí que lo es, pero un hijo de puta muy listo. Nos acaba de marcar un gol por toda la escuadra. Y lo peor es que Juan Devesa me ha dicho que no contemos con ningún fondo para la campaña. Diego ha dado orden al gerente provincial de que no nos envíe ni un céntimo.

—¿Qué? ¿Y cómo pretende que la hagamos?

—Ahí está el tema: no quiere que hagamos campaña. Nos ha cerrado el grifo para que no tengamos recursos.

—¿Y puede hacer eso?

—Esto es política. Así funcionan las cosas.

Esther se desesperó. Sintió la rabia creciendo en su interior. El corazón le latía muy rápido, tenía ganas de golpear algo y nunca en su vida había sido una persona agresiva. Se trataba de una injusticia, pero Lara tenía razón: Diego Marín podía hacer lo que le viniera en gana. El dinero era del partido y si el presidente daba orden de que no se enviara ni un céntimo a Móstoles, nadie podía pararle los pies.

Estaban totalmente solas.

—Bueno, ¿y cómo se supone que vamos a hacer la campaña si no tenemos dinero para hacerla?

—No lo sé. —Lara se encogió de hombros—. Pero sin dinero no vamos a poder darte mucha visibilidad. En los periódicos se paga por meter publicidad. Y en las televisiones ya ni te cuento.

Habían llegado a la cafetería. Lara le sujetó la puerta para que Esther pasara primero. Se dirigió hacia la mesa más alejada de todas y se dejó caer, derrotada, sobre una silla.

—Pónganos dos cañas, por favor —le pidió Lara al camarero.

El empleado regresó con sus consumiciones, pero ellas permanecieron un buen rato bebiendo en silencio, con la mente en su particular rompecabezas. Esther no tenía ni idea de qué estaba pensando Lara, pero ella aprovechó este momento de paz para tranquilizarse. Necesitaba encontrar una solución, pero para ello debía estar serena y calmada, pensar con claridad. Sus pensamientos eran ahora como gruesas nubes negras cargadas de agua, tenían tantos problemas encima que le estaba costando sintonizar con su positivismo habitual. Entonces cayó en la cuenta de otro problema mucho más grave, y cuando lo hizo su gesto se desencajó. Esther dejó de beber su cerveza, aunque tenía el borde del vaso apoyado en los labios.

—¿Qué? ¿Qué estás pensando? —le preguntó Lara al advertir su súbito cambio—. ¿Qué ha pasado, Esther?

—Lara, Cortés... él... él sabe lo del concurso amañado por Carreño, el de los papeles que yo firmé sin saberlo. Lo va a utilizar en la campaña. Intentará hundirme con eso.

—No. No lo hará —replicó Lara con seguridad.

—Ya me hizo chantaje antes —le recordó. Rodrigo Cortés la había amenazado con sacar a la luz aquel asunto si no le ponía al frente de la Concejalía de Urbanismo.

—Eso nunca ocurrirá —insistió Lara.

—¿Cómo puedes estar tan segura?

—Porque Diego sabe que si Cortés abre la boca, inmediatamente después lo haré yo. Y en ese momento se acaba la campaña, para ti, pero también para ellos.

—Como si eso le importara... Lo que quiere es que me metan en un juicio, que me acusen de corrupción por un documento que Carreño me hizo firmar.

—Créeme, eso no es nada comparado con el infierno por el que pasaría Diego si yo abro la boca —replicó Lara con una calma pasmosa—. Por su propio bien, no dejará que Cortés utilice algo así en tu contra. Recuerda que a Diego Marín solo le importa Diego Marín. Puede que tenga mucho interés en despellejarte viva, pero antes de todo está él, su supervivencia, así que por eso ni te preocupes.

Esther meneó un pie con nerviosismo. No estaba del todo convencida, pero una vez más decidió confiar en la palabra de Lara. A fin de cuentas, solo ella sabía cuán turbios eran esos asuntos de Diego Marín como para que les sirvieran de escudo protector.

—Esther, cálmate. Si Diego hubiese querido utilizar esa carta para quitarte de en medio, ya lo habría hecho. Créeme, su plan es otro. Puede que de este modo tarde más en acabar contigo, pero al menos así se guarda las espaldas.

—Tienes razón, por un momento me ha entrado el pánico —reconoció Esther—. Sería muy difícil explicar a las autoridades que di el visto bueno a aquel documento porque Carreño me engañó. Ningún juez entendería eso, porque la responsable última, la que tendría que haberlo revisado, era yo.

Lara tomó entonces la mano de la alcaldesa. Fue un gesto cálido, amable, que no se esperaba. Esther se estremeció con el contacto, aunque ahora más que nunca necesitaba sentirla cerca, a su lado, y Lara sabía cómo hacerlo. Sus caricias consiguieron calmarla de tal modo que en pocos segundos notó que sus tensos músculos se relajaban.

—Gracias, no sabes cuánto necesitaba esto —dijo, señalando su mano.

—Es normal que estés preocupada —la animó Lara—, pero ahora necesito que te centres en la campaña, que encontremos una solución para hacerla sin dinero.

—Yo tengo algún dinero en el banco —ofreció Esther—. No es mucho, y lo tenía ahorrado para los próximos años de universidad de mis hijos, pero si puedo aportar algo, no me importa echar mano de mis ahorros.

—No será necesario —dijo Lara.

Esther abrió los ojos con esperanza. —¿Ah, no? ¿Y entonces cómo piensas hacer la campaña? Ningún banco nos va a conceder un crédito, y menos ahora, con la crisis.

—Tampoco será necesario eso. —Lara dio un sorbo a su cerveza; sonrió, como si estuviera disfrutando con el desconcierto de la alcaldesa. ¿Qué as se guardaba en la manga?

—Pues, cuéntame, ¿cómo pretendes hacerlo?

—Con las herramientas más poderosas de todas: tu carisma y las redes sociales.

Esther soltó una risotada al escuchar esto. ¿Había perdido el juicio? Las redes sociales eran una ayuda, claro, pero nadie ganaba las elecciones a través de ellas, no existían datos contrastados sobre su verdadera influencia entre los electores. Además, les quedaba poco tiempo para poner en marcha una estrategia así. ¿Y quién se ocuparía de ello? Esther no tenía ni idea de cómo funcionaban. En una ocasión había intentado abrirse un perfil en una y vio tantas arrobas y almohadillas que acabó confundida, y la abandonó. Además, ¿qué sería lo siguiente? ¿El cajón de madera para dar un discurso en la plaza del pueblo?

—Has perdido el juicio —dijo, meneando la cabeza.

—Piénsalo, ¿por qué no? —intentó convencerla Lara—. Tienes a toda la agrupación juvenil de tu lado. No sé cuántos son, pero me juego la cabeza a que medio centenar casi seguro. Algunos estarán ocupados preparando exámenes, pero si les das un pequeño incentivo y les pones delante de un ordenador, son tu arma más poderosa —le explicó.

—No lo veo claro, Lara. ¿Dejar la campaña en manos de unos adolescentes? No sé yo...

—Esther, tú misma dijiste que querías hacer una campaña diferente —insistió la periodista—. Pues, bien, ahora puedes. El partido te ha dejado de lado, no te va a exigir que hagas las cosas a su manera y la oposición va a seguir haciendo campañas tradicionales. Ahora puedes hacer algo más original, más cercano a los ciudadanos.

Esther valoró la posibilidad un instante. Todavía no lo veía claro, pero empezaba a cobrar sentido lo que proponía Lara. Usar a los jóvenes del partido. Pedirles ayuda. No estaba mal, pensó, al menos le daría a su campaña un aire juvenil que, desde luego, candidatos como Cortés o Ballesteros, el líder conservador de la oposición, no tenían en absoluto. Siempre corrían el riesgo de que alguno de esos jóvenes dijera algo fuera de lugar, se trataba de un riesgo que tendrían que correr.

—Además, es lo que están haciendo los partidos emergentes y no les va nada mal —le explicó Lara—. Carecen de dinero para hacer una campaña tradicional y tampoco desean plantearla de esa manera. Se dedican a dar mítines en plazas y barrios, cerca de los ciudadanos, y transmiten sus mensajes a través de Internet. Hasta el momento les ha ido bien e incluso puede que den el *campanazo* en las municipales. ¿Por qué no intentar el mismo acercamiento que ellos? Si transmites un mensaje más moderado, podrías obtener lo mejor de ambos modelos, el espíritu de un partido clásico y el de un partido nuevo.

—¿Y qué pasa con los votantes mayores? Yo no hago uso de las redes sociales y ellos tampoco —objetó Esther—. Pídele tú a un señor de setenta años que se meta en Internet, ya verás lo que te dice.

—A ellos llegaremos en la calle. Podemos organizar mítines de barrio. Podemos ir a buscarlos a sus casas y hacer que salgan para escucharte. Si te escuchan, estoy convencida de que te votarán.

—Pero sigo representando al Partido Liberal. Sigo representando lo que ellos creen que son los corruptos, el enemigo.

Lara hizo un gesto de desdén con la mano. —Eso se les olvidará si logras conquistarles. Háblales con el corazón, cuéntales tu proyecto, lo que has hecho con la lista, cómo has limpiado el partido, diles cómo quieres que sea Móstoles en el futuro. Te escucharán, Esther, creerán en ti. Y el resto, lo haré yo con los jóvenes.

Esther se acabó su cerveza en silencio, con miles de interrogantes revoloteando en su interior. Tenía jaqueca. Había sido un día muy largo, y se sentía agotada. Estaba a punto de enfrentarse al reto más duro de su carrera y no estaba muy segura de que el plan de Lara pudiera funcionar, pero ¿qué otra opción tenía?

No tardó en encontrar la respuesta: ninguna.

DIECIOCHO

Lara Badía casi podía sentir que volvía a ser ella misma. No del todo, aun no. le faltaba un buen trecho para volver a ser la jefa de prensa que había sido. Pero la evolución no iba por mal camino. Poco a poco, volvía a sentirse útil, tenía más confianza en sí misma, y aunque el nuevo plan de campaña era muy diferente al trabajo que acostumbraba a hacer, su seguridad permanecía intacta. Las ganas de derrotar a Diego Marín en su propio terreno alejaban cualquier pensamiento derrotista. *Tenía que* salir bien, no podía ser de otro modo, y por ello llevaba trabajando de manera incansable desde que el plan se había puesto en marcha.

Lara apenas podía sentir el cansancio ni los aguijonazos de su estómago en reclamo de comida. Daba órdenes a los más jóvenes del partido para que se organizaran, hablaba con el técnico contratado para ampliar la banda ancha en la sede, e incluso se había traído dos ordenadores de su propia mano, el de su despacho y su portátil. Los demás la observaban como si estuviera poseída, y no les culpaba de ello, tal vez estaba la cordura, pero ahora no era momento de detenerse a hacer valoraciones sobre su estado mental. Carecían de tiempo para orquestar este nuevo plan, y cualquier minuto le parecía crucial.

—¿Todavía sigues aquí?

Lara miró hacia el lugar del que procedía la voz. Una dulce sonrisa cruzó sus labios al ver que se trataba de Esther.

—Estaba a punto de irme. —Cerró la tapa del ordenador—. Ya he acabado.

—Lara, son las diez de la noche. Vete a casa, te va a dar algo.

Esther se acercó y le puso una mano sobre el hombro, y Lara pegó a ella su mejilla para sentir el contacto de su piel. El único que estaba en la sede era Ramón, pero no podía verlas, y Lara necesitaba más que nunca sentir a la alcaldesa lo más cerca posible. Sintió tentaciones de girarse para darle un beso, pero en el último momento consiguió mantener la cabeza fría. Eso habría sido demasiado temerario con Ramón rondando por allí, pero, aunque sabía que no podían, la frustración estaba empezando a arraigar en su interior.

Desde su cita en el cine, no había tenido ni un solo momento para charlar con Esther acerca de su situación actual. Las noticias sobre el nuevo partido de Cortés habían precipitado las cosas, y si bien se llamaban todas las noches, a Lara le daba la sensación de que Esther evitaba el tema. Había intentado sacarlo en un par de ocasiones, pero siempre era demasiado tarde, o estaban rodeadas de personas, o tenían cosas que hacer de la campaña. Y aunque comprendía que las elecciones eran su prioridad, empezaba a estar cansada de esta situación límbica en la que se habían sumido. Lara deseaba respuestas y las deseaba pronto, de modo que su paciencia estaba empezando a desvanecerse.

—¿Estás bien? —le preguntó Esther al advertir su gesto de hastío. La alcaldesa miró por encima de su hombro, sin duda para asegurarse de que Ramón no estaba cerca.

—Sí, solo cansada —mintió Lara, consciente de que tampoco entonces era el mejor momento para conversar—. Me he pasado tres días aquí metida.

Esther se giró en redondo como si quisiera comprobar el trabajo realizado. La sede del Partido Liberal de Móstoles estaba tan cambiada que costaba reconocerla. Lara se había preocupado de que liberaran el espacio que antes ocupaban las sillas. Un gran escritorio no más ancho que la barra de un bar recorría las paredes de extremo a extremo. Sobre él, descansaban las tomas de Internet de decenas de ordenadores. Algunos de ellos seguían conectados, aunque la mayoría ya habían sido retirados por sus propietarios, ahora que la jornada había concluido. Esos días era habitual ver entrar y salir de la sede a múltiples chavales, no mayores de treinta, que acudían en masa a apoyar la campaña de la candidata liberal de Móstoles. Esther desconocía cómo lo había hecho Lara, qué consignas les había dado o qué palabras estaba empleando para motivarles, lo único que sabía era que funcionaba, que mucha gente del Ayuntamiento ya estaba comentando su reciente impacto en las redes sociales.

—Es sorprendente —dijo al fin, sonriendo—. Te juro que no sé cómo lo haces, pero siempre acabas dejándome con la boca abierta.

Lara hizo un gesto con la mano para restarle importancia. —He tenido mucha ayuda. Los chavales están llenos de energía.

—Aun así, creo que no deberías restarte méritos. —Esther le tomó la mano con afecto—. Escucha, ¿por qué no te vas a casa y duermes un poco? Mañana puedo ocuparme yo de esto. He liberado mi agenda y no creo que haya problema en pasarme por aquí unas horas.

—No te preocupes, Esther, no estoy cansada.

—Tus ojos dicen lo contrario: estás hecha polvo, Lara.

Cierto. Estaba tan agotada que incluso su voz sonaba un tono más grave, como si le costara contraer el diafragma para pronunciar las palabras. Un descanso no le vendría mal, pero en realidad la parte más dura ya había pasado. Ahora solo tenían que rodar, y eso sabía cómo hacerlo.

—Quiero que te tomes un día de descanso —insistió Esther.

—No es necesario, yo...

—Es una orden, no te lo estoy pidiendo —la interrumpió la alcaldesa—. Es mi culpa no haber podido estar aquí para ayudarte a montar todo esto. Me habría encantado poder hacerlo, pero como no ha sido así, creo que lo mínimo es que te cojas un día para descansar.

Lara intentó protestar, pero su discurso se quedó vacío, como un globo que acabara de pincharse cuando está a punto de tomar el vuelo. Agachó la cabeza y permitió que la lógica volviera a ella. Se había comportado como una lunática los últimos tres días. Dormir, comer o descansar, habían sido verbos vetados, lujos para unos afortunados entre los que no se encontraba. Pero incluso ella podía ver que Esther estaba razonando mejor que ella. La campaña electoral no era una carrera de velocidad, sino una de fondo. Si gastaba ahora todas sus energías, llegaría agotada al tramo final y todos pagarían las consecuencias. En otra época, tal vez diez años atrás, este esfuerzo inicial no habría supuesto ningún impedimento para ella, pero ya no era una niña, las cifras de su partida de nacimiento empezaban a pesar. Del mismo modo que ahora no aguantaba una noche entera de copas sin granjearse una resaca descomunal a la mañana siguiente, tampoco podía afrontar una campaña electoral con el depósito medio lleno. Tenía que descansar y cuidarse, aunque claudicar no era una palabra que formara parte de su vocabulario.

—¿Crees que estarás bien tú sola?

—Claro que sí. Y si tengo dudas, siempre se las puedo preguntar a...

—A Ramón, el líder de los chavales. Resulta que ha trabajado de *community manager* para varias empresas —le explicó Lara—. Si tienes cualquier duda, díselo a él. Además, controla muy bien a sus chicos.

—Perfecto, lo tendré en cuenta. Ahora, vete a casa y descansa. Yo me ocupo de apagar todo esto. —Esther señaló los fluorescentes del techo. Al mirarlos, Lara sintió la imperiosa necesidad de salir de allí cuanto antes. Necesitaba sentir la inmensidad del cielo sobre su cabeza, el aire fresco de la noche acariciando su cara.

—Pero recuerda que mañana tenemos entrevista en la radio —le informó Lara.

—Sí, no me olvido, tranquila. Te llamaré antes para quedar.

—Gracias, Esther. Llámame si necesitas algo.

—Descuida. Prometo mantener el barco a flote. Descansa.

Lara salió de la sede del partido con pasos lentos y cansados. Había dejado el coche muy cerca de allí, a cien metros a lo sumo, pero incluso una distancia tan corta le pareció inabordable. La adrenalina estaba abandonando su cuerpo a gran velocidad y el cansancio empezaba a tomar el relevo.

Para una persona como ella iba a ser difícil tomarse un día entero libre. Cierto que la precampaña no había hecho más que empezar. El resto de los grupos políticos se la estaban tomando con calma, mientras que ella ya tenía cerrada prácticamente toda la agenda de apariciones mediáticas de Esther. La de la radio era solo la primera de muchas, que se irían intensificando a medida que avanzara el tiempo. Tal vez Diego Marín podía dejarles sin recursos económicos, pero, hasta donde ella sabía, ni siquiera el presidente era capaz de cerrarles el acceso a todos los medios de comunicación. Lo intentaría, eso seguro, y lo conseguiría con aquellos que dependieran de la financiación autonómica, pero siempre habría otros dispuestos a recibirlas, y Lara estaba centrando sus esfuerzos en ellos. Confiaba en que estas apariciones mediáticas, combinadas con el impacto que pretendían tener en las redes sociales y las acciones en la calle, fuesen suficientes para convencer al electorado de que solo había una candidata de futuro para Móstoles, solo había un nombre al que no se arrepentirían votar: Esther Morales.

Como si la evocación de la alcaldesa hubiese actuado como una especie de invocación, Lara escuchó unos pasos acercándose a ella. Se giró y se sorprendió al ver a Esther, que la agarró por una muñeca, le hizo un gesto para que guardara silencio y llamó al timbre del portal más cercano.

—¿Sí? —contestó un vecino.

—Correo comercial. ¿Me abre, por favor? —dijo Esther para su sorpresa. Lara pestañeó sin comprender. La puerta se abrió y la alcaldesa la arrastró hasta las entrañas del edificio—. No podía dejar que te fueras sin esto —le aseguró entonces, antes de darle un arrebatado beso.

Lara no tuvo más remedio que dejarse llevar. Se besaron sin aliento durante al menos un minuto. Su cuerpo respondió de inmediato. No sabía cómo lo hacía Esther, pero le bastaba con un simple beso para hacerle perder la cabeza. Estaban en un portal, cualquiera podía verlas. Si un vecino bajaba por las escaleras, se encontraría a la alcaldesa de Móstoles labio a labio con su periodista. Y sin embargo, ninguna de las dos parecía capaz de detenerse. Lara deseó residir en aquel edificio. Sacar las llaves del bolsillo, tomar su mano y arrastrarla hacia el interior de su habitación. Tenía tantas ganas de hacer el amor con Esther que le costó advertir el ruido del ascensor.

—Alguien viene —dijo entonces la alcaldesa.

Lara cerró los ojos con fuerza, se mordió los labios para mantener el deseo a raya. —Será mejor que nos vayamos.

—Sal tú primero, ahora lo haré yo —propuso Esther, colocándose la melena.

La alcaldesa le sonrió de manera radiante, como si le excitara este secretismo con el que llevaban su relación. Pero Lara no pudo evitar bajar la mirada, entristecida. Aquellos días recordaba a menudo la advertencia de María, sus palabras cuando le dijo que nunca sería capaz de llevar una existencia normal con la alcaldesa. Quiso deshacerse de ellas, estaba cansada del pesimismo que empezaba a germinar en su interior, pero la acompañaron en el camino hasta el coche y no consiguió librarse de su influencia hasta que arrancó el motor.

Tenía por delante la tarea de llegar al centro de Madrid sin dormirse, así que subió el volumen de la radio, y dedicó el resto del trayecto en planear lo que haría al día siguiente. Al principio pensó en dormir y llamar a su hermana. Le apetecía verla, y pasar el día en su compañía y la de su sobrina. Ese habría sido el plan más relajante de cuantos se le pudieran ocurrir, pero no el que más le apetecía, que era pasar el día con Esther. Como eso resultaba imposible, ya vería cómo se encontraba de ánimo cuando se despertara. Tamborileó los dedos en la rueda del volante mientras esperaba a que cambiara el último semáforo antes de la autopista. Verde. Lara pisó el acelerador.

CAPITULO
DIECINUEVE

A Esther Morales había cosas que se le quedaban grandes. No porque fuera menos inteligente o hábil que los demás. Tampoco debido a su edad o a una demencia senil prematura. Y ni siquiera se trataba de los años vividos bajo el ala de Quique, esas épocas oscuras de mujer recién salida de casa de sus padres, displicente con todos los deseos de su marido, que acabó sacudiéndose al cabo de los años para convertirse en la mujer fuerte e independiente que era ahora.

Así que no, nada de esto representaba una empinada cuesta para la alcaldesa. Se trataba más bien del sentimiento de haberse quedado varada en el capítulo de las nuevas tecnologías. A saber, Esther nunca había necesitado echar mano de una cuenta de Facebook y tampoco le encontraba demasiado atractivo a hacer públicas ciertas fotografías personales o estados vitales que no deseaba compartir ni siquiera con miembros de su propia familia. La gente del partido hablaba a menudo de lo primordiales que eran estas herramientas si uno quería hacer carrera política en el mundo moderno, pero, a decir verdad, Esther nunca había necesitado aprender el funcionamiento de las redes para llegar a los ciudadanos. Y por este motivo, ahora se sentía una auténtica inútil en la materia. Desconocía el significado de palabras como *hashtag* o *tuit*, que en su mente se representaban como vocablos anglosajones que bien podrían haberse referido a la etiqueta de un bolso o al sonido emitido por un animal exótico. Y por eso aquel día, cuando Ramón y sus compañeros buscaban su aprobación en estas cuitas que para ella eran de lo más ajenas, se les quedaba mirando boquiabierta, sin saber qué decir.

—Lo que tú consideres oportuno, Ramón, tienes mi total confianza —le dijo por enésima vez, esperando no haber metido la pata cuando el muchacho se le acercó a consultarle acerca de uno de esos famosos *hashtag* que pretendía utilizar.

Bien es cierto que el mensaje #MoralesLoVale le pareció un poco forzado, tal vez incluso de patio de colegio; ella nunca lo hubiera utilizado como lema de una campaña, pero antes se hubiera tragado su propio zapato que tener que reconocer a esa pandilla de universitarios que no tenía ni idea de qué le estaban hablando.

Así y todo, el día pasó más rápido de lo que esperaba. Por fortuna, Ramón acabó cansándose de contar con su desapasionada aprobación y empezó a tomar decisiones sin consultárselo. Esther desconocía el alcance de sus repercusiones, pero se sintió muy aliviada cuando llegó el final de su día y por fin pudo quitarse los zapatos, encender la televisión y dejarse caer en el sofá. La experiencia había estado bien, pero no la repetiría por nada del mundo.

La asistenta le había dejado preparada una cena exquisita. El estómago de Esther se despertó cuando abrió la olla que había en la cocina y el aroma del guiso se extendió por toda la estancia. Se sirvió una ración para calentarla en el microondas y el teléfono fijo empezó a sonar. Esther estaba convencida de que sería alguno de sus hijos y se sorprendió al ver que se trataba de un número local. Respondió de inmediato, sin saber quién respondería al otro lado.

—¿Dígame?

—Esther, soy yo.

—Quique… —El estómago de Esther dio un vuelco. Había tenido un día muy largo y lo último que le apetecía era tener una conversación con su ex. Además, ni siquiera habían hablado desde la última vez que se vieron. ¿Por qué la llamaba ahora?

—Te llamo porque esta tarde he hablado con mi abogado.

—No tengo nada que discutir contigo, Quique. Si tienes algo que comentarme, puedes decírselo a él.

—Venga ya, Esther, no me jodas. ¿Dos mil euros de pensión? ¿Es que te has vuelto jodidamente loca? ¡Fuiste tú la que te largaste de casa!

—Quique, no voy a consentir que me hables así. Me estás llamando a *mi* casa, ni siquiera sé dónde has conseguido el número, pero esta conversación se acaba aquí.

—No voy a dejar que te quedes con todo, ¿me has escuchado bien? Me importa un huevo que ahora te vayas de mujer independiente o toda esa mierda que os meten en la cabeza a las mujeres —replicó él de malas maneras—. Yo también sé cosas, ¿o es que te crees que soy gilipollas?

—¿De qué me estás hablando?

—Ándate con cuidado, Esther, porque te juro que como me toques más los cojones soy capaz de llamar a la prensa y hundirte la carrera.

Sus dedos se crisparon en torno al teléfono. Esther sintió la rabia bullendo en su interior. No podía creer que su exmarido, la persona con la que había compartido veinte años de su vida, la estuviera amenazando con algo tan sucio. ¿De qué estaría hablando? Del concurso amañado no podía ser, porque Esther no se lo había comentado a nadie, ni siquiera a

Quique, así que necesariamente tenía que tratarse de algo relacionado con las fiestas de Marisa. ¿Pero cómo se había enterado?

Su respiración se hizo entonces más pesada y Esther tuvo que hacer un gran esfuerzo para no colgarle el teléfono. Respiró profundamente, y contó hasta diez antes de responder.

—Como te he dicho, no vuelvas a llamarme jamás. Todo lo que tengas que decirme, puedes decírselo a mi abogado. Buenas noches, Quique —le dijo antes de colgar.

Cuando acabó la llamada, Esther estaba tan furiosa que cerró la puerta del microondas con un sonoro golpe. Se sintió como un animal enjaulado. Agarró el abrigo, las llaves y el móvil, y salió a la calle con intención de dar un largo paseo que consiguiera calmarla. Había caminado apenas unos metros cuando su teléfono empezó a sonar de nuevo y vio que era Lara. Pero no se encontraba de humor para atender la llamada. Sabía que la periodista querría hablar de la entrevista que tenían al día siguiente, pero su cabeza no estaba en ese momento para debatir asuntos de trabajo y, además, tampoco deseaba preocuparla con sus problemas personales. Así que cortó la llamada y decidió mandarle un mensaje para decirle la hora exacta en la que se verían al día siguiente en el estudio de radio. Siguió andando con las mejillas arreboladas, aliviada al sentir que el frío de la noche estaba consiguiendo borrar el asco que le había producido la llamada de Quique.

CAPITULO
VEINTE

Lara se quedó de piedra al ver que Esther le había cortado la llamada. Miró su móvil anonadada, porque era la primera vez que la alcaldesa hacía algo similar. Supo casi de inmediato que algo muy grave tenía que haber sucedido para que ella hiciera algo así, y lo confirmó al recibir el mensaje que le envió a continuación. Esther se mostró seca y distante. Apenas usó una frase corta para decirle que esperaba encontrarse con ella en la radio a las diez de la mañana.

Sintió tentaciones de llamarla de nuevo para saber qué había ocurrido, pero estaba enfadada con Esther, y además, no tenía muy claro que esta vez fuera a cogerle el teléfono. La alcaldesa se había pasado todo el día sin dar señales de vida, y esto había producido un acceso de ira en Lara, que no entendía cómo podían pasar del todo al nada con esa celeridad. Un día eran capaces de devorarse en un portal, al siguiente apenas se hablaban.

A Lara le costaba comprender que, a pesar de lo ocurrido entre ellas, Esther no le dedicara ni un solo momento en toda una jornada. Lo peor de todo era que, además, no estaba muy segura acerca de quién estaba enfadada con Esther, si la Lara jefa de prensa o la Lara... *¿la Lara qué?*, se preguntó. *¿La aspirante a pareja?*, se dijo con acritud. El beso tras el cine había sido un primer y maravilloso paso, y su encuentro clandestino en el portal parecía confirmar que, aunque no hablasen explícitamente de ello, ambas caminaban en la misma dirección en lo tocante a una hipotética relación. Sin embargo, seguía tratándose de algo clandestino, y Lara no estaba muy segura de que eso fuera a cambiar. Veía a Esther demasiado cómoda en su papel de ladrona de besos, demasiado política, capaz de convencerla con sus artimañas de que le siguiera el juego. Empezaba a plantearse que la alcaldesa no estaba todavía preparada para dar el siguiente paso y la advertencia de María volvió a retumbar en su interior como un gran tambor que anunciara la llegada de una tormenta.

Trató de serenarse. Sabía que se estaba comportando de una manera infantil. Podían existir mil razones por las cuales le había sido imposible llamarla. Esther era una persona ocupada, una alcaldesa, y no estaba familiarizada con las redes sociales. Con toda seguridad aquel día al frente de la sede se le había hecho cuesta arriba.

145

Sin embargo, no pudo evitar sentir un repunte de irritación. Nada de eso justificaba que no hubiera tenido ni tan solo un minuto para llamarla. *Ella* también era una mujer muy ocupada, y, sin embargo, había tratado de hablarlo con Esther, de encontrar un hueco para intentar ir un poco más allá, para avanzar, aclarar lo que sea que hubiera entre ellas. A su renovada irritación se sumó la impaciencia que había sentido días atrás, y de nuevo tuvo la incómoda sensación de que se encontraban en una especie de limbo, donde nada ocurría. Sí, estaba el beso a la salida del cine y las caricias en el portal, pero en esos momentos empezaba a pensar que todo había sido un grave error. Esther no solo evitaba hablar con claridad del tema cada vez que Lara se lo sacaba, sino que además tampoco hacía esfuerzo alguno por acercarse a ella. El orgullo de la periodista estaba herido. Comenzaba a sentirse como un perro persiguiendo a una rápida liebre, y Lara Badía no era así. Ella nunca había agachado la cabeza para rogarle a nadie. Ella nunca iba en pos de alguien. Si acaso, los demás eran quienes la buscaban para pedirle favores.

Enfadada, arrojó el teléfono móvil al otro lado de la cama. Detuvo la serie que estaba viendo y cerró la tapa de su ordenador. Estaba ya cansada del juego que se llevaba Esther entre manos. O la alcaldesa reaccionaba pronto, o ella estaba dispuesta a seguir con su vida sin echar la vista atrás.

CAPITULO
VEINTIUNO

Esther Morales tenía la capacidad de reponerse rápido de las adversidades. La noche anterior, cuando regresó a su piso, sintió que soportaba el peso del mundo sobre sus hombros, pero la sensación se había evaporado al despertarse. Era un día nuevo, una nueva página por escribir, y no estaba dispuesta a permitir que Quique le arruinara la existencia. Si su exmarido quería acudir a la prensa con tonterías y cotilleos, podía hacerlo, pero ella no se iba a detener por mucho que la amenazara, y cuando llegó al estudio de radio, se sintió más batalladora que nunca, dispuesta a luchar contra todas las adversidades.

Esther había hecho varias intervenciones en radio durante su carrera política, tanto en calidad de concejala de Urbanismo como ahora, en su papel de regidora. En general, podía decir sin miedo a equivocarse que dominaba el arte de hacer intervenciones públicas. Algunos candidatos, entre los que se encontraban políticos reputados, necesitaban una especie de refuerzo para hablar en los medios de comunicación, tal era su pánico de enfrentarse a micrófonos, cámaras y entrevistadores. En estos casos el propio partido elegía a unos cuantos afortunados para que asistieran a cursillos de preparación, los cuales costaban una pequeña fortuna y nadie sabía cómo eran financiados. Pero a Esther nunca le había hecho falta asistir a uno. Ella sabía exactamente lo que quería decir, y, todavía más importante, cómo y cuándo decirlo.

Aquella mañana, aunque se encontraba algo nerviosa porque el entrevistador era un hueso duro de roer, sabía positivamente que el resultado sería satisfactorio. A pesar de su encontronazo con Quique, había conseguido dormir bien esa noche, tal vez por el cansancio que le habían provocado los chicos que trabajaban en la sede. Empezaba a pensar que debía pasar más tiempo rodeada de la chavalería del partido porque la dejaban tan agotada que resultaban el mejor de los somníferos.

Lara, no obstante, tenía una cara espantosa, se preocupó nada más verla. La periodista tenía una expresión taciturna y triste, y los hombros ligeramente hundidos, una postura que no casaba con su habitual compostura.

—¿Te ha ocurrido algo? Parece que te ha atropellado un camión —le dijo nada más saludarla.

147

—Nada importante —replicó Lara de manera distante—. Ven, es por aquí.

Esther advirtió enseguida que algo estaba ocurriendo. La periodista se había despedido de ella en el portal con normalidad y, sin embargo, ahora era incapaz de mirarla a los ojos.

—¿Es porque ayer te corté la llamada? ¿Por eso estás así?

—No —replicó Lara con sequedad—. Es la primera vez que lo haces, pero no estoy así por eso.

—Entonces, ¿por qué es?

Lara desvió la mirada como si estuviera incómoda con su interrogatorio. No contestó a su pregunta.

—Ahora nos pasarán al estudio —dijo.

Esther no daba crédito a su comportamiento. Era cierto que Lara no estaba enterada del bochornoso espectáculo que le había dado Quique el día anterior, pero no tenía ningún derecho a ignorarla de aquella manera. Estaba siendo incluso maleducada.

—Bien, al menos allí me hablará alguien —barruntó. A veces Lara conseguía sacarla de quicio.

Si acaso, ella debería haber sido la ofendida en ese caso. El día anterior no había querido llamarla para no interrumpir su día de descanso. Lara estaba al límite, deseaba que desconectara absolutamente de todo, pero al menos podía haber mostrado algún interés por la entrevista. Esther había estado esperando su llamada todo el día para prepararla, pero lo único que había recibido fue un absoluto mutismo por su parte.

Lara, a pesar de notar su enfado, no le contestó. Se limitó a seguir las instrucciones de la recepcionista del estudio, que las condujo por el estrecho pasillo que llevaba hasta el estudio de grabación.

—Pueden esperar aquí. Carlos saldrá enseguida —les indicó.

Esther se sentó con enfado en una silla, y Lara lo hizo en la de enfrente. A veces, cuando la periodista ponía esa distancia entre ellas, casi podía palpar con sus manos el espacio que las separaba. No era que pudiera verlo o que tomara forma sólida; se trataba más bien de una distancia emocional tan evidente que podía sentirla con la firmeza de un muro de cemento. Por mucho que lo intentara, no sería capaz de avanzar. Era consciente de ello, pero aun así se aventuró a preguntar:

—En serio, ¿qué mosca te ha picado? ¿Qué es lo que he hecho mal ahora?

—Nada —replicó Lara, esta vez mirándola a los ojos—. ¿Por qué piensas que me ocurre algo?

—Pues no lo sé, esperaba que tú pudieras explicármelo, la verdad. Te tomas un día libre, vuelves y casi ni me diriges la palabra. Unos días estás distante, y otros parece que nos conocemos de toda la vida. Me desconciertas, Lara, ya no sé cómo tratarte.

La periodista se mesó el pelo con desesperación, como si hubiera ocurrido algo muy grave, pero a Esther no se le ocurrió nada en ese momento. ¿De veras estaba así solo porque no le había cogido el teléfono? ¿O se trataba de algo más?

—No es lugar ni momento para hablar de esto, ¿no crees? —le dijo entonces, señalando la cabina insonorizada en la que estaba metido el presentador.

Esther hizo un mohín con los labios. Estaba claro que aquel no era el momento indicado, pero tal y como ella lo veía, Lara no tenía derecho a estar enfadada. Ella sí. Pero entonces el presentador salió de la cabina de grabación y se acercó a ellas para darles la bienvenida.

—Hola, Carlos —le saludó Lara, incorporándose—. Esta es Esther Morales, la alcaldesa de Móstoles, creo que no os conocíais.

—En persona no, pero he visto fotos —aseguró el periodista con desparpajo—. Un placer tenerla por aquí, alcaldesa.

—Tutéame, por favor. Los formalismos me hacen sentir mayor.

Carlos Asenjo era un periodista de mediana edad aficionado a flirtear con sus entrevistadas bien parecidas. Esther se arrepintió enseguida de haberle dado pie a prescindir de los formalismos, porque a partir de ese momento no solo los dejó de lado, sino que los dinamitó por completo.

Esther no estaba por la labor de aguantar los flirteos ocasionales de Asenjo. Todo su buen humor de aquella mañana se había esfumado, y ella no estaba allí para inflarle el ego a un donjuán entrado en años. Pero consiguió morderse la lengua en varias ocasiones y le bailó el agua todas las veces que su orgullo se lo permitió.

A pesar de lo incómoda que se sentía, la primera parte de la entrevista fue todo un éxito. Aunque Esther acabó por no mirar a Lara, porque las dos veces que lo había hecho la periodista estaba más pendiente de su móvil que de escuchar lo que ella estaba diciendo, y esto la enfurecía.

Su intervención empezó a complicarse cuando Asenjo se metió de lleno en el tema de Rodrigo Cortés. Esther, por supuesto, se esperaba una batería de preguntas relacionadas con este tema, pero a medida que pasaban los segundos se arrepintió de no haber ensayado las respuestas previamente con Lara.

—Y ahora en Móstoles tenemos, además, un nuevo partido, ¿no? Libertad por Móstoles, un nombre muy curioso —comentó Asenjo—. En caso de que nuestros radioyentes no lo sepan, comentar que este nuevo partido está liderado por uno de sus exconcejales, Rodrigo Cortés.

—Bueno, en realidad, Rodrigo Cortés era un concejal de mi antecesor, Francisco Carreño.

—¿Pero acaso no formaban parte del mismo partido? —preguntó Asenjo con asombro—. No sé dónde está la diferencia.

—Sí, claro que era un concejal de mi partido, pero no alguien de mi entera confianza y de ahí que se haya quedado fuera de la lista que he propuesto para estas elecciones —matizó Esther.

—Entonces, para dejarlo claro, lo que está queriendo decir es que Cortés se sintió ofendido porque usted no lo incluyó en la lista y por eso fundó su propio partido.

—Yo no he dicho eso.

—Bueno, se sobreentiende.

—No del todo.

—De hecho, creo que es lo que ha dicho el propio Cortés en algunas de sus declaraciones —contraatacó el periodista.

—Señor Asenjo, estoy segura de que usted y sus radioyentes son personas inteligentes a las que no hace falta que se lo expliquen todo. Les invito a que saquen, por tanto, sus propias conclusiones.

El periodista se rio con sinceridad y decidió cambiar de tema: —¿Y en lo referente a Diego Marín, el presidente?

—Sí, ¿qué ocurre con él?

—Bueno, Marín tendrá algo que decir acerca de este nuevo partido que le ha brotado así de pronto, en el propio seno del suyo. ¿Cómo lo ve el presidente? ¿A cuál de los dos apoya?

Esther se removió incómoda en su asiento. Esta pregunta sí que no se la esperaba. Miró a Lara en busca de apoyo, pero seguía distraída con su móvil.

—Está claro que el presidente siempre apoyará a los candidatos que se encuentren bajo las siglas del Partido Liberal. No veo de qué otro modo podría hacerlo —dijo, consciente de que se trataba de una mentira, pero también de que no tenía pruebas para probar lo contrario. Ningún radioyente podría entender que un presidente quisiera hundir a su propia candidata. Ni siquiera Esther lo comprendía. Y en cualquier caso, aunque pudiera probarlo, se trataba de unas acusaciones muy graves.

—Y sin embargo, corren rumores de que ustedes dos no sintonizan del todo.

—¿Quiénes? ¿Rodrigo Cortés y yo? —preguntó Esther, en un intento desesperado de cambiar el tema de conversación.

—No, el presidente y usted. Es algo sabido en el seno del Partido Liberal. Se dice que el presidente quería poner a otro candidato en Móstoles. ¿Es así?

Esther notó una película de sudor frío formándose en sus sienes. Carraspeó para aclararse la voz. Le desagradaba el rumbo que estaba tomando la entrevista.

—Señor Asenjo, como comprenderá, no suelo entrar a valorar cotilleos y rumores, sino hechos probados —replicó.

—Bueno, por eso mismo se lo estoy preguntando, para que nos lo aclare: ¿En qué términos se encuentran usted y el presidente?

—En buenos términos. Somos compañeros de partido, luchamos por los mismos ideales. Y además, él es mi presidente.

—Pero, como le digo, no es eso lo que dicen otros miembros del Partido Liberal —insistió el periodista. *¿Es que no pensaba rendirse nunca?*

—Como le acabo de decir, no es mi papel entrar a valorar lo que dicen los demás. A mí lo que me interesa es la realidad y la realidad es que yo soy la candidata del Partido Liberal y, por tanto, cuento con el apoyo de mi presidente —insistió, dando por zanjada la conversación.

Asenjo no se quedó muy satisfecho con la respuesta de Esther, seguro como estaba de que sus fuentes eran fiables. Pero la alcaldesa se negó a seguir contestando preguntas acerca de este tema, y la entrevista concluyó poco después, con un par de preguntas insustanciales que consiguieron disolver la tensión del encuentro.

Esther lo había pasado tan mal dentro de la cabina de grabación, se había sentido tan sola, que salió hecha una furia de su interior. Se despidió amablemente del periodista, y enfadada con Lara, tomó la decisión de irse sin esperarla. Cuando estaba a punto de cruzar el semáforo de la esquina de la calle, Lara se acercó corriendo a ella y la obligó a detenerse.

—¿Se puede saber qué te pasa? —la increpó—. ¿Es que te has vuelto loca?

—¿A mí? ¿Qué me pasa a mí?

—Sí, a ti. ¿Qué te pasa, a ver? ¿A qué ha venido eso? ¡Me has dejado tirada en el estudio!

—Mira, Lara, eres tú la que tiene cambios de humor constantes. He intentado entenderlo, he intentado excusarte, pero simplemente no puedo trabajar con una persona que hoy está bien, pero que mañana a lo mejor no me mira o no me habla. Hoy necesitaba que estuvieras a mi lado, que me guiaras un poco, y no has estado en ningún momento. Y ayer lo necesitaba también, pero me llamaste a las once de la noche. ¡A las once de la noche, Lara! ¿Es que pretendías preparar la entrevista a aquellas horas?

—¿Y por qué no me llamaste tú? —protestó la periodista, con cara de enfado—. Sabías que tenía el día libre, podías haberme llamado. De hecho, estuve esperando tu llamada todo el día.

—¡Porque no quería molestarte! ¡Quería que descansaras!

Esther miró hacia ambos extremos de la calle. Estaban dando un espectáculo, algunas personas las miraron con extrañeza.

—¿Que descansara? Mira, Esther, a mí lo que me parece es que te ha entrado miedo y no quieres decírmelo. Llevo cuatro días intentando hablar contigo de lo que ocurrió el domingo, y no he sido capaz. ¡Cuatro días! Y siempre me cambias de tema.

—Porque no hemos tenido oportunidad de hablarlo.

—No, porque estás muerta de miedo —puntualizó Lara—. ¡Admítelo! Te da miedo que los demás se enteren, y por eso me apartas de tu lado. Y yo ya me he cansado.

—¿De qué te has cansado, Lara? ¿De trabajar? —contraatacó Esther—. Porque te has pasado toda la entrevista mirando tu móvil como si te importara un cuerno lo mal que yo lo estaba pasando allí dentro. Y si algo está afectando a tu rendimiento laboral, lo normal es que yo lo sepa, ¿no crees? Trabajas *para mí*. Eres *mi empleada*, ¿comprendes?

Esther se arrepintió enseguida de haberle dicho esto. Estaba furiosa, pero eso no le daba óbice a comportarse así con Lara, que ahora tenía el gesto desencajado. Estaba dolida.

—Bien —comenzó a decir la periodista—, pues si solamente soy tu empleada, entonces tendré que empezar a comportarme como tal.

—Lara, no quise decir...

—Y te prometo que a partir de hoy vas a tener a la mejor empleada que hayas tenido jamás.

—Lara, no... Yo no pretendía...

—Pero te diré una cosa, Esther —siguió hablando la periodista. Estaba embalada—. Yo también tengo derecho a tener días malos, tú ni eres el centro del universo ni eres la única que tiene problemas.

Lara no le dio pie a explicarse. Le hizo un gesto de despedida con la mano y le gritó por encima de su hombro: —Nos vemos después, en la sede.

La alcaldesa se quedó petrificada en la minúscula porción de acera que ocupaban sus pies. Sintió, en cierta manera, vergüenza de sí misma por haber sido tan egoísta, tan egocéntrica, tan colérica y absurda en un momento así de delicado. Había tratado a Lara como si fuera una subordinada, y no tenía excusa. Ni con empleados de quienes desconocía el nombre se comportaba de una manera tan vil. Quiso salir detrás de ella para pedirle que la escuchara, para disculparse. Quiso decirle que era un ser despreciable por haber dicho aquello, y no ser capaz de ver más allá de su ombligo. Pero no hizo ni lo uno ni lo otro. Tan solo la observó caminar hasta que la perdió de vista, y entonces supo que su disculpa tendría que esperar y que iba a ser muy difícil que Lara llegara a perdonarla.

CAPITULO
VEINTIDOS

Daba igual las veces que se repitiera aquella escena, siempre que regresaba a su casa paterna, Lara se sentía minúscula, pequeñita, una muesca más de la encimera de la cocina sobre la que tantos alimentos preparaba su madre.

Respiró profundamente, contrariada por haber cedido a las presiones de su hermana, pero consciente de que, en el fondo, esto la distraería de su reciente enfado con Esther. Ahora que Lara no compartía la mayor parte de sus almuerzos con la alcaldesa, prefería no tener que pasar las horas de la comida lamiendo sus heridas. Un poco de compañía no le venía nada mal, y Mabel había sido tan insistente que acabó accediendo a la invitación de sus padres.

No obstante, esto no impedía que tuviera malestar de estómago, un humor pésimo y que le sudaran las manos por el mero hecho de estar a punto de llamar al telefonillo. Hacía años que no tenía llaves de la casa de sus padres y tampoco las necesitaba. Ella iba de visita como cualquier extraño. Llamaba a la puerta y esperaba a que le abrieran. Y si no estaban, tampoco le importaba. Tenía la misma actitud al respecto que el repartidor del supermercado del barrio.

—¡Ya está aquí! —oyó que decía Mabel con entusiasmo cuando contestaron al telefonillo. La puerta se abrió y allí empezaba su calvario personal.

Lara cerró el portal a sus espaldas sintiendo tentaciones de volver por donde había venido. Pero ahora ya se encontraba allí, había aceptado, la esperaban, así que hizo acopio de fuerzas y tomó el ascensor hasta el primero. Olía a la maravillosa comida de su madre por todo el rellano y las tripas de Lara crujieron de entusiasmo. Hacía tantos días que no disfrutaba de un almuerzo casero, sano, que incluso su estómago se rebeló en su contra.

Fue su madre quien abrió la puerta de la casa. Ni siquiera se molestó en saludarla. Solo la abrazó con fuerza y le hizo un gesto cariñoso en la mejilla, que Lara recibió con tibieza. Después llegó la confusión. Se acercó su cuñado, con una cerveza fría en la mano, era habitual encontrarlo en esta posición, y su hermana, cargada con su sobrina, que acabó en los brazos de Lara a los pocos segundos. Su padre fue el último en acercarse a saludarla. Lo hizo con una palmada en la espalda que casi le corta la respiración. El señor Badía siempre había querido tener hijos a los que enseñar a dar patadas y puñetazos, con los que ir a los partidos de su adorado Real Madrid. Para su desgracia, había engendrado dos hijas, una de ellas lesbiana, pero que, aunque deportista en su época escolar y habitual de los juegos de chicos, nunca había demostrado demasiado interés por el fútbol. Lara estaba convencida de que su progenitor todavía se hacía cruces por ello.

—¿Cerveza? —le ofreció su cuñado, metiendo la mano en la nevera. Ni siquiera esperó a que Lara asintiera. En pocos segundos tenía a su sobrina en un brazo y una cerveza fresquita en el otro.

La familia estaba reunida en la cocina, a excepción de su padre, que hizo los saludos pertinentes y regresó a su sofá favorito, el más gastado de todos, plagado de toda suerte de manchurrones de diversos líquidos y texturas. Su madre se esmeraba en limpiarlo sin éxito alguno. Eran tantas las horas que su marido pasaba frente al televisor, comiendo cualquier paté untado en una tostada o patatas de bolsa, que sus esfuerzos por combatir la suciedad de esa butaca vieja eran en vano. Echaban fútbol hoy también en la televisión, siempre lo había, para gusto de su progenitor, cuyas exclamaciones se escuchaban claramente desde la cocina. <<Ese cabrón es un genio>>, le oyeron decir, y Lara se imaginó a un Messi o un Ronaldo haciendo una de sus florituras con el balón. Meneó la cabeza con desconcierto. De nuevo aquella sensación inmutable, de nuevo aquel sentimiento de que nada cambiaba, nunca, en casa de sus padres. Estaba segura de que si hubiese regresado en un espacio de veinte años, la recibirían de igual manera, la única diferencia serían las marcas que el tiempo hubiera dejado en los rostros de sus padres.

Miró a su madre y la notó cansada. Tenía ojeras y estaba muy pálida. Quiso preguntarle si se encontraba bien, pero el rencor se lo impidió. Ella la miró con orgullo indisimulado, algo que conseguía ponerle nerviosa, y le sonrió como queriendo decirle <<no pasa nada, cariño, estoy bien>>. A Lara le bastó con esto, dejó que siguiera removiendo el exquisito asado que estaba cocinando.

—¿Y qué? ¿Cómo van las cosas en el partido? —le preguntó su cuñado, que se había colocado a su lado. Él y Mabel siempre se esforzaban en integrarla. Jorge era un hombre risueño y sociable, con quien nunca había tenido problema para relacionarse. Los asuntos del partido le interesaban de un modo superficial, se conformaba con titulares, nada de un análisis concienzudo, así que Lara sació su curiosidad.

—Fatal. Los partidos emergentes van a dar la *campanada* estas elecciones.

—¿Tú crees? —preguntó Mabel con preocupación. Lara solía recibir esta respuesta cada vez que hacía una aseveración similar. Los votantes de toda la vida tenían miedo a los cambios y se aferraban a lo malo ya conocido. Su familia no iba a ser diferente.

Asintió en silencio, sin entrar en más detalles. ¿Para qué? Hacerlo solo significaba gastar saliva. Su familia solía hacerle preguntas vagas, pero en realidad no estaban interesados en su trabajo, así se lo habían demostrado en numerosas ocasiones, cuando una conversación sobre la última serie que acababan de estrenar en la televisión parecía importarles más que el hecho de que la hubieran ascendido. Decidió entonces jugar un rato con su sobrina. Esa criatura inocente era su fortaleza cada vez que hacía una visita a sus padres, un castillo en miniatura entre cuyas murallas Lara podía guarecerse. A menudo prefería centrarse en ella y dejar que los adultos se enzarzaran en conversaciones que carecían de todo su interés.

La comida se sirvió de manera inmediata. Su padre consiguió moverse del sofá a la cabecera de la mesa. No estaba gordo, los años de andamio habían trastocado su metabolismo de modo que nada de lo que ingiriera le afectaba realmente, pero Lara lo encontró más torpe que de costumbre.

—¡Raúl, que te vas a caer! ¡Coge la muleta! —le reprendió su madre. Después se dirigió a Lara: —Se hizo un esguince arreglando una lámpara. Mira que se lo dije, que a su edad ya no puede hacer esos esfuerzos.

—¡Tonterías! Estoy hecho un chaval —replicó él, ufano, como si realmente fuera el único incapaz de advertir las huellas que su esforzado trabajo había dejado en él. Su padre tenía dolores en las articulaciones y problemas de cadera, fruto de las décadas que pasó poniendo ladrillos desde sus dieciséis años.

—Un chaval de casi setenta años —refunfuñó su madre, meneando la cabeza, asiendo un inmenso cucharón que insertó con enfado en el fondo del asado.

Lara asistía a estas batallas dialécticas de sus padres con el menor de los intereses. Hasta donde ella recordaba, eran parte del devenir de sus días. No habrían sido sus padres sin tanta cabezonería.

—Mamá, ¿sabes que Lara es ahora directora de la campaña de la alcaldesa de Móstoles? —les informó Mabel, centrando la atención en ella. Lara le lanzó una mirada de reproche. No deseaba, por nada del mundo, que aquel almuerzo girara en torno a ella.

—Lo sé, me lo dijiste en su día —dijo su madre, y después se dirigió a ella: —Estamos muy orgullosos, hija. ¿Cómo te va en ese nuevo trabajo?

—Me va bien —replicó Lara con sequedad, tenía la boca llena. El asado estaba exquisito y quería más. Estaba a punto de pinchar otra patata cuando observó, por el rabillo del ojo, que su hermana le hacía una seña con la cabeza a su progenitora.

—Mabel nos ha dicho que a lo mejor necesitas ayuda para la campaña —le dijo entonces su madre—. Nosotros —titubeó—, bueno, ya sabes que nosotros estamos libres. ¡Será por tiempo!

—Mamá y papá quieren ayudarte —le aclaró Mabel, para asombro de Lara, que detuvo su tenedor a medio camino de su boca. ¿Aquello iba en serio?

—No sé... no sé de qué manera podrían ayudar —replicó, sin saber qué decir. Aquello no se lo esperaba.

—Tu padre y yo no sabemos mucho de política, hija, pero a lo mejor hay algo que podamos hacer.

—Sí, ya sabes, colgar carteles o cosas así —dijo Mabel.

—Yo soy bueno con la escalera —se sumó su padre.

—Y Jorge y yo también podemos ayudar cuando no estemos trabajando o cuidando a la niña. Incluso podríamos hacer turnos, si es necesario —sugirió de nuevo su hermana.

Lara se encontró de pronto con varios pares de ojos observándola. Parecía que todos estaban esperando a que les diera una señal para empezar a hablar de nuevo. Se quedó embobada, mirándolos sin comprender. Era la primera vez que su familia le ofrecía ayuda. Se sintió tan desarmada que solo consiguió encogerse de hombros y murmurar un <<vale>> apenas audible.

—¡Genial! —exclamó Mabel, siempre entusiasta—. Entonces avísanos cuando llegue el momento y allá nos vamos.

De regreso a su apartamento, Lara todavía no daba crédito a lo que acababa de suceder en casa de sus padres. En cierto modo se había sentido abrumada ante tanto entusiasmo por la campaña. Sus padres eran votantes del Partido Liberal, sí, al igual que su hermana, pero acudían a las urnas de manera mecánica, casi por obligación moral. Ni siquiera se molestaban en descubrir quién era el candidato al que votaban o si existían otras opciones políticas que los convencieran más. Ahora, en cambio, se mostraban entusiasmados por acudir a Móstoles, un Ayuntamiento en el que ni siquiera les correspondía votar, para ayudar con la campaña de Esther Morales.

Lara sabía que este súbito interés no respondía a su pasión por la política y se sintió abrumada al comprender que sus padres solo estaban intentando acercarse a ella, formar, por primera vez, parte de su vida. El nudo que se le formó en la garganta la acompañó hasta la puerta de su casa. Estaba demasiado sensible esos días, pero se negaba a llorar, se lo había prometido a sí misma en el trayecto en metro. No, no lloraría, estaba cansada de hacerlo en lo referente a su familia. Pero cuando cerró la puerta a sus espaldas no pudo evitar que una lágrima rebelde se escurriera por su mejilla. Lara se la limpió con rabia. Maldita Mabel. No sabía cómo lo hacía, pero siempre conseguía ablandarla.

CAPITULO
VEINTITRES

Esther condujo de manera despistada hasta la Casa de Campo. Tal vez había perdido el juicio ya de modo definitivo, porque había quedado allí con su madre para hacer un alto en la campaña y almorzar con ella. Hacía por lo menos un mes que no se veían, y sabía que su progenitora no iba a dejar de quejarse hasta que no le concediera al menos unos minutos de su tiempo.

Durante el trayecto hacia allí, recibió una llamada de Tomás Díez, el jefe del gabinete de Diego Marín, y aunque la atendió enseguida, odiaba cada vez más tener que poner buena cara y fingir que desconocía los tejemanejes del presidente. Tomás le informó de que ya estaba fijada la fecha en la que Diego pensaba hacer un mitin conjunto con ella en Móstoles, y a Esther le habría encantado poder decirle que no hacía falta, que vivían mejor sin estas farsas. Pero eso habría tensado todavía más la cuerda, y no deseaba despertar más rumores sobre su mala relación con Diego. De cara a los votantes, eso no les beneficiaba.

La llamada de Tomás consiguió ponerle de mal humor. Ahora tenía que decirle a Lara que anotara esa fecha en la agenda, y su relación con la periodista estaba tan tensa desde el encuentro en la radio que solo hablaba con Lara de lo estrictamente necesario. Todavía no había encontrado una ocasión para disculparse, y hasta que no lo hiciera, trabajar con ella era un verdadero infierno.

Esther esperaba que su encuentro con su madre le permitiera tener un momento de asueto. Almorzarían algo rico en la cafetería de la Casa de Campo, y después regresaría a Móstoles con nuevas energías. Pero debió haber previsto que su madre todavía no estaba preparada para cejar en su campaña anti divorcio de Quique, la cual, meses después, seguía más viva que nunca, de modo que empezaba a creer que su madre nunca se rendiría.

—Yo solo digo que no le has dado a tu matrimonio una segunda oportunidad —insistió la señora Fantova.

—Mamá, hoy no tengo el día. Si vas a seguir repitiéndome lo mismo, una y otra vez, te juro que me voy —replicó de malas maneras.

Esther perdió la vista en los jardines de la Casa de Campo. Estaban sentadas en la terraza de la cafetería, disfrutando del buen tiempo de los comienzos de la primavera. Un conocido pasó por delante y las saludó con cortesía. Le devolvió el saludo de manera desapasionada. Hoy no estaba haciendo campaña, hoy era simplemente Esther, la mujer cansada de su existencia, con demasiados problemas encima para dedicarle una sonrisa a un mero conocido.

—¿Ves? Ya lo estás haciendo otra vez, hija. ¿Qué te digo siempre? Actitud positiva. Estás cerrada en banda y no escuchas.

—Es que no tengo nada que escuchar. Por más que te lo explico, no entiendes que ya no hay nada entre Quique y yo. No quiero volver con él, y aunque lo deseara, te aseguro que él se encuentra muy a gusto con su vida de soltero.

—¿Qué quieres decir con eso? —se escandalizó la señora Fantova, llevándose una mano al pecho.

—Eso deberías preguntárselo a él o a la joven secretaria con la que se ha estado acostando todos estos meses.

La señora Fantova abrió los ojos como si acabara de tener una revelación. —¿Así que es por eso? ¿Has roto tu matrimonio *solo* porque él se ha echado una canita al aire? Hija... que eso pasa en las mejores familias, no seas ingenua.

Esther no daba crédito a lo que acababa de escuchar. No, por supuesto que esa no había sido la razón por la que había roto su matrimonio, pero le enervaba escuchar esta complacencia en boca de su propia madre, como si todas las esposas del mundo tuvieran que acatar que sus maridos, llegada una edad, iban a tener un *affaire* con cualquier mujer más joven que se les cruzara por delante. Era inadmisible. Le pareció un pensamiento tan caduco, un atentado tan grave contra la integridad femenina, que Esther sintió que le temblaban las manos.

—¿Qué? ¿Por qué me miras de esa manera? —inquirió su madre, sin comprender la mirada de absoluto odio que le estaba dedicando—. No eres la primera ni la última que ha pasado por algo así, pero la clave está en no darle importancia. Los hombres son así, esa es su naturaleza. Si todas rompiéramos nuestros matrimonios por una infidelidad, te aseguro que no quedaría ninguno sobre la faz de la tierra.

Esther sintió tentaciones de irse. Levantarse y dejar a su madre allí sola, en compañía de su vermut y de sus ideas de la Edad Media, pero en lugar de eso solo se acomodó en su asiento, inclinó un poco el torso para que su madre pudiera escucharla bien y sin proponérselo, sin medir siquiera el alcance o las consecuencias de lo que estaba a punto de decir, le espetó:

—No, madre, no he dejado a Quique porque tenga una aventura con su secretaria. O siquiera porque nunca en mi vida llegué a quererle como se debe querer a una pareja. ¿Sabes por qué lo dejé?

—No, pero me encantaría saberlo —afirmó la señora Fantova.

Bien, había llegado el momento. El corazón de Esther latió con fuerza. Pensó que se le iba a salir del pecho. Creyó que no sobreviviría aquella subida de adrenalina que se operó en su cuerpo. Caería fulminada allí mismo, no viviría para contarlo, pero le daba igual. Le importaba bien poco que estuvieran en la Casa de Campo, rodeadas de mujeres aburridas con sus vidas, que dedicaban su tiempo a espiar y escuchar a escondidas conversaciones ajenas; le daba igual que su madre en su vida llegara a entenderlo o a apoyarlo, o que acabara en el hospital por culpa del infarto de miocardio que le provocaría lo que estaba a punto de decir. Le daba igual todo. Había pasado muchos meses aguantando este tipo de comentarios. No, había pasado toda su vida soportándolos y ya era hora de aplicarle un correctivo a su madre, de ser franca consigo misma, de imponer sus propios deseos. Estaba decidida. Ya no había vuelta atrás.

—Pues lo dejé porque me gustan las mujeres —le confesó, sin arrepentirse ni por un momento. Si había cometido el mayor error de su vida, lo sabría después, pero en ese instante no le importó—. Ea, ya lo sabes. ¿Estás contenta? ¿Te parece esa una buena razón para dejar a mi marido?

La señora Fantova no reaccionó de inmediato. Se quedó pálida como una larga vela de iglesia, y pestañeó dos veces, dos, las únicas que le concedió su cerebro después de haber escuchado una afirmación tan descabellada. Después dijo:

—Esther, no bromees con eso. No me hace gracia.

—No bromeo. Es la pura verdad. Pienso pasar el resto de mis días con una mujer, tanto si me apoyas como si no.

—Vale ya con la broma.

—No es una broma, mamá, y yo de ti me iría haciendo a la idea.

Su madre le cogió entonces el antebrazo. Se lo apretó con tanta fuerza que Esther no vio una mano sino la garra de un halcón que acababa de pillar a su presa. Entonces bajó la voz:

—Esther, esto no se lo puedes contar a nadie. Tienes que… tienes que pensarlo. Tienes que darte cuenta de que…

—No hay nada que pensar. Es lo que quiero y lo que debería haber hecho hace muchos años. Por supuesto, no me arrepiento de nada. Gracias a mi matrimonio con Quique tengo dos hijos maravillosos, pero no puedo vivir eternamente en una farsa. En algún momento debo empezar a vivir mi vida como deseo vivirla y esto es lo que quiero.

La señora Fantova estaba sudando. Miró hacia ambos lados para asegurarse de que nadie podía escucharlas. Esther hablaba muy alto, era consciente de ello, pero ya le daba igual si algún insidioso podía oírla. Estaba poniendo la primera piedra del edificio de su vida y quería que fuera sólida para que aguantara todas las que vendrían a continuación.

—Esther, sé razonable —insistió su madre—. Muchas mujeres pueden llegar a fantasear con algo así cuando se sienten solas, pero la homosexualidad no es el camino. ¡Las mujeres no somos así!

Esther abrió los ojos con sorpresa. —¿Qué dices?

—Que las mujeres no tenemos esa... *naturaleza*. Está comprobado que la sodomía da placer y muchos varones nacen con esas inclinaciones, pero las mujeres... Dos mujeres juntas no tienen nada que hacer, salvo que ninguna de ellas haya encontrado un buen partido y no les quede más remedio que *conformarse* con eso.

—Madre, esta conversación acaba aquí. —Esther se levantó en ese instante. Era preferible irse a sincerarse acerca de lo que sus teorías le sugerían.

De todos modos, por más que lo intentara, ella no iba a comprenderlo. Tenía su mentalidad, completamente errónea, totalmente trasnochada, y era como una piedra inamovible, Esther lo sabía. Daba igual cuántas veces lo intentara o qué argumentos empleara para hacerle cambiar de opinión. Su madre nunca la entendería, así que le bastaba con que estuviera al corriente de cómo iba a ser su vida a partir de entonces. Si quería aceptarlo, sería maravilloso; si no era así, mala suerte.

—¡Esther Morales, siéntate inmediatamente! —le ordenó su madre. Estaba fuera de sí, lo supo cuando empleó el tono que solía usar cuando era pequeña y pretendía disciplinarla.

—No, mamá, no voy a sentarme para escuchar más tonterías. Te agradezco infinitamente que me des tu punto de vista, pero mi manera de sentir no va a cambiar. A partir de ahora vas a tener que aceptar que yo soy la dueña de mi vida, tanto si te gusta como si no. —Se inclinó para darle un beso en la frente—. Aun así, quiero que sepas que te quiero. Espero que disfrutes del resto de tu día. Hablamos pronto.

Dicho esto, se alejó de la mesa en la que la señora Fantova lucía la cara de mayor desconcierto que había experimentado en su vida. Esther en ningún momento se giró o arrepintió de lo que había sucedido. Ya estaba hecho, y cuando llegó al aparcamiento en donde estaba su coche comprendió que había tomado la decisión correcta. Nunca antes se había sentido tan ligera, tan libre e inmensa.

Allí empezaba una nueva vida para ella. La primera piedra ya estaba puesta y aunque se sentía feliz por ello, por un momento deseó que Lara estuviera allí para verlo.

CAPITULO
VEINTICUATRO

La precampaña electoral iba según lo previsto. Lara estaba contenta con los resultados que estaban obteniendo en las redes sociales, y con el hecho de que, cada día más, los vecinos de Móstoles hablaban de Esther Morales.

Como no existían las encuestas que midieran estas conversaciones a pie de calle, la periodista utilizaba técnicas rudimentarias de medición como, por ejemplo, mantenerse siempre alerta. Cuando iba a una cafetería, escuchaba con atención las conversaciones que establecían los mostoleños. España era un país donde los problemas se arreglaban a pie de barra de bar, así que Lara solo tenía que estar atenta para recibir toda una suerte de opiniones muy valiosas que luego le servían para orientar la campaña.

Por lo general, se pedía un Red-Bull, se quedaba un buen rato en la barra, y esperaba a que empezara la fiesta. Siempre había algún cliente que sacaba el tema de la política, y por lo general el nombre de Esther, que al ser la alcaldesa, solía salir a colación con rapidez. Lara escuchaba con atención estos debates espontáneos que entablaban los vecinos y, aunque las opiniones eran muchas y de diversos colores, tantos como partidos, le quedaba clara una cosa: su mensaje estaba calando.

Los muchachos y ella se estaban esforzando mucho para dejar claro que una cosa era Francisco Carreño y otra muy diferente Esther Morales. Querían desvincularla de todo lo que tuviera que ver con la legislatura del previo alcalde, y poco a poco lo estaban consiguiendo, lo sabía porque en estas conversaciones callejeras siempre había alguien que decía <<Ya, pero la Morales no es Carreño>> o <<a mí Carreño nunca me cayó bien, pero Morales parece diferente>>. Cuando escuchaba estas aseveraciones, Lara sabía que estaban yendo por el buen camino. Las encuestan de intención de voto habían cambiado ligeramente en las últimas semanas, estaban en ascenso a favor de Esther, y ahora que habían asentado las bases, tocaba sacar a la candidata a la calle, a lidiar con los vecinos.

Lara no tenía muy claro cómo iban a hacer esto. Por experiencia sabía que los mítines que daban los partidos en los diferentes barrios de las localidades eran avisperos de gente del propio partido. Servían para poco más que para mantener vivo el espíritu de los afiliados, porque ningún ciudadano de a pie se acercaba a estos mítines. Ellas querían ir un poco más allá, hacer que los vecinos no tuvieran miedo de acercarse a Esther, de increparla, incluso, si era necesario, pero el sistema para hacerlo no les quedaba demasiado claro.

Estaban debatiendo sobre ello de camino al gremio de taxistas de Móstoles. Estas visitas a las asociaciones y colectivos de la localidad eran tediosas y una trampa para ratones. A menudo los diferentes representantes las utilizaban para dar rienda suelta a sus frustraciones. Las amas de casa se quejaban de no recibir ayudas suficientes; los constructores, de las burocracias de las administraciones y de la crisis que reinaba en el país, y los taxistas se quejarían con toda seguridad de la subida de tasas, la cual beneficiaba al consistorio, pero a ellos les perjudicaba porque el taxi se estaba convirtiendo en un bien de lujo, que pocos ciudadanos utilizaban ya.

Todos los candidatos de los partidos se mostraban reacios a reunirse con estos colectivos. Era un trance por el que no les apetecía pasar, pues en el fondo debían mentirles y asegurarles que les iban a beneficiar si llegaban a la Alcaldía, cuando la realidad era bien distinta. Pero había que hacerlas, era un imperativo de cada campaña para no ofender a estos grupos de poder, y aunque tanto Esther como Lara lo sabían, la perspectiva de pasar otra tarde escuchando demandas y reproches, prometiendo lo imposible y dialogando con quien no deseaba dialogar sino ser beneficiado, les resultaba agotadora.

—¿Y qué les digo si me preguntan por el precio de la bajada de bandera?

—Que te reunirás con ellos para debatirlo —replicó Lara. La periodista siempre prefería una respuesta políticamente correcta como esta, que prometer lo imposible.

—Ya, pero lo que no quiero es mentirles.

—No tienes por qué hacerlo, Esther. Solo tienes que ser razonable con ellos y esquivar posibles respuestas que te puedan perjudicar. No prometas nunca aquello que no puedes cumplir.

—Eso no lo he hecho jamás ni pienso hacerlo.

—Bien, porque otros lo hacen, y puede que les beneficie momentáneamente, pero a la larga les acaba perjudicando —replicó Lara.

—No tengo nada en el programa para los taxistas, ¿verdad? —se preocupó Esther. Llevaba su programa electoral en la mano. Lo habían redactado e impreso semanas antes de esta visita, pero seguía dándole vueltas al asunto, poco convencida como estaba de su contenido.

Lara había tratado de explicarle algo que la mayoría de los ciudadanos pasaba por alto, y es que los programas electorales de los partidos solían ser un compendio de vaguedades. No es que tuviera nada en contra de esto, pero su sugerencia con Esther fue que incluyera en él no solo cosas que pudiera conseguir, sino muy especialmente objetivos que supiera cómo conseguir. <<Es decir, yo puedo poner que me planteo establecer la paz mundial —le explicó—, pero obviamente no sé cómo conseguirla, así que directamente la omitiría>>. Esther hizo caso a sus sugerencias, pero cada vez que hacían una de estas visitas se arrepentía de no haber incluido algo que beneficiara a estos colectivos.

—Esther, no te lo tomes a mal, pero no eres una ONG. Está bien que quieras beneficiar a todo el mundo como alcaldesa, y debes aspirar a ello, pero no es necesario que incluyas en el programa punto por punto lo que quieres hacer. Recuerda que es importante el factor sorpresa —afirmó—. Si lo cuentas todo ahora, ¿qué vas a guardar para cuando seas alcaldesa?

—*Si* llego a ser alcaldesa —puntualizó Esther.

—*Cuando* seas alcaldesa —insistió Lara.

Esther puso los ojos en blanco. No la culpó. Ella también estaba un poco cansada de esta nueva tensión que existía ahora entre ellas.

—Llegamos pronto —dijo, consultando su reloj de pulsera.

Estaban ya a la entrada del gremio de taxistas y no parecía haber ningún movimiento alrededor. La puerta se encontraba cerrada, quedaba media hora para el encuentro.

—¿Te apetece tomar un café? —propuso Esther, señalando la cafetería de al lado.

Lara dudó unos segundos, decidida como estaba a no tener ni un solo momento de asueto con la alcaldesa, aunque en esta ocasión supuso que un café no era terreno resbaladizo. A fin de cuentas, estaban esperando para mantener una reunión, y si la conversación se desviaba, estaba en sus manos reconducirla a temas profesionales.

—De acuerdo.

Advirtió el gesto de sorpresa de Esther, pero no hizo ningún comentario. Era la primera vez desde la entrevista de la radio que aceptaba tomarse un café con ella.

Entraron en la cafetería, y se sintieron felices de ver que solo había un cliente apostado en la barra. Resultaba agotador entrar en cualquier local de Móstoles, porque la gente de inmediato reconocía a la alcaldesa, y aunque ella se desenvolvía bien rodeada de vecinos e incluso era deseable que interactuara con ellos, a Lara estos encuentros le causaban cierta tensión. Siempre había alguien que le hacía una pregunta incómoda, y le daba la impresión de que estas apariciones públicas eran similares a lanzar un toro a la arena. El público nunca aplaudía al toro, sino al torero que lo torturaba.

—¿Qué tomas? ¿Un Red-Bull? —le preguntó Esther.

—No, pide tú, yo no tengo ganas de nada —dijo Lara de forma distraída, consultando los periódicos del día. Se los sabía casi de memoria, pero para ella eran una forma de escudarse detrás de algo para entablar el mínimo de conversación.

La alcaldesa pidió su consumición, un café bien cargado, y tomaron asiento en una de las mesas más apartadas de la barra. Fue Lara quien decidió abrir un tema de conversación para asegurarse de que mantenía el control:

—Todavía no me has dicho cómo quieres que hagamos lo de acercarte a los vecinos. Hay que tomar una decisión cuanto antes —le dijo.

—Ah, ya —dudó Esther—. He estado pensando sobre las diferentes posibilidades, pero todavía no lo tengo claro.

—Supongo que la única manera es hacer una especie de mítines callejeros. Está muy de moda eso.

—Ya, pero no sé, me parecen un poco invasivos. ¿Qué se supone que debo hacer? ¿Plantar un micro enfrente de un supermercado y ponerme a hablar?

—Sí, algo así. La gente se parará a escucharte, y si te escuchan ya tenemos medio camino recorrido.

—No sé, nunca he hecho algo así.

—Bueno, plantéatelo como una nueva experiencia. —Lara dejó el periódico a un lado y entrelazó los dedos—. Los de los partidos emergentes lo están haciendo y les está dando buenos resultados. No veo por qué a ti no debería de dártelos.

—Porque soy del Partido Liberal.

—¿Y qué?

—Que para ellos no es lo mismo —protestó Esther—. No me perciben como uno de los suyos, sino como el enemigo, como una mujer de clase social alta que está intentando venderles la moto de que entiende sus problemas.

—Pero tú sí entiendes sus problemas. Esa es la diferencia. Ballesteros puede decir lo que quiera, pero tiene esa pinta de banquero que genera rechazo. Si se pusiera a dar un mitin en la calle, es muy probable que acabaran abucheándole. Pero tú no eres como él, la gente lo ve, se acercan a ti cuando vas a los sitios. Es buena señal.

Lara se encogió de hombros. Le parecía evidente la diferencia entre uno y otro candidato de los partidos mayoritarios. Esther no era como Ballesteros. Aunque tenía carácter y cualquiera podía verlo, se trataba también de una mujer cercana, a quien sus propios vecinos no percibían como una estrella de la política, alejada de las vicisitudes y problemas que condicionaban sus vidas. La periodista quería sacar partido de esto, y aunque entendía los miedos de Esther, estaba convencida de que no había motivo para tenerlos.

—Bueno, supongo que no me queda otra alternativa, así que adelante con ello —se conformó Esther—. Veremos cómo va el primero de los mítines y, según eso, hacemos.

—Perfecto, empezaré a organizar un calendario mañana mismo.

En ese momento quedaban todavía quince minutos para que diera comienzo la reunión. A Lara le parecía que ya era tiempo prudencial para personarse en la sede de la Asociación de Taxistas. Se lo propuso, pero Esther le dijo que prefería esperar un poco más.

—Quería hablar contigo de una cosa, aprovechando que nos estamos tomando un café —le comentó, activando todas sus alarmas. Lara no necesitó que le dijera lo que estaba a punto de hacer, lo tenía claro.

—Espero que sea algo *de la campaña*.

—No es sobre la campaña de lo que quiero hablarte, Lara —puntualizó la alcaldesa—. Y lo sabes.

Lara giró la cabeza hacia otro lado. Se sentía incómoda y quería irse. Le daba igual lo que Esther le dijera, su actitud no iba a cambiar. Ella era su jefa, su jefa y nada más.

—Solo quería pedirte disculpas por mi comportamiento —siguió hablando Esther—. Lo hice mal aquel día en la radio. Tenías razón, debería haberme dado cuenta de que tú también puedes tener días malos. No lo hice, y no sabes cuánto lo siento. Estaba tan enfadada... no debería haberte tratado así.

—No tienes nada que sentir. Estoy aquí para trabajar y ese día no cumplí con mis obligaciones. La culpa es solo mía.

—Lara, por favor...

La periodista se mordió el labio inferior. Le costaba un mundo tener que mostrarse así de firme. Había demasiada historia entre ellas, una historia, a la postre, inacabada, o al menos, con un final demasiado incierto. En aquel momento hubiese dado cualquier cosa por odiarla. Así le sería más fácil tener que mantener el tipo cuando estaba recibiendo una disculpa que parecía sincera. Pero ella no odiaba a Esther Morales. Lo había intentado, pero no lo conseguía. Lo único que le ocurría es que ya

168

no deseaba sufrir más, y para ello necesitaba protegerse de la Esther política. La Esther persona ya era harina de otro costal.

Estaba a punto de insistir en que no había nada de lo que hablar, ni motivos para disculparse, cuando el móvil de Esther empezó a sonar. La alcaldesa le hizo un gesto con el dedo para atender a la llamada. Quedaban diez minutos para la reunión, y Lara empezaba a ponerse nerviosa ante la perspectiva de llegar tarde.

Advirtió que Esther ponía cara extraña a los pocos segundos de mantener esa conversación. La alcaldesa se levantó y empezó a mirar en redondo, como si buscara algo. La propia Lara la imitó, pensando que se trataba de alguien del partido que se iba a sumar a ellas. Pero no fue capaz de ver a nadie, y se preocupó al ver su cara desencajada. Esther se había quedado muy pálida, fantasmagórica, y sus labios se convirtieron una fina línea que hacía imposible distinguir el superior del inferior.

—De acuerdo, sí, sí, lo entiendo, no te preocupes —dijo entonces Esther.

Lara frunció el ceño. ¿Qué estaba ocurriendo? Lo supo casi enseguida. La alcaldesa colgó en ese instante el teléfono. La miró con aprensión.

—¿Qué ha pasado? ¿Quién era?

Esther suspiró con fuerza. —Carreño.

—¿El exalcalde? —se extrañó Lara.

Esther asintió. —Quiere verme. Cuanto antes. Dice que es urgente.

—¿Y qué le has dicho?

—He quedado con él después de la reunión.

—Esther, podría ser una trampa.

—Lo sé.

—¿Y entonces?

—Pues tendremos que averiguarlo. Sonaba importante.

Lara no supo qué decir. Esther tenía razón, tendría que averiguarlo, pero le dio la sensación de que nada de lo que Francisco Carreño pudiera ofrecerles podía ser bueno. Solo tuvo la certeza de que aquel encuentro traería problemas, muchos problemas.

CAPITULO

VEINTICINCO

La reunión con los taxistas terminó antes de lo esperado. Sus representantes intentaron alargarla, pero Esther hacía rato que no les prestaba atención. Su mente seguía fija en la idea de encontrarse con Carreño y nada de lo que le estaban diciendo conseguía apartarla de ella. Se sintió mal cuando se despidió de ellos, deprisa y corriendo, con el pretexto de que tenían una cita importante a continuación, porque de veras quería escuchar las demandas de los vecinos, por muy descabelladas o absurdas que fueran. Deseaba estar allí para ellos, y que la vieran como una aliada, no como el enemigo, pero a veces debía simplemente asumir el hecho de que solo era humana y, como tal, el encuentro con Francisco Carreño la había puesto tan nerviosa que al final no fue capaz de estar a la altura con el gremio de los taxistas.

—Después de esta reunión, no me extrañaría que me odiasen —le comentó a Lara mientras ambas aceleraban el paso. La reunión con Carreño se iba a mantener muy cerca de allí, ni siquiera necesitaban el coche para ir a su encuentro.

—No es para tanto. Has estado peor que en otras ocasiones, pero creo que les has gustado —replicó Lara, con su positivismo innato.

Esther no estaba segura de que se estuvieran dirigiendo al sitio correcto. Carreño la había citado en una tasca cerca de allí en la que no había estado antes. El nombre del local ni siquiera le sonaba, debía de tratarse de una especie de tugurio al que los concejales no iban nunca, porque conociendo a Carreño no se iba a exponer a quedar con ella en una cafetería del centro. Al llegar a la siguiente calle, Esther vio el letrero del establecimiento. "La Traidora", se llamaba, y pensó que se trataba de un nombre muy apropiado, dadas las circunstancias.

Llevaba casi un año sin ver a Francisco Carreño. Si no recordaba mal, el último día había sido en el pleno de abdicación del exalcalde. Después de eso, no volvió a haber ningún contacto entre ellos, ninguna llamada. Y Esther no podía evitar sentirse culpable por haberle dado completamente la espalda a su amistad.

Francisco Carreño era una persona caída en desgracia política. El partido se lo había quitado de en medio tan aprisa como había sido posible, y su nombre solo se pronunciaba ahora en contextos negativos, para resaltar el daño que había hecho al municipio, pero nunca los beneficios que había traído a Móstoles, los cuales también existían. Esther se sentía mortificada por ello. Si algo la caracterizaba, era que siempre había sido amiga de sus amigos, una persona fiel, que estaba disponible para los tiempos de cosecha, pero también para los de escasez. Pero con Carreño no le había sido posible. Una de las primeras exigencias tanto de Lara como del partido había sido que cortara toda la comunicación con él y su esposa, algo que le resultó duro de llevar a cabo, pues a Paco y Melita, hasta el momento los contaba en su lista de amigos íntimos. Sabía que Melita no había encajado bien su decisión de alejarse, porque un día que se encontraron en la calle, no fue capaz ni de saludarla. Esther hizo el ademán de acercarse a ella, pero la esposa de Carreño le giró la cara con desdén y siguió andando. No obstante, la alcaldesa no la culpaba por ello, con toda probabilidad ella habría hecho lo mismo en una situación parecida.

Ahora, varios meses después, iba a tener que enfrentarse a su padrino político cara a cara, y se sentía nerviosa, fuera de su elemento, con dudas de si debía pedirle disculpas o mostrarse a la defensiva. Los rumores decían que Francisco Carreño estaba ahora apoyando a su delfín, Rodrigo Cortés, y Esther quería ser cautelosa. Por muchos lazos que hubiesen tenido en el pasado, por muchas cenas compartidas con sus respectivas parejas, lo cierto era que desconfiaba de Carreño. Lo hacía por el simple hecho de que nunca habría esperado de él que estafara tantísimo dinero público para beneficiarse a sí mismo y, sin embargo, eso había ocurrido, delante de ella, delante de todos. Si había podido hacerlo y engañar hasta a sus amigos más cercanos, lo consideraba capaz de cualquier cosa y quería estar alerta para cualquier eventualidad.

Carreño ya se encontraba en "La Traidora" cuando ellas llegaron. Esther le reconoció enseguida, aunque estuviera de espaldas a la entrada, sentado en un taburete de la barra. Se acercó a él y hundió dos dedos en su hombro para que se girara.

—Morales —dijo el exalcalde tan pronto la vio. Se inclinó para darle los besos—. Te agradezco que hayas venido. Sé que estos días andas muy ocupada. —Carreño señaló una página del periódico que tenía abierto sobre la mesa. En ella aparecía una foto de ella durante su visita a la Asociación de Empresarios.

—Hola, Paco. ¿Te acuerdas de Lara? —Esther se echó a un lado para permitir que Lara y el exalcalde se estrecharan la mano—. Está haciendo la campaña conmigo.

—Sí, la recuerdo. Mantuvimos una charla un día en mi despacho, ¿no es así?

—Así es —terció Lara.

—Lara, no te ofendas por lo que voy a decir, pero lo que tengo que hablar con Esther es de suma importancia. Si pudieras darnos unos minutos...

Lara asintió con la cabeza e intentó echarse a un lado para dejarlos a solas, pero Esther la detuvo agarrando su antebrazo. —Paco, cualquier cosa que me tengas que decir, puede escucharla Lara también. Ella es de mi entera confianza —arguyó.

Francisco Carreño torció el gesto en signo de desacuerdo, pero comprendió que no le iba a dar otra opción. Si quería hablar con ella, tendría que hacerlo en presencia de Lara, eso era todo.

—Bien, si lo tienes tan claro, por mí no hay ningún problema. ¿Nos sentamos? —sugirió él, indicándoles una mesa. Esther la miró con suspicacia—. No te preocupes, el dueño también es de mi entera confianza, por eso te he citado aquí.

Los tres tomaron asiento entonces en una de las mesas. "La Traidora" era, como Esther suponía, un café residual, de baldosas amarillentas, escasa ventilación y peor luminosidad. Se preguntó qué habrían dicho los periodistas si hubieran sabido de esa reunión en un lugar semejante; parecían tres esbirros a punto de cerrar un trato de dudosa legalidad.

—Y bien, querías verme —dijo, directa como siempre.

—No tan deprisa, Morales. ¿Qué os apetece tomar? —Carreño le hizo un gesto al camarero para que se acercase.

—Un café, solo. Gracias.

—Yo tomaré un Red-Bull.

—A mí ponme un gin-tonic —pidió Carreño. El camarero se fue detrás de la barra para servirles lo que habían pedido—. Dime, Esther, ¿cómo te van las cosas? Veo por los periódicos que no pintan nada mal. Desde luego, has estado peor que ahora.

—No me puedo quejar. Lara ha diseñado una buena campaña y estamos esperando recoger algunos frutos, aunque la cosa está complicada.

—Las cosas siempre han estado complicadas en Móstoles. —Carreño cabeceó con tristeza—. Todavía me acuerdo de esas durísimas campañas que hicimos antes de que me eligieran alcalde. ¿Las recuerdas?

Esther no quería ser maleducada o descortés, pero no estaba allí para tomar la carretera de los recuerdos. Estaba allí porque él le había citado para decirle que tenían que tratar un asunto de suma importancia, y la ansiedad estaba empezando a consumirla. Lo último que deseaba era empezar a recordar batallas pasadas que ahora mismo le eran indiferentes. Estaba arriesgando mucho al acceder tener ese encuentro con Carreño. Tal vez el dueño de "La Traidora" era de su entera confianza, pero cualquiera podía haberles visto entrar, cualquiera podía llamar a la prensa para filtrar este encuentro, y si eso ocurría a Carreño le daba exactamente igual, él estaba fuera de la política, pero Esther iba a tener que dar muchas explicaciones. Demasiadas. No estaba dispuesta a arriesgarse de ese modo por su culpa.

—Paco, todo eso que me cuentas está muy bien y lo recuerdo con muchísimo cariño. Pero, entiéndeme, no tengo ahora tiempo para ponerme a recordar viejas campañas. Me estoy jugando el pellejo por venir aquí a verte. Lo comprendes, ¿verdad? —le explicó Esther.

—No, Esther, créeme: el que se está jugando el pellejo por citarte hoy aquí soy yo.

Lara y ella intercambiaron miradas de incomprensión.

—¿Qué quieres decir? —inquirió Esther.

—Que si vuestro amigo Diego Marín —Carreño las señaló a las dos— se entera de este encuentro, tú tendrás problemas políticos, pero yo acabaré con los huesos en la cárcel. ¿Comprendes? De sus influencias depende que mi juicio sea favorable o que me metan en chirona.

Esther pestañeó con sorpresa. Todo el partido presuponía que Marín estaba moviendo hilos para que la sentencia de Carreño no fuera tan dura como la ley marcaba. Lo que no sabía era la gravedad de lo que el exalcalde tenía que decirle, si contarlo podía provocar que el presidente le retirara su apoyo.

—Bueno, pues tú dirás —se suavizó Esther—. Los dos tenemos mucho que perder, así que lo mejor será ir al grano. Cuéntame.

En ese momento llegó el camarero con sus consumiciones. Carreño sacó dinero del bolsillo para pagarle y esperó a que se fuera para retomar la conversación. Esther siguió con avidez toda la escena. Se le estaba agotando la paciencia, quería saber cuanto antes el motivo de aquella improvisada reunión.

—El asunto es más sencillo de lo que parece. Sabes que Rodrigo Cortés acaba de crear un partido político.

—Sí, todo el mundo está al corriente.

—Cierto —siguió hablando Carreño—, lo han divulgado a los cuatro vientos. El caso es que te preguntarás cómo un tipo como Cortés puede financiarse una campaña como la que está haciendo. Verás, su sueldo como concejal no era malo, pero todos esos carteles, esas cuñas en la radio que va a contratar... —Carreño suspiró—. Demasiado dinero para un simple concejal, ¿no crees?

Esther y Lara intercambiaron una mirada sin comprender a dónde pretendía llegar el exalcalde con estas afirmaciones. Sí, era cierto que Cortés estaba invirtiendo muchísimo dinero para dar a conocer al nuevo partido. Lara se había enterado de que tenía contratadas decenas de anuncios en radio y televisión, así como vallas publicitarias para cuando diera comienzo oficialmente la campaña. Y Cortés no estaba escatimando recursos. Allá donde miraras, estaba algo relacionado con su nuevo partido, pero, a decir verdad, Esther nunca se había preguntado de qué manera financiaba el exconcejal toda esta artillería propagandística. ¿Amigos constructores, quizá? ¿Algún banquero con quien había hecho un pacto? Carreño tendría que ser un poco más explícito para que lo comprendieran.

—Es mucho dinero, claro. ¿Pero qué tiene que ver esto con...?

Carreño le hizo un gesto con el dedo para que se detuviera. —Esther, eres una gran política, pero tienes un gran fallo. Si me permites un consejo, te sobra pasión y te falta paciencia. Déjame que acabe de contarte.

Esther se removió incómoda en su asiento. No le gustaba que le dieran consejos que no había pedido ni lecciones de vida, aunque Carreño tuviera razón. Su gran fallo siempre había sido la impaciencia, incluso de pequeña, cuando se cogía rabietas por el simple hecho de que sus padres no se apuraban para abrir los regalos de Navidad. Suspiró hondo y dejó que Carreño continuara hablando:

—Cortés no tiene ningún amigo con ese dinero, ni lo tendrá nunca como siga así —les explicó—. Ese hombre no tiene mesura y ningún hombre de negocios con dos dedos de frente se fiaría de él. ¿Entiendes lo que te quiero decir?

No, Esther no entendía absolutamente nada. Cuanto más hablaba Carreño, más confundida estaba. Pensó en hacerle preguntas, pero había otra cuestión que la torturaba y tenía que saberlo cuanto antes.

—Pero yo pensaba que tú estabas tras la candidatura de Cortés, que le estabas apoyando —le confesó, sin comprender.

—No, Esther, te habrán dicho muchas cosas para despistarte, pero hace tiempo que yo aparté a Cortés de mi lado. Al principio reconozco que me dejé engatusar. Parecía un muchacho prometedor. Pero con el tiempo se acaba conociendo a la gente y Cortés es un lobo con piel de cordero. Creía que ya lo sabías.

—Sí, pero...

—Veo que no estás entendiendo nada de lo que intento explicarte —se lamentó Carreño, dando un sorbo a su gin-tonic.

—Si pudiera ser más específico, se lo agradeceríamos —intervino Lara por primera vez. Hasta ese momento la periodista había preferido mantenerse al margen. Escuchó con atención, pero nada más.

Carreño suspiró con cansancio. Posó su vaso sobre la mesa y se relamió los labios. —Lo que intento decir es que la campaña de Cortés está siendo financiada por el Partido Liberal. Diego Marín es quien le está dando el dinero.

Esther abrió los ojos con sorpresa. Aquello no podía creerlo. Es decir, todos sabían que Diego deseaba acabar con ella, y que esa era la razón por la que había dado orden al gerente provincial de no dedicar ni un solo euro a su campaña. Pero una cosa era cerrar el grifo de Móstoles, y otra muy diferente abrirlo para financiar la campaña de otro partido. Lo miraras por donde lo miraras, eso era algo ilegal.

—¡Pero eso es ilegal! ¡No puede hacerlo!

—Esther, querida, estamos hablando del presidente de la Comunidad de Madrid. Puede hacer lo que le venga en gana —replicó Carreño, sonriendo con cinismo.

Cuando la miró, Esther advirtió que Lara estaba igual de estupefacta que ella. La periodista se había quedado con la boca entreabierta y la mirada perdida, como si de pronto estuviera encajando todas las piezas.

—Entonces, quieres decir que…

—Quiero decir que Marín no está escatimando dinero en pagarle la campaña a Cortés, todo con tal de quitarte de en medio.

—¿Y tú cómo lo sabes? ¿Cómo puedo fiarme de que lo que dices es cierto?

Francisco Carreño se encogió de hombros. —Tengo mis fuentes, y te aseguro que son buenas, pero si no quieres creer ni una palabra de lo que te estoy contando, adelante, estás en tu derecho a hacerlo.

Esther entornó los ojos con suspicacia. Una parte de ella quería creer lo que el exalcalde le estaba contando, pero su lado más racional le advertía de los peligros que eso entrañaba. Carreño podía estar allí por cualquier motivo. Podía ser incluso un enviado del propio Marín, para tenderle una trampa. ¿Qué ganaba él contándoselo? Nada. Absolutamente nada.

—¿Qué ganas tú contándome todo esto, Paco? ¿Por qué me lo cuentas si corres tantos riesgos?

—Pues por el simple hecho de que, aunque no te lo creas, Esther, te aprecio, y no me gusta un pelo lo que están tratando de hacer con mi municipio. Puede que yo hiciera las cosas mal en el pasado y tendré que arrepentirme de ello para siempre. Pero todavía estoy a tiempo de hacer algo bien, eso es algo de lo que he sido consciente recientemente. Si de mí depende que una víbora como Cortés no se convierta en el alcalde de Móstoles, haré todo lo que esté en mi mano para impedírselo. —Carreño consultó entonces su reloj de pulsera—. Y ahora creo que ya es hora de dar esta reunión por concluida. Vienen mis hijos con los nietos para cenar y no quisiera tenerles esperando. Ha sido un placer veros de nuevo, especialmente a ti, Esther. Le daré saludos a Melita de tu parte. Mucha suerte en la campaña.

Dicho esto, Francisco Carreño se despidió afectuosamente y salió a la calle con sombrero y gafas de sol, para no ser reconocido. Esther pensó que debía de ser un infierno para él soportar todos los insultos de sus vecinos, aunque se los tuviera bien merecidos.

Ella y Lara no salieron de su asombro hasta un minuto después, cuando se dieron cuenta de que la reunión había concluido. Esther miró a la periodista en busca de respuestas, pero no las encontró.

—¿Qué opinas sobre lo que nos ha dicho? —inquirió.

—Que es muy posible que esté mintiendo, pero también es muy posible que todo lo que dice sea verdad.

—¿Prevaricación, Lara? ¿Un tipo como Marín? Yo no le conozco tan bien como tú, pero no le veo arriesgando tanto el cuello solo por deshacerse de alguien insignificante como yo.

Lara se encogió de hombros. —Aunque no te lo creas, eso de financiar a otros partidos, aunque esté terminantemente prohibido, es algo muy común. No es la primera vez que lo veo. Aunque te concedo que Diego tiene que estar muy desesperado para hacer algo así. Te tiene miedo, Esther. Él solo se quita de en medio a quienes pueden hacerle sombra.

—Lara, seamos francas: el único motivo de que quiera deshacerse de mí es porque no consiguió llevarme a la cama y eso le fastidia.

—No, y porque le retaste y plantaste cara —puntualizó Lara—. Nadie le hace eso a Diego Marín, nadie se atreve, ¿es que no lo ves?

Esther tenía dudas de que eso fuera así, pero el motivo, ahora, en realidad era lo menos importante. A la alcaldesa lo único que le preocupaba era descubrir hasta qué punto Francisco Carreño les había dicho la verdad.

—¿Tienes manera de averiguar si lo que ha dicho Carreño es cierto?

Lara tamborileó los dedos contra la mesa. —Puedo intentarlo —afirmó—, pero no te prometo nada. Va a ser complicadísimo conseguir que alguien hable.

—Bien, pues inténtalo, por favor. Quizá podamos hacer algo con esa información.

Lara sacudió la cabeza, pensativa. La inquina de Marín hacia Esther estaba tomando visos peligrosos. Si era verdad que el presidente estaba dispuesto a correr estos riesgos solo para quitarla de en medio, ¿dónde estaba el límite? ¿Hasta dónde pretendía llegar Diego? Esther miró a Lara en busca de respuestas, pero su mirada atemorizada solo le dejó clara una cosa: estaba tan asustada como ella.

CAPITULO
VEINTISEIS

El encuentro con Francisco Carreño, si bien consiguió generarles una nueva inquietud, no fue óbice para que la precampaña se detuviera. Lara tenía la esperanza de poder hallar la manera de descubrir algo más en relación con el tema. Conocía a varias personas del entorno del presidente, aunque sabía que ninguna se jugaría su puesto de trabajo desvelando una información tan delicada como esta. Por supuesto, estaba la baza de Juan Devesa, aunque Lara no deseaba ponerle en esa tesitura. Juan tenía dos hijos que alimentar y una mujer desempleada. Pedirle un favor así era como invitarle a que firmara gustoso la cartilla del paro. Los riesgos que correría la persona que desvelara cualquier tipo de información al respecto eran altos, y al tratarse de algo tan peliagudo, no estaba segura de que Juan estuviera informado. Casi con toda seguridad el presidente se habría guardado las espaldas. A lo mejor ni siquiera Tomás lo sabía. No obstante, no descartaba la baza de Juan Devesa si las otras vías se le cerraban. Si al final se decidía, tendría que llevarlo a cabo con la máxima discreción, en un entorno en el que nadie imaginara una conversación semejante entre ellos y, por supuesto, sin hacer uso de los teléfonos móviles. Así que Lara apartó por el momento esta cuestión de su lista de quehaceres y se centró en los actos de precampaña.

Dispuesta a aprovechar la situación privilegiada de Esther, la periodista organizó varias ruedas de prensa de última hora en las que la alcaldesa podía vender su gestión al frente del Ayuntamiento de Móstoles. La ley impedía a los partidos políticos hacer cualquier tipo de publicidad electoral hasta dos semanas antes de la votación, pero como alcaldesa, Esther podía hacer todas las ruedas de prensa que quisiera siempre y cuando se tratara de un asunto de interés público.

Todo ciudadano sabía que tras este tipo de presentaciones había un claro mensaje político, y Esther no estaba demasiado de acuerdo con esta estrategia, lo cual provocó nuevos roces entre las dos mujeres.

—¿Otra rueda de prensa? —protestó la alcaldesa al salir de la última en la que informó sobre la disminución de la delincuencia en Móstoles durante su mandato—. Esto es ridículo.

—¿Por qué ridículo? —preguntó Lara con cansancio.

—Porque esto deberíamos haberlo hecho antes, no ahora que están cerca las elecciones —protestó Esther, mientras se dirigían hacia las dependencias de Alcaldía—. Es decir, estamos haciendo lo mismo que el resto de los partidos: se avecinan las elecciones y nos dedicamos a repartir promesas o alardear de lo que hemos hecho por la ciudad. Pero no es correcto.

—¿Por qué no?

—Bueno, ¿no es esa la labor de un alcalde? —insistió Esther con ahínco—. Se supone que para eso te han contratado, para hacer bien tu trabajo, ¿no crees? No hay por qué ir proclamándolo a los cuatro vientos.

—Entiendo lo que quieres decir —comentó Lara, tratando de seguirle el paso. Esther caminaba tan rápido que le estaba costando—, pero así son las cosas. Los ciudadanos no tienen memoria, necesita que le recuerden lo que has hecho por ellos.

—No estoy tan segura de que eso sea cierto —replicó Esther con tozudez—. Si un alcalde ha hecho bien su trabajo, estará a la vista, cualquier ciudadano podrá verlo. No creo que sean tan tontos o desmemoriados como pensamos.

—¿Y qué propones hacer? —inquirió Lara con enfado—. ¿Cruzarte de brazos y desaprovechar el hecho de que eres alcaldesa? La campaña va bien, Esther, pero no estamos para tirar cohetes.

Esther hizo un gesto de hastío, pero Lara advirtió que empezaba a comprender. A veces podía ser tan testaruda que sentía ganas de tirar la toalla. La periodista consultó su reloj.

—Yo me voy a la sede —le informó—, han llegado las papeletas y quiero revisarlas.

—En ese caso, creo que yo me quedaré aquí —replicó Esther, igual de cortante que ella—. Ve tú a lo de las papeletas y después ya hablamos.

Lara arqueó las cejas con desconcierto. Era la primera vez que la alcaldesa se desentendía de la campaña, aunque en el fondo no debería haberle sorprendido tanto. La tensión entre ellas estaba empezando a ser insoportable, y el sentimiento era mutuo: Lara tampoco deseaba su compañía. Además, les podía venir bien darse un respiro. Pasaban tantas horas juntas que lo único que conseguían era empeorar las cosas.

—De acuerdo, como quieras. Entonces nos vemos luego —se despidió Lara.

La actitud de la alcaldesa había cambiado desde el día en el que intentó disculparse con ella, Lara podía notarlo. Esther había pasado del arrepentimiento a la culpa, y ahora al enfado. Se comportaba como si estuviera sumida en un accidentado viaje de montaña rusa, y a Lara le incomodaba tener que aguantar estos repentinos cambios de humor.

Entendía que Esther estuviera decepcionada, pero ella no podía esperar que todo cambiara solo con pedirle perdón. Lara estaba dolida, y aunque aceptaba sus disculpas, no deseaba que las cosas volvieran a ser como antes. Ahora más que nunca tenía claro que Esther no estaba preparada para tener una relación con una mujer, y se negaba a exponer su corazón como lo había hecho durante el fin de semana que fueron al cine. Ellas dos nunca habían sido amigas, en eso Esther tenía razón. Tampoco amantes, porque pasar una sola noche con ella no podía calificarse como tal. Solo eran jefa y empleada, y Lara pretendía seguir comportándose como tal. Además, tenía cosas más importantes que hacer que atender las rabietas de Esther Morales.

La sede provincial había mandado las papeletas de la votación el día anterior. Lara tenía que coordinar un equipo que las meterlas en sus respectivos sobres, para tenerlas preparadas el día de la elección. Por lo general, eran los afiliados quienes solían ocuparse de esta tarea, pero la falta de ayuda y la estampida que provocó la creación del partido de Rodrigo Cortés, les obligaba a hacerlo ellos mismos.

Belén, la secretaria del partido local, ya estaba en la sede cuando ella llegó. A Lara le sorprendía que Belén siempre estuviera disponible. La secretaria no parecía dedicarse a otros menesteres que no fueran el Partido Liberal, y a menudo se preguntaba de dónde sacaba el dinero para costearse su cara vestimenta o el mantenimiento del descapotable en el que la había recogido cuando se conocieron. Lara la saludó de manera fría, todavía contrariada por su última conversación con Esther.

—Ya han llegado las papeletas —le informó Belén, nada más verla.

—Lo sé. Ramón me llamó para comentármelo. ¿Habéis organizado a la gente para empezar a embucharlas? —Miró alrededor. La sede estaba desolada. Solo había un par de chiquillos sentados frente a sus ordenadores.

—Te estaba esperando.

Lara sintió deseos de gritar para desahogarse. Estaba teniendo una mala semana, y le desesperaba la falta de iniciativa de los colaboradores del partido, los cuales siempre necesitaban de su aquiescencia incluso para hacer algo tan simple como meter una papeleta en un sobre.

A Lara no dejaban de acumulársele las tareas. Al haber asumido el papel de jefa de prensa, así como el de directora de campaña, tenía tantas tareas pendientes que su agenda empezaba a parecerse al diario de un lunático. Le costaba conciliar el sueño por las noches, ocupada como estaba en repasar sus quehaceres para el día siguiente, y el cansancio le estaba convirtiendo en un ser taciturno e irascible. Lara no era una persona colérica, pero en aquel momento sintió ganas de zarandear a Belén y gritarle para que se espabilara.

Resignada, se acercó a las cajas que el mensajero había apilado contra una de las paredes de la sede. Eran decenas. Solo por lo abultado del envío, supo que tardarían días en acabar de meter todas las papeletas en sus respectivos sobres. Abrió la caja más cercana y extrajo una para comprobar que los nombres de la candidatura estaban bien impresos. No había ningún error, para su alivio. De lo contrario, tendrían que haberlas devuelto a la sede porque cualquier voto con una errata podía ser considerado nulo, y no quería saber lo que le diría el gerente si lo hacía. La sede provincial era quien costeaba la impresión de las papeletas. Lara imaginaba que Diego no había querido exponerse a levantar sospechas entre los empleados de la imprenta o de la sede provincial.

—Son cientos —se lamentó sin dirigirse a nadie en concreto. Belén se dio por aludida.

—Lo sé, en las elecciones anteriores tardamos una barbaridad en tenerlas listas.

Lara inspiró hondo de pura frustración. Las papeletas representaban un grave problema de organización. Si les pedía a los chavales que se ocuparan de esto, entonces no tendría a nadie al frente de las redes sociales. Y si no lo hacía, tendría que buscar a gente que se prestara a ayudarles, ¿pero quién? Los integrantes de la lista no eran una opción; la mayoría de ellos trabajaban. Y ella no podía detener los actos de la campaña para ponerse a embuchar papeletas. Barajó la posibilidad de llevárselas todas a casa y hacerlo por las noches, pero se trataba de una idea descabellada. Si se privaba de más horas de sueño, acabaría teniendo serios problemas para acabar esa campaña.

Seguía dándole vueltas a las diferentes posibilidades cuando Belén interrumpió sus pensamientos.

—¿Lara? —la llamó con cierto temor.

La periodista se dio la vuelta, contrariada. Por toda respuesta se limitó a alzar las cejas.

—Hay unas personas en la puerta que preguntan por ti —le informó.

—¿Por mí?

—Sí.

—Pregúntales qué quieren, hazme el favor.

—Yo creo que es mejor que salgas tú a recibirles.

Lara puso los ojos en blanco. De veras no podía creer que nadie fuera capaz de hacer su trabajo. Si no podía recibir un recado, ¿para qué estaba ella allí? Enfadada, dejó la papeleta de cualquier manera sobre una caja y se encaminó a la puerta de entrada. Cuál sería su sorpresa cuando, al estar a escasos metros, advirtió la presencia de tres personas que no se esperaba.

—¡Sorpresa!

Lara pestañeó varias veces para constatar que no estaba teniendo una alucinación.

—Mabel, ¿qué haces tú...?

Su hermana extendió los brazos para darle un abrazo. —¿Venimos en un mal momento? Podemos volver más tarde —le dijo, envolviéndola en sus brazos.

Lara vio por encima de su hombro que sus padres también estaban allí. Frunció el ceño sin comprender.

—¿Qué estáis haciendo aquí?

—Hemos venido a ver si podíamos ayudar. Jorge quería venir también, pero tiene turno de mañana. Si puede, se pasará más tarde.

—No hacía falta. Es decir, yo...

—Seguro que podemos ayudarte con algo —insistió su madre—. Mabel nos ha dicho que estáis muy solos con la campaña.

Lara miró a su madre. Ella parecía decidida a quedarse. Pero después observó a su padre, convencida de que encontraría algún gesto de fastidio en él. Le sorprendió verle charlando animadamente con Belén.

—Tu padre seguro que también puede hacer algo —comentó su madre, como si acabara de leer sus pensamientos.

—¿Y bien? —intervino Mabel—. Danos algo que hacer, ¿no? ¿O nos vas a tener esperando todo el día?

Lara sonrió. Nunca había sido una persona religiosa, pero si Dios existía, acababa de escuchar sus plegarias. Se remangó la camisa y les hizo una seña para que la siguieran hacia las cajas de papeletas. Apenas podía creer su propia suerte.

CAPITULO
VEINTISIETE

Esther se emocionó al recibir una llamada de su hijo. Luis quería desearle suerte porque estaba enterado de que esa noche empezaba oficialmente la campaña. Era la noche de la pegada de carteles, y Esther tenía muchos flecos que atender antes de salir a la calle.

—¿Nerviosa? —se interesó Luis.

—Mucho, no te voy a mentir —replicó Esther, que en ese momento se estaba poniendo la chaqueta para ir a la sede. Los carteles acababan de llegar. El gerente los había enviado a última hora y Esther estaba segura de que no se trataba de una casualidad—. No tiene nada de especial, pero ya sabes que siempre me pongo un poco nerviosa cuando hay algo así.

—No te preocupes, ya verás como todo sale bien.

—Claro que sí, gracias, hijo.

—Oye, el otro día me llamó la abuela. La noté preocupada. Dice que estás muy cambiada.

Esther fue presa de un escalofrío involuntario al oír estas palabras. Había estado tan ocupada lidiando con sus propios problemas, que casi había olvidado la tensa conversación que mantuvo con su madre. La señora Fantova no había vuelto a llamarla desde su almuerzo en la Casa de Campo, y Esther no sabía cómo tratar este tema. Conociendo a su madre, estaba segura de que ella tendría que dar el primer paso. La señora Fantova era demasiado orgullosa, terca y retrógrada para comprender que su decisión no obedecía a un capricho puntual. Seguramente, se pensaba que Esther lo hacía para molestarla, o para hacerle pagar por obligarle a casarse con Quique. Ahora estaría conciliando el sueño a base de pastillas. Le llenaba de tristeza imaginársela en este estado, pero al mismo tiempo le irritaba que empleara su tiempo libre en llamadas que solo conseguirían inquietar a sus hijos.

—Luis, ya sabes cómo es tu abuela. No hace falta que te lo diga.

—Ya, pero...

—¿Te ha dicho por qué piensa que estoy muy cambiada? —preguntó Esther con el corazón en un puño. Cabía la posibilidad de que su madre se lo hubiese contado, aunque eso habría sido impropio de ella. La vergüenza le impedía hablar de según qué temas. La señora Fantova

183

acostumbraba a tapar y ocultar lo que ella consideraba una vergüenza para la familia.

—No, lo único que me ha dicho es que estás muy rara. ¿Seguro que te encuentras bien?

—Me encuentro perfectamente, cariño. Solo un poco cansada por culpa de las elecciones. En cuanto llegue el día de la votación, estaré como nueva.

—Vale, me quedo más tranquilo. Pero, mamá, si hubiera algo de lo que quisieras hablarme, me lo dirías, ¿verdad?

—Sí, Luis. No te preocupes por nada.

—Bueno, pues mucho ánimo con la presentación. Vas a estar genial, ya lo verás.

Esther sonrió enternecida por las palabras de su hijo. Luis demostraba tener una confianza ciega en ella, la cual no estaba segura de merecer, aunque siempre la recibía con alegría. Se despidieron en ese momento, porque debía estar lista para la presentación y cada segundo que pasaba conseguía ponerla más nerviosa.

Se miró por última vez en el espejo del baño para aplicar un poco de colorete a sus mejillas, pero se quedó con la brocha de maquillaje suspendida en el aire como si acabara de ver un fantasma. Esther contempló el espejo de manera ausente, hasta que las líneas de su reflejo quedaron difuminadas, borrosas, mientras pensaba en la conversación con su hijo. En lo que su abuela le había insinuado porque Esther no tenía el coraje para decírselo.

En breves momentos volvería a ver a Lara, y sin embargo, el encuentro no le producía ninguna dicha. Unas semanas atrás se sentía feliz cada vez que veía a la periodista, pero su relación había cambiado tanto, estaban tan distanciadas, que ya ni siquiera tenía coraje para pedirle que le ayudara a redactar un simple discurso. Esther echaba de menos las épocas en las que se sentaban juntas a redactar sus intervenciones, cuando podía contar con ella de manera incondicional y no restrictiva como sucedía ahora.

Lara había cumplido con su palabra. Se comportaba como la perfecta empleada, pero una empleada, a fin de cuentas. Si la llamaba por la noche, nunca le cogía el teléfono. Tan solo le enviaba un mensaje para asegurarse que todo estaba en orden. Los almuerzos con ella ya no existían, y ni hablar de proponerle que se tomaran algo tras una dura jornada de trabajo. Esther estaba pagando caro su error; la echaba de menos, porque Lara era mucho más que una amiga o su jefa de prensa.

Lara era una compañera de vida, y con su comportamiento lo había estropeado todo.

La periodista tenía razón cuando la acusó de estar huyendo. En realidad, se había vuelto toda una experta en el arte de huir. Ni siquiera era capaz de contarle la verdad a su hijo Luis, quien seguramente sería el más comprensivo de todos. Y en el fondo sabía que si se lo había contado a su madre fue solo para fastidiarla.

Esther había perdido demasiadas cosas ese último año. Su matrimonio, estabilidad, su casa, su papel en el partido… todo había cambiado. Y tenía tanto miedo a perder su carrera política que estaba consintiendo que la opinión de los demás le dijera cómo vivir. A quién querer. Cuándo querer. Y por culpa de esto, estaba perdiendo a Lara.

Se preguntó si de veras sería demasiado tarde para disculparse, para demostrarle que le importaba más que cualquiera otra cosa, porque en ese momento sintió que ya le daba igual todo. Si los ciudadanos la votaban o no. Si Diego ganaba su batalla contra ella o la perdía. Le dio igual que su madre la ignorara desde su almuerzo en la Casa de Campo, o incluso que acabara de mentir a su hijo, disfrazándolo todo de perfecta normalidad. A Esther Morales lo único que le preocupó en ese momento era que tenía que ir a la sede y que sabía que allí se encontraría a una Lara fría, huraña, a una Lara que solo era su empleada.

Su relación con había experimentado tantos vaivenes que a veces era como caminar sobre cristales rotos. Se había convertido en un largo camino plagado de cristales rotos que solo un avezado faquir sería capaz de cruzarlo con éxito. Las dos lo habían intentado en numerosas ocasiones, pero nunca conseguían llegar al otro lado sin sufrir heridas.

Posó las manos en el lavabo con cansancio. Si hubiese sido por ella, habría cancelado todos los actos previstos para esas dos últimas semanas. Pero sabía que les debía un respeto a las personas que la estaban apoyando, a sus compañeros de candidatura, así que sacó fuerzas de flaqueza, acabó de aplicarse el colorete y se fue directa a la sede.

CAPITULO
VEINTIOCHO

—Esto es todo lo que tenemos.

Lara sujetó uno de los carteles en el aire y se lo enseñó a Esther, entre divertida y preocupada por lo que acababa de suceder. La sede provincial les había enviado los carteles tarde, a última hora, y ahora sabían por qué. Eran tres, literalmente, ni uno más. Tres carteles en los que, además, Esther salía tan desfavorecida que parecía una persona completamente diferente. Ni rastro de sus preciosas facciones o de su sonrisa confiada. Era como si el gerente provincial, o tal vez el propio Diego, se hubieran asegurado de escoger la peor de sus fotografías para perjudicarlas todavía más.

—¿Tú crees que importa tanto si salgo mal? —le preguntó Esther, inspeccionando el póster con la cabeza ladeada—. Porque podíamos utilizar al menos uno de ellos esta noche. Es que no sé qué sentido tiene ir a una pegada de carteles sin carteles.

Lara se encogió de hombros. Ella no era analista política, pero imaginaba que si los asesores de campaña insistían tanto en que los candidatos salieran favorecidos en las fotografías, tenían buenos motivos para hacerlo.

—Más que valorar si sales mal o bien, lo que me preocupa es que vas a ser la única candidata con tres carteles —replicó Lara con desfallecimiento—. Podríamos imprimir algo más decente, porque los chicos han hecho unos montajes muy bonitos con tus fotos, pero no creo que nos dé tiempo.

Esther se dirigió hacia uno de los ordenadores con prisa. —Enséñamelos.

—¿El qué?

—Los montajes esos, enséñamelos. Creo que he tenido una idea.

Lara no estaba muy convencida, pero le enseñó los montajes diseñados por los jóvenes del partido. Los había muy arriesgados, pero algunos eran realmente buenos, si querían, podían usarlos como carteles electorales.

—¿En qué estabas pensando? Porque ninguna imprenta nos va a imprimir ese volumen de carteles antes de media noche. Y además, tampoco tenemos dinero.

—No hará falta. ¿Qué te parece si vamos a la pegada, pero le decimos a los periodistas que nuestra campaña va a seguir siendo virtual?

—¿Qué quieres decir? —se interesó Lara.

—Pues que podemos asistir a la pegada de carteles tradicional, a lo mejor pegar una de estas atrocidades —Esther señaló el cartel que les había enviado la sede— y decirles que ese va a ser el único póster de mi campaña, que el resto seguirá haciéndose todo por Internet. ¿Te parece una idea horrible?

Lara barajó las posibilidades durante un segundo, no le hizo falta más para convencerse de que la alcaldesa acababa de tener una gran idea. —Es una buenísima idea, Esther. Avisaré a los chicos para que a partir de las doce se pongan a compartir estos diseños por las redes sociales.

—Bien, y yo me llevo uno de estos. —Esther cogió uno de los carteles que había enviado la sede provincial—. ¿Te importa si ahora me voy a casa y nos vemos después? Estoy realmente cansada y quería aprovechar que hoy no tenemos más actos para tumbarme un poco.

—Sin problemas, yo también descansaré un rato. A las once estaré por aquí. Nos vemos entonces.

—De acuerdo, hasta luego.

Lara se quedó un rato más en la sede, revisando el trabajo que estaban haciendo los muchachos en las redes sociales. En pocas semanas habían conseguido triplicar el número de seguidores, aunque esperaban tener muchos más cuando diera comienzo la campaña. Se acercó a Ramón y le explicó la estrategia a seguir esa noche.

—Cuando den las doce, os ponéis a compartir estos diseños. —Lara le señaló una carpeta que había dejado en el escritorio de su ordenador—. No hace falta que estéis todos aquí, pero lo que sí sería importante es que organizaras un grupo para que ellos lancen los primeros montajes —le aconsejó—. Yo vendré después, cuando acabe el acto de la pegada de carteles.

—Sin problemas —replicó Ramón—, tengo a un par de trasnochadores a los que no les importará quedarse.

—Toma. —Lara extrajo unas llaves de su bolsillo—. Quédate con mis llaves de la sede por si os vais antes de que yo llegue. Yo le pediré las suyas a Esther. Y ahora, deberíais descansar un poco vosotros también.

Lara se despidió de ellos y puso rumbo a su casa, deseando poder prescindir del coche. Estaba cansada de tener que aguantar los atascos de entrada y salida de Madrid, los cuales se hacían menos llevaderos a medida que pasaban los días.

La falta de descanso provocaba que condujera distraída, y en un par de ocasiones había estado a punto de tener un susto al volante. Pero ahora su mente estaba centrada en su sofá. Aprovecharía las horas que restaban hasta las once para relajarse y hacer un par de llamadas. Tenía pendiente contactar con Fernando, pues su mejor amigo estaba a punto de mudarse a Madrid, y ella ni siquiera había tenido tiempo para interesarse por su regreso.

Lara no veía el día en el que todo acabara por fin. Las elecciones. Su vínculo con el partido. Incluso su relación con Esther. Despedirse de ella le iba a provocar una gran tristeza, pero estaba convencida de que se trataba de lo correcto. Cada vez tenía más claro que su futuro se encontraba muy alejado del Partido Liberal, y no podía esperar a que llegara el día en el que pudiera, por fin, poner tierra de por medio.

Quince días, se dijo a sí misma. Quince días más y sería libre como el viento.

CAPITULO

VEINTINUEVE

Esther aprovechó su tarde para ponerse en contacto con su abogado. Quique seguía reclamándole la parte proporcional que le correspondía de la casa, y esto agotó su paciencia. <<Dile que los dos estamos en la puñetera escritura, y que eso es lo que al juez le vale. Que deje de molestar y firme de una vez el acuerdo, por Dios santo>>, le ordenó a su abogado, cansada de las tonterías de su marido, que esos días no parecía tener más ocupación que la de hacerle la vida imposible.

Estaba por ver si Quique se atrevía a cumplir su amenaza, pero Esther no tenía ahora tiempo para detenerse a pensar en las conspiraciones de su ex. Faltaban solo dos semanas para que acabara la campaña, así que ya lo pensaría después, si para entonces todavía no habían llegado a un acuerdo al respecto.

A quince días de las elecciones, Esther se encontraba orgullosa de la campaña que habían hecho. A pesar de los pocos medios económicos de los que disponían, sus mensajes estaban calando, aunque a menudo se preguntaba si sería suficiente con esto. A fin de cuentas, no se estaban enfrentando solamente a la oposición, sino a un legendario partido capitaneado por el poderoso Diego Marín, y la alcaldesa no conocía ningún experimento de esta índole que hubiera salido victorioso en el pasado.

De todos modos, ahora la suerte ya estaba echada. Tan solo podía confiar en su don para acercarse a la gente y en el buen hacer de su equipo, que trabajaban con ahínco, a pesar de no recibir nada a cambio. Aunque solo fuera por ellos, quería estar centrada y dejarse la piel esos últimos quince días.

Todavía era temprano cuando salió de su casa con su único cartel electoral enrollado debajo del brazo. No necesitaba el coche para ir adonde se dirigía y pensó que le vendría bien dar un paseo nocturno que le permitiera despejarse. Cruzó la Calle Cristo y saludó a un par de personas que la reconocieron. Hacía una noche espléndida, y a pesar de la polución, se podían ver algunas estrellas en lo alto del firmamento.

Esther sintió tentaciones de pedirles un deseo como hacía cuando era niña y se quedaba mirando embobada la luna llena, prendida por su hechizo, preguntándose quién viviría en ella, si sus habitantes serían azules como el oscuro cielo nocturno, o plateados como la luz que emitía el astro. Pero al final tan solo sonrió ante un pensamiento tan infantil como el que acababa de tener. Los milagros no existían. Eran las personas quienes los hacían posibles con su esfuerzo y su trabajo.

La legendaria Plaza del Pradillo se encontraba a apenas unas manzanas de su casa. En ella solía tener lugar la tradicional pegada de carteles a medianoche, el día en el que daba comienzo oficial la campaña. Esa madrugada los representantes de todos los partidos, liberales y conservadores, consolidados o emergentes, se daban cita en un mismo lugar para que fotógrafos y cámaras pudieran captar la imagen de sus líderes fingiendo pegar un cartel en el que aparecía su propia cara.

A Esther le resultaba una tradición de lo más extraña, y se preguntaba qué pensarían los ciudadanos que pasaban por allí y veían a decenas de personas de todos los colores políticos, cargados con cepillos, carteles y cubos rebosantes de pegamento líquido. Seguramente, creerían que habían perdido el juicio, y en cierta manera era así, porque la mayoría estaba esperando para empapelar la ciudad con la cara del candidato de su partido. A Esther le parecía ridículo ver a adultos de todas las edades, corriendo por el municipio para llegar los primeros a paredes y marquesinas, con el objetivo de estampar en ellos gigantescos carteles con la cara de sus líderes.

Pero esa era la tradición, y la triste locura en la que se veían sumidos los integrantes de los partidos. Nadie parecía entender que los ciudadanos no iban a votar a uno u otro candidato solo por la frecuencia con la que vieran su cara de camino a casa. Votarían, en cambio, a la persona cuyo mensaje les tocara el corazón, la más cercana, la más sensata e igualitaria. Tal vez pecara de ilusa, pero Esther estaba convencida de ello cuando torció por la calle Antonio Hernández y comprobó a lo lejos que ya había gente en la plaza.

Al verles se alegró más que nunca de contar con un cartel, uno solo, que pegaría como símbolo de rebeldía hacia esas campañas tradicionales diseñadas única y exclusivamente para los ya convencidos. Esther buscó entre la multitud, pero no fue capaz de encontrar a Lara. En otra época la habría llamado para pedirle que se apresurara, pero ahora simplemente se sumó a los miembros de su candidatura, que ya se estaban reuniendo en torno a la Fuente de los Peces, uno de los monumentos más emblemáticos de la localidad.

—¿Preparada para dar batalla? —le preguntó Lucía Santos, una de las caras nuevas que componían su candidatura.

—Eso siempre. Ahora, cuando venga Lara, ella os explicará el planteamiento de esta noche, pero quiero que vayáis sacando vuestros teléfonos móviles, por si acaso.

Los integrantes de la candidatura siguieron sus instrucciones, aunque no entendieran por qué era necesario tener sus móviles en la mano. Lara apareció entonces, casi sin resuello, como si hubiera corrido para llegar hasta allí.

Esther la miró sin disimulo alguno. Le gustaba cuando sus mejillas se encendían de aquella manera y le hacían parecer más niña. Sintió ganas de tomarla entre sus brazos, acariciarle el pelo y abrazarla muy fuerte hasta que su respiración se normalizara de nuevo. Sintió su ausencia de una manera tan honda que se asustó de sus propios sentimientos.

—¿Todo bien? —le preguntó Pablo López, que la miraba fijamente—. Se te ha cambiado la cara.

Esther pestañeó con fuerza. —Perdona, Pablo, ha sido solo un mareo, pero ya estoy bien. Solo estoy cansada.

Pablo asintió y miró su reloj. Quedaban tan solo quince minutos para la medianoche y la plaza se encontraba tan abarrotada de gente que Esther no era capaz de saber si los periodistas ya estaban allí.

Echó una ojeada en derredor, y vio entonces a Ballesteros, rodeado de los suyos. El candidato de la oposición tenía un cepillo en la mano y le estaba riendo las gracias a uno de sus concejales. Una pila inmensa de carteles esperaba ser pegado a su lado.

También estaba allí Rodrigo Cortés, y Esther sintió un escalofrío al verlo. Era la primera vez que se encontraban en un mismo espacio desde que ella le apartó, y aunque no hacía demasiado, la alcaldesa tuvo la sensación de que había pasado mucho tiempo, casi como si esos recuerdos pertenecieran a otra persona o incluso a otra existencia.

Los acompañantes de Cortés también contaban con una buena pila de carteles electorales y durante unos segundos dudó al advertir este despliegue publicitario de los otros partidos. Ellos cargaban con cientos de carteles. Esther solo tenía uno. Estaba bien enrollado bajo su brazo, y era tan ligero que casi se había olvidado de su existencia. En ese instante de duda se preguntó si había tomado la decisión correcta. A lo mejor tendrían que haber impreso varios, de la manera que fuera... A lo mejor todos se burlarían de que estuvieran allí con las manos vacías...

Pero su momento de vacilación se evaporó enseguida, tan pronto vio a Lara, seguida de un nutrido grupo de periodistas. A Esther no le dio tiempo de avisar a sus demás compañeros. Al cabo de unos instantes estaba rodeada de cámaras y de plumillas que le lanzaban preguntas de todo tipo:

—Morales, ¿qué le ha llevado a tomar una decisión así de arriesgada?

—¿Es consciente de que se trata de la primera vez que alguien del Partido Liberal hace esto? —le espetó otro.

—¿Qué le ha dicho el presidente? ¿Apoya su decisión?

Esther no daba abasto con las preguntas. Los componentes de los otros partidos se giraron en su dirección para saber qué estaba pasando. Lara tuvo que poner orden entre los periodistas para que ella pudiera contestar a todas las preguntas. Estaban realmente intrigados en el giro que el Partido Liberal de Móstoles le estaba dando a su campaña, pues se estaban saltando todas las pautas establecidas por los partidos tradicionales.

Ballesteros y Cortés empezaron a ponerse nerviosos con la atención que estaban recibiendo.

—¡Son las doce! —bramó el líder de la oposición en un intento desesperado de llamar la atención de los periodistas.

Nadie le prestó atención. Los periodistas estaban solo centrados en la candidatura del Partido Liberal, cuyos miembros estaban ahora posando para las cámaras con sus teléfonos en la mano como símbolo de su campaña viral, tal y como les había indicado Lara previamente.

Sucedió todo tan rápido que Esther no fue capaz de controlar sus impulsos. Acababa de tener una idea y era muy arriesgada, como todas las que ingeniaba últimamente, pero en ese momento creyó que podía funcionar. Así, en un acto más impulsivo que racional, desenrolló el único cartel electoral que se había llevado y lo rasgó delante de las cámaras. Los fotógrafos enloquecieron.

—Nuestra campaña es diferente —anunció la alcaldesa—, y no necesitamos propaganda para convencer a los ciudadanos de que nos apoyen.

Los integrantes de la candidatura de Esther comenzaron a aplaudir. Lara puso un gesto de sorpresa, pero sonrió con timidez. Los otros partidos comenzaron a perder la paciencia. Furioso, Cortés increpó directamente a Esther:

—¡Estúpida palabrería de alguien que trabaja a la sombra de Carreño! —le gritó.

Pero la alcaldesa no se molestó en responderle. Sabía que el exconcejal solo estaba interpretando su papel. Quería llamar la atención de los periodistas a toda costa, y de paso, descalificarla si tenía ocasión. Pero su trabajo allí estaba hecho. Cortés podía decir lo que le viniera en gana. Dio las gracias a la prensa y dio orden a los demás para que abandonaran la plaza de manera pacífica.

—¿Te fijaste en la cara que puso Cortés? ¡Estaba enfadadísimo! —le dijo a Lara cuando la multitud se dispersó, y los demás se fueron a sus casas. Se habían quedado solas y estaba tan pletórica que por un momento se olvidó de que apenas se hablaban.

—Ha sido muy arriesgado hacer eso, Esther —respondió Lara—. Ya veremos lo que dicen los periódicos mañana. Por no hablar de lo que dirá el presidente cuando se entere.

—Me da igual lo que opine Marín. Si quería una campaña tradicional, que nos hubiera enviado más carteles —razonó la alcaldesa, aunque consciente de que había sido un acto bastante temerario por su parte.

—Bueno, yo me voy a la sede, a ver si Ramón y los demás siguen por allí.

—Te acompaño.

—No es necesario, Esther.

—Ya lo sé, pero quiero acompañarte —insistió. No estaba dispuesta a dejar a la periodista con toda la responsabilidad. Ella también quería implicarse.

Mientras caminaban hacia la sede, Esther no pudo evitar tener la sensación de que algo pesado flotaba en el aire. Esos días le pasaba a menudo, siempre que se quedaba a solas con Lara. Era como si sobre sus cabezas pendiese el peso de una charla nunca mantenida. Quiso tener la valentía suficiente para sacarle de nuevo el tema, para pedirle disculpas y confesarle que no quería perderla. Pero estaban a pocos metros de la sede, y vio que las luces se encontraban encendidas. Los muchachos seguirían allí, y no tendrían intimidad.

Lara entró en la sede seguida de la alcaldesa. Cinco integrantes del ala juvenil del partido se encontraban allí, gestionando las redes sociales. Cuando Ramón las vio, corrió hacia ellas con entusiasmo.

—¡Está en todas partes! —les anunció con emoción—. ¡Todo el mundo habla de lo que has hecho esta noche! ¡Ha sido increíble!

Esther y Lara intercambiaron una mirada de preocupación. Se acercaron al ordenador de Ramón para comprobarlo con sus propios ojos. La noticia había estallado como la pólvora. Miles de usuarios estaban comentando en las redes sociales que la alcaldesa de Móstoles había rasgado su propio cartel electoral.

—¿Esto es bueno? —preguntó Esther en un titubeo. Ella no podía entender la magnitud de aquel asunto—. ¿Nos beneficia?

—¡Claro que lo es! —afirmó Ramón con entusiasmo—. ¡Es la hostia!

—Bueno, tenemos que dejar que ruede un poco más —trató de razonar Lara—. Ahora mismo está en un estado embrionario y puede pasar cualquier cosa. Ramón, habéis hecho un gran trabajo esta noche, pero ya es tarde. Dile a tus chicos que vayan acabando.

—Claro, nos vemos mañana —dijo el muchacho.

Lara se dirigió entonces a ella: —Si no te importa, me gustaría analizar lo que están diciendo con más detalle. Si quieres, tú también puedes irte.

—No, prefiero quedarme.

—Esther, es tarde, y mañana empiezan los mítines callejeros.

—Me da igual, esto parece importante y quiero quedarme.

—De acuerdo, como quieras —claudicó Lara, alzando las manos en señal de redención.

Se acomodaron entonces en el escritorio de Lara. La periodista empezó a pasar mensajes con el cursor de su ratón. La lista parecía interminable. Aunque ya era tarde, el asunto se había convertido en *trending topic*, y todas las personas conectadas a aquellas horas a las redes sociales ya sabían lo que acababa de suceder en Móstoles. Esther los leyó con atención. Su impresión general fue que la gente estaba recibiendo la noticia de forma positiva, aunque de vez en cuando surgiera entre la masa alguien que ponía el grito en el cielo, en especial los militantes de otros partidos.

Las dos mujeres se encontraban tan absortas en la lectura que no se dieron cuenta de que se habían quedado solas en la sede. En un momento dado, Esther retiró la mirada del ordenador. Le picaban los ojos de mirar fijamente la pantalla. Entonces se percató de que la sede se había quedado vacía.

—¿Tú te has enterado cuando se han ido?

—¿Se han ido? —replicó Lara distraída.

—Sí.

La periodista echó un vistazo por encima de la pantalla. Las sillas estaban vacías, los ordenadores apagados. Lo único que revelaba vida en el interior de la sede eran las luces.

—¿Ramón? —trató de llamarlo Esther, por si estaba en el baño. El chico no contestó.

—No insistas, se han ido. —Lara se levantó y estiró los brazos con cansancio—. Y nosotras deberíamos irnos también. Es tarde.

—No —se opuso Esther, consciente de que si no aprovechaba esta oportunidad para hablar con Lara, quizá ya no tuviera otra en el futuro. Se habían quedado solas y era necesario que charlaran de una vez por todas. O al menos, así lo deseaba Esther.

—¿Cómo que no? —objetó Lara—. No tiene sentido que nos quedemos más tiempo. Hasta que no salgan los periódicos de mañana, no podremos saber cómo han recibido la noticia los medios.

—Los periódicos me dan igual, lo que quiero es hablar contigo y resolver esto de una vez.

Esther se mordió el labio con nerviosismo. Confiaba en que Lara atendiera a razones. Que aunque solo fuera durante un instante, volviera a ser la mujer paciente y comprensiva que un día conoció. Que hablaran y resolvieran sus tiranteces. Pero, en lugar de eso, Lara solo puso los ojos en blanco y le respondió sin disimular el cansancio que este tema le producía:

—Esther, no hay nada de qué hablar, de verdad. ¿Por qué no lo dejas estar?

—Porque ni siquiera me has dado opción a explicarme. O a disculparme.

—Ya te disculpaste el día que vimos a Carreño. Y ya te lo he dicho: acepto tus disculpas, pero no creo que haya nada más de lo que hablar. Las cosas están bien como están y no deseo que cambien.

La tozudez de Lara conseguía exasperarla. Darse de cabezazos contra un muro era una actividad mucho más placentera que intentar convencerla de que existía otra manera de hacer las cosas. De todos modos, Esther estaba dispuesta a insistir todo lo que hiciera falta. Incluso pensó en sincerarse allí mismo, abrirle su corazón en ese momento y contarle todo lo que sentía por ella. Ya le daba igual si esto conseguía asustarla.

Pero entonces Lara se dirigió al cuadro de luces y bajó los plomos de la sede.

—¿Qué haces? —inquirió Esther, momentáneamente cegada por la súbita oscuridad.

—Irme a casa. Ha sido un día muy largo y las dos necesitamos descansar.

En este punto exacto Esther perdió la poca paciencia que le quedaba. Cuando sus pupilas se acostumbraron a la oscuridad, cogió el bolso de la mesa y se dirigió con enfado a la puerta:

—Perfecto —le dijo—, una actitud muy madura por tu parte. Yo intento arreglar las cosas, y tú te empeñas en empeorarlas.

—No hay nada que arreglar, Esther.

—Porque tú lo dices.

—No, porque es la verdad —replicó Lara.

Esther se sintió tan frustrada, tenía tantas ganas de llorar, que estaba deseando irse de allí. Deseaba encerrarse en su casa, meterse en la cama y olvidar cuanto antes el bochorno que sentía. Pero al llegar a la puerta vio que Lara no se movía. La periodista extendió la mano como si esperara recibir algo.

—¿Qué? ¿Qué quieres?

—Las llaves.

—No he traído llaves, las dejé en el otro bolso. —Lara se llevó las manos a la cabeza, como si hubiera ocurrido algo realmente grave. Esther no comprendió su reacción—. ¿Qué? ¿Por qué te pones así? ¡Usa las tuyas!

—No puedo, se las di a Ramón y ha cerrado por fuera.

Una línea de preocupación cruzó la frente de Esther. No podía ser verdad. Tiró del pomo de la puerta para comprobarlo con sus propios ojos, pero no consiguió que se moviera. Nada. Ramón había cerrado con llave por fuera.

—Bueno, pues no pasa nada —dijo en voz alta, más por intentar calmarse a sí misma que porque de veras lo creyera—. Llamamos a Ramón y que venga a abrirnos, no puede estar muy lejos.

—Eso intento —replicó Lara, ya con el teléfono pegado a la oreja—. Mierda, me salta el buzón.

—Espera, llamo yo a Belén. —Era tarde, por lo menos la una de la madrugada, pero la secretaria del partido solía estar despierta a horas intempestivas. Esa noche, sin embargo, su móvil no dio tono. Esther probó hasta tres veces, y las tres obtuvo el mismo mensaje de la operadora informándole de que el aparato estaba apagado o fuera de cobertura—. Apagado —comentó—. ¿Y ahora qué?

—¿Alguien más tiene copia de la llave?

Esther negó con la cabeza.

—Pues estamos jodidas. Vamos a tener que pasar la noche aquí.

—Podemos llamar a la Policía —propuso.

—Eso acabaría filtrándose a la prensa, es mejor que no nos expongamos. —Lara se levantó y empezó a analizar el espacio, como si buscara un lugar donde pasar la noche.

El único espacio medianamente cómodo era un viejo sofá que alguien había colocado al lado de los baños. Esther ni siquiera sabía cómo había llegado hasta allí, pero se trataba de un mueble pequeño, de apenas dos plazas, en el que era imposible que cupieran dos personas adultas.

—Quédate tú con el sofá, yo me apaño en el suelo —le propuso Lara—. Y no protestes. Tú tienes que tener buena cara mañana, yo ya me las arreglaré.

Ante su tono imperativo, Esther no se atrevió a rechistar. Lara estaba de tan mal humor que temía que estallara de un momento a otro. Así que decidió acatar su orden en silencio, mientras la periodista se sentaba sobre el duro suelo de baldosas. Esther se recostó y miró el techo, con la extraña sensación de no saber si en aquella ocasión estaba teniendo buena o mala suerte.

Supuso que no tardaría demasiado en descubrirlo.

CAPITULO

TREINTA

Quizá más que nadie, Lara era consciente de un hecho incontestable: cuando Esther Morales deseaba algo, no había nada ni nadie que pudiera detenerla. Y no es que su determinación le incomodara. Podía admitir que en ocasiones resultaba muy útil trabajar junto a una persona imparable, intrépida, que siempre tenía claras sus prioridades y aquello que deseaba. No obstante, aquella noche, encerradas de modo irremediable en la sede, estaba segura de que Esther no tardaría en romper el silencio que las envolvía. Y esto la inquietaba. Sabía que la alcaldesa atacaría de nuevo, tan pronto pusiera orden a sus pensamientos; insistiría en que hablaran, y Lara no tenía ninguna gana de incidir en el tema. Tal y como le había dicho, consideraba que no existía ningún motivo para seguir dándole vueltas. Se trataba de una causa enterrada y quería que permaneciera siéndolo, a pesar de sus insistencias.

Lo mejor que podía hacer era intentar dormir y, con un poco de suerte, Esther no interrumpiría su sueño, cansadas como las dos estaban. Lo intentó en varias ocasiones, cerró los ojos y se relajó, pero el suelo estaba frío y aquellas baldosas le resultaban demasiado incómodas. Acurrucada, se giró para cambiar el peso de su cuerpo. Le dolía el hombro de la presión que estaba soportando. Cuando Esther escuchó que se movía, por fin habló:

—¿Puedes dormir?

—No —replicó Lara de mal humor.

—Ya, yo tampoco. Este sofá es muy incómodo.

—Te aseguro que el suelo lo es más.

Esther volvió a guardar silencio, y casi estuvo a punto de creerse que, por una vez, dejaría las cosas como estaban. Se equivocó.

—López me dijo que tus padres estuvieron aquí el otro día —le comentó la alcaldesa—. Podías habérmelo dicho, me habría encantado conocerlos.

—¿Cuándo te lo dijo?

—Ya no me acuerdo —replicó Esther—. Hace unos días. ¿Por qué no me dijiste nada? Ahora he quedado de maleducada.

—Estabas demasiado ocupada ese día, no quería interrumpirte —se excusó.

El pensamiento sí había cruzado su mente, pero las cosas entre ellas no estaban para hacer una presentación formal, a pesar de que su hermana le transmitió su interés por conocer a la alcaldesa. Lara les puso una excusa, en ese momento no recordaba cuál, y el tema quedó zanjado. Por fortuna, Esther no se pasó por la sede en toda la semana, y ella respiró tranquila de que no se hubiera producido un incómodo encuentro con su familia. Si tenían que conocerse algún día, deseaba que fuera en un entorno tranquilo, no en plena guerra de egos.

—Bueno, aun así. Me gustaría agradecerles el trabajo que han hecho, es lo mínimo.

—Les transmitiré tu gratitud —replicó Lara—, les gustará.

Esther se incorporó de repente. Estaban a escasos metros de distancia una de la otra y desde allí Lara podía escuchar todos sus movimientos. Se sobresaltó un poco cuando la alcaldesa adoptó esa postura rígida tan repentina y se sentó en el sofá.

—Pero, vamos a ver, Lara, ¿se puede saber qué demonios te he hecho para que me hables así? Me parece un poco exagerado.

—No te estoy hablando de ninguna manera, Esther. Duérmete, por favor. Es tardísimo.

—Solo quiero saber si esto va a ser así eternamente —le preguntó—. ¿No hay modo de que entres en razón? Porque, no sé, tiene que haber alguna manera de arreglarlo. Es cierto que me porté fatal el día de la radio, sí, no tengo ningún problema en reconocerlo, pero supongo que yo también tengo derecho a equivocarme. No puede ser que me crucifiques para siempre por un error.

Por pura tozudez, Lara intentó no escuchar su razonamiento, pero le resultó imposible. Esther estaba demasiado cerca y se encontraba demasiado alterada para no hacerlo. Y además, no podía negarle que su actitud estaba siendo, tal vez, desproporcionada, pero, por mucho que Esther le importara como persona, no veía otra manera de protegerse de la Esther política. Y ambas eran indivisibles, formaban parte del mismo ser.

—¿Me estás escuchando o directamente te da igual lo que diga? —se exasperó la alcaldesa al ver que no le contestaba.

Lara no supo qué decir. Quedarse callada, dado que estaba atrapada, le parecía lo sensato, pero sabía que Esther no se conformaría con su silencio. Ella quería más, siempre quería más, y no supo cómo dárselo.

—Ya veo —siguió diciendo Esther—. Yo pensaba que te importaba un poco más, la verdad, pero creo que por fin he abierto los ojos. Para ti todo esto ha sido solo un trabajo, ¿verdad? Un medio para ganarte la vida. En realidad, te importo un bledo.

Lara se sintió muy dolida al escuchar estas palabras. No podía creer que después de todos sus esfuerzos para mantener una relación sana con Esther, después de todo lo que había hecho por ella, ahora le espetara algo tan hiriente. No obstante, prefirió seguir callada. Si continuaban así, acabarían haciéndose más daño.

—He sido una auténtica imbécil, eso es lo que he sido —prosiguió Esther, incansable—. Yo pensaba que tú y yo teníamos una química especial, que funcionábamos, ¿sabes? Ahora veo claro que solo me has usado para regresar a la política.

—¿Cómo puedes siquiera decir eso? —tronó entonces Lara. Había ido demasiado lejos acusándola de algo semejante—. ¿Acaso tienes alguna idea de a todo lo que he renunciado por ti?

—¿Por mí? —se mofó Esther—. Dirás acaso por tu carrera.

—No, Esther, por ti. Porque creí en ti, porque *sentía* algo por ti. Y tú lo sabías de sobra, pero decidiste ignorarlo.

Ahí estaba, lo había dicho. En pasado y no en presente, pero Esther no tenía por qué saber qué tiempo verbal era el correcto. Estaba tan enfadada y dolida que se puso en pie y empezó a deambular por la sede como un animal enjaulado. Se sentía atrapada en aquel maldito local, sin posibilidad de salir o escapar. Estaba encerrada y no había manera de zafarse de los ojos de Esther, que la miraron sin comprender.

—Y entonces, ¿por qué, Lara? ¿Por qué te alejas de mí? —dijo Esther, que se levantó y caminó hacia ella de forma inconsciente. Lara hizo ademán de separarse, pero no encontró las fuerzas—. ¿Qué he hecho tan horrible para perderte?

Lara apretó las mandíbulas con fuerza y giró la cabeza con la esperanza de que, así, no tuviera que aguantar la mirada inquisitoria de la alcaldesa. ¿Qué podía decirle? La verdad resultaba demasiado arriesgada y, sin embargo, en ese momento le pareció la única escapatoria posible. Quizá si se lo decía, cejaría en su empeño. Tal vez si le hacía daño, Esther recularía y volvería a tumbarse en aquel maldito sofá para dormirse de una vez por todas.

—Porque te importa mucho el qué dirán —dijo por fin—, porque no estás preparada para estar conmigo ni con ninguna otra mujer.

—Eso no es verdad —repuso Esther.

—Sí que lo es. Tienes tanto miedo a que esto acabe con tu carrera, que nunca te vas a permitir ser feliz. Pues ya está, ya has elegido, Esther. Tenías que elegir entre la política o yo, y te has quedado con la política.

Esther meneó la cabeza como si no pudiera creer lo que estaba escuchando. Estaba oscuro, lo suficiente para no saber si había lágrimas en sus ojos, pero a Lara no le habría sorprendido si así fuera.

—El otro día —comenzó a decir Esther—, se lo dije a mi madre. Y hoy he estado a punto de contárselo a Luis. ¿Cómo puedes pensar eso de mí? ¿Así es como me ves después de lo que hemos pasado juntas? ¿Después de que el otro día te besara en plena calle? ¿O incluso en un portal?

Lara bajó la cabeza con tristeza.

—Contéstame, por favor —le rogó.

Había tanta electricidad en el aire, tanta rabia contenida, que no consiguió articular ni una sola palabra. Una parte de ella no se creía que Esther se lo hubiera contado a su madre, pero la otra estaba deseando hacerlo. Se quedó paralizada, intentando ocultar las lágrimas que descendían por sus mejillas. Pero ni siquiera la escasa iluminación impidió que Esther se diera cuenta. Lara se estremeció al sentir su contacto.

—Lara, no llores, por favor —le pidió la alcaldesa con ternura. Su mano empezó a acariciarle la mejilla, y Lara hundió sin querer la mano en su cuenca. —Siento haberte hecho tanto daño. Siento no haber sabido hacerlo mejor. Han cambiado muchas cosas en mi vida —le susurró entonces, regalándole suaves caricias—. A veces ni yo misma me reconozco. Pero te aseguro que ya no tengo miedo, sé lo que soy y lo que quiero. Y lo que quiero eres tú. El resto me da exactamente igual.

Lara sintió que su cuerpo se tensaba, como si sus palabras fueran el preámbulo de algo horrible que estaba a punto de suceder. Lo que nunca esperó fue lo que pasó a continuación, cuando Esther la atrajo con suavidad y posó sus labios en los suyos. Fue un beso dulce y lento, tan inesperado como sorprendente, cargado de la emoción contenida que ambas habían sentido.

Una extraña pero familiar sensación recorrió de inmediato sus extremidades, y Lara partió tímidamente los labios para sentir el roce de su aliento. Su perfume embriagador enturbiaba sus sentidos. Quiso dejarse llevar por aquella cálida sensación que siempre encontraba en los labios de Esther. Cada vez que la alcaldesa y ella se acercaban, algo tan simple como un simple roce, conseguía sentirse en casa, la invadía una placentera sensación de hogar que no deseaba acabar nunca. Y sin embargo, la sensación le supo a poco. El corazón de Lara protestó en su pecho cuando Esther se apartó, al inicio del segundo baile de sus lenguas, y la miró a los ojos.

—No quiero precipitarme como lo he hecho antes —le dijo la alcaldesa—. Quiero que te tomes tu tiempo y lo pienses. Y si es esto lo que quieres, debes saber que *ahora sí* estoy preparada para ti, pero no deseo que ocurra aquí, no así —le confesó—. ¿Te parece bien?

Lara no supo qué decir. Sus propias reacciones la habían dejado tan perpleja que solo consiguió asentir con torpeza. Esther entonces le cogió la mano y tiró de ella hacia el sofá.

—Ven. Duerme conmigo esta noche —le pidió—. Es pequeño, pero si te dejas abrazar, nos las arreglaremos.

Lara se dejó llevar como un ser privado de voluntad. Su cuerpo no respondió, aunque su mente funcionaba a toda velocidad. Y entonces comprendió de lleno que no había manera de detener aquello. Que por mucho que lo intentara, su corazón tenía razones que su cabeza no podía entender, y que sería estúpido seguir luchando contra sus sentimientos.

Cuando Esther Morales deseaba algo, no había nada ni nadie que pudiera detenerla. Esther quería dormir con ella esa noche, y así iba a ocurrir. Del mismo modo que Esther había querido que se enamorara sin remedio de ella, y Lara no había podido evitarlo.

CAPITULO
TREINTA Y UNO

La despertó la súbita algarabía de unos niños cargados con sus mochilas. La tímida luz de la mañana empezaba a colarse por el amplio ventanal de la sede del Partido Liberal. Cuando abrió los ojos, Esther comprobó con fastidio que le dolía la cabeza. Creyó haber caído en un profundo sueño minado de pesadillas en los que ella corría con un sobre electoral tras una urna que no podía alcanzar, mientras Ballesteros y Cortés se reían de ella. Fue Lara quien, en medio del sueño, cogió su mano y tiró de ella hasta que juntas lograron alcanzar la escurridiza urna.

Esther no tenía ni idea del significado de esta pesadilla. Le parecía que seguía soñando porque sus manos estaban enredadas en la cintura de Lara, y su pelo le hacía cosquillas en la punta de la nariz. Cerró los ojos un instante, con fuerza, pidiendo que aquello no acabara. Por un momento, pensó que el beso de la noche anterior había sido un producto de su imaginación. Pero entonces sus sentidos empezaron a desperezarse y el recuerdo se volvió tan real como la luz primaveral de aquella mañana. Había besado a la periodista cuando ya no pudo resistirlo más. Y había sido un beso de los que dejan una huella indeleble, como si una parte de su alma se hubiera quedado prendida a esos labios.

Lara seguía dormida, su pecho se movía acompasado al ritmo de su profunda respiración. Tenía los labios ligeramente partidos, eran de un color rojizo como las fresas maduras, y Esther sintió ganas de volver a besarlos. Pero eso la habría despertado y deseaba seguir contemplándola un rato más. Al hacerlo fue capaz de adivinar los rasgos de la niña Lara, la misma que algún día se convertiría en la maravillosa mujer que ahora descansaba entre sus brazos.

Lara se movió entonces de manera inconsciente, abrió los ojos y la miró desconcertada, como si estuviera tratando de ubicarse. Esther habría dado cualquier cosa por saber lo que estaba pensando. Tal vez se preguntara qué hacían tendidas en el sofá, y por qué sus manos estaban enredadas en su cintura. ¿Acaso se arrepentía?

La línea de desconcierto que partió su frente en dos no era buena señal, pero Esther no tenía manera de saberlo.

—¿Qué hora es? —preguntó Lara, incorporándose.

—Las ocho y media.

—Bien. ¿Has dormido algo?

—No demasiado. ¿Tú?

—Apenas.

Se trataba de una conversación tímida pero segura. Ninguna sensibilidad podía resultar herida hablando de descanso. Esther agradeció que la periodista se hubiera tomado su despertar con naturalidad, ya tendrían tiempo después para debatir lo ocurrido o tomar decisiones, si es que había alguna que tomar. Allí y ahora solo podía pensar en el desayuno. Necesitaba ingerir algo ya.

—Me muero por un café.

—¿A qué hora abren la sede?

—Normalmente, a las diez —le informó Esther.

Lara puso un gesto de desesperación. Eso significaba tener que estar una hora y media más allí encerradas, demasiado tiempo perdido para el primer día de campaña. La periodista fue hasta su mochila, sacó el móvil y le hizo una seña para que esperara. A los pocos segundos estaba hablando con Ramón.

—Dice que viene para aquí —le informó—. Estaba despierto, así que no creo que tarde.

—Bien, porque estoy deseando darme una ducha. ¿Tú qué vas a hacer? —le dijo. Llevaban la misma ropa desde el día anterior. Imaginó que Lara querría irse a casa.

—Supongo que iré a casa.

—Puedes ducharte en la mía, si quieres. Está aquí al lado.

Esther se encontraba en ese momento de espaldas a ella. Apretó los párpados con fuerza mientras esperaba la contestación de Lara. A través de su respuesta sabría si la periodista seguía a la defensiva o si, por el contrario, nada había cambiado. Confiaba en que Lara comprendiera que no había doblez en su propuesta. Invitándola a su casa no pretendía tenderle una trampa ni forzar la situación, sino solamente ofrecerle la opción de no tener que hacer un pesado viaje de ida y vuelta a Madrid.

—De acuerdo, iré. Supongo que es la mejor solución —aceptó finalmente Lara—. Pero propongo que desayunemos antes.

Esther le sonrió por encima de su hombro. —Eso por descontado —le dijo.

Ramón no tardó demasiado en llegar. El joven vivía cerca de la sede y al poco tiempo apareció con la respiración entrecortada y excusándose por lo ocurrido. Ni Lara ni Esther tenían fuerzas para explayarse en detalles. Lo único que deseaban era una buena dosis de cafeína, ducharse y ropa limpia.

Propuso desayunar en la cafetería debajo de su casa. Esther solía desayunar allí muchos domingos vagos, cuando disponía de tiempo para leer la prensa con tranquilidad. Tenían un café exquisito, y también una nevera entera de Red-Bull. Aspiró con placer el aroma del cruasán que acababan de servirle. Lara se sumió en una lectura rápida de los periódicos. Para su fortuna, la mayoría había recibido de manera positiva que hubiese rasgado su cartel electoral. Los diarios más conservadores la tachaban de radical, pero su opinión no contaba. Esther sabía que hiciera lo que hiciese, siempre iba a recibir una crítica destructiva de esas cabeceras.

—Estoy hambrienta —comentó, escuchando las protestas de sus tripas—, y aun no me cabe en la cabeza cómo puedes tomar ese veneno recién levantada. —Señaló la lata de bebida energética.

—Costumbre —le explicó Lara—. Al principio también a mí se me hacía raro, pero ahora no podría vivir sin él.

—Sigo diciendo que sabe a jarabe.

Lara sonrió con picardía. —No recuerdo que te quejaras.

—Y no lo hago. No me importa saborearlo en tu boca.

Lara sonrió complacida. —Bueno, ¿y ahora qué? —le preguntó entonces, sujetando la lata de su bebida, los ojos fijos en Esther—. ¿Quieres hablar de lo de ayer o lo dejamos pasar?

—Eso va a depender de ti —replicó Esther. Hablar de sentimientos conseguía ponerle nerviosa, pero las cartas esta vez estaban sobre la mesa y ya no quedaban manos que jugar. Solo se podía empezar una nueva partida si es que las jugadoras deseaban seguir jugando—. Ayer fui muy franca contigo. Sabes cómo me siento, y puedo esperar, no tengo prisa. Llevo tantos años esperando que un poco más no me va a matar.

—Bueno, pero eso no cambia nada —objetó Lara jugando con la lata de su bebida—. Tú sigues siendo la candidata a la Alcaldía y yo su jefa de prensa.

—¿Y qué? —respondió Esther—. No veo por qué eso debería ser un problema.

—Todavía estás casada.

—Estaré divorciada en un par de meses.

—Eres una figura pública.

—Sí, y en algún momento tendré que empezar a hacer una vida privada. Aunque solo sea por salud mental. Lara... deja de poner pegas donde no las hay.

—¿Es cierto lo que me dijiste ayer? Que se lo contaste a tu madre.

Esther bajó la mirada y empezó a jugar con el borde de una servilleta de papel. Hablar de esto todavía le costaba. Aunque quisiera fingir que no le afectaba, el hecho de no saber nada de su madre la entristecía profundamente.

—Mi madre ya lo sabe, se lo dije hace poco y no puedo decir que se lo haya tomado con demasiada deportividad —dijo, haciendo un inciso para suspirar con pesadumbre—. A mis hijos planeo contárselo cuando los vea en persona, no por teléfono, y el resto no tiene por qué meterse en mi vida personal. Me refiero a que no voy a ocultarla ni deseo esconderme, pero tampoco pretendo ser una abanderada de la causa. Solo quiero llevarlo con naturalidad.

Esther posó su taza en el platillo con parsimonia, se limpió la comisura de los labios e introdujo la mano en el bolso para sacar su monedero. Hasta ella misma estaba sorprendida del aplomo con el que estaba llevando esta conversación. Miró a Lara por si quería añadir algo a sus comentarios, pero la periodista guardó silencio como si estuviera meditando acerca de lo que acababa de contarle.

—Así que, como te he dicho antes, no soy yo quien tiene que aclararse —afirmó, dando el tema por zanjado. Agitó entonces la muñeca en el aire—. La cuenta, por favor. Venga, vamos. Necesito ducharme y tú también. Se nos hace tarde.

CAPITULO
TREINTA Y DOS

Lara trató de estar lo más cómoda posible en casa de Esther. Se le hacía extraña la situación en la que estaban sumidas ahora, por no decir que las palabras de la alcaldesa en la cafetería daban vueltas en su cabeza como una gigantesca noria que nunca se detuviera.

Seguía pensando en ello cuando salieron del apartamento, camino del primer lugar en el que Esther daría un mitin callejero. La miró de reojo, todavía sin dar crédito. ¿De veras se lo había contado a su madre y planeaba hacerlo con sus hijos? Se estremeció al imaginarse la escena.

Desconocía los rasgos de la señora Fantova, nunca la había visto, ni en fotografía ni en persona, pero se la imaginó como una de tantas mujeres entradas en edad, con el pelo dorado de peluquería, el cuello largo y estirado, la pose altiva de las personas de su posición social. No debía de haber sido fácil para Esther enfrentarse a la situación. Tampoco había sido sencillo para ella, aunque su familia fuera de otra condición. En realidad, daba igual la edad o la posición social, dar un paso así siempre resultaba complicado.

Lara todavía recordaba cómo le sudaban las manos el día en que sus padres supieron la vedad. El corazón le palpitaba con fuerza en el pecho, sentía un nudo en la garganta y las palabras no le salieron con la fluidez habitual, incluso llegó a tartamudear. Esa joven Lara confió en que sus padres fuesen comprensivos, y acabó topando contra un sólido muro, de la misma consistencia que los que su padre construía. Por supuesto, Esther no era ya una adolescente, contaba con la ventaja de poder valerse por sí misma, y varias décadas encima de reflexión. Pero seguía siendo un mal trago saber que, hicieras lo que hicieses, cabía la posibilidad de decepcionar a los tuyos.

Esther tenía razón en una cosa: las cosas habían cambiado mucho desde la última vez. Ella lo había hecho, Lara también. Aunque ni siquiera había pasado un año desde el día en el que se conocieron en la fiesta de Marisa, estaba claro que ambas eran dos personas completamente diferentes. Esther había conseguido sacudirse los miedos, dejar de lado sus propios fantasmas, y ella ahora concedía menos valor a su carrera profesional, y más a sus relaciones interpersonales. Sus respectivas situaciones parecían haberse ordenado para propiciar que estuvieran juntas, y Lara era consciente de que la decisión dependía exclusivamente de ella. Pero esto le hacía sentir perdida, temblorosa, insegura como nunca lo antes lo había estado. Con las cuestiones laborales todo era más fácil: tomaba decisiones en milésimas de segundo y jamás se arrepentía. Pero los asuntos del corazón le resultaban un terreno resbaladizo e inexplorado, en el que se sentía como una adolescente nerviosa ante la expectación de un primer beso. Lara no deseaba tomar una decisión errónea. No con Esther. Aquello no era un juego, y debía de estar muy segura antes de dar pasos que no podría desandar.

En ello estaba pensando cuando llegaron por fin a las puertas del supermercado en el que iba a tener lugar el primer mitin callejero. Algunos de los miembros de la candidatura ya estaban allí esperando. Lara advirtió la presencia de un par de periodistas. Lo más probable era que asistieran al primero de los mítines, pero después, cuando el segundo ya no fuera novedad, podrían relajarse.

Para Lara esta era una experiencia completamente nueva. Nunca antes había realizado una campaña tan atípica, y los resultados, por tanto, eran inciertos. Ninguno de ellos sabía cómo iban a recibir estas acciones los votantes. De todos modos, confiaba en la labia de Esther, en su cercanía y buen hacer, para llevar esta iniciativa a buen puerto. Nadie como ella para acercarse a esas abnegadas amas de casa, madres, jubiladas, y viandantes en general, que pasaban sus mañanas entre los pasillos de los supermercados.

Esther se había negado a utilizar micrófono, así que simplemente se arremangó las mangas de su chaqueta, y empezó a saludar a varias señoras que charlaban a la entrada del supermercado. Lara la escuchó con atención, y sonrió ante la reacción de las mujeres. Alguna no se creía que fuera la alcaldesa en persona.

—Es una broma, ¿no? —dijo una señora—. ¿Algo de la televisión?

—No, de veras, soy la alcaldesa de Móstoles —se sonrió Esther.

—¿Y cómo tú por aquí? —inquirió otra—. ¿Vienes a pedirnos el voto, no?

Lara sonrió. Le encantaban estas mujeres sin miedo a nada, políticamente incorrectas, capaces de decir verdades como puños y quedarse impasibles. A fin de cuentas, ¿en qué podía afectarles a ellas?

—He venido a charlar con ustedes, si es que tienen un minuto. Me gustaría que me hablaran de sus problemas para que, si gano las elecciones, pueda tenerlos en cuenta en el futuro.

Las mujeres la miraron con suspicacia, como si no estuvieran muy seguras de si confiar en sus palabras o recelar. Al principio solo rieron, una de ellas se excusó, tenía el asado al fuego, debía irse. El resto permaneció allí, estupefactas, viendo cómo Esther cogía el taburete que le brindó Pablo López para sentarse a charlar a las puertas del supermercado. En menos de un minuto, el público empezó a animarse, a contarle sus problemáticas. Tenían una pensión muy baja con la que apenas podía sobrevivir. Necesitaban además ayuda doméstica. Esther escuchó con atención y paciencia, incluso con ternura, registrando toda la información. Estaba indefensa ante la muchedumbre, que cada vez era más numerosa, pero sabía manejarla. Decenas de curiosos se iban arremolinando en torno al pequeño grupo que se había formado. <<¡Es la alcaldesa!>>, se sorprendieron algunos, al ver allí, arremangada y tranquila, como una más, a una política.

Lara se sonrió al recordar la actitud crítica de algunos periódicos de derechas, que definieron a Esther como una "talibán de la izquierda" por haber rasgado su pancarta electoral. Para ellos la alcaldesa era ya una persona peligrosa, alguien fuera del sistema, carente de mesura. Pero no podían distar más de la realidad. Cualquiera que estuviera viendo aquella escena, podía constatarlo. Esther no solo no carecía de mesura, sino que podía alardear de una paciencia infinita, como demostraba la manera en la que estaba tratando a las personas que se acercaron a charlar con ella. La regidora irradiaba calma y entereza, e intentó escuchar todos los requerimientos, por más descabellados que fueran. El sentimiento de orgullo que Lara sintió en otras épocas, regresó en aquellos instantes, como si siempre hubiera estado ahí, agazapado y esperando su oportunidad de volver a florecer; tal vez nunca se había ido, sino que ella había estado demasiado dolida para sentirlo.

Mañana y tarde las emplearon en estos mítines callejeros, o mejor dicho, encuentros con los ciudadanos, en diferentes puntos de la ciudad. Los integrantes de la candidatura iban cambiando, unos se iban y aparecían otros para arropar a Esther con su presencia; las únicas personas que seguían invariablemente allí eran ellas, y cuando el reloj estaba a punto de dar las nueve de la noche, empezaron a acusar el cansancio de toda la jornada.

La última charla tuvo lugar en el Centro Comercial Dos de Mayo, situado en el centro de la localidad, por ser un sitio de gran tráfico de personas, aunque a aquellas horas el número se hubiera reducido considerablemente, y quedaran sobre todo parejas con intención de ver una película en los multicines, trabajadores que hacían la compra a última hora y adolescentes que postergaban su regreso a casa.

Lara y Esther se despidieron de todos, y dieron la jornada por concluida. Las dos últimas semanas de campaña eran las más agotadoras, pues la meta se encontraba cerca, pero no lo suficiente, y el tiempo transcurría con irritante parsimonia. Pretendían hacer estos encuentros todos los días que restaban antes de la votación, y combinarlos con las demandas de los medios de comunicación, como entrevistas de última hora o el tradicional debate radiofónico que tenía lugar entre todos los candidatos a la Alcaldía. El truco de Lara era no pensar en ello, o hacerlo lo menos posible para no volverse loca. Prefería dejarse llevar y que los días transcurrieran de manera natural, pero notaba que le estaba costando más que en otras campañas, porque, a diferencia de las anteriores, su existencia ya no giraba en torno al trabajo; también deseaba hacer otras muchas actividades, y actualmente se encontraba en pausa, una vida detenida por los acontecimientos. Lara estaba deseando que todo pasara para poder retomarla.

—¿Sabes algo de la sede o del Gabinete de Presidencia? —se interesó Esther cuando empezaron a caminar, dando la jornada por concluida.

Hacía una noche preciosa, de esas que invitaban a cogerse de la mano y perderse por las calles tibiamente iluminadas por las farolas. La primavera había hecho que las temperaturas subieran y a Lara empezaba a sobrarle la ligera chaqueta que llevaba puesta. En un mundo perfecto, se la hubiera quitado, y después hubiera rodeado a Esther por los hombros para caminar así, en silencio, acompasando sus pasos. Pero en el mundo de Lara, y en el de Esther, estos deseos tenían que ser contenidos por la realidad del momento, y su realidad era que se encontraban en plena campaña electoral, de modo que cualquier gesto, cualquier aparición pública, cualquier acto que para otros era cotidiano, podía ser objeto de habladurías o, peor, de la atención de la prensa. Lara mejor que nadie lo sabía, de manera que, una vez más, ahogó sus deseos en virtud de su practicismo.

—No —replicó—. Y me preocupa la falta de noticias.

—A mí también, sobre todo porque el mitin de cierre está cerca —admitió Esther—. ¿Crees que vendrán?

—Sí, a Diego le interesa —le explicó Lara—. Piensa que él no tiene ni idea de que sabemos lo que está tramando, y tiene que fingir normalidad. Nadie entendería que no apoyara la candidatura de Móstoles, es una de las más importantes de la Comunidad.

Lara estaba convencida de lo que acababa de decirle. Por mucho que le repateara, Diego Marín no podía permitirse el lujo de no acudir a Móstoles en toda la campaña. Lo contrario habría levantado demasiadas sospechas, la gente del partido no lo entendería, pensaría, con acierto, que estaba tramando algo. Y al presidente no le convenía levantar sospechas. La opinión pública no debía saber en ningún momento que apoyaba en la sombra el partido de Rodrigo Cortés, y por ello estaba convencida de que acudiría a Móstoles para dar un mitin de cierre de campaña. En opinión de Lara no tenía otra opción.

—Espero que tengas razón, pero sobre todo espero que no haya más sorpresas —le confesó Esther, consumida por la incertidumbre—. Ya hemos tenido bastantes sobresaltos.

Caminaron unos metros más en silencio, disfrutando de la agradable brisa de la noche y del ambiente de terraza que empezaba a haber en las calles. Lara habría dado cualquier cosa por poder intercambiar su puesto con alguna de aquellas parejas que se miraban con ojos tiernos, cogían de las manos y susurraban promesas, disfrutando en las terrazas de las cafeterías que habían dejado atrás, pero tenían todavía muchos días por delante y debía hacer un último esfuerzo para estar centrada.

Atravesaron la Plaza de España, y las dos fijaron involuntariamente la vista en el Consistorio, ese edificio que se llenaba de vida por el día y moría cuando caía la noche. Con la mirada perdida en una de sus ventanas, Lara se preguntó qué haría si Esther llegaba a ganar las elecciones y le proponía seguir siendo su jefa de prensa. ¿Aceptaría? ¿Se negaría? Y si lo suyo llegaba a transformarse en algo más que una mera relación profesional, ¿qué haría entonces?

—Pagaría por saber qué estás pensando ahora, pero creo que no aceptarías mi dinero —bromeó Esther, sonriendo.

—Nada, tonterías sin importancia. ¿Y tú?

—¿Yo? Estaba pensando en mi cama. —Esther se rio—. Hoy estoy realmente agotada. Después de haber pasado la noche en ese horrible sofá, creo que necesito un colchón.

—Ya, yo también.

—¿Te vuelves ya? —le preguntó entonces Esther, disminuyendo la velocidad de sus pasos—. Si quieres, puedes pasar la noche aquí, para que no tengas que conducir hasta Madrid.

La idea era tentadora, desde luego, y no tenía por qué involucrar nada romántico si ella no lo deseaba así. Aunque estaban tan agotadas que a Lara le costaba imaginar que esa noche pudieran hacer algo más que dormir. Si se quedaba, evitaría tener que conducir los kilómetros que la separaban de su cama, ese objeto que le llamaba a gritos tras una noche en la que apenas había pegado ojo. Pero Lara no estaba segura de que el cansancio fuera un freno efectivo para no complicar las cosas. Ya se habían demostrado en otras ocasiones que su atracción era más fuerte que cualquier tipo de agotamiento.

—Creo que esta noche prefiero declinar la oferta —razonó entonces—. Además, ni siquiera tengo ropa y la que llevo puesta desde ayer está empezando a darme asco.

—Bueno, eso no sería problema, puedo prestarte algo —le informó Esther.

—Ya, pero prefiero no complicarlo más por ahora. ¿Te importa si *hoy* digo que no?

Deseó que Esther entendiera sus palabras como lo que eran, no una negativa, sino un aplazamiento cabal y razonable. Lara no se dio cuenta de que estaba conteniendo la respiración y de que solo respiró tranquila cuando la alcaldesa le sonrió.

—Claro, no hay ningún problema. Otro día te quedas —afirmó Esther—. Bueno, pues que pases buena noche, yo me voy por ahí —dijo, señalando una de las bocacalles que conducía a su apartamento.

Lara asintió complacida. Estaba a punto de dejarla ir sin más, pero un impulso involuntario hizo que estirara la mano y agarrara la de Esther para impedirle que se fuera. Entonces se acercó y le dio un casto beso en la mejilla. Por el momento, serviría como declaración de intenciones. Después se despidió y comenzó a andar en sentido contrario, hasta quedar engullida por las sombras de la noche.

TREINTA Y TRES

El debate de candidatos siempre era un mal trago para los políticos. Aunque se trataba de una cita tradicional, ninguno se sentía cómodo en él, en especial quienes solían ser el blanco. El Partido Conservador se quejaba de que nunca contaban con aliados entre los otros candidatos invitados, y los de izquierdas sentían que debían hacer un esfuerzo añadido por destacar entre las demás opciones de su movimiento político. El resumen de todo ello era una situación forzada, una especie de folklore ideológico diseñado para el insulto, los desprecios y ofensas que los políticos vertían unos sobre otros con el objetivo de arañar votos.

Por experiencia, Esther sabía que estas tertulias radiofónicas no inclinaban la balanza hacia uno u otro lado. Para empezar, porque la cadena radiofónica que ejercía de anfitriona tenía una clara tendencia política y, para seguir, porque los propios radioyentes eran votantes convencidos, que escuchaban esa cadena por pura afinidad. Pero nadie se negaba a colaborar con los medios de comunicación en tiempos de campaña, por aquella premisa de que resulta preferible que hablen mal de uno a que le ignoren.

A la tertulia de Móstoles habían sido invitados el representante del Partido Conservador José Antonio Ballesteros, el de Libertad por Móstoles Rodrigo Cortés, el candidato del partido emergente Ahora Móstoles, y la propia Esther.

Inicialmente, Lara se mostró reacia a colaborar en este circo montado por la radio local. Decía no estar segura de qué manera les podía beneficiar. Ambas tenían claro que Ballesteros y Cortés se iban a aliar para atacar a Esther, y el representante de Ahora Móstoles se posicionaría contra todos. Ella iba a convertirse en la presa a devorar por los allí presentes, y Lara se negaba a participar en semejante cacería.

A pesar de todo, Esther rehusó declinar la invitación. En su opinión, no podía esconderse eternamente de Rodrigo Cortés. Si evitaba enfrentarse a él cara a cara, le daría pie para decir que estaba intentando ocultar algo, y Esther no tenía nada que esconder. Se sentía muy orgullosa de su candidatura y de su etapa al frente del Ayuntamiento, y así quería demostrarlo, aunque solo fuera para dejar sin argumentos al exconcejal.

—No sabes las ganas que tengo de aplicarle un correctivo —le dijo en un susurro a Lara, cuando lo vio entrar en el salón del hotel en donde estaba a punto de celebrarse el debate.

A Cortés lo acompañaba otro de sus exconcejales. Esther nunca había tenido buena sintonía con ninguno de los dos, así que no le sorprendió en absoluto que ahora se hubieran aliado. Les dedicó un frío saludo y esperó instrucciones junto a la mesa en donde tomarían asiento los candidatos.

El líder de la oposición hacía tiempo que había ocupado su puesto. Se estaba sirviendo un café con leche mientras charlaba con la moderadora de la tertulia, una mujer que llevaba más de veinte años conduciendo este tipo de encuentros. Por sus manos habían pasado toda suerte de políticos y Esther sabía que era perro viejo, pero no le tenía miedo. Si acaso, estaba convencida de que la miraba con candidez, y que en un momento dado simpatizaría con ella si se veía en un apuro.

El único que faltaba a la cita era el representante de Ahora Móstoles, un joven barbilampiño, de ojos despiertos y aspecto desaliñado, que llegó minutos más tarde de lo acordado. Mientras que todos los presentes vestían ropa tradicional, sobre todo trajes de chaqueta, él se personó en el hotel ataviado con una gastada sudadera y pantalones vaqueros.

Esther no tenía nada en contra de esta imagen desaliñada en ciertos entornos, y consideraba positivo que otros partidos y propuestas democráticas enriquecieran con su presencia la política nacional. No obstante, su lado más conservador, ese que había sido convenientemente moldeado por la señora Fantova, despertó su rechazo por el atuendo elegido por el joven. De todos modos, ella evitó mirarle de modo despreciativo. Los que sí lo hicieron fueron Ballesteros y Cortés, que no se molestaron en disfrazar el rechazo que el joven les provocaba.

—Ahora que estamos todos, podemos ir ocupando nuestros asientos —les pidió la conductora del espacio—. Entraremos en directo en menos de diez minutos.

Esther respiró hondo, le guiñó un ojo a Lara y ocupó el asiento que le habían asignado. Todo estaba preparado para que el encuentro diera comienzo. Consistía, como todos los debates electorales, en diferentes bloques de preguntas en los que se abordarían cuestiones de interés general como economía, empleo, educación, sanidad, transparencia o servicios públicos.

Esther no deseaba ser la que rompiera el hielo. En esta ocasión prefería adoptar una actitud conservadora y dejar que fueran otros los que marcaran las pautas del debate, así dispondría de tiempo para meditar sus respuestas. Se alegró al ver que la conductora del programa decidió empezar el debate dirigiéndose al líder de la oposición. Ballesteros era más predecible que Cortés o el joven de Ahora Móstoles. Tenía tan estudiado su mensaje que se alegró al ver que su discurso fue de lo más previsible. Lo centró, básicamente, en hacer lo mismo que había estado haciendo los últimos meses. Atacó a Esther. Menospreció su gestión al frente del Ayuntamiento. La definió de "inexistente" y "pésima", y finalmente la acusó de llevar a cabo una política continuista de su antecesor, Francisco Carreño. Nada nuevo bajo el sol.

—La señora Morales está muy ocupada estos días en hacernos creer que su política no tiene nada que ver con la del exalcalde, y no sé a quién pretende engañar —conjeturó Ballesteros—. Ella era y sigue siendo una de las protegidas de Francisco Carreño, y su manera de gestionar el Ayuntamiento de Móstoles responde a los mismos intereses que el depuesto regidor.

—Este apartado me parece muy interesante —intervino la locutora—, porque tenemos aquí a otro candidato que formaba parte del gabinete del señor Carreño —dijo, dirigiéndose de inmediato hacia Rodrigo Cortés—. Señor Cortés, ¿qué puede decirnos acerca de esto? ¿Qué les diría a los votantes que sí ven en su nuevo partido una clara intención de continuar con las políticas de Carreño?

Cortés tiró de los puños de su camisa perfectamente planchada y se acercó al micrófono. —Pues les diría que Libertad por Móstoles nació con vocación rupturista, y que nuestro partido se creó para alejarse de los desmanes que tanto Carreño como Esther Morales han hecho al frente del Ayuntamiento de Móstoles.

Esther sonrió con suficiencia. Tanto Ballesteros como Cortés le resultaron tan predecibles que sintió ganas de bostezar de aburrimiento. Le parecía absurdo que estuvieran centrando el debate electoral en mensajes tan irrisorios.

—¿Señora Morales? ¿Quiere decir algo al respecto? —la interpeló la periodista.

La alcaldesa dio un sorbo a su vaso de agua para crear expectación entre los contertulios. —Bueno —comenzó a hablar de manera muy serena—, a mí me parece que está muy claro lo que ocurre aquí. Tanto el señor Ballesteros como el señor Cortés están muy nerviosos, y es normal, muy normal, dada su situación. El señor Ballesteros tiene que responder ante su propio partido de su clara pérdida de apoyos en las ya tres elecciones a las que se ha presentado sin éxito alguno. Sabe que si no gana en esta vez, acabará yéndose a su casa y es lógico que eso le ponga nervioso. —Ese fue el primer disparo, ahora cargó su escopeta para lanzar el segundo—. Y en el caso del señor Cortés, creo que no hace falta explicar por qué y quiénes forman su partido y el verdadero objetivo de Libertad por Móstoles. Está claro que aquellos que han vivido siempre de rentas de la política, al amparo de sueldos públicos, les cuesta asumir que no hayan sido incluidos en una lista. Cuando eso ocurre, las personas como el señor Cortés y los integrantes de su candidatura se niegan a renunciar a su situación privilegiada y buscan soluciones creando partidos nuevos o lo que sea.

—¿Considera que los políticos están en una situación privilegiada? —le preguntó la periodista.

—Absolutamente. Los políticos percibimos un sueldo a fin de mes gracias a la confianza que los ciudadanos han depositado en nosotros. Y ese sueldo no se ve amenazado por una crisis o la mala trayectoria de una empresa —explicó Esther—. Lo cual, en los tiempos que corren, ya es de por sí un privilegio. Pero además yo creo que estos privilegios vienen necesariamente acompañados de responsabilidades, que en el caso de los políticos son muy altas y deben ser satisfechas.

Ballesteros se carcajeó en ese momento.

—¿Tiene algo que añadir, señor Ballesteros?

—Sí, a mí me gustaría que la señora Morales nos explicara, entonces, por qué su mentor Francisco Carreño se olvidó por completo de esas responsabilidades de las que habla.

Ballesteros solo quería provocar. Su guion era simple, y Esther lo sabía. Quería insistir una y otra vez en la estrecha relación que ella tenía con el exalcalde. Pero se olvidaba de que Esther no pensaba caer en su trampa. Paco había sido su mentor, la persona que se lo enseñó todo en política, y por eso le estaba agradecida, pero su cariño hacia su figura no conseguía nublar su parecer. Lo que hizo estuvo mal, no tenía excusa posible.

—Estoy segura de que muchos radioyentes se preguntan lo mismo que el señor Ballesteros —intervino la presentadora—. ¿Qué opinión le merecen los cargos a los que se enfrenta su antecesor, señora Morales?

—La Justicia está investigando en estos momentos los hechos —comenzó a decir—. En caso de que se llegaran a demostrar, y el señor Carreño fuese culpable del delito del que se le acusa, tendrá que someterse a los preceptos que marca la ley, igual que cualquier otro ciudadano. Y a mí me parecerá correcto si así sucede, por supuesto.

La corrupción y la transparencia marcaron el eje central del debate. Esther echó de menos las propuestas constructivas, los proyectos de futuro, y un análisis concienzudo sobre los problemas reales de Móstoles, tales como la delincuencia o el desempleo. Pero sus compañeros de tertulia parecían encantados de seguir guerreando sobre quién era peor o quién tenía las manos más manchadas de barro. Incluso el candidato de Ahora Móstoles centró su intervención en la necesidad de <<sanear el sistema corrupto de la democracia española>>, y a Esther le dio la sensación de encontrarse metida en la rueda de un hámster, dando vueltas sin remedio ni esperanza de encontrar la salida.

—Verá, la señora Morales es una *loba*. Y lo digo en toda la extensión de la palabra —dijo entonces Cortés, sacándola de su ensimismamiento—, eso se lo puedo asegurar. Ella se dedica ahora a charlar con los ciudadanos, y monta el show rasgando pancartas electorales con el logotipo de su propio partido, pero en realidad todos sabemos qué tipo de *favores* tuvo que hacer para llegar adonde está.

Esther no daba crédito a lo que acababa de escuchar. Involuntariamente miró a Lara, en busca de una explicación, pero la periodista estaba anonadada. ¿Podía ser verdad? ¿Cortés acababa de insinuar lo que ella creía?

—Señor Cortés, no le consiento que se refiera a mí en esos términos.

—Yo solo digo que usted no tiene experiencia como gestora. Habría que preguntarle al señor Marín por qué la eligió como candidata para la Alcaldía de Móstoles si su gestión al frente del Ayuntamiento ha sido tan mala.

—Le pido que se disculpe ahora mismo.

—No tengo por qué disculparme con una ramera política —replicó Cortés con soberbia.

Lara se levantó en ese momento de su asiento. Esther vio tanto odio en sus ojos que creyó que le saltaría encima, directa a la yugular. Le hizo un gesto disimulado con la mano para que se calmara, y al final consiguió que se sentara.

—Señores, por favor… —intentó apaciguarles la presentadora—. Intenten no caer en la descalificación personal.

—Señor Cortés —contraatacó Esther—, habla usted de experiencia gestora. Entonces yo invito a sus votantes a que revisen su extensísimo currículo profesional y académico para que comprueben por sí mismos hasta qué punto carece usted de dicha experiencia. —Esther estaba furiosa—. Aunque solo fuera por dignidad y vergüenza, debería pensar dos veces sus acusaciones. Y ahora, si a los representantes del resto de partidos no les importa, creo que hay otros asuntos mucho más importantes que tratar y de los que todavía no hemos hablado.

La periodista estuvo de acuerdo con Esther y recondujo el debate hacia el bloque de educación. El resto del encuentro transcurrió en términos similares. La alcaldesa no escuchó ni una sola propuesta de Ballesteros o de Cortés, empeñados como estaban en usar su turno de palabra para menospreciar su gestión o resaltar los fallos de su partido. Esther trató de ser constructiva, pero cada vez que lo intentaba, se encontraba con algún comentario hiriente y descabellado por parte de sus compañeros, por lo que llegó un momento en el que sintió tentaciones de levantarse e irse. No podía hacer razonar a las fieras, del mismo modo que no podía hacer razonable a un político cuyo único objetivo era descalificarla. En cualquier caso, apretó las mandíbulas y aguantó sus embestidas hasta el final del debate, y solo respiró tranquila cuando la periodista dio el encuentro por concluido.

Al finalizar el debate, se despidió de los presentes con cordialidad, mediante un apretón de manos de lo más forzado. No obstante, se negaba a concederle este gusto a Rodrigo Cortés después de haberla calificado de "ramera política". Estaba ya casi en la puerta cuando escuchó su voz a sus espaldas.

—¿No se despide de mí, alcaldesa?

Esther se giró y observó que todos los estaban mirando, incluidos la periodista y los camareros que ya estaban recogiendo la mesa del desayuno. Cortés le sonrió con maldad.

—La alcaldesa no trata con gusanos, Cortés. —Fue Lara quien le contestó. Después se acercó sigilosamente a él y le dijo al oído—: Yo de ti me andaría con mucho ojo con lo que vas diciendo por ahí, Rodrigo. Papá Marín no siempre va a estar ahí para protegerte y tienes mucha mierda guardada debajo de la alfombra. Ten cuidado, no vaya a ser que un día de estos empiece a oler.

Esther era pura rabia cuando salieron del hotel. Cortés había ido demasiado lejos atacándola en el terreno personal. El encuentro la había dejado tan tensa que intentó encenderse un cigarrillo para calmar los nervios, pero Lara se lo quitó y lo arrojó lejos.

—¡Eh! ¿Por qué has hecho eso?

—Porque no quiero que fumes.

—Vale, de acuerdo. Si no fumo, ¿me contarás qué le has dicho a Cortés?

Lara se encogió de hombros. —Simplemente le he recomendado que se ande con cuidado, porque tiene mucho que esconder.

Esther la miró de reojo y sonrió complacida. —Parecías muy enfadada.

—Lo estaba.

—¿Por mí?

Lara se ruborizó. —Sí, ¿por qué, sino? —admitió.

No era la declaración más romántica del mundo, ni había velas o una luna que las acariciara con su luz azulada, pero a Esther le bastó. Que una mujer como Lara hubiera estado a punto de perder los estribos porque alguien la definiera como "ramera política" era casi el mayor de los halagos.

Hacía un día estupendo, lleno de sol, y aunque cansada, Esther sintió ganas de dar un largo paseo. Estaba a punto de proponerle que fueran caminando hacia la zona de uno de sus restaurantes favoritos, un italiano que se encontraba a varias manzanas de allí, cuando el teléfono de la periodista empezó a sonar.

Al no saber de quién procedía la llamada, se apartó unos metros para darle privacidad, y se distrajo observando a una madre que estaba enseñando a su hijo a caminar. Fue una escena preciosa que a Esther le trajo recuerdos de la infancia de Luis y Patricia, cuando ella los esperaba en el extremo opuesto del pasillo con los brazos abiertos. De aquello hacía ya tanto tiempo que a veces no podía creer lo rápido que habían pasado los años. Ahora Luis y Patricia eran dos seres casi autónomos, que no necesitaban ya de los brazos de su madre para dar sus propios pasos, dos seres a cuyas opiniones tendría que enfrentarse cuando les contara la verdad sobre ella misma. Qué fácil le resultaba ahora la infancia de sus hijos en comparación. Un niño no entendía de minorías ni de orientaciones sexuales, un niño no tenía prejuicios ni expectativas; ellos trataban a todos con la misma inocencia y Esther deseó poder hallarla en sus hijos cuando por fin abordara con ellos este tema.

Lara reapareció a los pocos minutos. Parecía desconcertada, pero sonreía al mismo tiempo, así que no supo cómo interpretarlo.

—¿Ha ocurrido algo malo?

—¿Aparte de que mañana todos los periódicos te llamarán ramera política?

—Hablo en serio.

—No, bueno, la verdad es que no sé cómo definirlo. Ni bueno ni malo —respondió la periodista—. ¿Te acuerdas de Claudia y Olivia?

Esther frunció el ceño un segundo.

—La pareja que estaba en el restaurante el día que Marisa organizó aquella cena —precisó Lara—. Te hablé de ellas el día de la fotografía con los candidatos.

—¡Ah! Sí, claro. ¿Qué pasa con ellas?

—Pues me ha llamado Claudia, la morena, e insiste en invitarnos a cenar a su casa.

Esther abrió los ojos con sorpresa. —¿Y? ¿Qué le has dicho?

—Que nos lo pensaremos.

Esther no supo qué le sorprendió más, si el hecho de que Claudia hubiera cumplido su palabra de llamarla a pesar de que las hubieran dejado plantadas en aquella cena o que Lara pareciera dispuesta a replantearse su regla número uno: permanecer alejada de toda mujer que estuviera relacionada con el entorno de Marisa.

—¿Le has dicho eso? —le preguntó, todavía asombrada.

—Sí, bueno, si tú quieres. He pensado que no nos mataría cenar una noche con ellas. Estamos todo el día metidas en la campaña, y las cosas están saliendo bien, pero en algún momento también nos merecemos descansar, ¿no?

—¿Y qué fue de la regla de alejarse de toda lesbiana?

—Estás aquí conmigo, ¿no? —replicó Lara en broma.

—Ya, pero...

—Esther, queda solo una semana para la votación, y el pescado está casi todo vendido. ¿De veras no te apetece tomarte una noche libre?

Sí, claro que le apetecía, y si era en un entorno distendido en compañía de Lara, le apetecía muchísimo más.

TREINTA Y CUATRO

Lo que cualquiera habría considerado una temeridad, a Esther le resultó un plan absolutamente delicioso. Llevaba muchas campañas electorales a sus espaldas, pero en ninguna se había permitido el lujo de hacer un parón para disfrutar de una cena entre amigos.

Las campañas se caracterizaban por ser absorbentes, un período de tiempo en el que la vida cotidiana quedaba relegada, a un lado, suspendida hasta el día en el que los ciudadanos eran llamados a las urnas. Políticos y personal de confianza empezaban a trabajar muchos meses antes de la cita electoral, de manera ininterrumpida, para desesperación de familiares y amigos, que tenían que resignarse a llevar una existencia paralela a la de quienes trabajaban para las elecciones. Esther había experimentado problemas al principio para que Quique lo comprendiera.

Su exmarido, aunque apoyaba sus aspiraciones políticas, no estaba dispuesto a pasarse meses encerrado en casa, esperando a que Esther tuviera tiempo para salir a cenar o, simplemente, a tomar un aperitivo. Esta situación les pasó factura más pronto que tarde. A la segunda campaña Quique dejó de protestar, y en su lugar tomó la decisión unilateral de continuar con su vida como si Esther no existiera. Mientras para ella todos los días se sucedían inmutables, iguales unos a otros, los fines de semana, Quique aprovechaba para irse con sus amigos de cena o copas, y la dejaba en la cama descansando, sola, aunque ahora sabía que siempre había estado sola.

Conque la perspectiva de hacer una parada en el camino a las elecciones, e ir de cena a casa de aquellas conocidas, era totalmente nueva para la regidora, a la par que excitante, porque Lara era su acompañante y aunque no sabía en qué términos iban a la cena (¿Cómo pareja? ¿Compañeras de trabajo?), para ella lo importante estribaba en que se habían concedido una noche para disfrutar y olvidarse de todo.

De camino a Madrid, Esther iba en su coche, pensando en las motivaciones de la periodista para aceptar la propuesta de Claudia y Olivia. Le resultaba extraño, dadas las reticencias previas de Lara con este tema y su exacerbado sentido de la responsabilidad. La Lara que ella conocía jamás habría accedido a una propuesta semejante a pocos días de la votación, por lo que estaba segura de que no se equivocaría al afirmar que la periodista había cambiado tanto como ella en los últimos meses. Esther confiaba en que este cambio se debiera en parte a lo que ambas sentían, pero no deseaba ponerse nerviosa ni aventurar nada. Prefería acudir a la cena con la mente abierta, sin presiones ni expectativas, y una vez allí ver cómo evolucionaban las cosas.

Aparcó el coche muy cerca de la casa de sus anfitrionas. Lara le había dado la dirección y habían quedado en verse en el VIPS de la calle Fuencarral, muy cerca de la glorieta de Bilbao, en donde residían. Este barrio era uno de los favoritos de la alcaldesa, se encontraba lo suficientemente cerca de Chueca, pero convenientemente alejado. Se trataba de un barrio vibrante, multicolor, en el que lo mismo podías encontrarte con pijos alternativos que acudían allí para darse un respiro de su Madrid más recalcitrante, así como parejas homosexuales cogidas de la mano, turistas, activistas de todo tipo que intentaban sumarte a su causa, miembros del casi extinto punk de la zona de Tribunal, y, por supuesto, ciudadanos del Madrid de otros tiempos que todavía residían en viejos inmuebles de renta baja. Para Esther aquel era un sitio en el que se podía ser uno mismo, sin miedo a que te señalaran con el dedo o a llamar la atención. Tenía claro que si no hubiera residido en Móstoles, habría hecho como Claudia y Olivia y se habría alquilado un pequeño apartamento en alguna calle del triángulo que formaban las paradas de metro de Chueca, Bilbao y Tribunal.

Lara ya estaba en la puerta del restaurante cuando ella llegó. Esther tuvo que disimular la euforia que le causó su visión. Estaba guapísima. La periodista se había arreglado para la cena. Seguía fiel a las prendas *casual* que siempre utilizaba, pero estaba maquillada, y había escogido unos zapatos con un poco de tacón que la hacían todavía más alta. Su corazón se aceleró cuando se acercó a ella y se dieron dos besos, y tuvo que recordarse de nuevo a sí misma que aquella cena tal vez no significara nada, que ninguna la había definido como cita, y no debía, por tanto, hacerse ilusiones.

—Qué guapa estás —le dijo cuando acabó el saludo de cortesía.

—Estaba a punto de decirte lo mismo —apreció Lara—. ¿Has llegado bien?

—Había un poco de atasco a la entrada, pero el resto todo perfecto.

—Gracias por venir, me hace mucha ilusión que estés aquí —le comentó.

Esther estuvo a punto de ruborizarse, poco acostumbrada como estaba a estas muestras de afecto por parte de Lara, pero en realidad no había nada que agradecer. Si acaso, la que tenía que darle las gracias era ella por sacarla de su aburrida rutina de comida congelada y programas basura de televisión.

—¿Crees que Marisa sabrá que hemos quedado? —le preguntó Lara, mientras esperaban a que un semáforo cambiara.

Esther se rio, no se esperaba esta pregunta. Marisa era la última persona en la que habría pensado en aquel momento. No había sabido nada de ella, y tampoco lo deseaba, para ser francos.

—No tengo ni la más remota idea —dijo, mientras el semáforo cambiaba, y cruzaban hacia el otro lado—, pero si te digo la verdad no me importa. Si Claudia u Olivia se lo han dicho, me parece bien.

—Eso significará que mañana recibirás una llamada suya.

Era verdad. Marisa no podría soportar que sus chicas quedaran a sus espaldas. Querría saber todos los pormenores acerca del encuentro para lamer sus heridas de anfitriona traicionada.

—Pues que llame, si tengo ganas le cogeré el teléfono. Si no, no —afirmó, provocando la sonrisa de Lara. Le encantaba esa sonrisa, casi tanto como su perfecta nariz, era una sonrisa de dientes blancos, cálida y jovial, en la que Esther siempre atisbaba a una Lara con coletas y falda de tablas.

La periodista se detuvo en un portal, echó un último vistazo al número del inmueble, y le anunció que ya habían llegado. Pulsó el botón del quinto piso e inmediatamente alguien contestó.

—Somos nosotras —anunció Lara.

—Subid. —La puerta se abrió.

Esther no pudo evitar ponerse nerviosa en el trayecto del ascensor. De alguna manera, aquello marcaba el inicio de una nueva existencia. A diferencia de los meses previos, en los que se había dedicado a subsistir en una avalancha de problemas, ahora empezaba a ver la luz al otro lado del túnel. Todavía era chiquitita, apenas un punto de luz exangüe, que se percibía en la lontananza. Quedaba mucho por hacer para amueblar su vida, pero sentía que todo iba cobrando sentido si estaba allí, en una cena acompañada de Lara, con nuevas amistades ajenas al Partido Liberal o al banco en el que trabajaba Quique, y sintió que en cualquier momento sus pies se despegarían del suelo y empezaría a levitar. Tal vez solo estaba soñando.

Fue Claudia quien abrió la puerta con una sonrisa de oreja a oreja. Hacía tiempo que no veía a la editora, pero estaba tan estupenda como la recordaba. Sus ojos negros y profundos, llenos de significado, les sonrieron de igual manera.

—Pasad, pasad, estamos en medio de una crisis culinaria —les dijo.

Esther y Lara se miraron sin comprender.

—Ah, nada grave, Olivia siempre se pone nerviosa cuando tenemos invitados y es mejor no acercarse a la cocina si no queréis que os ladre —bromeó—. Por aquí —les indicó, conduciéndolas hacia el salón.

La casa de Claudia y Olivia era una de las más bonitas en las que Esther hubiera estado. Se trataba de un sitio sin pretensiones, pero muy bien decorado, de esos en los que cualquier invitado se siente a gusto nada más cruzar el umbral de la puerta. El salón era una especie de santuario a la literatura, con toda una estantería de color blanco preñada de libros de todo tipo. Esther sintió ganas de perderse por los títulos, pero no eran ni el lugar ni el momento, y acabó sentada en un sillón al lado de su acompañante. Claudia ya estaba sirviendo el vino, y una preciosa mesa de café tenía una bandeja llena de aperitivos.

—¿Habéis tardado mucho en encontrar la casa? —se interesó Claudia.

—¿Bromeas? Está perfectamente ubicado. Me encanta este barrio, yo vivo muy cerca —replicó Lara.

—¿Sí? No sabía que éramos casi vecinas. Lo tendré en cuenta y te liaremos para más cenas —bromeó Claudia.

Esther se sorprendió del poco tiempo que necesitó para aclimatarse. Por lo general, cuando tenía un evento de este tipo, con gente a la que apenas conocía, necesitaba al menos dos copas de vino para empezar a sentirse cómoda, y desprenderse de la tensión de sus hombros y espalda. Pero Claudia era una gran anfitriona, cálida y dicharachera, y la compañía de Lara era una de las que más disfrutaba en este mundo, así que a los cinco minutos ya estaba haciendo bromas y plenamente involucrada en la conversación que las otras dos habían entablado.

En ese momento escucharon un fuerte ruido en el otro extremo de la casa. Claudia abrió los ojos con sorpresa y después sonrió.

—Voy a ir un momento a la cocina —se disculpó—, tengo miedo de quedarme sin esposa. ¿Me perdonáis un momento?

—Por supuesto —dijo Esther, que se dirigió a Lara cuando Claudia abandonó el salón—: Es un encanto, ¿no? Ahora me siento culpable de haberlas dejado tiradas en aquella cena.

—Sí, la verdad es que las dos me cayeron bastante bien ese día, aunque apenas habláramos con ellas.

—Bueno, teníamos prisa —bromeó Esther, que en ese momento recordó lo que sucedió después, esa misma noche, cuando llegaron a su casa de Móstoles y no fueron capaces de contener más la atracción que sentían.

A veces parecía que había pasado mucho tiempo desde entonces y, otras, como aquella, Esther lo sentía como un recuerdo muy cercano, como si el día anterior hubiese recorrido el cuerpo de Lara con sus propias manos. Dio un sorbo a su copa de vino. Llevaba ya media, pero estaba bebiendo tan rápido que se sentía achispada.

Claudia apareció entonces en compañía de Olivia. La pelirroja tenía las mejillas sonrosadas del calor que desprendía la cocina. Se la veía tan ofuscada que incluso se olvidó de sacarse el blanco delantal que rodeaba su cintura.

—He conseguido frenar la crisis para que venga a saludaros —bromeó Claudia, que tenía sus manos sobre los hombros de Olivia. La pelirroja entonces protestó, dándole un golpe con el paño que llevaba en la mano.

—Nada de eso, está todo controlado —dijo—. Hola, soy una maleducada y ni siquiera he salido a saludaros —se disculpó Olivia.

—En su defensa hay que decir que le está saliendo una cena riquísima —apuntó Claudia.

Formaban una pareja curiosa esas dos, pensó Esther, que las miró fascinada. Había entre ellas una energía especial, la de dos personas que se adoraban, pero que al mismo tiempo empleaban gran parte de su tiempo en meterse la una con la otra. Esther se preguntó a qué atendía este tira y afloja entre ellas, pero no se atrevió a preguntar entonces. Lo descubrió después, ya avanzada la cena, y a punto de que se sirviera el segundo plato. Fue Claudia quien se explayó a raíz de un comentario inocente de Lara, que con toda seguridad había notado lo mismo que ella.

—Ahora que lo dices, es verdad que nuestra historia es bastante atípica, ¿verdad, Oli?

—Bueno, eso según quién la mire —respondió la pelirroja—, habrá gente que te diga que es de lo más normal. Muchas parejas se odiaban antes de acabar juntas.

—¿Vosotras dos os odiabais? —preguntó Esther con curiosidad, señalándolas a ambas con el extremo de su tenedor.

—A muerte —replicó Claudia.

—Yo la detestaba con toda mi alma —dijo Olivia.

Y las dos se rieron.

—Crecimos juntas, ¿sabéis? —empezó a narrarles Claudia—. Nuestras familias eran muy amigas, pero nosotras no podíamos soportarnos.

—¿Y cómo fue que acabasteis juntas? —se interesó Lara.

—Pues porque al final terminamos trabajando para la misma empresa —terció Olivia.

—Y nuestro jefe nos asignó un trabajo conjunto para fichar a un autor un poco especial —continuó diciendo Claudia. Saltaba la vista que, tan diferentes como eran, se completaban una a la otra, incluso en las frases que decían—, y no nos quedó más remedio que vernos todos los días. Ahí fue cuando Olivia se dio cuenta de lo maravillosa que yo era, ¿verdad, Oli?

Olivia puso los ojos en blanco. —O tú de lo maravillosa que soy yo — replicó. Aquella era una guerra, pero una guerra en la que siempre acababa ondeando la bandera blanca.

—¿Y vosotras dos? ¿Cómo acabasteis saliendo? —les preguntó abiertamente Claudia—. He de reconocer que siempre me ha intrigado vuestra historia, en especial después de aquella cena tan acalorada.

La morena no tenía la culpa de haber dado, justamente, con el talón de Aquiles de Esther y Lara. Su pregunta había sido inocente y estaba en contexto, pues ahora les tocaba a ellas narrarles su pasado, pero Esther sintió un súbito cambio de temperatura en su cuerpo, y al mirar a Lara vio que ella también se había ruborizado. La periodista abrió la boca para contestar, pero al mirarla volvió a cerrarla, como si prefiriera que ella tomara la palabra.

—Nos conocimos en una fiesta de Marisa, lo creáis o no —explicó entonces Esther, para asombro de Lara, que con toda certeza no se esperaba que les diera a entender que eran pareja.

—¡Oh! —exclamó Olivia.

—La sombra de Marisa es alargada, sí señor —afirmó Claudia con una sonrisa—. Si supiera que hoy estamos aquí juntas, se haría el harakiri.

Las demás rieron, incluso Lara, a pesar de su asombro.

—Y nada, simplemente después a Lara la enviaron a Móstoles para ayudarme con una transición un poco difícil y... surgió.

—Brindo por el amor y por todo lo que surja —afirmó Claudia alzando su copa.

Olivia la imitó y después lo hicieron ellas dos. Los ojos de Esther y Lara se encontraron en ese momento y la alcaldesa estaba segura de que había visto en ellos la misma mirada que le dedicó en aquella remota fiesta de Marisa. Una mirada que no dejaba lugar a dudas, y que abría la puerta a explorar todo lo que ambas estaban sintiendo.

La cena terminó más tarde de lo que habían previsto. Era casi la una de la madrugada cuando Esther y Lara se disculparon, tenían que irse, al día siguiente les esperaba otra *tournée* por plazas, mercados y bocas de metro. Los mítines callejeros tenían que seguir su curso. La encantadora pareja les deseó mucha suerte y prometieron estar atentas a las elecciones. Ellas aseguraron que esa cena se repetiría, esta vez en casa de una de ellas.

Fue una velada tan encantadora que, a pesar del cansancio, Esther no se arrepintió ni un instante de haber accedido a la propuesta de Lara. Pero ya era hora de volver a casa, y para ser francos, no deseaba irse sola. Habría dado cualquier cosa por tener los arrestos para decirle a Lara que la acompañara, pero no quería presionarla; tenía que ser paciente, esa ciencia que tanto aborrecía, y dejar que tomara una decisión al respecto. Por eso cuando se abrieron las puertas del ascensor, Esther seguía charlando de banalidades como lo rica que estaba la cena o la buena pareja que hacían sus anfitrionas, y en ningún momento sospechó que Lara no la estaba escuchando, o que pensamientos de índole muy distinta recorrían la mente de la periodista.

Al extender la mano para abrir la puerta, notó un tirón en la mano que la empujó hacia atrás. No tuvo apenas tiempo de reaccionar. En cuanto se dio cuenta estaba con la espalda pegada a la pared del portal, el cuerpo de Lara pegado al suyo, sus labios recorriendo con hambre su cuello. Se quedó sin aliento. Cada bocanada de aire que daba le sabía a Lara, a sus labios, a su piel, al perfume con el que había rociado su suave cuello. Las manos de Lara empezaron a descender por su espalda y se introdujeron por el interior de la camisa de Esther, hasta tocar piel, lo que acabó provocándole un escalofrío.

—¿Estás segura de esto? —le preguntó en medio de un beso, casi sin resuello, esperando que la respuesta fuera <<sí>> y solo <<sí>>.

—Totalmente —dijo Lara, sin dejar de besarla.

Esther creyó estallar de alegría. Profundizó los besos, sus manos también exploraron hasta dar con la cintura de los pantalones de Lara. Sintió que podía arrancárselos allí mismo, dejar que le hiciera el amor contra la fría pared de un portal, gritar de placer hasta conseguir que su voz se colara por el hueco de la escalera y los vecinos se asomaran para ver qué estaba ocurriendo. En ese momento se creyó capaz de todo, y fantaseó con esa idea, porque pensó que no iba a ser capaz de detenerse. Los besos de Lara eran demasiado adictivos para frenar ahora. Sus caricias demasiado placenteras para negárselas. Estaban al borde del precipicio, las melenas despeinadas, las pupilas enfebrecidas, las manos temblorosas e insaciables, queriendo tocar más, acariciar más, besar más.

—No puedo, o me haces el amor ya o me volveré loca —protestó Esther, cuando Lara mordió uno de sus pezones por encima de la camisa.

—Mi casa está aquí al lado.

—Vamos.

Fue la locura la que tomó el control de sus actos, Esther estaba segura de ello. Habían perdido la poca cordura que les quedaba en ese portal oscuro, y ahora eran dos lunáticas enamoradas y consumidas por el deseo caminando por las calles de Madrid. Esther no pensó en ningún momento en el peligro que eso comportaba. Caminaban a la carrera, con las manos entrelazadas, riéndose como dos adolescentes. Esther nunca se había sentido tan viva ni tampoco tan plena, y en ese momento le dio igual si estaban a plena luz del día o en un cuarto oscuro, escondidas. Deseaba a aquella mujer con la última fibra de su ser y en unos minutos pensaba hacerla suya, pasar la noche entera recorriendo su cuerpo, saciándose de él, recuperando el tiempo perdido en aquella larga espera autoimpuesta por culpa de un miedo absurdo. Esther era ahora la mujer más feliz del mundo, y cuando Lara gritó <<¡Taxi!>> y el conductor pisó el freno para detenerse, siguió sus impulsos y le robó un beso en medio de la acera, antes de meterse en el coche.

—Me vuelves loca. Esta noche pienso hacerte el amor hasta que chilles de placer.

Lara sonrió, y le correspondió con un beso todavía más feroz que el anterior. Abrió la puerta del coche y apresuró al taxista. Su corazón empezó a latir con fuerza cuando las manos de Esther se perdieron en su entrepierna, en una especie de repetición de la primera noche que pasaron juntas. En aquella ocasión la urgencia por tocarse era tal que a ninguna le importó la presencia del taxista. Ahora le pareció que aquel vehículo rodaba solo, casi como un coche fantasma, sin un conductor que lo manejara. Se deseaban allí y ahora, y ese deseo parecía no poder esperar a estar a solas.

Lara le lanzó un billete al taxista sin molestarse en mirar a cuánto ascendía la carrera. No dejaron de besarse el trayecto que las separó del portal hasta la entrada a su habitación. Eran besos carnívoros, hijos del derroche, que se desparramaron por sus cuerpos arrasando sus pieles. Se aferró a Esther como si deseara convertirla en su rehén, para que no saliera nunca por la puerta de su habitación. Comprendió lo equivocada que estaba al pensar que solo deseaba a aquella mujer. Lo que de verdad quería era fundirse con ella en un solo ser, devorarla como un caníbal hasta llegar al epicentro de su alma. Pero se sentía torpe, imprecisa, incluso temerosa de no atinar con las caricias o las palabras.

—No sabes cuánto te he deseado —le confesó Esther al interrumpir un beso para tomar una bocanada de aire.

—Créeme, sí que lo sé —afirmó, hundiendo los dedos en su espalda.

—Por favor, no pares —le suplicó Esther—. Me muero por sentirte.

Lara se mordió el labio inferior con tanta fuerza que un pellizco de dolor recorrió su espina dorsal. La cercanía de Esther le producía un placer exquisito e insoportable a la vez. Tenía tantas prisas por sentirla que le temblaron las manos al entrar en contacto con su piel. Esther gimió de placer al notar el comienzo de sus caricias. Y Lara sintió el familiar nudo creciendo en su garganta mientras la invadía una sensación de familiaridad.

En la oscuridad de su habitación, a salvo de miradas ajenas, nada ni nadie podía interrumpirlas. El mundo se quedaba fuera, al otro lado de la ventana, con sus ruidos, cotilleos, envidias, gente buena, gente mala, gente de toda calaña. Allí estaban a salvo, nada podía hacerles daño. Eran solo ellas, dos cuerpos enredados, dos corazones que latían al son de la misma sintonía. Lara sonrió al borde de la absoluta dicha. Estaba en casa, y no a causa de un domicilio postal, sino porque comprendió que Esther era su hogar.

CAPITULO
TREINTA Y CINCO

La cena en casa de Claudia y Olivia supuso un antes y un después en la vida de Lara. De eso hacía ahora tres días, pero seguía recordando con una sonrisa pintada en los labios las prisas que sintieron esa noche, los gemidos de Esther confundidos con los suyos, su inquietud por que el taxista pisara a fondo el acelerador, o incluso se saltara todos los semáforos en rojo.

Sonrió como si esto fuera una metáfora de su propia vida. Porque ella se había saltado todos los semáforos de la política al haber empezado una relación con una alcaldesa en plena campaña. Sin embargo, no se arrepentía, y al final hasta resultó útil que hubieran pasado aquella noche en su casa. Así Lara aprovechó para recoger un par de cosas por orden expresa de Esther.

—Nada de largos viajes en coche —le dijo, mientras estaban desayunando. Lara la miró, y un pensamiento cruzó su mente. No estaba incómoda con la presencia de Esther. Se habían despertado del mismo modo que haría una pareja que llevara años junta, como si aquella mañana fuera una de tantas. La cotidianeidad de la escena consiguió desconcertarla—. A partir de ahora, te quedas en mi casa. Por lo menos hasta el domingo, cuando sean las elecciones —le ordenó la alcaldesa, por completo ajena a sus pensamientos.

Lara ni siquiera sintió tentaciones de oponerse. La idea era arriesgada, eso no podía negarlo. Una noche juntas y ya estaba haciendo las maletas para vivir con Esther, aunque fuera de manera temporal, aunque la situación lo justificara. Los diecisiete kilómetros que separaban Madrid de Móstoles, no eran nada, pero podían ser mucho, según el contexto. Y el de Lara era que arrastraba ya varios meses de trabajo ininterrumpido, de puro agotamiento, por lo que aquellos kilómetros se presentaban como una alta montaña que escalar cada vez que acababa una nueva jornada de trabajo. Se sentía exhausta, y tenía que reconocer la conveniencia de quedarse en el piso de Esther.

Afortunadamente, todavía no había tenido ocasión de arrepentirse de haber tomado esta decisión. De eso hacía ya tres días, pero no podía sentirse más feliz compartiendo techo y cama con Esther. La campaña, que en principio imaginó como un camino largo y pedregoso, estaba siendo sin duda alguna su parte favorita del tiempo que llevaba en Móstoles. A pesar de las obligaciones que ambas tenían para seguir con las apariciones en los medios de comunicación, el control de la campaña en las redes sociales, y los improvisados mítines callejeros con los ciudadanos, ninguna se sentía cansada. Acumulaban tanta tensión durante el día, rodeadas como estaban a todas horas, que pasaban noches enteras casi en vela, haciendo el amor enfebrecidas. Lara no creyó que tanta pasión fuera posible. Se sentía en poder de una fuerza inusitada que manaba de su interior, como si las atenciones que Esther le prodigaba la convirtieran en un ser invencible, todopoderoso, el cual no necesitaba dormir o comer para estar repleta de energía. Estar cerca de Esther le bastaba, conseguía saciar todas sus necesidades; Lara se alimentaba de su ser como un vampiro se alimenta de la sangre de sus víctimas.

De eso se trataba el amor, supuso, con una sonrisa aun mayor, colocando sus brazos detrás de la cabeza, tendida en la cama.

Lara creyó que podría explotar. Se sentía ligera como una pluma y sonrió al escuchar con atención el canturreo de Esther en la ducha. Asuntos que antes le hubiesen preocupado, como la aparición en todos los titulares de la prensa local del calificativo de "ramera política" con el que Cortés había tildado a Esther, le resultaban ahora insignificantes. De todos modos, se trataba de reyertas políticas que tal vez despertaran una sonrisa en los lectores, pero que no solían condicionar la intención de voto, y no debían preocuparse demasiado por ello.

La periodista podía notar, en cualquier caso, que su afán de control estaba perdiendo la batalla contra su necesidad de disfrutar del momento. Esos días le costaba centrarse en la política. Solo podía pensar en el cuerpo desnudo de Esther, en la suavidad de su piel, en el dulce beso con la que la había despertado, y en la ternura que representaba la bandeja de desayuno que la alcaldesa había dejado en su lado de la cama.

Eran las ocho de la mañana y tocaba ponerse en marcha, pero la tentación de meterse en la ducha con Esther estaba imponiéndose a la responsabilidad. Lara se incorporó, apartó las sábanas y estaba a punto de entrar sigilosamente en el baño para darle una sorpresa, cuando la melodía de su móvil la interrumpió.

Frunció el ceño con desconcierto. Era demasiado temprano para que no se tratara de algo importante. Quien se encontrara al otro lado de esa llamada, tenía prisa por localizarla. Se dirigió hacia la mesita de noche, pensando que podía tratarse de cualquiera. En campaña uno nunca sabía lo que podía ocurrir. Su incertidumbre se despejó al ver de quién se trataba: Tino.

Mala señal. Era demasiado temprano para que el jefe de El Globo intentara contactar con ella, y Lara no pudo evitar estremecerse. Respiró hondo y deslizó el dedo por la pantalla del aparato.

—Hola, Tino —le saludó, mordiéndose el labio inferior con temor.

—Buenos días, Lara. Imagino que ya sabes para qué te llamo. Lo intenté anoche, pero no pude dar contigo.

Lara recordó remotamente haber visto una llamada perdida de Tino a última hora, pero la noche anterior se había desentendido de su teléfono, ocupada como estaba en saciarse del cuerpo de Esther.

—Lo siento, se me hizo muy tarde para devolverte la llamada. ¿Ha pasado algo? Es raro que me llames a estas horas. —Tomó asiento al borde de la cama, preparada para encajar el golpe que vendría a continuación.

—Solo quiero que sepas que a nosotros también nos las ofrecieron, pero me negué a aceptarlas. Casi me cuesta mi puesto, dicho sea de paso.

—No entiendo ni una palabra, Tino. ¿De qué me hablas? —respondió esta vez, poniéndose en pie. Esther seguía ajena a todo lo que ocurría en la habitación. Una nube de vapor salía del interior del cuarto de baño, y Lara se alegró de que la alcaldesa no estuviera presente mientras mantenía esa conversación.

—¿No has visto los periódicos de hoy?

—Todavía no, acabo de salir de la cama.

Tino suspiró al otro lado de la línea. —Lara, tienes que verlos cuanto antes. Yo solo quería que supieras que no he tenido nada que ver con eso, ¿de acuerdo? Incluso intenté llamar a Pedro, para hacerle entrar en razón, pero no me hizo ni puto caso.

—De acuerdo —replicó ella. Sintió su corazón latir con furia. Todavía no había colgado, pero ya estaba camino de la puerta, en donde el repartidor solía dejar un ejemplar de todos los periódicos sobre el felpudo.

—Cuídate, por favor. Estamos en contacto.

—Gracias, Tino. Un abrazo —se despidió, con la respiración entrecortada.

Le temblaron las manos cuando empujó la manilla hacia abajo. Lara tomó todos los periódicos entre sus manos y los dejó caer en el suelo del vestíbulo. Después se arrodilló y empezó a recorrer sus portadas. Respiró aliviada al ver que en los tres primeros no había nada destacable. Pero cuando llegó al cuarto la expresión de su cara cambió. Lara sintió que la sangre abandonaba su rostro. Con dedos temblorosos tomó aquel periódico con la mano, una cabecera bastante amarillista, que dirigía Pedro Muñoz, el hombre al que había hecho alusión Tino.

No le hizo falta siquiera leer el titular, le basó con ver la foto. Tenía muy mala calidad, como si alguien la hubiera sacado con un móvil, pero incluso pixelada se apreciaba perfectamente a sus protagonistas. Su estómago dio un vuelco cuando vio esa instantánea de ella y Esther, besándose en medio de Fuencarral, al lado de un taxi.

La rabia empezó a crecer con virulencia en su interior. No podía creer que un asunto tan personal hubiera saltado a la prensa. A nadie debía interesarle la orientación sexual de una política y, sin embargo, se estaba tratando como un tema de interés público. Lara no quiso ni imaginar lo que la gente estaría diciendo en las redes sociales. El insulto de Cortés, al lado de esto, era una nimiedad. Se encontraban ante un verdadero incendio, imposible de controlar, y desconocía de qué modo podía afectarles de cara a las elecciones del próximo domingo.

Sus pensamientos empezaron a girar en círculos con velocidad. Estaba tan inmersa en sus preocupaciones que ni siquiera se percató de que Esther le estaba hablando. Solo fue consciente cuando la vio parada bajo el dintel de la puerta.

—¿Lara? ¿No escuchas? Llevo un buen rato llamándote.

Elevó la vista y sus ojos se clavaron en los suyos. La alcaldesa fue entonces consciente de la rareza de la situación. Lara se encontraba tirada en el suelo, rodeada de periódicos, el gesto descompuesto, los ojos llenos de desesperación. Consciente de que algo muy grave había ocurrido, Esther se abalanzó sobre ella y le quitó el periódico que tenía entre manos.

—¡Joder! —exclamó la alcaldesa cuando vio la portada.

—Esther, no…

—¡Joder, no me lo puedo creer! ¡A cuatro días de las elecciones!

—Esther, cálmate, lo arreglaremos, intenta mantener la calma.

—¿Cómo? —la increpó. Estaba tan nerviosa que, envuelta en una toalla, empezó a merodear por el vestíbulo, tocándose el pelo. Lara nunca la había visto así—. ¿Cómo?

—No lo sé, pero lo arreglaremos. Te tiene que dar igual esto, *nos* tiene que dar igual. Eso sí lo sé. Eres un miembro del Partido Liberal y tus votantes son…

—Lara… Me importan una mierda los votantes ahora mismo —la interrumpió Esther—. Lo que me preocupa no es eso. Por mí el partido y las elecciones se pueden ir a la mierda.

Lara arrugó la frente, sin comprender. —Entonces, ¿qué es? ¿Por qué estás así?

—Por mis hijos, joder... por mis hijos —le dijo. Lara abrió los ojos, asombrada. Comprendió que ni siquiera se había acordado de los hijos de Esther—. No quiero saber la cara que pondrán cuando vean estas fotos de su madre. Tendría que habérselo contado antes, tendría que...

—Ssssh, cálmate. —Se levantó y la tomó entre sus brazos. Esther hundió la cabeza en su hombro. Estaba tan nerviosa que la notaba tiritar contra su cuerpo—. Te prometo que lo vamos a arreglar. Confías en mí, ¿verdad?

—Sí, mucho.

—Yo también en ti. Lo solucionaremos juntas. Ya lo verás.

Esta promesa se quedó flotando en el aire, mientras Lara intentaba consolarla. Estaba tan acostumbrada a que le preocupara el qué dirán y su reputación en el partido, que su reacción la había tomado por sorpresa. En ningún momento imaginó que su nerviosismo se debía a la preocupación de que sus hijos vieran aquellas inmundas fotografías. Abrazó a Esther todavía más fuerte y se juró a sí misma que la tempestad pasaría. Daba igual lo que le costara, estaba dispuesta a todo con tal de proteger a Esther. Si ella caía, lo harían todos, desde el primero al último.

CAPITULO
TREINTA Y SEIS

No hacía falta ser un estadista ni un visionario para saber que la noticia correría como la pólvora desde primera hora de la mañana. Esther no se encontraba preparada para afrontar esta nueva crisis ya no política, sino personal, pero se dejó convencer por Lara para encarar el día con naturalidad, como si nada hubiera pasado.

Le prometió al menos intentarlo, pero antes de salir por la puerta de su casa, y exponerse al escrutinio de todos, tenía que hacer algo importante: llamar a sus hijos. Quería aprovechar que todavía era temprano. Con un poco de suerte ni Patricia ni Luis habrían visto las fotografías.

Lara le dio un beso en los labios y salió de la habitación para dejarle privacidad. Cuando la puerta se cerró y se quedó sola en su cuarto, sentada al borde de la cama, no pudo evitar volver a sentir la conocida soledad que tanto la había acompañado en el pasado. Aquella llamada tenía que hacerla sola, nadie más podía hacerla por ella, y la simple perspectiva de marcar el número de sus hijos para contarles la verdad, conseguía ponerle la piel de gallina. Resignada, probó suerte primero con Patricia, pero su hija no contestó la llamada. Entonces llegó el turno de Luis, que respondió de inmediato. Por la hora que era, su hijo debería haber estado en clase. A Esther le sorprendió que no fuera así.

—Hola, cariño.

—Hola, mamá.

—¿Cómo es que no estás en clase? —se interesó, consciente de que estaba dilatando el momento. Tenía que decírselo, pero todavía no estaba preparada, tal vez unos minutos de charla intrascendental le otorgarían la fuerza extra que necesitaba.

—No estaba de humor para ir hoy —replicó Luis.

Aunque no hubiera sido su madre, Esther habría notado el tono taciturno en su voz. Luis ya lo sabía, pensó, segura de que estaba en lo cierto.

—Has visto las fotografías.

—Están en todo Internet, mamá, claro que las *hemos* visto.

—Claro, Patricia también... Por eso no me ha cogido el teléfono. ¿Estás enfadado? ¿Y ella?

—Ella está... —Luis vaciló, como si estuviera meditando qué palabras quería usar—. Ya sabes cómo es Patri, se lo toma todo a la tremenda. Dale un tiempo.

—¿Y tú?

—Yo estoy bien. Jodido, pero no por una mierda de fotografías, sino porque no me lo hayas contado antes. Me cabrea lo que están diciendo de ti. ¿Por qué no me lo contaste?

Exacto. ¿Por qué no se lo había contado antes? Esther ponía de excusa la distancia, y el hecho de que quería decírselo en persona, no por teléfono. Para ella era importante mirarles a los ojos a la hora de hacerles una confesión así, y las nuevas tecnologías no permitían este contacto íntimo. Pero sabía que en realidad podría haberlo hecho de otro modo, y no haber esperado hasta el último momento, hasta que ya era demasiado tarde.

—No lo sé, Luis. Pensé mil veces en ir a veros, coger un avión y pasar allí unos días con vosotros. Pero supongo que me entró miedo —le confesó, con un nudo en la garganta que le impidió tragar con facilidad—. Tenía mucho miedo a vuestra reacción. ¿Puedes llegar a entender eso?

—Sí, claro que lo entiendo. Y aunque me cuesta encajar que mi madre sea lesbiana, te aseguro que no soy ningún cafre. Tengo varios amigos gays, no es nada del otro mundo.

—Bien, me alegro de que te lo estés tomando así.

—Ya, coño, pero si me lo hubieras dicho antes, ahora podría defenderte. ¿Tú sabes lo que es despertarte con cientos de mensajes de tus amigos gastándote bromas sobre tu madre?

—No, no lo sé. Pero me lo puedo imaginar —respondió Esther con toda la calma que supo.

Las nuevas tecnologías le parecían una herramienta tan maravillosa como atroz. Ella era de otra generación, pero Internet había contribuido a que noticias de todo tipo se extendieran con demasiada rapidez y ligereza, y no estaba segura de que fuera algo saludable.

—¿Es por esto por lo que la abuela decía que estás tan rara?

—Sí.

—Ya... Imagino la cara que puso.

—No fue su mejor día, eso te lo puedo asegurar. —Luis se rio ante esta respuesta y esto rebajó la tensión que sentía Esther, que volvió a respirar con normalidad—. Luis, siento muchísimo no habéroslo dicho antes. Te prometo que estaba esperando a que volvierais a casa.

—No pasa nada, lo entiendo. ¿Es buena tía esa Lara?

—Sí que lo es, muy buena.

—Vale, entonces me quedo tranquilo. Una menos a la que partirle las piernas —bromeó su hijo.

—Gracias por hacer que esto sea más fácil. Ojalá tu hermana llegue a tomárselo así algún día.

—Déjala tranquila un tiempo —le sugirió Luis—. Patri es buena gente, pero tiene demasiados pájaros en la cabeza. Yo creo que en un par de días habrá entrado en razón. No la agobies y espera a que te llame. Estoy seguro de que lo hará.

—Está bien, no lo haré.

—Vale, mamá, cuídate y ya seguiremos hablando. Dale un saludo a la de prensa, y pasa de todo lo que te diga la peña.

—De tu parte. Te quiero, cariño. Que pases un buen día.

—Yo también. ¡Chao!

Cuando Esther colgó el teléfono se dio cuenta de que ya no sentía miedo alguno, sino un orgullo inmenso de tener unos hijos como los que tenía. Puede que Patricia no se lo estuviera tomando con tanta deportividad como Luis, pero en el fondo de su corazón sabía que solo era cuestión de tiempo que acabara llamándola para charlar del tema, y con eso le bastaba. Si tiempo era lo único que Patricia necesitaba, podía darle todo el del mundo. Todo, con tal de no tener que agachar las orejas delante de ellos o alejarse de lo que más adoraba, sus hijos, solo por intentar buscar su propia felicidad.

La llamada le había sentado tan bien que Esther se sintió preparada para enfrentarse a lo que fuera. Gracias a la actitud comprensiva y positiva de Luis, le dio exactamente igual que su teléfono estuviera ardiendo aquella mañana. La mayoría de los mensajes los pasó por alto, eran de personas con las que hacía tiempo que no tenía contacto o cuyas opiniones le daban exactamente igual. Abrió por pura curiosidad uno de Marisa, en el que le ponía <<¡Reina! ¡Pero qué alegría que tengamos una alcaldesa bollera y visible! ¡Espero que ganes las elecciones!>> y también otro de Quique, su ex y padre de sus hijos, el hombre con el que había compartido la mitad de su vida, el mismo al que solo le salió mandar un mensaje con una sola palabra cuando salió la noticia: <<Zorra>>.

Y después, otro más: <<No sabes el asco que me das>>.

Bueno, al menos ya podía respirar tranquila. Después de todo, no había sido Quique quien había filtrado la fotografía a la prensa, pensó Esther con cierto alivio. Después de haber leído el elegante mensaje de su exmarido, lo cierto es que se sintió con más energías que nunca. Ahora ya no tendría que esconderse, simplemente porque no había escondrijo posible.

Abrió la puerta del dormitorio y fue al encuentro de Lara, que estaba sentada en el sillón del salón, consultando su móvil.

—Está por todas partes —le informó—. En Facebook, en Twitter, eres *trending topic* en todo Internet. Incluso los periódicos nacionales están empezando a hacerse eco del tema.

—Me parece bien —replicó Esther, encogiéndose de hombros. Que fuera lo que tuviera que ser.

—Todo… ¿Ha ido todo bien? —le preguntó Lara con los ojos cargados de miedo.

—Bueno, depende de por quién me preguntes. Mi hijo Luis te envía un saludo, por ese lado bien. Mi hija Patricia no me coge el teléfono, pero se le pasará. Mi madre sigue inmersa en su mutismo, empiezo a sospechar que me ha desheredado. Y mi ex me ha mandado un mensaje muy inspirador.

—¿Qué te ha dicho? —Lara arrugó la frente.

—Zorra. Eso me ha dicho.

—Oh, se parece a Cortés.

—Sí, diría incluso que son el mismo tipo de hombre —concedió Esther—. ¿Pero sabes qué? No podría resbalarme más. ¿Nos vamos? Creo que ya va siendo hora de que salgamos de aquí, son casi las diez de la mañana.

Lara se levantó y fue hacia ella. Estaba sonriendo. Le dio un suave beso en los labios y comentó: —¿Te he dicho ya que estoy muy orgullosa de ti?

—La verdad es que no, pero te animo a que lo hagas más a menudo —replicó, cerrando con decisión la cremallera de su bolso.

La guerra no había hecho más que empezar.

CAPITULO
TREINTA Y SIETE

Lara no podía evitar sentirse molesta por el hecho de que un asunto tan personal estuviera arruinando meses de trabajo. Se habían dejado la piel montando aquella campaña, y ahora una maldita fotografía, una, además mal hecha, amenazaba con arruinarlo todo. Simplemente, no era justo.

Le costaba asumir que en pleno siglo veintiuno todavía hubiera gente tan cerrada de mente como para no votar a un político en base a su orientación sexual. Menos aun tratándose de un miembro del Partido Liberal. Pero las encuestas no mentían, y empezaban a ofrecer datos muy duros. Lo quisieran o no, la intención de voto parecía estar bajando, y no podía deberse a nada más que a la publicación de esas fotos.

Ballesteros y Cortés habían celebrado la noticia como si hubiera llegado la Navidad. Este asunto protagonizaba ahora casi todas sus intervenciones públicas, aunque cada uno lo hiciera a su estilo. El líder de la oposición, un hombre tradicional hasta la médula, habló en términos muy duros sobre lo que definió como la <<amoralidad y libertinaje de la señora Morales>>. En una intervención de la televisión local, se puso tan furioso que Lara tuvo esa noche pesadillas en las que aparecía empuñando un crucifijo y repartiendo agua bendita para ahuyentar a los demonios que, según él, Esther estaba llevando al Consistorio.

Cortés también aprovechó esta oportunidad para desprestigiar a Esther. No obstante, sus intervenciones eran distintas a las del líder de la oposición. El exconcejal siguió fiel a la idea de vender su formación política como el *verdadero* Partido Liberal, y por ello no cometió el error de descalificar a la alcaldesa por su orientación sexual. Esto podría haber herido la sensibilidad de algunos de sus potenciales votantes, así que optó por otra estrategia. Lo que Cortés criticaba era la indecisión de Esther. El altercado de las fotos le dio pie para tacharla prácticamente de veleta. <<Les aseguro que la señora Morales es así para todo>>, dijo en una ocasión. <<Un día es heterosexual, tiene marido y dos hijos. Al día siguiente decide que es lesbiana. Ahora quiere hacer un proyecto, ahora lo cancela>>, insistió. Este era el argumento de Cortés y le estaba funcionando bastante bien entre el sector más conservador de la izquierda.

A Lara no le sorprendió en absoluto que los políticos utilizaran el asunto de las fotografías como artillería política. Las campañas eran como las guerras, y bien sabía ella que en la guerra, como en el amor, todo vale. Pero empezaban a ser tantas las opiniones de la gente, tan numerosas las personas que tenían algo que decir al respecto, que estaba cansada de que su vida estuviera en boca de todos.

Para su sorpresa, el único que se cuidó mucho de dar una opinión al respecto fue Diego Marín. Cuando los periodistas buscaban su parecer sobre este asunto, el presidente les daba largas. Incluso se negó en rotundo a contestar una periodista descarada, que le preguntó si Esther era la razón por la cual Lara se había ido de su gabinete. <<No voy a entrar nunca en cuestiones que atañen a la vida personal de la señora Morales y la señorita Badía>>, replicó el presidente, tajante.

Lara no sabía qué pensar. Le hubiese gustado saber qué se pasaba por la cabeza de Diego en ese momento. Se sentiría traicionado, sin lugar a dudas, o a lo mejor ya tenía sus sospechas. Él era una persona muy astuta y la conocía muy bien, al menos lo suficiente para saber que Esther Morales era su tipo de mujer.

Sea como fuere, Lara le agradecía esta reserva y que no hubiese aprovechado la oportunidad para descalificarlas públicamente. Acostumbrada como estaba a ser una persona muy celosa de su intimidad, no llevaba nada bien estas intromisiones en su vida personal. Conseguían irritarla de tal manera que esa tarde incluso contestó mal a Carmen sin necesidad.

—Si me vas a decir que estuvo mal, no quiero escucharlo —le dijo, cuando la secretaria se acercó a ella con toda la dulzura del mundo—. Te aseguro que no pasó nada mientras estaba con tu sobrina —se apresuró a añadir, aunque supiera que estaba mintiendo. Técnicamente sí que había ocurrido algo entre Esther y ella cuando ya estaba con María.

Carmen parpadeó varias veces, como si no comprendiera esta hostilidad por parte de Lara. —En realidad solo quería decirte que me parecéis una pareja maravillosa —le aseguró tímidamente, algo asustada por su agresividad.

Lara sujetó la frente con la mano. —Mierda, Carmen, perdóname. Estoy muy nerviosa con este tema, pensé que tú también me ibas a decir algo —se disculpó, avergonzada.

—No pasa nada, es comprensible. Hasta mis vecinos están hablando de esto —le aseguró la secretaria, suspirando con alivio.

—María… ¿te ha dicho algo?

Carmen sonrió y le agarró con dulzura el antebrazo. —María ya no es asunto tuyo, Lara. Ni tú lo eres de ella. Como te dije en su día, espero que las dos sepáis ser lo suficientemente adultas para empezar a hacer vuestras vidas. Y lo mismo le he dicho a mi sobrina.

Lara asintió con la cabeza. María le preocupaba lo suficiente para no querer hacerle daño, pero las palabras de Carmen encerraban mucha sabiduría. Por mucho que la apreciara, ya no eran una pareja; ambas tenían que centrarse en rehacer sus vidas, y tomar decisiones por separado. La suya había sido estar con Esther, y esperaba que María pudiera encontrar muy pronto a una persona que le llenara de igual forma, pensó mientras se despedía de Carmen y se dirigía a la puerta de entrada del anfiteatro.

El lugar estaba empezando a llenarse, pero Lara seguía preocupada. En menos de media hora iba a dar comienzo el mitin de cierre de campaña y seguía sin tener noticias del Gabinete de Presidencia. Ni Juan ni Regina ni Tomás se habían puesto en contacto con ellas en toda la semana. Nada, ni una sola llamada. Y estaba empezando a pensar que Diego Marín había decidido no presentarse al mitin conjunto que en teoría tenía que dar con Esther.

Lara se ofreció a llamar al gabinete en varias ocasiones, pero la alcaldesa se lo prohibió tajantemente. Esther se negaba a rebajarse de ese modo y estaba dispuesta a seguir adelante, tanto si Diego aparecía como si no. Como consecuencia, ahora tenían un auditorio lleno hasta la bandera de simpatizantes y afiliados que esperaban ver al presidente, y ellas seguían sin saber si Marín acudiría a la cita.

Existía mucha expectación en torno a este mitin. Esther se había negado a comentar nada acerca de las fotografías publicadas por aquel periódico amarillista, y los periodistas andaban a la caza y captura de cualquier declaración al respecto. Confiaban en que la alcaldesa utilizara el mitin de cierre para hacer alguna referencia al tema. Esta expectación les favorecía, porque era de esperar que no cupiera ni un alfiler en el patio de butacas. No obstante, lo que a ella le preocupaba de verdad era que Marín no asistiera.

Lara se lamentaba de que todavía no hubiera conseguido descubrir hasta qué punto era cierta la información que Francisco Carreño les había desvelado durante su breve encuentro en "La Traidora". Lo había intentado, pero no encontraba la manera de tocar la tecla correcta. Por más vueltas que le diera, no sabía en quién podía confiar para tratar un tema tan escabroso. Su última esperanza, por tanto, recaía, como siempre, sobre Juan Devesa, y si Diego Marín les daba plantón esa tarde, iba a ser muy complicado hablar con él.

Quedaban diez minutos para que el mitin diera comienzo y tanto Lara como Esther estaban empezando a perder la esperanza de que esto ocurriera. Parecía bastante claro que el presidente no iba a aparecer, así que Lara le pidió a la alcaldesa que fuera ocupando su puesto, mientras ella esperaba fuera hasta el último momento.

Una tardía lluvia de mayo empezó a caer sobre la cabeza de Lara. La periodista miró hacia las nubes justo en el momento en el que un coche negro, de lunas tintadas, frenó bruscamente frente al teatro. Su corazón comenzó a palpitar con fuerza cuando vio que de él se bajaban Tomás, Diego y sí... Juan Devesa. La suerte volvía a sonreírle.

Se apresuró en acercarse para recibirles. Como no tenía intención de ser amable con Tomás o Diego, prefirió dirigirse directamente a Devesa.

—Estaba segura de que no vendríais —le confesó, encogiéndose para evitar la lluvia.

—Venimos de la otra punta, de Somosierra, cagando leches. Casi nos la pegamos en el camino.

—Venga, entrad, no queda mucho tiempo.

Lara condujo a la comitiva por los pasillos interiores del anfiteatro. Como el mitin estaba a punto de empezar tuvieron la suerte de que la mayoría de los asistentes ya se encontraban esperando en sus butacas, así que nadie les entorpeció para saludar al presidente.

Podía sentir la vibración de los pasos de los tres hombres que la seguían. Retumbaban contra el suelo de madera con la misma intensidad de los tambores anunciando la Semana Santa. Su corazón palpitó con fuerza, movida por la emoción del momento. Ella y Diego todavía no se habían mirado a los ojos, pero lo harían en algún momento, y entonces no tenía ni idea de qué iba a ocurrir. Cuando por fin llegaron al filo del telón, sonrió al ver que allí los estaba esperando Esther. Ella fue la primera en saludarle.

—Presidente —dijo a secas.

—Morales —la saludó él con igual antipatía. No hubo ni besos ni abrazos, solo golpes de cabeza a modo de saludo—. Veo que Lara y tú habéis estado muy —Diego carraspeó—... ocupadas. —Tenía la mirada fija en la cortina del telón.

—Bueno, tengo entendido que tú también has estado muy ocupado —replicó Esther, igualmente con la mirada fija en la cortina roja—. Rodrigo puede ser muy absorbente a veces, lo sé por experiencia.

Lara prestó atención a la reacción del presidente. Quería ver si había un atisbo de duda en él, cualquier gesto que lo delatara. No obstante, Diego solo sonrió con suficiencia, como si no concediera ninguna importancia a la insinuación que acababa de hacerle Esther. En lugar de contestar, se giró hacia Lara y le guiñó un ojo como lo hacía en los viejos tiempos.

—Espero que al menos sea buena en la cama —le espetó entonces con todo su desparpajo—. Yo no llegué a comprobarlo. En eso tuve más suerte que tú, Lara. Te la puedes quedar entera para ti, nunca me han gustado los objetos de segunda mano —se mofó.

La periodista sintió ganas de partirle la cara. Pero Esther la detuvo en el último momento. Le agarró la muñeca con fuerza e impidió que se abalanzara sobre él. En ese instante escucharon hablar a Belén. La secretaria del partido local era la encargada de hacer una breve introducción al mitin. Cuando llamó a Diego y Esther para que salieran al escenario, el público estalló en aplausos.

—Dame la mano —le ordenó Diego. Esther se negó a tocarle y le dedicó una mirada de asco—. He dicho que me des la mano, cojones, ¿no ves que vamos a salir ya? —Diego miró con ira a Tomás, como si esperara de él que obligara a la alcaldesa a tomarle la mano.

La situación era tan tensa que Lara no supo qué iba a pasar. Tuvo miedo de que el asunto se les fuera de las manos. Pero entonces Esther hizo lo que nadie se había atrevido a hacer jamás: ignoró por completo las órdenes del presidente y abrió el telón con un amplio movimiento de manos para salir ella antes al escenario.

Atónito por lo que estaba ocurriendo, Marín no supo cómo reaccionar. Inicialmente se quedó estupefacto, hasta que Tomás lo sacó de su ensimismamiento:

—Presidente, tienes que salir —le sugirió el periodista. Diego pareció despertar del *shock*. Miró con verdadero odio a su jefe de prensa y empezó a andar.

—Joder, qué situación —se lamentó Tomás, dando un puñetazo a una de las columnas que había entre bambalinas.

Lara se fijó en que el periodista parecía desesperado, como si aquella estuviera siendo la peor campaña que había experimentado en su vida. Parecía devastado. Ella nunca le había visto tan hundido, y esto le sorprendía porque la última vez que había visto a Tomás y Diego juntos, le pareció que estaban hechos el uno para el otro. Claramente, las cosas habían cambiado mucho desde que ella no estaba en el Gabinete de Presidencia. Tal vez Diego se había vuelto incluso más presuntuoso, pues ahora trataba con desdén a quien se suponía que era su mano derecha. Movida por su sentimiento de compañerismo, estuvo tentada de estirar la mano y reconfortar a Tomás, pero se detuvo en el último momento.

—Será mejor que nos movamos a la primera fila para verlo desde allí —sugirió entonces. Tomás asintió en silencio.

La escena que los espectadores estaban viendo sobre el escenario era muy diferente a la que ellos tres acababan de vivir entre bambalinas. Tanto Esther como Diego parecían encantados de estar allí. Sonreían al público, totalmente metidos en su papel. Recibieron los aplausos y, a la vez, aplaudieron al patio de butacas. A Lara nunca dejaban de sorprenderle estas rápidas mutaciones de la casta política. Se trataba de seres con una desconcertante capacidad para odiarse en privado y adorarse en público, algo que ella se consideraba incapaz de hacer, por muchos años que llevara desempeñando aquel trabajo.

Decidió quedarse de pie, apoyada en una de las paredes del anfiteatro, justo al lado de Juan, preparada para escuchar la intervención de Esther, que sería la primera en dar su discurso, pero con su atención puesta en Devesa, que era con quien realmente deseaba charlar.

Esta podía ser la última vez que Esther se dirigiera a sus vecinos ocupando un cargo político. El futuro de la alcaldesa sería incierto si no ganaban las elecciones ese domingo. Por supuesto, podía quedarse durante un tiempo como líder de la oposición, pero Lara no estaba muy segura de que Esther quisiera aceptar esta tarea, dadas las circunstancias. Si algo estaba claro era que Diego Marín no la iba a revalidar como candidata del Partido Liberal, y no tenía sentido permanecer dentro de un partido que renegaba de ella.

Esther era muy consciente de que esto podía ocurrir, y a lo mejor ese fue el motivo de que aquella tarde diera uno de los mejores discursos de su vida o, al menos, el más sincero de todos. La alcaldesa abrió tanto su corazón a los presentes que acabó hablando de su familia, su infancia e incluso los sueños que tenía para su ciudad natal. Se refirió, además, a las odiosas fotografías, aunque lo hizo de un modo sutil, sin mentarlas de manera directa, tan solo afirmando que <<el rendimiento de un trabajador no debe ser juzgado en base a su vida personal, sino a sus resultados laborales>> y que ella, como trabajadora pública, esperaba recibir el mismo tratamiento por parte de sus jefes, los ciudadanos.

Su intervención recibió una amplia ovación cuando Esther se despidió y dio paso al presidente. A diferencia de ella, que habló desde el corazón, Diego sí que tenía un guion escrito. Se acercó al atril con una carpeta en la mano, que posó sobre él mientras daba el primer sorbo a su botella de agua. Las intervenciones del presidente solían ser largas, en torno a los treinta minutos, y Lara juzgó que este era un buen momento para abordar a Juan, ahora que Tomás había preferido apartarse de ellos y que Diego estaría centrado en dar su discurso.

—Juan, tengo que hablar contigo —le dijo sin rodeos. No había tiempo para introducciones.

—Si es por lo de las fotografías, olvídate, el presidente no ha dicho nada respecto a ellas. Al menos, no en mi presencia.

—Las fotografías me dan igual, Marín es libre de pensar lo que le dé la gana. Es por otro asunto más importante —le informó Lara.

—Bueno, pues tú dirás.

Lara dudó un instante. No encontraba la manera de decir algo así de un modo sutil, al menos no con Juan. Entre ellos la comunicación siempre había fluido de una manera directa, sencilla, sin rodeos, así que optó por ser fiel a su estilo y le dijo:

—¿Tú sabes algo de un posible desvío de fondos al partido que ha creado Rodrigo Cortés?

Juan Devesa abrió los ojos escandalizado. Lara pudo advertir enseguida que este tema le incomodaba.

—No sé de qué me hablas.

Claro que lo sabes.

—Juan, por favor.

—Lara, no me jodas, eh —protestó Devesa con enfado—. Sabes que estoy en deuda contigo y que te aprecio, pero no puedes pedirme algo así. Me juego el cuello, joder.

—Vale, pero algo tienes que haber escuchado. Lo que sea, me da igual. Solo necesito saber si mi fuente me está mintiendo.

—Aunque supiera algo relacionado con este tema, lo siento, pero no podría decírtelo. Estamos hablando de prevaricación, Lara —intentó razonar él—, no es lo mismo que contarte algo puntual sobre cotilleos del partido. No me obligues a hablar.

—O sea, que es verdad.

—Yo no he dicho eso —se defendió Devesa.

—Pero es como si lo hubieras dicho.

—Mira, Lara, me parece de puta madre que ahora que te estás follando a la alcaldesa quieras ayudarla, pero no me pidas que me juegue el cuello para salvarle el culo a tu amante.

Lara se apartó involuntariamente de Juan, dolida. No podía creer que su viejo amigo estuviera siendo tan insultante con ella. Levantó los brazos en señal de rendición y dijo:

—Vale, perdona, como quieras, pero no hace falta que seas ofensivo.

—Vale —replicó Devesa a la defensiva, cruzando los brazos sobre el pecho. Parecía muy enfadado—. Y ahora, por favor, aléjate un poco. Tomás va a empezar a sospechar y tengo una familia que alimentar.

Lara no pudo evitar que la decepción empañara su mirada. Quizá había ido demasiado lejos poniéndolo en esta tesitura en medio de un mitin, pero eso no excusaba el comportamiento agresivo de su amigo. Pero entonces recordó una regla fundamental de la que no debería haberse olvidado: en la política solo existían las alianzas, no los amigos. Y si alguna vez había construido una amistad con Juan Devesa, esta acababa de romperse.

Con este triste pensamiento en mente, se apartó unos metros y centró toda su atención en el discurso de Diego.

CAPITULO
TREINTA Y OCHO

—¿Nerviosa? —Esther se acercó a la silla en la que Lara estaba sentada. Escurrió sus brazos por los hombros de la periodista y depositó un beso en su mejilla. Lara suspiró.

—Mucho —le confesó.

—Pues no deberías estarlo —le susurró Esther—. Yo te aseguro que ya no lo estoy. Será lo que tenga que ser. —Su aliento, cálido, acarició el lóbulo de la oreja de Lara, pero en aquel momento estaba demasiado preocupada para que su cuerpo respondiera a sus atenciones.

En un abrir y cerrar de ojos, la jornada de reflexión había llegado. Era el día antes de las elecciones, veinticuatro horas en las que los partidos tenían una expresa orden de alto el fuego. La ley marcaba que la campaña debía detenerse en esa jornada para permitir a los ciudadanos tener un día de reflexión, antes de acudir a las urnas. Hacía más de dos horas que estaban despiertas, pero a Lara tanto tiempo libre se le estaba haciendo cuesta arriba.

Tenía el portátil abierto, y en su pantalla estaba aquel artículo que Tino había escrito el día antes. Se titulaba "¿Y qué si es lesbiana?" y había tenido tantos compartidos que Lara no podía dar crédito. Se trataba de un artículo de opinión en el que su exjefe arremetía contra las críticas que Ballesteros y Cortés habían hecho sobre la orientación sexual de la alcaldesa.

—¿Por qué sigues mirándolo? —inquirió Esther, señalando la pantalla.

—Quería ver los comentarios que ha dejado la gente.

Esther inclinó ligeramente el torso para leerlos por encima de su hombro, y sonrió complacida. —Son buenos, ¿no? —comentó.

—Sí, lo son. Tino ha hecho un gran trabajo. Le llamé ayer para agradecérselo.

—Eso está muy bien, Lara —la animó Esther—, pero ahora —dijo, bajando la tapa de su portátil— lo que tendrías que estar haciendo es desconectar. No vamos a ganar más votos porque te quedes pegada a tu ordenador todo el día —razonó la alcaldesa.

Lara se frotó la cara con las manos, en signo de desesperación. Esther estaba en lo cierto. Debería estar aprovechando la jornada de reflexión para descansar, dar un paseo, disfrutar del radiante sol de la primavera o en actividades que nada tuvieran que ver con una campaña política. Pero se encontraba nerviosa e inquieta. Le pasaba lo mismo en todas las elecciones a las que se había enfrentado. Durante la jornada de reflexión nunca era capaz de desconectar del todo y la espera se le hacía demasiado larga. Lara deseó que ya fuera mañana, estar a pie de urna junto a Esther, esperando al recuento de votos. Pero todavía faltaba tiempo para eso y no sabía de qué modo rellenar las horas que faltaban hasta que llegara el momento.

—Está bien, tienes razón —le dijo, sorprendida de que Esther acabara de sentarse en su regazo. La alcaldesa le dio un suave beso con intención de calmarla—. ¿Qué sugieres que hagamos? —le preguntó cuando sus labios se despegaron, un poco más tranquila.

Le gustaba la intimidad que estaba construyendo con Esther. A veces todavía le asustaba un poco lo rápido que se había precipitado todo. La semana antes ellas dos no eran más que un proyecto, un anhelo, si acaso. Vivían escondidas y ni siquiera tenían la certeza de que lo suyo fuera a funcionar. Ahora, en cambio, el mundo entero sabía que estaban juntas, convivían en la casa de Esther y se comportaban como una pareja consolidada. Pero Lara se encontraba tan a gusto que no estaba dispuesta a dejarse llevar por sus miedos.

—Bueno, tengo en mente varias cosas —dijo Esther, en tono sugerente, colando la mano en el interior de su camiseta—, pero creo que te vendría bien pasar unas horas haciendo algo que no tenga nada que ver conmigo ni con las elecciones.

Lara enarcó las cejas, sin comprender.

—¿Por qué no aprovechas para quedar con tu amigo? —propuso la alcaldesa.

—¿Con quién? ¿Con Fernando?

—Sí, ¿no me dijiste que ya estaba por aquí?

Fernando acababa de mudarse a Madrid. Y Lara ni siquiera había tenido tiempo de ayudarle con la mudanza o de pasarse por su nuevo apartamento. Su intención era dejar que pasaran las elecciones para hacerlo, pero la idea no le resultó del todo descabellada. Le vendría bien alejarse de Móstoles aunque solo fuera por unas horas. Esas calles empapeladas con los carteles electorales de Ballesteros y Cortés solo conseguirían ponerle más nerviosa. Lara sabía que si se quedaba en Móstoles no sería capaz de tranquilizarse. No obstante, no quería dejar a Esther sola.

—No sé, Esther —objetó, con las manos rodeando su cintura—. ¿Y dejarte aquí sola?

248

—Pues claro, ¿qué problema hay? No soy yo la que está hecha un flan. Además, no me va a pasar nada por quedarme sola unas horas. Puedo darme un baño, ver una película, no sé, lo que me apetezca.

—Ya, pero me sabe mal dejarte el día de la jornada de reflexión.

Esther sujetó su cara con las dos manos, obligándole a que la mirara. —Lara, en serio, te va a venir bien. Aquí no hay nada más que hacer, y hace tiempo que quieres ver a tu amigo. Ve, queda con él, te distraes un poco y por la noche ya tendrás tiempo de hacerme compañía —razonó—. Yo voy a estar bien, ¿de acuerdo?

Lara llegó a la dirección que Fernando le indicó en torno a las dos de la tarde. La puerta del portal se encontraba abierta, así que no se molestó en llamar. Subió hasta el quinto piso, y se lo encontró en el umbral de su apartamento, metiendo cajas en el vestíbulo de la casa. Su amigo estaba sudando. Llevaba puesta ropa deportiva y gruesas gotas de sudor perlaban su frente. Lara carraspeó para hacerle saber que tenía compañía.

Fernando abrió los ojos con sorpresa cuando la vio allí, con las manos metidas tímidamente en los bolsillos y una sonrisa de felicidad plasmada en su cara. Su mejor amigo dejó rápidamente una de las cajas que estaba cargando y fue hasta ella para estrujarla en un abrazo que casi la deja sin aliento. Fernando era un grandullón de metro noventa, y Lara no estaba acostumbrada a que la abrazaran personas de su corpulencia.

—¡Joder, qué ganas tenía de darte un abrazo! —le dijo, estrujándola todavía más.

—Vale, pero por tu vida, para ya, que no puedo respirar.

Fernando se rio y la dejó ir. —¿Y qué? ¿Vienes a ayudarme o a llorarme? —dijo, señalando las cajas que todavía le quedaban por meter en la casa.

—A ayudarte. Ya no tengo motivos para llorar. Pero pensaba que ya habías acabado con la mudanza.

—Estas son las últimas cajas —le informó—, acaban de llegar, pero el resto está listo. —Fernando miró entonces su reloj—. Hagamos algo. Me ayudas a meterlas y comemos en cualquier parte. Tengo ganas de que me cuentes por qué tienes esa cara. —Lara abrió la boca para responder—. No, no me lo digas. Tienes cara de habértelo pasado *muy bien*, eso ya lo sé, pero quiero detalles.

Ella sonrió de oreja a oreja, pero no confirmó ni negó. ¿Para qué iba a hacerlo si a Fernando le había bastado un minuto para notarlo? Estaba enamorada, era evidente, bastaba con conocerla solo un poco para saberlo, pensó.

Entonces se detuvo un momento, pasmada. *¿Enamorada?* Lara sacudió la cabeza, como si no acabara de creer que esta idea acabara de procesarla su cerebro. Y sin embargo, sí, tal vez enamorada fuera la palabra correcta, aunque hasta ese momento ni siquiera se lo hubiera planteado porque el amor siempre se le antojaba como un sentimiento peligroso, un material frágil, capaz de sacar lo mejor y peor de uno mismo. Meneó la cabeza de nuevo, sonrió como una idiota y se inclinó para coger una de las cajas.

CAPITULO
TREINTA Y NUEVE

Los primeros rayos de sol del domingo las encontraron con las piernas enredadas a la altura de la pantorrilla. Esther se despertó primero. Echó la ligera colcha hacia un lado y fue hasta la ventana, solo para comprobar que otro día de sol radiante las estaba esperando. No obstante, este no era un día cualquiera, sino el diecisiete de mayo, el domingo en torno al cual había orbitado su existencia durante los últimos meses.

A excepción del nacimiento de Patricia y Luis, nunca un día había sido más relevante para ella. Ni siquiera su boda le pareció importante en ese momento, en especial tras haber sufrido los últimos desquites de su exmarido, el cual confiaba que a partir de entonces se mantuviera alejado, al menos hasta que cambiara de actitud.

Esther notó la ansiedad creciendo en su interior a gran velocidad. Le comprimía el pecho como una culebra que se hubiera enredado ahí, al final de su diafragma. Estaba nerviosa por conocer el resultado de las votaciones, pero, al mismo tiempo, le resultaba difícil cerrar aquella etapa.

Echó un vistazo cargado de melancolía en dirección a la cama, en donde Lara dormía ajena a sus tribulaciones, y se preguntó qué pasaría con ellas a partir de esa noche. Si ganaban las elecciones, estaba la posibilidad de que se quedara a su lado como jefa de prensa. Si las perdían, las dos tendrían que tomar rumbos profesionales separados y a Esther se le hacía cuesta arriba imaginarse un futuro laboral sin la ayuda de Lara. Pero, además, estaba ese otro sentimiento, el de encontrarse a punto de cerrar un capítulo de su vida. Fuese cual fuese el resultado que arrojara la votación, sabía que estaba a punto de finiquitar una etapa, de poner un punto y final, y le asustaba la perspectiva de no saber qué vendría después, a qué se tendría que enfrentar, con quién.

Respiró hondo, intentando aliviar la presión que sentía en el pecho. Resultaba absurdo, porque estaba agotada de tanto trabajo, pero acababa de convertirse en una especie de rehén de la campaña con síndrome de Estocolmo. Le hizo tanta gracia pensarlo, que no pudo evitar sonreír de lo absurda que le pareció esta idea.

—¿De qué te ríes?

Esther se giró, y vio que Lara ya estaba despierta. La periodista se frotó un ojo con confusión.

—De nada, una tontería que he pensado. —Se acercó al borde de la cama y le dio el primer beso de la mañana—. Estás preciosa recién levantada.

—Sí, los ojos hinchados y la boca pastosa son mi mayor atractivo —bromeó Lara, ganándose un cariñoso empujón de la alcaldesa—. ¿Estás preparada?

Esther asintió. Sí que lo estaba, a pesar de sus pensamientos previos. Como un atleta a punto de disputar una prueba, se había estado preparando para este día durante muchos meses. Y se encontraba lista para salir a la calle y recorrer las mesas electorales. Iba a ser una larga y pesada jornada, pero se acabaría rápido. Cuando se dieran cuenta, la noche habría caído, los colegios electorales habrían cerrado y se encontrarían esperando el veredicto del resultado.

Esther no erró en sus cálculos. Antes de que pudiera percatarse, se encontraba sentada en una silla de la sede del partido, agarrando con fuerza la mano de Lara. Estaba tan nerviosa que ni siquiera había sido capaz de leer las decenas de mensajes que personas de toda índole le enviaron a su móvil para desearle suerte.

La sede nunca había estado más llena durante la campaña. Todos los miembros de la candidatura se encontraban allí, así como Belén, Carmen, Ramón y el resto de chavales que les habían ayudado con las redes sociales. Pero Esther ya ni siquiera era consciente de quiénes la rodeaban. De lo único que estaba pendiente era de no soltar ni un segundo la mano de Lara, y del presentador de la televisión, que les iba informando puntualmente de los resultados provisionales. En aquel momento llevaban un cincuenta por ciento del voto escrutado, y parecía haber un empate técnico entre el Partido Liberal y Libertad por Móstoles, la nueva formación liderada por Rodrigo Cortés.

Esther se encontraba sumida en la peor de sus pesadillas. Si los resultados no variaban pronto, se vería obligada a pactar con Rodrigo Cortés para garantizar la viabilidad de un gobierno de izquierdas. ¿Y qué harían entonces? ¿Sería ella la alcaldesa? ¿Lo sería él? ¿Qué haría Diego Marín si sucedía esto? Se trataba del peor escenario que pudieran tener y cerró un momento los ojos con fuerza, como si la simple idea le provocara un dolor insoportable. Lara apretó todavía más su mano para consolarla.

—¿Quieres algo? —le preguntó—. ¿Un poco de agua?

Esther negó con la cabeza. No había probado apenas bocado desde la noche anterior, y no planeaba hacerlo ahora. Sentía el estómago tan revuelto que cualquier alimento habría salido de él con la misma velocidad con la que habría entrado. Lo que necesitaba era calmarse, empezar a aceptar que tal vez el resultado no arrojaría el mejor de los escenarios. Quedaban todavía muchas mesas electorales por escrutar, y algunas de ellas estaban en barrios en donde el Partido Liberal solía arrasar, pero empezaba a estar claro que la Alcaldía iba a recaer en ella o el exconcejal. El resto de los partidos estaban quedándose atrás. Ballesteros se mantenía en su número de votantes, pero no podría gobernar en solitario, y Ahora Móstoles iba a tener una honrosa representación, pero no sería determinante en estas elecciones.

—¿Crees que Cortés pactaría con Ballesteros? —le preguntó Esther a Lara, meditando todas las posibilidades. Sería la primera vez que el Partido Liberal pactara en Móstoles con el Conservador, pero el experimento se había visto en otras localidades.

—Creo que Cortés sería capaz de pactar con el diablo con tal de ser alcalde —replicó Lara—. Además, a lo mejor no depende de él —dijo, en clara referencia a la mano negra de Diego Marín.

Si el presidente le exigía llegar a un acuerdo con Ballesteros, ambas sabían que a Cortés no le quedaría más remedio que hacerlo. Sería un movimiento raro de cara a los votantes, pero a aquellas alturas de la campaña, ya nada podía sorprenderles.

Esther empezó a sentir un leve mareo cuando dieron las ocho de la noche y el presentador anunció que ya estaba escrutado el setenta por ciento de los votos. La expectación de los presentes era tan grande que pensó que se habían olvidado de respirar.

Podía escuchar la voz del presentador, pero de un modo cavernoso, como si la pantalla de televisión fuera una cueva muy profunda. El silencio lo invadió todo. Estaban a punto de dar los últimos resultados. Quedaban todavía varias mesas por escrutar, pero no demasiadas. Esther agarró todavía más fuerte la mano de Lara. La tarta de resultados apareció en esos momentos en la pantalla y, para asombro de todos, se tiñó prácticamente toda de verde.

—Pues ya lo ven, amigos, contra todo pronóstico, el Partido Liberal se ha colocado en cabeza, muy por delante de los otros partidos —informó entonces el presentador.

Esther pestañeó con asombro. ¿Estaban ganando? La sede estalló entonces en vítores y aplausos. Ramón empezó a agitar una botella de champán, pero Tejero le puso una mano en el hombro, para que esperara hasta el final.

—¿Estamos ganando? ¿De verdad? —preguntó, todavía sin creerlo.

Lara, poco dada a adelantar acontecimientos, le sonrió con ternura. —Vas a ganar, Esther —le dijo, abrazándola.

—¿Cómo puedes estar tan segura?

—¿Tú no lo sientes? ¿Aquí? —Lara señaló un lugar inconcreto de sus entrañas.

—Sí —admitió, empezando a creer que aquello era posible.

No sabía cómo estaba sucediendo, pero los resultados no mentían. El color verde del Partido Liberal ocupaba gran parte de la tarta, estaban incluso aspirando a la mayoría absoluta, y Esther no pudo evitar plantearse qué estaría pensando Diego Marín en ese momento. Habría pagado una fortuna por ver la cara del presidente cuando viera los resultados en Móstoles.

Esther no fue demasiado consciente de lo que sucedió durante los siguientes minutos. Su mundo se tornó muy confuso cuando, en un momento dado, decidió levantarse para ir a por un vaso de agua. Necesitaba un instante a solas, porque el ruido que hacía la televisión, combinado con los cuchicheos de la gente del partido, y sus vítores ocasionales, estaban consiguiendo levantarle dolor de cabeza, y la verdad es que deseaba estar sola aunque solo fuera un minuto, alejarse de aquella jauría que se había montado. Casi se arrepintió de no haber tomado la decisión de seguir el recuento desde su casa y aparecer después en la sede. Lara se lo aconsejó para que los nervios no se la comieran viva, pero Esther había querido estar compartiendo este momento con todas esas personas que se habían mantenido a su lado durante la campaña.

Se estaba bebiendo el vaso de agua con parsimonia, cuando estalló aquel repentino estruendo. No fue capaz de procesarlo de forma correcta. Cuando se dio cuenta, alguien estaba gritando su nombre, <<¡Esther, Esther! ¿Dónde está? ¡Esther!>>, y lo que sintió después fue que un número indeterminado de gente la acorraló hasta dejarla casi sin aliento.

—¡Joder, hemos ganado! —dijo la voz de Ramón.

Sus ojos se abrieron como platos. *¿Habían ganado? ¿En qué momento?* Cuando consiguió salir de la confundida masa de cuerpos, y respirar con normalidad, buscó a Lara con desesperación. Quería verla. Necesitaba verla. ¿Dónde estaba Lara?

Se la encontró entonces, justo enfrente de ella. Lara la miró como si estuviera a punto de echarse a llorar, tal vez eso haría, después de todo, aunque no le gustara hacerlo en público. Esther se quedó un buen rato mirándola fijamente, las separaba menos de un metro de distancia. Sentía la respiración entrecortada, el pecho le subía y bajaba al compás, y su

254

corazón latía con fuerza. Lara se había convertido en tal centro de su universo que ni siquiera se dio cuenta de que sus compañeros del partido no estaban perdiendo detalle de la escena.

—¡Bésala, mujer, que lo estás deseando! —La animó Belén. Los demás se rieron.

Esther no necesitó pensárselo dos veces. Cruzó el escaso espacio que la separaba de Lara, dejó que su mano se escurriera detrás de su nuca y la atrajo hacia sí para darle un apasionado beso que despertó los aplausos de todos. Después deslizó la mano hasta dejarla posada sobre la mejilla de la periodista, y le susurró con los ojos brillantes:

—Te quiero.

CAPITULO
CUARENTA

Lara todavía no se podía creer el resultado. Estaba segura de que habían ganado, porque no era posible aquella algarabía de no haber sido así. Mirara a donde mirara, había gente celebrándolo. Alguien acababa de abrir varias botellas de champán que corrían de mano en mano por la sede. En apenas un par de horas el número de personas se había incrementado considerablemente y advirtió que, además de familiares y amigos, se estaban sumando caras que no reconocía. Sonrió con los ojos al comprender lo que estaba ocurriendo. Era la llamada del vencedor. La gente huía de la tristeza y el fracaso como si se tratara de una enfermedad contagiosa, pero se aseguraban de estar muy cerca de aquellos que triunfaban, tal vez con el objeto de que se les contagiara su suerte. Esa noche Esther Morales era una triunfadora, y todos querían estar a su lado. Incluso aquellos que le dieron la espalda durante la campaña, estaban ahora allí presentes, muy cerca, tan lejos.

Lara estaba tan anonadada que no empezó a creérselo del todo hasta que recibió la llamada de su hermana. Su familia había estado siguiendo el resultado de las elecciones por la televisión; Mabel le dio la enhorabuena, su madre decía estar orgullosa de ella.

—Has hecho un gran trabajo, hija —le dijo su madre con la voz tomada por la emoción. Lara se turbó. Era la primera vez que participaban activamente en uno de sus éxitos profesionales—. Tu padre está aquí a mi lado, lo estamos celebrando. Te manda un abrazo. —Se imaginó en qué consistía la celebración. Su padre tendría ahora una botella de cerveza en la mano.

—Dale las gracias de mi parte.

—¿Vendrás la semana que viene a comer? Puedo hacer estofado.

Lara sonrió. Su madre, experta en conquistar corazones a través del estómago. —Lo vamos viendo, ¿te parece? No sé qué va a ocurrir ahora que hemos ganado.

Y en verdad no lo sabía. A partir de ese momento quedarían abiertas varias puertas. Esther había ganado con suficiente holgura para poder gobernar en solitario. Lara no sabía cómo se había operado el milagro, pero su campaña había funcionado, con la ayuda inesperada de la publicación de aquellas fotografías. Al final, la oposición se había cavado su propia tumba al criticar de manera despiadada la orientación sexual de Esther. Los votantes no recibieron de forma positiva estos mensajes de odio, y a Lara le pareció el indicativo de una sociedad que había madurado mucho en los últimos veinte años.

Aunque le agradaba el ambiente de festejo que había en la sede, estaba deseando irse a casa. Lara estaba empezando a acusar el cansancio de la campaña. Habían pasado solo un par de horas, pero su cuerpo se relajó de manera inmediata al conocer la noticia. Ya no existía rigidez en sus músculos, los notaba relajados y cansados. Ya no había una línea de tensión en su frente. Se acercaba la madrugada y sus párpados empezaban a cerrarse. La adrenalina que la mantuvo alerta durante la campaña estaba abandonando paulatinamente su cuerpo, y se sintió de pronto agotada, con ganas de meterse en la cama y posponer sus tribulaciones para otro momento.

Buscó a Esther con la mirada. La alcaldesa estaba rodeada de gente, no la dejaban ni a sol ni a sombra, tenía un círculo de cuerpos a su alrededor en el cual le pareció imposible entrar. Aun así, lo intentó. Se acercó a ella con intención de decirle que estaba valorando la idea de volver a casa, que no se apresurara si deseaba permanecer un poco más festejando la victoria.

—¿Te vas? —le preguntó la alcaldesa con una nota de decepción en la voz. Miró su reloj—. Sí, vale, es tarde. ¿Quieres que vaya contigo?

—No, pareces feliz de estar aquí. Quédate un rato más si quieres.

Esther pareció dudar.

—Lo digo en serio —insistió Lara—. No es necesario que me acompañes. Y además —señaló a la gente que había alrededor—, están aquí para celebrarlo. Si tú te vas, se acaba la fiesta.

—Y si tú te vas, para mí se acaba también.

—No digas tonterías —replicó Lara, inclinándose para darle un beso en la mejilla que Esther recibió con una sonrisa—. Esta es tu noche, tuya. Disfrútala.

—Vale.

—Y ya hablaremos después de lo que me has dicho antes.

Inicialmente, Esther puso cara de no comprender, pero el gesto de incomprensión desapareció a los pocos segundos y fue sustituido por una sonrisa pilla.

—Me ha salido sin querer —le confesó, visiblemente nerviosa—, pero es la pura realidad. Y no tienes que decir nada porque lo comprendería si tú no...

—Yo también te quiero, Esther —le dijo en un susurro. Los festejantes estaban ocupados bebiendo, pero no quería exponerse a que escucharan una conversación tan personal. Quizá no fuera el momento más romántico de todos, no había velas ni violines ni una atmósfera que invitara al romance, solo el griterío de los integrantes del partido; pero fue el momento en el que surgió de manera natural y esto lo hizo más real, sin adornos ni aderezos, puro sentimiento.

Esther le dio un beso rápido y la envolvió en un abrazo. —Vete a casa —le susurró al oído—, yo me escaparé tan pronto pueda.

Lara asintió y empezó a hacerse paso entre el gentío. Entre saludos y felicitaciones, le costó al menos cinco minutos llegar a la puerta de la sede. El alcohol se estaba empezando a notar en la manera de conducirse de los compañeros de partido. Ramón se había desabotonado la camisa y enseñaba su camiseta interior, y alguien le había puesto una corbata alrededor de la cabeza al serio concejal Tejero. Meneó la cabeza, sonriendo. Si no estuviera tan cansada, a lo mejor incluso ella se habría tomado alguna copa de más, pero su estómago no le permitió injerir ni una gota de alcohol esa noche.

Hacía una noche estupenda cuando por fin consiguió salir de la sede. El camino hasta el apartamento de Esther era corto, pero le agradó la perspectiva de tener un rato a solas. Lara era una persona moderadamente sociable. Le agradaba estar en compañía, pero las multitudes llegaban a malhumorarla, y había tenido bastante por hoy.

La calle se encontraba prácticamente vacía, a excepción de una sombra que estaba apoyada en los restos de una cabina telefónica. Alguien había arrancado el auricular de aquel aparato que en el pasado tanto servicio habría dado al barrio, y que ahora no era más que un vestigio de museo. Había una persona apoyada en la cabina, pero desde donde estaba no podía distinguir sus rasgos. Como en una película de cine negro, la farola sobre la cabeza del extraño proyectaba sombras esperpénticas que le impedía apreciar sus facciones. Lara confió en que se tratara de un vecino cualquiera, incapaz de conciliar el sueño, aunque le pareció que la persona la estaba observando con atención. Tal vez se tratara solo de una coincidencia. Metió las manos en los bolsillos y comenzó a andar, con los sentidos muy alerta.

No tardó en escuchar los pasos detrás de ella. Lara sintió tentaciones de girarse, pero no deseaba ser presa de la paranoia. Móstoles era una ciudad tristemente famosa por su alta tasa de delincuencia. Las mafias de la droga operaban en sus alrededores, pero se recordó que el centro urbano solía ser tranquilo. Así que podía tratarse de cualquiera, un vecino, un transeúnte, un sonámbulo, en realidad no tenía por qué ser el hombre que vio antes apoyado contra la cabina. Pero entonces los pasos se aligeraron, como si tuvieran prisa por alcanzarla, y el corazón de Lara empezó a latir con la misma celeridad. La calle estaba demasiado oscura, tendría que haber elegido un camino mejor iluminado, pensó al detenerse en seco, pensando qué haría si aquel extraño la asaltaba, recordando el número de la Policía local, incluso el de emergencias. Pero nada de eso le valió cuando se dio la vuelta y casi se topó de bruces con...

—¿Pero qué...? —Lara abrió la boca y arqueó las cejas sin comprender—. ¿Qué haces tú aquí? —Podía sentir el corazón instalado en su yugular, le temblaban las manos.

El extraño miró hacia ambos lados de la calle para asegurarse de que estaban solos. Después tomó su antebrazo y tiró de ella para invitarle a caminar.

—Vamos a dar un paseo, tú y yo solos —le dijo—. Hace una noche preciosa, ¿verdad?

—¿Estás segura de lo que vas a hacer?

—En la vida nunca se puede estar segura del todo, pero sí, estoy decidida —replicó Esther, sin ningún atisbo de duda.

Le observó por el rabillo del ojo y vio a Pablo López, su segundo, asintiendo con cierta tristeza. Todavía era un hombre joven, y tal vez necesitara un poco de experiencia a sus espaldas, pero se trataba de alguien responsable, honesto y leal, y aunque solo fuera por estos atributos, Esther estaba segura de que iba a hacer un buen papel.

Los dos caminaron juntos hasta el salón de plenos en donde iba a tener lugar el acto. Una atmósfera de inquietud y preocupación les impedía caminar con normalidad. Esther no estaba segura de cuáles serían las consecuencias de lo que estaba a punto de hacer, pero confiaba en haber tomado la decisión correcta, o al menos, la que pusiera en orden las cosas.

El salón de plenos ya estaba lleno cuando ambos hicieron su aparición. Vio a Ballesteros y a Cortés, ocupando sus respectivos escaños, y también al representante de Ahora Móstoles, que había logrado votos suficientes para tener representación en el Ayuntamiento. Ninguno de ellos consiguió ponerla nerviosa. Tenía un objetivo muy claro, y su determinación se encontraba en marcha, no había ninguna parada en ese tren hasta llegar a su destino.

Esther le guiñó un ojo a Pablo, y ambos tomaron asiento en el lugar que les correspondía. El pleno que tenía por objeto investirla como alcaldesa estaba a punto de empezar, y deseaba que los presentes se empaparan de una engañosa normalidad, como si no estuviera a punto de ocurrir lo que tenían planeado. Sacó con disimulo su teléfono móvil y escribió un simple mensaje:

<<¿Todo listo?>>, preguntó.

<<Todo listo. En cuanto empieces a hablar, lo subo>>, obtuvo inmediatamente por respuesta.

Respiró hondo intentando calmar los nervios. Todavía quedaba un buen rato hasta que el espectáculo diera comienzo, pues antes tendría que escuchar las intervenciones de los miembros de la oposición, así que lo mejor sería calmarse y ofrecer su mejor sonrisa a los fotógrafos, que ya estaban con sus cámaras preparadas en la mano.

Todos los miembros del Partido Liberal escucharon con atención las intervenciones de la oposición, si bien había dos personas que estaban más pendientes de sus propios pensamientos. Esther y Pablo López intercambiaban miradas cómplices de vez en cuando, y el joven le hizo una señal de ánimo con el dedo pulgar cuando por fin le tocó el turno de intervenir. El presidente de la mesa leyó entonces su proclamación como alcaldesa:

—Según lo dispuesto en la ley, queda proclamada como alcaldesa de Móstoles la lista encabezada por la representante del Partido Liberal, Esther Morales Fantova.

Esther se levantó para recibir con humildad los aplausos de los asistentes al pleno. Los jóvenes de su partido empezaron a vitorearla y no pudo evitar sonreír, complacida con su entusiasmo. Los simpatizantes de la oposición, en cambio, la abuchearon en su camino al centro del salón. Le temblaban imperceptiblemente las rodillas, pero consiguió tomar el control de su cuerpo a los pocos pasos. Había llegado el momento de saltarse el protocolo, y tenía que contar con toda su seguridad para hacerlo.

El presidente de mesa intentó impedírselo, porque el formulismo indicaba que tendría que haber jurado sobre la Biblia para aceptar el cargo y entonces tomar el bastón de mando con sus propias manos. Pero Esther se acercó a él para indicarle que deseaba pronunciar unas palabras antes, y el presidente de la mesa, desconcertado, no intentó impedírselo.

Se colocó entonces frente al atril. No llevaba ningún discurso escrito, ningún papel, todo lo que tenía que decir estaba en su cabeza, y en la carpeta que sujetaba con fuerza bajo su brazo. Respiró hondo, haciendo acopio de una valentía que no sentía. Saludó primero a los presentes y dio las gracias al presidente por permitirle hablar antes de aceptar su cargo.

—Tengo que decirles que, lamentablemente, me temo que hoy no cruzaré esas puertas como alcaldesa de Móstoles, sino como una simple ciudadana de esta ciudad —comentó entonces, señalando la entrada del salón de plenos. Un murmullo de asombro recorrió el patio de butacas. Los miembros de la oposición se miraron unos a otros sin comprender; los del Partido Liberal, también. Nadie parecía enterado de lo que estaba a punto de suceder, salvo Pablo López, que tenía los dedos entrelazados y la frente ligeramente apoyada en ellos, casi como si estuviera rezando.

>>Estos últimos días he tenido conocimiento de hechos muy graves acaecidos en el seno de mi propio partido. Hechos que ninguna sociedad

democrática debería ocultar a sus ciudadanos, en especial nosotros, los políticos, que a fin de cuentas somos los guardianes de la Democracia. Y yo, como política y como persona, no puedo mas que denunciarlos. — Esther detuvo un momento su intervención para tomar aire. La emoción estaba empezando a teñir sus palabras. Separó la mirada de sus papeles y la centró en la luz roja de una cámara de televisión. Levantó entonces la carpeta que sostenía—. Tengo hoy en mi poder unos documentos que prueban que el presidente de la Comunidad de Madrid y el Partido Liberal, Diego Marín, ha cometido un grave delito desviando fondos públicos para apoyar la campaña del nuevo partido constituido por un miembro de esta corporación, Rodrigo Cortés.

El salón de plenos, hasta entonces en silencio, se convirtió en un avispero de murmullos. Todos los presentes posaron sus miradas en el antiguo concejal de Juventud, que acababa de quedarse pálido como una hoja en blanco.

—Estos documentos se están haciendo públicos en este mismo momento, mientras me dirijo a todos ustedes, mis conciudadanos —les explicó Esther, confiando en que Lara la estuviera escuchando y hubiera publicado ya los papeles incriminatorios en la página web del partido—. Y yo, como política, pero especialmente como persona, no puedo sino denunciarlos. Vivimos en una sociedad en la que la labor política se ve constantemente amenazada por estas maniobras de las cuales no son conscientes nuestros ciudadanos.

>>La ética y el interés común han sido tristemente sustituidos por los intereses particulares de unos cuantos poderosos, que no encuentran en nuestro sistema ninguna herramienta que los detenga. El silencio, la extorsión y la complicidad de nosotros, sus compañeros, son sus armas, armas que es nuestra obligación detener si queremos construir una sociedad verdaderamente democrática, en la que todos estemos representados.

>>Es por ello que hoy me veo en la obligación de renunciar a mi cargo como alcaldesa de Móstoles, en protesta por el grave delito de prevaricación que ha tenido lugar en el seno de mi partido, pero también y quizá más importante, por mi implicación indirecta en un concurso amañado que involucró terrenos públicos de este municipio. Era mi responsabilidad como concejala de Urbanismo revisar la adjudicación de ese concurso, pero lamentablemente no cumplí con mi trabajo y le debo una disculpa por ello a todos mis conciudadanos. —Esther suspiró, aliviada de haberse librado de esta carga. Contenta, también, porque al confesar su propia ilegalidad Diego Marín no tendría ya ninguna manera

de hundirla—. Por todo esto hoy me es imposible aceptar el cargo de alcaldesa y me siento en la obligación de delegar este honor en alguien que sí merece la confianza de los mostoleños.

>>Pido, por tanto, a mis compañeros que le entreguen su voto a Pablo López, la siguiente persona electa por el Partido Liberal. —Esther miró hacia la bancada en donde estaban sentados los concejales de su partido. Pablo tenía el gesto desencajado, pero le dedicó una mirada agradecida por la confianza que acababa de depositar en él—. Confío en que las personas que votaron al Partido Liberal en estas elecciones sepan comprender los motivos que me han impulsado a tomar esta decisión, la apoyen, y depositen su confianza en Pablo, de quien estoy segura que hará un papel igual o mejor del que yo podría haber hecho al frente de este Ayuntamiento.

>>Doy las gracias a todas aquellas personas que han apoyado el proyecto del Partido Liberal, el verdadero, no el que unos pocos han intentado vender apoyándose en maniobras oscuras e ilegales. —En este punto su mirada se centró en Cortés. El concejal estaba tan sulfurado que parecía que la cabeza le iba a explotar de un momento a otro—. A la conclusión de este pleno, me pondré a disposición de la Justicia para ofrecerles mi plena colaboración y abandonaré mi carrera como política. No así mi cargo como ciudadana, que será igual de determinante a la hora de exigir a nuestros políticos transparencia, igualdad y responsabilidad. Gracias, muchas gracias a todos.

Esther acabó su discurso en ese momento. Volvió a poner la carpeta debajo del brazo, en espera de la respuesta del público, que tardó un buen rato en reaccionar. Durante un instante fue como si una desconcertada audiencia no supiera si aplaudirle o abuchearle, pero entonces se escuchó la voz en grito de Ramón:

—¡QUE VIVA NUESTRA ALCALDESA! —dijo el líder de la formación juvenil del partido, provocando que el salón de plenos estallara en aplausos.

Esther se ruborizó visiblemente. Agachó la cabeza con zozobra, confiando en que sabría cómo regresar a su escaño sin que le temblaran las piernas. Cuando por fin bajó del estrado, su mirada recayó en una persona en la que no había reparado antes. Al fondo del salón, con gafas de sol y un pañuelo que le rodeaba el cuello, estaba Francisco Carreño, sonriéndole y dedicándole un gran aplauso. Carreño le hizo un gesto con la mano, como el de un capitán que saludara con orgullo a su grumete, y Esther comprendió que estaba ante un hombre arrepentido, necesitado de una expiación, que no dudaría en ayudarla si su confesión llegaba a acarrearle problemas. Todos tenemos un pasado, no podemos cambiarlo, pero sí podemos arrepentirnos, aunque debamos necesariamente acatar las consecuencias de aquello en lo que nos hemos equivocado.

EPÍLOGO

Esther Morales arrancó su coche con prisas. Iba retrasada y no quería tener a Lara esperando. La periodista la esperaba en casa, y todavía quedaba un buen trecho para llegar hasta allí desde el Club de Campo. Metió la primera marcha con fuerza y el coche salió ligeramente despedido hacia delante. Esther se encontraba un poco inquieta, pero intentaba mantener sus nervios a raya. En apenas dos horas sus hijos aterrizarían en la terminal de Barajas, y quería asegurarse de que llegaban a tiempo para recogerles.

La perspectiva de volver a ver a Luis y Patricia después de lo ocurrido, le provocaba sentimientos encontrados. Por un lado, se sentía feliz de poder ver a sus hijos, que regresaban a casa después de los exámenes, pero al mismo tiempo se preguntaba si sería demasiado precipitado presentarles a la periodista. Luis había insistido en que lo hiciera, hasta Patricia se mostró contenta de volver a verla, ambos estaban muy volcados en su felicidad, pero esta situación era nueva para Esther, que se ruborizaba con tan solo imaginar la escena en el aeropuerto. Sus hijos iban a pasar una temporada con ella, también con su padre, que requería su presencia, y todos tendrían que acostumbrarse a una nueva forma de vida en la que ahora estaban implicadas dos casas y nuevas personas, pues estaba segura de que Quique también querría presentarles a su nueva novia. Pero a lo mejor estaba poniendo el carro delante de los bueyes, precipitando los acontecimientos sin motivo alguno, e intentó tranquilizarse diciéndose a sí misma que los nuevos comienzos que había introducido en su vida habían sido todos positivos. No veía ninguna razón para que este no lo fuera también.

Lara ya la estaba esperando en el portal cuando llegó a la calle donde se encontraba el apartamento. Le hizo una seña para que entrara en el coche.

—¿Qué tal te ha ido? —le preguntó, antes de saludarla con un beso.

Esther se encogió de hombros. —Bien, considerando cómo es mi madre. Ya la conoces. —Lara se rio. Esther puso de nuevo el coche en marcha, camino del aeropuerto—. Todavía le cuesta asumir que estamos juntas, pero al menos ya no está rígida como una estaca cuando está en público conmigo. Algo es algo —bromeó.

—Dale tiempo, que vaya poco a poco.

265

—Eso hago, ya sabes que no tengo prisa. Roma no se construyó en un día y mi madre es más antigua que el Imperio Carolingio. —Esther torció a la derecha en una bocacalle para salir a una de las avenidas principales de Móstoles—. Dice que quiere conocerte, por cierto.

—¿A mí?

Asintió divertida. —No aprueba que vivamos en pecado, pero cree que debería ponerle cara a la persona que duerme conmigo todas las noches.

—Supongo que en eso tiene razón —admitió Lara, perdiendo la vista más allá de la ventanilla.

—Y he hablado con Ricardo, por cierto —dijo Esther, en referencia al arquitecto con quien estaba en contacto para abrir un nuevo estudio de arquitectura—. Dice que está interesado.

—¡Buenas noticias! —se alegró Lara, consciente de que a Esther le vendría bien contar con la ayuda de este antiguo compañero suyo. Ahora que su vida iba a transcurrir alejada de la política, había decidido ejercer su antigua profesión, y estaba segura de que con su experiencia y contactos el proyecto sería exitoso.

—Sí, estoy contenta —admitió Esther, pendiente de la carretera—. ¿Y tú? ¿Has vuelto a saber algo de Tomás?

—¿Después de la noche de las elecciones? —preguntó, a su vez Lara—. No, no le perdono el susto que me dio —se rio.

—¿Por qué crees que lo hizo?

Lara se encogió de hombros. —Eso solo lo puede saber él, pero creo que acabó harto de Diego. Le vi mal en el mitin de cierre. A saber cómo le trató —aventuró—, aunque no me extrañaría nada que le hubiera tratado como un perro, en vista de lo que me hizo a mí. De todos modos, sé que estará bien. Ha dimitido como jefe de prensa del gabinete, pero le han dado un puestazo en el Consejo de RTVE.

—No está mal para haber traicionado al presidente de esa manera.

—Ya no es el presidente, ¿recuerdas? Además, nadie sabe que fue Tomás quien nos dio los documentos. Supongo que conoce tantos secretos que no les ha quedado más remedio que recolocarlo en algún sitio para que mantenga la boca cerrada. —Lara se encogió de hombros.

—¿Y por qué no lo hicieron contigo?

—Porque no lo pedí —puntualizó Lara—. Si lo pidiera, supongo que yo también estaría cobrando ahora tres mil euros por no hacer nada. Pero no sé, creo que me gusta trabajar al lado de Tino. Con un poco de suerte, a mediados de año volveré a estar en plantilla.

Esther asintió complacida. Si eso era lo que hacía feliz a Lara, ella iba a apoyarla en todo proyecto que emprendiera. La miró por el rabillo del ojo, sorprendida de cómo habían cambiado las cosas para ellas en el último año, pero feliz de que las aguas por fin hubieran cogido un cauce que les hacía sentir cómodas y estables. Por supuesto, Esther todavía tenía que permanecer con los ojos bien abiertos. Diego Marín estaba inmerso en un penoso proceso judicial, pero el partido tenía tentáculos por todas partes, y aunque la información que tuviera Lara, e incluso la que tenía Tomás, servía como escudo protector, la alcaldesa no debía bajar la guardia bajo ninguna circunstancia.

De todos modos, la vida transcurría de una manera tranquila y placentera. Se le hacía todavía extraño estar alejada de la política, pero al mirar a Lara de reojo comprendió que no cambiaría su actual situación por nada del mundo.

—¿Estás nerviosa? —le preguntó, en relación a la visita al aeropuerto.

Esther sabía lo mucho que a Lara le preocupaba la opinión de sus hijos. Quería ser de su agrado, pero a menudo olvidaba que ya lo era. Patricia y Luis estaban tratando el tema con tanta naturalidad que Esther era la primera sorprendida. Si lo hubiese sabido, tal vez no habría tardado tanto tiempo en dar aquel paso.

—Un poco. —Lara se frotó las manos contra los pantalones—. Supongo que estos días lo mejor será que os deje solos. Me volveré al piso de Madrid y ya está.

Esther frunció el ceño. No estaba en absoluto de acuerdo con esa decisión. —Y mientras tanto, ¿yo qué?

—Bueno, también puedes venir tú a Madrid a verme. Los de la capital no comemos a nadie, eh.

—Yo estaba pensando en pedirte que vivieras conmigo —replicó con una sonrisa. Sabía que Lara bajo ninguna circunstancia aceptaría mudarse a Móstoles.

—O tú conmigo. El piso de alquiler lo tienes tú. Y Madrid es mucho mejor.

—Siempre puedes vender el apartamento.

—¿Te has vuelto loca? —se escandalizó Lara. Su piso en el centro de la capital no se tocaba.

—Bueno, ya lo hablaremos cuando llegue el momento —le aseguró Esther, que seguía sonriendo. Ya buscaría la manera de convencerla. Madrid estaba bien, pero Móstoles era su ciudad—. Lo que sí haremos será una fiesta de celebración. ¿Te parece?

—¿Y a quién piensas invitar?

Los ojos de Esther Morales brillaron en ese momento. —A quien me dé la real gana —replicó, gozando de su nueva libertad.

—Bien, entonces voy marcando el número de Marisa —dijo Lara en medio de una carcajada.

Es difícil amar a alguien a través del tiempo, construir una convivencia que no termine siendo tóxica ni destructiva. Amar sin caer en la rutina, sin reclamar, sin tiranizar, sin aburrirse o achacar al otro nuestras frustraciones. No existen reglas para tener éxito en un apartado tan difícil como las relaciones. Nadie tiene la fórmula. Pero Esther y Lara se miraron en ese momento y fue una mirada, *esa*, la que les dijo que se encontraban en el buen camino para conseguirlo.

FIN

Carta de Emma

Políticamente Incorrectas es una historia de ficción con contenidos muy realistas. Su argumento prendió en mi cabeza en una época en la que mantuve un contacto muy estrecho con los políticos de mi país y su entorno. Mi intención al escribirla fue siempre acercar a los lectores a la actualidad política, mostrarles lo que los ciudadanos no vemos cuando nos encontramos al otro lado de las bambalinas. Quería hacerlo, en la medida de lo posible, del modo más realista, pero también del más sencillo, para que aquellos que nunca han mostrado interés por la política entendieran su funcionamiento y qué hay detrás de las noticias que nos llegan. Pero, además, *Políticamente Incorrectas* es para mí una historia sobre la familia, la superación personal, la integridad y los valores que tan poco de moda están estos días. Algunos seguimos soñando con un país en el que sean posibles.

Espero que como lector hayas disfrutado de las aventuras de Lara y Esther tanto como yo lo he hecho escribiéndolas. Han sido más de dos años teniéndolas a mi lado y me llena de tristeza decirles adiós, porque acabar una historia siempre tiene un inexplicable componente de melancolía. No obstante, ahora que las he dejado en vuestras manos, sé que estarán bien y, sobre todo, felices con la decisión que han tomado.

Esta es su historia, la de Lara y Esther, pero confío en que habrá muchas otras. Así que permitidme que me tome la libertad de invitaros a que me acompañéis en las que el futuro nos brinde.

Muchas gracias por leer. Ha sido un PLACER. Así, con mayúsculas.

Emma

Otras obras de la autora

(por orden de publicación)

101 razones para odiarla. Novela romántica. Claudia Martell y Olivia Simón nacieron el mismo día, en el mismo hospital, separadas únicamente por el espacio que hay entre la alcoba 311 y la 312 del Hospital Gregorio Marañón de Madrid. Son tantas las cosas que las unes y sus familias tan cercanas, que deberían ser amigas. Pero esa es solo la teoría. En la práctica, el cariño que se profesan sus madres es proporcional al odio que se profesan las hijas.

Por lo demás, lo único que tienen en común estas dos mujeres es un cumpleaños que nunca tienen ganas de celebrar y una desmedida entrega a su trabajo en García & Morán Ediciones, en donde el destino les jugó la mala pasada de volverlas a juntar.

Ahora, si quieren conservar su trabajo como editoras, Claudia y Olivia tendrán que olvidar el pasado, demostrar que son un equipo y conseguir que un famoso pero escurridizo escritor firme con García & morán un contrato capaz de subsanar los apuros económicos de la editorial. ¿Y quién sabe? A lo mejor durante su aventura son capaces de descubrir lo que sus madres saben desde hace años: que del amor al odio hay solo un paso.

Políticamente Incorrectas. Lara Badía, una periodista volcada en su trabajo y jefa de prensa del recién elegido presidente de la Comunidad de Madrid, ve cómo sus aspiraciones profesionales están a punto de cumplirse tras años trabajando codo con codo con el recién electo candidato. Sin embargo, el estallido de un escándalo de corrupción en uno de los ayuntamientos clave de la Comunidad hará que su inminente nombramiento se vea temporalmente aplazado. Por expreso deseo del presidente, Lara es asignada al equipo de la nueva alcaldesa, Esther

Morales, que ocupará el cargo tras la renuncia de su antecesor, implicado en la trama corrupta. La periodista se convertirá entonces en su nueva jefa de prensa, con la tarea de ayudarla a lidiar tanto con la transición como con el escándalo.

Pese a la contrariedad, Lara acepta, pensando que solo se tratará de un paréntesis y que muy pronto estará de regreso en su flamante despacho del centro de Madrid. No podía estar más equivocada. Su nuevo destino no solo significará una interrupción en su brillante carrera, sino que tendrá otras consecuencias inesperadas en alguien que siempre ha antepuesto su trabajo a su vida personal.

Con nocturnidad y alevosía. Relato corto. Lorena se ha levantado con el pie izquierdo. Le duele la cabeza, apenas recuerda nada de lo que ocurrió anoche y un rápido vistazo a su apartamento le basta para darse cuenta de dos hechos incontestables: sus pertenencias más preciadas ya no están y su acompañante de la noche anterior tampoco. ¿Ha sido víctima de un robo mientras dormía?

A través del humor y la intriga, y gracias a una curiosa visita de Lorena a comisaría, en este relato corto acabaremos descubriendo los acontecimientos que precipitaron una velada llena de sorpresas.

Printed in Great Britain
by Amazon

80037986R00159